JOSIE LITTON

Insel meines Herzens

Buch

Die junge Brianna war noch ein Kind, als sie nach einem Schiffsunglück an die Gestade der sagenhaften Insel Akora gespült wurde. Sie wuchs im Palast der Königsfamilie auf und hat nach all den Jahren kaum noch Erinnerungen an ihre Eltern. Obwohl Brianna auf Akora ein äußerst angenehmliches Leben führt, will sie endlich Licht in das Dunkel ihrer Vergangenheit bringen – ihr schrecklicher Verdacht, sie sei am Tod ihrer Eltern schuld, lässt Brianna kaum noch in den Schlaf finden. Doch während die fieberhafte Suche nach der Wahrheit Brianna immer stärker in das weit entfernte England zieht, erfährt sie gerade jetzt eine nie gekannte Leidenschaft, die sie für immer an Akora binden könnte…

Der gut aussehende und befehlsgewohnte Atreus ist ein mächtiger Krieger, dessen Clan bereits seit Jahrhunderten über Akora herrscht. In einem geheimen magischen Ritual wurde Atreus zum künftigen Regenten seines Volkes auserkoren – und es wurde ihm geweissagt, dass er den Thron gemeinsam mit der wunderschönen Brianna besteigen wird, die ihm vom Schicksal zur Ehefrau bestimmt ist. Als Brianna nach England aufbricht, setzt auch Atreus die Segel, um die Geliebte endgültig für sich zu gewinnen. Denn Atreus weiß: Im Angesicht eines so mächtigen wie skrupellosen Feindes bleibt den beiden nur wenig Zeit, ein enges Band der Liebe zwischen ihren Herzen zu knüpfen. Und nicht nur das Glück der beiden ist bedroht, auch ihr geliebtes Akora befindet sich in größter Gefahr…

Von Josie Litton ist bei Blanvalet bereits erschienen:

Die Wikinger-Trilogie:
Wikinger meines Herzens (35790)
Wikinger der Liebe (35817)
Wikinger der Träume (35818)

Die Insel-Trilogie:
Insel meiner Träume (36166)
Insel meiner Sehnsucht (36228)

www.randomhouse.de/Liebesromane

Josie Litton

Insel meines Herzens

Roman

Deutsch von Eva Malsch

blanvalet

Die Originalausgabe erschien unter dem Titel
»Castles in the Mist«
bei Bantam Books, Random House, Inc., New York.

Umwelthinweis:
Alle bedruckten Materialien dieses Taschenbuches
sind chlorfrei und umweltschonend.

1. Auflage
Deutsche Erstveröffentlichung März 2006
bei Blanvalet, einem Unternehmen der Verlagsgruppe
Random House GmbH, München.

Dieses Werk wurde vermittelt durch die Literarische Agentur
Thomas Schlück GmbH, Garbsen.
Umschlaggestaltung: Design Team München
Umschlagillustration: Schlück/Accornero
Redaktion: Sabine Wiermann
UH · Herstellung: H. Nawrot
Satz: Uhl + Massopust, Aalen
Druck und Einband: GGP Media GmbH, Pößneck
Printed in Germany
ISBN-10: 3-442-36229-6
ISBN-13: 978-3-442-36229-5

www.blanvalet-verlag.de

Für meine Leser und Leserinnen,
mit herzlichem Dank für all die Unterstützung
und Ermutigung

Prolog

Die ganze Welt schien im Schlummer zu versinken, während eine einsame Gestalt die Bibliothek des Londoner Hauses betrat. Lautlos schloss Brianna die Tür hinter sich, bevor sie eine Öllampe entzündete. In ihrem sanften Licht betrachtete sie die Regale. Als sie das gesuchte Buch gefunden hatte, zog sie es behutsam heraus und setzte sich an einen Tisch.

Der Einband bestand aus Maroquinleder, der eingravierte Titel lautete: »Die Geschichte von Essex.« Dieses Werk kannte sie. Kurz nach ihrer Ankunft in England hatte sie es entdeckt. Dann hatte sie ihrer Tante bei der Geburt von Joannas Baby geholfen. Und nun war sie hier, um ihre eigenen Interessen zu verfolgen – und wegen des Buches.

Es war ein schwerer Band, reich gefüllt mit Geschichten von Königen, Königinnen, Schlachten und dergleichen, die bis zur Zeit Alfreds des Großen zurückreichten. Auf diesen Seiten stand sehr viel über Hawkforte und die mächtige Familie, die dort geherrscht hatte. Doch sie berichteten auch von anderen Orten, zum Beispiel von Holyhood.

Da war ein Bild von dem schönen Haus. Sie starrte es an, und vage Erinnerungen erwachten. Dort war sie gewesen, in diesen Mauern, irgendwann vor dem schrecklichen Sturm, der ihr die Eltern genommen und sie, eine namenlose Waise, an die akoranische Küste gespült hatte.

Als sie die Augen schloss und an Holyhood dachte, hörte sie den Ruf ferner Stimmen.

Plötzlich fror sie, aber die Kälte in ihrem Herzen entfachte ein winziges Licht. Danach sehnte sie sich, und sie spürte, wie der Funke heller schimmerte und ihre Seele erwärmte. Während sie die Arme vor der Brust verschränkte, gewann sie den seltsamen Eindruck, andere, viel stärkere Arme würden sie umfangen und beschützen.

Doch das Haus… In Holyhood verbarg sich ein Geheimnis – der Schlüssel zu einem Mysterium, das sie erschreckte und zugleich anlockte. Ihr Blick fiel wieder auf das Bild, und sie fühlte, wie ihre Entschlossenheit wuchs.

Er nahm sie wieder wahr. Beinahe so wie auf der Straße zwischen dieser Welt und der nächsten. Dies musste die Frau sein, die stets bei ihm geblieben war, seinen Namen gerufen und seine Reise ins Totenreich verhindert hatte.

Nach einer Weile hatte er sie erkannt. Schon früher war sie bei ihm gewesen, tief unten in den Höhlen während der Wahlzeremonie, die ihm so viel enthüllt hatte. Damals war sie nur kurz in seinem Blickfeld erschienen.

Aber er hatte sie nie vergessen.

Ja, er kannte sie – ihr Gesicht, ihre Stimme, ihre Berührung. Er wusste, wie sie sich anfühlte, so als hätte er sie bereits umarmt.

Nur ihren Namen hatte er nicht gekannt. Bis er erwachte und den Silberglanz ihrer Tränen sah, die feurige Glut ihres Haars.

Sie gehörte zu ihm. Davon war er felsenfest überzeugt. Doch sie ahnte es nicht einmal – noch nicht.

Bald wird sie es erfahren, entschied er. Auf dem Dach des Palastes, unter den Sternen, wandte sich der Vanax von Akora nach Norden und sah in seinem Herzen den kostbaren Schatz, der ihn dort erwartete.

1

Allzu willig gab sie sich nicht hin. In langen Nächten und gestohlenen Tagen erforschte er ganz allmählich ihre Gestalt, die kleinsten exquisiten Einzelheiten, die ihn bezauberten – auch später noch, als er sie genauer kannte: die zarte Halsgrube, die Wölbungen der vollen, hoch angesetzten Brüste, der Schatten einer Vertiefung, die sich zwischen den Rippen zum Nabel hinabzog – und so viel mehr.

Ihre Hände und Füße faszinierten ihn ebenso wie die intimeren Körperteile. Schmal und anmutig eigneten sich ihre Hände für schwierige Aufgaben, die äußerste Präzision verlangten. Und ihre Füße wirkten täuschend zerbrechlich. Manchmal drehte er sie herum und bewunderte den kraftvollen, schlanken Rücken, der sich zur Taille hin verengte, bevor er in schön geschwungenen Linien die Hüften markierte. Ihre Hinterbacken, rund und fest und muskulös, wiesen zwei Grübchen auf, die ihm immer wieder ein Lächeln entlockten. Ob sie die beiden jemals bemerkt hatte, wusste er nicht.

Niemals würde er den Fehler begehen, sich einzubilden, er hätte sie seiner Macht unterworfen. Ihr Gesicht forderte ihn heraus. Nicht einmal jetzt kannte er es gut genug. Der Mund erschien ihm zu mutwillig, um einen bestimmten Ausdruck anzunehmen, die Augen hüteten Geheimnisse.

Und als würde dies alles noch nicht genügen – die Frau, die Atreus in Händen hielt, die er so sorgfältig aus rosig schimmerndem Marmor gemeißelt hatte, war viel zu lange namenlos gewesen.

Jetzt gibt es einen Namen, dachte er und legte die Statue behutsam in eine längliche, mit Samt ausgekleidete, eigens für die Beförderung hergestellte Kassette. Sie sollte in der letzten der Truhen liegen, die man aus seiner Kabine tragen würde. Nach zwei Wochen auf dem Meer – ein Sturm hatte sich vor der Küste Großbritanniens zusammengebraut und die Reise verlängert – änderte sich der Rhythmus des Schiffs, als es die Themse erreichte. Die Flut schwoll an, hob den breiten Fluss und die Seefahrer empor. Mit jedem Tag, den sie weiter nach Norden gesegelt waren, hatte die feuchte Kälte des frühen Winters zugenommen. Und nun milderte sie sich ein wenig, während Atreus und sein Gefolge von dicht bewaldeten Ufern umarmt wurden. Trotzdem hatte er nie zuvor eine so frostige Luft gespürt. Zudem wehte sie fremdartige Gerüche heran – keine unangenehmen Aromen. Aber sie weckten Gedanken an die über tausend Meilen, die ihn von seiner Heimat trennten.

Welch eine große Entfernung … Doch er hatte bereits eine weitere Reise hinter sich, nicht in dieser Welt, sondern auf dem Weg zur nächsten. Vor sechs Monaten war er dem Tod sehr nahe gewesen, in einem Chaos aus Verrat und Gewalt. Die Erinnerung blieb bestehen – nicht in seinem vollends genesenen Körper, nur in seinem Geist, wo sie einen längst gefassten Entschluss stählte und seine Ungeduld schürte. Erst wenn der Zweck dieser Fahrt erfüllt war, konnte er sich in die Richtung wenden, die er einschlagen musste.

»Das letzte Gepäckstück, Castor«, erklärte er und überreichte seinem Kammerdiener, der neben den gepackten Truhen wartete, die kleine hölzerne Kassette.

»Sehr wohl, Vanax. Vermutlich wird unser Schiff bald anlegen.«

»Dann ist es gut, dass ich angekleidet bin.« Atreus schaute an sich hinab und unterdrückte ein Lächeln. »Das bin ich doch, nicht wahr?«

Aufmerksam musterte Castor seinen Herrn. »Ja, ich denke schon, Vanax. Zumindest wurden Prinz Alexandros Anordnungen befolgt, und alles scheint sich da zu befinden, wo es sein muss.«

Atreus nickte. Von seinem Halbbruder, einem halben Engländer, hatte er diese Kleidungsstücke erhalten und erfahren, wie man sie tragen musste. Was Alex' Fachkenntnisse in solchen Dingen betraf, hegte der Vanax keine Zweifel, wenn er auch überlegte, warum man so viel umständliche Arbeit darauf verwandte, sich anzuziehen.

Entgegen seiner Gewohnheit trug er eine Unterhose aus Leinen, die von der Taille bis zu den Knien reichte; Leinenstrümpfe; glänzende, kurze schwarze Lederstiefel; eine eng sitzende Hose aus fein gewobener Wolle, dunkelbraun gefärbt; ein weißes Leinenhemd mit gestärkten Manschetten an den Handgelenken und einem ebenfalls gestärkten spitzen Kragen, von der Krawatte umwunden, die er mühsam zu knoten gelernt hatte; eine hellbraune Weste mit gleichfalls hohen Kragen und dezenter Stickerei aus dunklen Goldfäden; ein dunkelbraunes Jackett mit abgerundeten Vorderschößen vervollständigte den Aufzug.

Allein schon die Menge und die Vielfalt der Kleidungsstücke verblüfften ihn. Sicher konnte man sich auf einfachere Weise vor der winterlichen Kälte schützen. Aber jetzt wurde er von wesentlich mehr Stoff umhüllt als je zuvor in seinem Leben. Absurderweise kam er sich wie eines der mehrfach eingewickelten Pakete vor, die freudestrahlende Kinder an ihren Namenstagen bekamen.

»So schlimm ist es nicht, Vanax«, meinte Castor, sichtlich

dankbar, weil ihm ähnliche Qualen erspart wurden. Um seinen Herrn zu trösten, fügte er hinzu: »Im Lauf unserer kriegerischen Ausbildung lernen wir, unsere äußere Erscheinung der jeweiligen Landschaft anzupassen, um uns zu tarnen. Vielleicht fühlen Sie sich besser, wenn Sie Ihre derzeitige Kleidung aus diesem Blickwinkel betrachten.«

»Gewiss, das wäre möglich. Danke, Castor. In ein paar Minuten gehe ich an Deck.«

Nachdem sich der Kammerdiener entfernt hatte, trat Atreus in die Mitte der Kabine und verharrte unbewegt. Hoch gewachsen und breitschultrig, von der geschmeidigen Kraft eines Kriegers erfüllt, pflegte er körperliche Aktivitäten dem Müßiggang vorzuziehen. Und doch – es gab Momente …

Gleichmäßig atmete er ein und aus, die dunkelbraunen Augen mit den goldenen Glanzlichtern geschlossen. Die Fähigkeit, sich von den Ablenkungen der Welt zu lösen, verdankte er jahrelanger Übung. In der Kindheit war er einem Weg gefolgt, den er nur undeutlich gesehen hatte, später etwas klarer, während der von Castor erwähnten Ausbildung. Und schließlich hatte er, zum Mann herangereift, die Geschenke der Erneuerung und des vertieften Verständnisses erkannt, die in der Stille lagen.

»Komm zurück …« Leise und angstvoll klang die Stimme, von Tränen fast erstickt. Er wollte antworten. Aber er konnte es nicht. Sein Körper gehorchte seinem Willen nicht mehr, der sich davon getrennt hatte. Nun trieb sein Geist mit einer Strömung dahin, immer weiter weg.

»Verlassen Sie uns nicht.« In Gedanken runzelte er die Stirn. Verlass du mich nicht, wollte er die Frau bitten. Warum sollte sie auch? Er wusste es nicht.

»Verdammt, Deilos!« Irgendwann tauchte er wieder empor in den Schmerz, der ihm verriet, er würde noch leben. Seine

Qual – und die Wut der Frau über den Mann, der ihm dies angetan hatte. Deilos. Nicht mehr der Freund aus Kindertagen, sondern ein Gefährte, aus dem ein mörderischer Verräter geworden war.

Deilos, der seine gerechte Strafe erhalten musste.

Sie roch nach Geißblatt, dieser Duft und der Gedanke an ihre seidenweiche Haut entzückten ihn. Wieder einmal holte er tief Atem, und da fühlte er…

…wie das Schiff sanft gegen das Dock stieß. Die Vergangenheit glitt davon. Doch die Erinnerungen umhüllten Atreus – unentrinnbar.

Ein letztes Mal schaute er sich in der Kabine um, dann ging er hinaus und stieg die schmale Treppe zum Deck hinauf, wo sich seine Männer versammelt hatten – ebenfalls fremdländisch gekleidet, aber in einer schlichteren, eher praktischen Version. Die Augen hellwach, die Hände an den Griffen ihrer Schwerter, die keineswegs einem zeremoniellen Zweck dienten, machten sie ihm Platz. Vom steinernen Kai drang ohrenbetäubender Lärm heran, der dröhnende Tumult gewaltiger Menschenmassen, die sich am Hafen und in den schmalen Straßen tummelten. Aufgeregt stemmten sie sich gegen eine Barriere aus karmesinrot uniformierten Soldaten. Eine Musikkapelle spielte eine lebhafte Melodie, mit Trommelgetöse und klirrenden Beckenschlägen, wurde jedoch von schrillem Jubelgeschrei übertönt, sobald der Vanax an der Reling erschien.

Verwundert hielt er inne und beobachtete das Getümmel, die sichtliche Begeisterung dieser Leute über die Ankunft eines Mannes, den sie nicht kannten, der ihnen unmöglich etwas bedeuten konnte – außer einer amüsanten Sensation. Obwohl er diese Neugier und den Überschwang irgendwie verstand, fand er beides erstaunlich. In der Heimat seines Herzens pflegte man Emotionen nicht so offen zu zeigen.

Plötzlich entdeckte er inmitten der anonymen Menge vertraute Gesichter, und heiße Freude erfasste ihn. So eigenartig ihm dieses Land auch vorkam, das er aufgesucht hatte – es bot ihm eine Wiedervereinigung mit geliebten Menschen.

»Atreus, Atreus, hier sind wir!«, rief Prinzessin Kassandra. Trotz seiner Absicht, einen möglichst würdevollen Eindruck zu erwecken, musste er beim Anblick seiner Halbschwester lächeln. Erst seit einigen Monaten verheiratet, liebte sie den großen, blonden Mann an ihrer Seite innig und leidenschaftlich. Diese Gefühle erwiderte er mit gleicher Glut. Vor lauter Glück strahlte sie übers ganze Gesicht.

Nachdem Atreus' Männer am Fuß der Laufplanke eine Ehrenwache gebildet hatten, ging er an ihnen vorbei, wurde von seinem Halbbruder umarmt und beinahe zerquetscht. Grinsend schlug ihm Alex auf die Schulter, so kraftvoll, dass ein schwächerer Mann vermutlich zusammengebrochen wäre.

»Großartig!«, scherzte der Prinz. »Kaum kreuzt du auf, und schon bist du der populärste Mann von London. Damit hätte ich rechnen müssen.«

»Und du hättest mich warnen können«, ergänzte Atreus trocken. »Eigentlich war ich auf eine eher familiäre Begegnung eingestimmt.«

»Wenn der Vanax von Akora zu seinem ersten offiziellen Besuch in England eintrifft? Das durftest du wohl kaum erhoffen. Willkommen, mein Bruder, ich freue mich, dich wiederzusehen.«

»Oh, das Vergnügen ist ganz auf meiner Seite.« Die Arme ausgebreitet, wandte sich Atreus zu der jungen Frau, die vor Begeisterung beinahe auf und ab hüpfte. »Kassandra, liebste Schwester!«

Ungestüm fiel sie ihm um den Hals. »Joanna ist so traurig,

weil sie sich nicht zum Empfangskomitee gesellen konnte. Aber Amelia hat gehustet. Deshalb musste ihre Mutter bei ihr bleiben. Keine Bange, inzwischen geht es deiner kleinen Nichte schon viel besser.«

»Wir haben den strengen Befehl erhalten, dich unverzüglich nach Hause zu bringen, Atreus«, erklärte Alex mit der gutmütigen Toleranz eines zufriedenen Ehemanns. »Natürlich kann es Joanna kaum erwarten, dich zu begrüßen.«

»Auch ich möchte deine Gemahlin möglichst bald in die Arme schließen.« Nun richtete Atreus seinen Blick auf den Mann, der etwas abseits stand. Kassandras offenkundiges Glück gebot dem Vanax, seinem englischen Schwager, Lord Hawkforte, voller Wohlwollen gegenüberzutreten. Doch er hatte den Mann auch auf dem Exerzierplatz und bei einigen Karaffen Wein unter die Lupe genommen, und Royce hatte ihm keine einzige Enttäuschung bereitet. »Wie schön, dich wiederzusehen.«

»Ganz meinerseits, Sire.«

Kaum merklich zuckte der Vanax von Akora, der hochverehrte Herrscher seines Volkes, zusammen. »Sire? Müssen wir uns den Formalitäten schon so kurz nach meiner Ankunft beugen? Ehrlich gesagt, ich hatte gehofft, dies ließe sich noch für eine kleine Weile vermeiden.«

»Leider nicht.« Royce lenkte Atreus' Aufmerksamkeit auf einen großen, kräftig gebauten Mann, der das Wiedersehen interessiert beobachtet hatte. »Da der Prinzregent indisponiert ist, lässt er sich zu seinem tiefsten Bedauern entschuldigen. An seiner Stelle hat uns Lord Liverpool begleitet, der Premierminister.«

Forschend betrachtete Atreus den Mann, der diese hohe Position übernommen hatte, nachdem sein Vorgänger im Frühling dieses Jahres ermordet worden war. Liverpool schien seinem Leumund zu entsprechen – ein solider, fantasieloser, schwerfälliger, aber verlässlicher Brite.

Weil der Vanax solchen Männern begegnen wollte, war er hierher gereist. Um sie zu beeindrucken, zu überzeugen, zu verstehen? Gewiss, dies alles traf zu. Aber es steckte noch viel mehr dahinter. Dank der neuen Maschinen und Fabriken, die sich im ganzen Land ausbreiteten und die Wirtschaft ankurbelten, erlangte Großbritannien ungeheure Macht und Reichtum, beispiellos in seiner Geschichte. Im Krieg mit Napoleon und den einstigen amerikanischen Kolonien wurde die englische Monarchie auch noch innenpolitischen Herausforderungen ausgesetzt, die anderen Nationen blutige Revolutionen aufgebürdet hatten. Und so folgte England zielstrebig seinem Weg in die Zukunft, gleichgültig gegenüber allen Interessen außer den eigenen.

Einer solchen Entschlossenheit musste man bewundernd, aber auch mit äußerster Vorsicht begegnen. Höflich neigte Atreus den Kopf. »Lord Liverpool, ich habe mich darauf gefreut, Sie kennen zu lernen.«

Auch der Premierminister nickte ehrerbietig. »Sire, Sie sind uns höchst willkommen. Nicht nur Seine Hoheit, der Prinzregent, sondern sein gesamtes Kabinett hat Ihrer Ankunft entgegengefiebert.«

»Ebenso wie ich, Lord Liverpool. Abgesehen von anderen Beweggründen, möchte ich herausfinden, was einige Mitglieder meiner Familie veranlasst, teilweise hier zu leben. Hoffentlich verzeihen Sie mir, wenn ich mir die Bemerkung erlaube, dass Englands Anziehungskraft nicht mit dem Klima zusammenhängen kann.«

Der Premierminister lachte etwas unsicher, was Atreus zufrieden registrierte. Meistens lohnte es sich, seine Feinde – potenzielle und tatsächliche – aus dem Gleichgewicht zu bringen. Wäre er nicht von Kassandra abgelenkt worden, hätte er noch einmal in dieselbe Kerbe geschlagen.

»Sicher erinnerst du dich an Brianna, nicht wahr, Atreus?« Seine Schwester zog ein großes, schlankes Mädchen von Anfang zwanzig an ihre Seite.

Im seidigen Haar der jungen Frau erkannte er jene rötliche Schattierung wieder, die der Maler Tizian geliebt hatte – die tiefe Leidenschaft und zugleich mädchenhafte Scheu ausdrückte. Die Wangen schimmerten milchweiß, in den hellgrünen Augen leuchteten goldene Pünktchen.

Und die beiden Grübchen, die sich unter der schlichten, eleganten Kleidung verbargen …?

»Schön wie eh und je, Brianna.« Weil der Vanax von Akora keinen Grund sah, seine Gedanken zu verschweigen, fügte er hinzu: »Viel zu lange sind Sie uns ferngeblieben.«

Errötend senkte sie die Wimpern. Aber dann erwiderte sie seinen Blick. »Es beglückt mich, Sie so gesund und munter zu sehen, Sire.«

Genauso hatte die Stimme geklungen, an die er sich erinnerte. Leise und sanft – und zugleich von innerer Kraft erfüllt. Jetzt sprachen sie Englisch. Wie er sich entsann, schwang in ihrem Akoranisch ein ganz leichter, sehr charmanter Akzent mit. Und sie duftete immer noch nach Geißblatt.

»Da drüben stehen die Kutschen.« Alex hob ein wenig die Brauen, was Atreus lächelnd bemerkte. Sein Verhalten musste dem Bruder seltsam erscheinen. Bald würde er die Hintergründe begreifen.

Aus einem Impuls heraus winkte Atreus in die Menge. Damit entfachte er neuen Jubel, der nur geringfügig nachließ, als er in einen Wagen stieg.

Wie es das Protokoll erforderte, fuhr er mit Lord Liverpool durch die Straßen der Stadt. Während Alex die beiden begleitete, saß Royce mit den Damen in der anderen Kutsche. Zum Glück fühlte sich der Premierminister nicht zu belangloser Konversation bemüßigt, oder er hatte einfach nichts zu sagen. So konnte sich Atreus auf London konzentrieren, das ihn einerseits erschreckte und andererseits erstaunte.

Hier wimmelte es von menschlichem und tierischem Leben, in enge Gassen gezwängt oder auf schönen breiten Avenuen verstreut. Trotz der eher kurzen Fahrt gewann er einen umfassenden Eindruck. Neben bedrückender Armut, die sein bisheriges Vorstellungsvermögen überstieg, sah er unermesslichen Reichtum und grandiosen Glanz, der mit den Göttern zu wetteifern schien. Eine Stadt voller Gegensätze, dachte er, ein Spiegelbild der Menschen, die sie erbaut haben … Darauf musste er sich besinnen, wenn er mit den Briten verhandelte.

Natürlich würde er das tun, denn er erfüllte stets seine Pflichten. Doch das würde ihn nicht daran hindern, seine Gedanken in angenehmere, privatere Bahnen zu lenken.

Würden ihre Hände nicht so heftig zittern, wäre alles in Ordnung. Nur die Hände, sonst nichts. Diese Schwierigkeit müsste sie eigentlich meistern.

Während Brianna gegenüber von Royce und Kassandra im Wagen saß, zwang sie sich, ruhig und gelassen zu wirken. Ihre wahren Gefühle konnte sie nicht bekämpfen. Also musste der äußere Schein genügen.

Er war hier. Seit Monaten wusste sie, wann Atreus in London eintreffen würde, und sie hatte die Vorbereitungen auf seine Ankunft beobachtet. Der Vanax von Akora, der erwählte Herrscher seines Volkes, würde dem königlichen Hof des Prinzregenten einen Staatsbesuch abstatten. Dabei sollten Besprechungen zwischen führenden Persönlichkeiten einem besseren gegenseitigen Verständnis und freundschaftlichen

Kontakten dienen. Im vergangenen Jahr hatte der Versuch einiger Engländer, eine Invasion Akoras zu provozieren, beträchtliche Probleme heraufbeschworen. Die wollte man nun lösen. Oh ja, alles war so, wie es sein sollte.

Aber nun war Atreus hier. Und Briannas Hände bebten. Die Finger fest ineinander geschlungen, bemühte sie sich, die Gefühle zu bewältigen, die sie seit der Begegnung im Hafen durchströmten. Als sie ihn zuletzt gesehen hatte, war er immer noch von jenem fast tödlichen Angriff gezeichnet gewesen. Schon damals, fern vom Gipfel seiner Macht, hatte er ihre Seele bis ins Innere aufgewühlt. Selbstverständlich wusste er das nicht. Oder doch? Allein schon der Gedanke an diese Möglichkeit stieg ihr schwindelerregend zu Kopf. Und das beunruhigte sie, weil sie normalerweise nicht zu zimperlichem Schmachten neigte.

»Alles in Ordnung, Brianna?« Besorgt beugte sich Kassandra zu ihr vor. »Du bist ziemlich blass.«

»Oh, mir fehlt gar nichts. Was sollte mich auch bekümmern?«

Der Blick, den das Ehepaar wechselte, entging ihr nicht. Zweifellos hatte sie zu leise und unüberlegt gesprochen. Am liebsten hätte sie die hastigen Worte zurückgenommen. Gleichzeitig bewunderte sie wieder einmal den stillschweigenden Einklang zwischen den beiden Menschen, die ihre Freunde geworden waren. Wie sie sich eingestand, empfand sie auch einen gewissen Neid.

»Erfreulich, dass Atreus so gut aussieht...«, bemerkte Royce leichthin.

»Sehr gut«, pflichtete Kassandra ihm bei, »zu meiner maßlosen Erleichterung. Wenn ich mir vorstelle, wie nahe er...«

»Denk nicht daran«, wurde sie von ihrem Ehemann unterbrochen. Zärtlich berührte er ihre Hand. »Das alles gehört der Vergangenheit an, und du darfst dich nicht damit belasten. Sonst schadest du unserem Baby.«

Kassandra erwiderte sein Lächeln. In den ersten Monaten ihrer Schwangerschaft genoss sie ihr ungetrübtes Glück, vor allem, seit sie aufgehört hatte, jeden Tag mit dünnem Tee und getrocknetem Zwieback zu beginnen. »Ich weiß, Atreus Besuch soll einen ernsthaften Zweck erfüllen. Trotzdem hoffe ich, er wird angenehme Zeiten bei uns verbringen. So selten findet er eine Gelegenheit, etwas anderes zu tun als zu arbeiten. Als liebevolle Schwester fügte sie hinzu: »Manchmal glaube ich, er würde ein anderes Leben vorziehen.«

»Damals wurde er nicht gezwungen, den Thron des Vanax zu besteigen«, wandte Brianna in sachlichem Ton ein und wünschte, ihr Herz würde ebenso ruhig pochen und ihrem Gehirn den Sieg gewähren. Wenigstens ihr Verstand würde sie niemals im Stich lassen. »Er hat sich dem Ritus der Wahl freiwillig unterzogen.«

»Ja, das ist wahr«, bestätigte Kassandra, »wenn man es oberflächlich betrachtet. Doch ich glaube, in Wirklichkeit hatte er keine Wahl. Er kannte seine Berufung.«

Tatsächlich? Da war sich Brianna nicht sicher. Vielleicht hatte Atreus etwas geahnt oder empfunden. Doch sie betrachtete die mysteriöse Prozedur, nach dem die akoranischen Herrscher gewählt wurden, eher skeptisch. Dies alles verbarg sich in Legenden und Mythen, umhüllt von Geheimnissen und gewisperten Andeutungen. Jener unergründlichen Tiefe entströmte eine ungeheure Macht, die das Leben oder Schicksal jedes einzelnen Akoraners zu kontrollieren schien. Und doch wusste fast niemand darüber Bescheid.

»Wir müssen ihm helfen, ein bisschen Muße zu finden«, entschied Kassandra, »obwohl es uns schwer fallen wird.

Mittlerweile haben es Joanna und ich aufgegeben, die Einladungen zu zählen. Tag für Tag treffen sie stapelweise ein.«

»Ja, die Londoner Gesellschaft ist ganz aus dem Häuschen«, meinte Royce trocken. »Wahrscheinlich hat Atreus nicht die leiseste Ahnung, was ihn erwartet…«

»Bald wird er's merken«, entgegnete Kassandra und runzelte die Stirn. »Morgen Abend muss er den Empfang im Carlton House besuchen. Und danach werden sich alle um ihn reißen.« Als ihr ein neuer Gedanke durch den Sinn ging, erhellte sich ihre Miene. »Übrigens, Brianna, dein Kleid für morgen ist zauberhaft, Madame Duprès hat sich selbst übertroffen.«

Unwillkürlich erschauerte Brianna ein wenig. Sie war den beiden Ehepaaren, die ihr den Aufenthalt in England ermöglichten, von ganzem Herzen dankbar. Hier hatte sie das Licht der Welt erblickt, aber bis zu ihrer Ankunft in London, am Anfang dieses Jahres, wie eine Akoranerin gedacht und gefühlt. Und dann hatten sich neue Fragen gestellt, eine unerwartete Sehnsucht war erwacht und drängte sie, eine Antwort zu suchen, den inneren Zwiespalt zu beenden. Doch sie passte sich nur mühsam der englischen Gesellschaft an. Für deren eigenartige Forderungen fehlte ihr die Geduld. Trotzdem wollte sie weder sich selbst noch ihre Gastgeber enttäuschen.

»Madame Duprès ist eine Tyrannin«, behauptete sie, »aber ein Genie, sobald es um Seide und Satin, Samt und Spitze geht. Deshalb müssen wir ihr wohl oder übel einiges zubilligen.«

»Stimmt es, dass du sie mit ihrer eigenen Nadel gestochen hast?«, fragte Kassandra.

In gespielter Unschuld zog Brianna die Brauen hoch. »Da musst du die Nadel fragen.«

Obwohl Royce lachte, fiel ihr sein prüfender Blick auf. Diesem Engländer entging fast nichts. Ebenso wie Alex war er groß und kräftig, in bester körperlicher Verfassung, beide erreichten ihre Ziele, ohne viel zu diskutieren oder irgendjemanden unter Druck zu setzen.

Und Atreus...

Der Vanax, der ihr Volk beherrschte und – so widerstrebend sie das auch zugab – sie selbst... Aus einem anderen Blickwinkel durfte sie ihn nicht betrachten, trotz der verräterischen Regungen in ihrem Herzen. Stünde er neben den zwei anderen Männern, würden sie alle wie Brüder erscheinen, so sehr glichen sie einander in ihrer Größe und Stärke. Genau genommen waren Atreus und Alex Halbbrüder. In ihren Adern floss das Blut einer akoranischen Prinzessin. Nur Atreus stammte auch von einem akoranischen Vater ab, der Spross einer Familie, die ihr Erbe durch mindestens dreitausend Jahre stolzer akoranischer Geschichte zurückverfolgen konnte. Falls Brianna den Legenden glaubte – was nicht zutraf –, vereinte ihn zudem ein unsichtbares Band mit dem Land, dem Meer, der akoranischen Luft auf eine Art und Weise, die das Verständnis gewöhnlicher Sterblicher überstieg.

Kein Wunder, dass sein Wort als Gesetz galt, dass man seine geringfügigsten Launen ehrfürchtig berücksichtigte... Das, was Brianna für ihre gesunde britische Vernunft hielt, begann dies alles zu verachten.

Nun fuhren die Kutschen durch das Tor der Mayfair-Residenz, die sie zusammen mit Alex und seiner Gemahlin Joanna bewohnte. Kassandra und Royce stand stets ein Gästezimmer zur Verfügung, das sie derzeit nutzten. Für die Dauer seines Aufenthalts in London würde auch der Vanax hier einziehen. Um das zu bekunden, flatterte das königliche Banner Akoras über den breiten Marmorstufen.

Brianna stieg aus dem Wagen und schaute zu der feurig roten Stoffbahn mit dem vergoldeten Symbol der Stierhörner hinauf, dem Emblem des königlichen Hauses der Atreiden. Fast ihr ganzes Leben lang, Tag für Tag, hatte sie diese Flagge gesehen. Seit das verwaiste Kind von einem gewaltigen Sturm aus einem Schiffswrack zu den mythischen Küsten Akoras getrieben worden war... Angeblich regierten Krieger das verborgene Königreich jenseits der Herkulessäulen, und die Frauen dienten ihnen. In all den Jahren hatte Brianna das Inselreich für ihre Heimat gehalten. Jetzt hegte sie wachsende Zweifel. War sie eine Akoranerin? Oder eine Engländerin? Weder noch?

In den nächsten Tagen und Wochen würde sie eine Antwort auf diese Fragen finden. Das spürte sie in der Tiefe ihrer Seele.

»Ein guter Anfang«, meinte Alex, nachdem sich die Salontür hinter Lord Liverpool geschlossen hatte. Etwa zwanzig Minuten lang war der Premierminister im Haus geblieben. Außer den Höflichkeitsfloskeln nahm er eine eindeutige Absichtserklärung des Vanax mit. Als souveräne, unabhängige Nation würde Akora ernsthafte diplomatische Beziehungen mit Großbritannien begrüßen, aber seine Gewässer, sein Land, sein Volk und seine Schiffe weiterhin gegen unwillkommene Eindringlinge verteidigen. Weder von Großbritannien noch von anderer Seite würden die Akoraner eine unrechtmäßige Einmischung dulden. Falls das irgendjemand bezweifelte, würden ihn die legendären akoranischen Krieger eines Besseren belehren. Immerhin genossen sie den Ruf unbesiegbarer Kampfkraft.

»Gut genug«, stimmte Atreus zu. »Ist Liverpool so fantasielos, wie ich ihn einschätze?«

»Allerdings. Was du ihm mitgeteilt hast, wird er in dem Gespräch mit dem Prinzregenten wortgetreu wiederholen. Aber erwarte keine Interpretation diverser Andeutungen. Darum musst du dich selber kümmern.«

»Das werde ich tun. Habe ich heute Abend frei?«

»Ja – für lange Zeit deine letzte Gelegenheit, ein bisschen Freiheit zu genießen ... Nach dem Empfang im Carlton House findet dir zu Ehren ein Ball in unserem Haus statt. Und dann wird die gesamte Londoner Oberschicht deine Gesellschaft beanspruchen.«

»Nimm nur die Einladungen an, die dir unabdingbar erscheinen. Ich möchte nicht den Eindruck erwecken, ich wäre stets verfügbar. Wenigstens teilweise soll das Geheimnis Akoras gewahrt bleiben.«

»Ich dachte mir bereits, dass du dies vorziehen würdest.«

»Einerseits lässt sich der englische Adel zu gewissen Zwecken nutzen, andererseits geht er einem ganz gewaltig auf die Nerven.«

Nachdem Royce den Premierminister hinausbegleitet hatte, kehrte er rechtzeitig zurück, um die letzten Worte zu hören. »In einer Woche feiern wir Weihnachten. Dieses Fest würden wir gern auf Hawkforte verbringen. Falls du damit einverstanden bist, Atreus.«

»Dort ist es wohl kaum etwas wärmer?«, fragte der Vanax grinsend.

»Leider nicht«, erwiderte Royce belustigt. »Wahrscheinlich wird es sogar schneien.«

»Oh, das interessiert mich. Natürlich habe ich schon viel über das alte Schloss Hawkforte gehört, und ich begleite euch sehr gern auf den Landsitz.«

Royce nickte. »Wunderbar ...«

»Fährt Brianna auch hin?«

Ohne eine Miene zu verziehen, wechselte Alex einen kurzen Blick mit Royce und wiederholte: »Brianna?«

Darauf ging Atreus nicht ein. Stattdessen rückte er seinen Sessel etwas näher zum Kaminfeuer. Während der harten Ausbildung zum akoranischen Krieger hatte er sich an körperliches Unbehagen gewöhnt. Aber diese feuchte Kälte war ihm neu. »Sicher wird mir eine Woche genügen, um meine Geschäfte in London abzuschließen. Diese Zeit muss ganz einfach reichen, denn ich habe nicht vor, danach noch länger hier zu bleiben. Auf Akora gibt es so viele ungelöste Probleme.«

Was er damit meinte, wussten beide Männer. Seinem Entschluss, das befestigte Königreich zu modernisieren, widersetzten sich zwei Fraktionen – die Mitlieder von Helios, die sich zügigere Reformen wünschten, und die konservativen Getreuen des Verräters Deilos, eines entschiedenen Gegners aller Neuerungen. Um die Traditionen zu retten, hatte er den Vanax sogar zu töten versucht.

Nun wiesen beunruhigende Anzeichen auf ein Bündnis zwischen den zwei Gruppen hin. Zumindest hatten sich einige Anhänger beider Parteien vor einem halben Jahr zusammengeschlossen und einen Mordanschlag auf Atreus unternommen. Während seiner Genesung hatte er die Gerichtsprozesse gegen Deilos und die Helios-Mitglieder verschoben, weil die Empörung der Öffentlichkeit erst einmal verebben sollte. Und jetzt durfte er die Konfrontation mit den Meinungsverschiedenheiten innerhalb der akoranischen Gesellschaft nicht länger hinauszögern.

»Nach Weihnachten werden wir direkt von Hawkforte aus nach Akora reisen«, kündigte er an. Als er die Verblüffung seines Bruders und seines Schwagers bemerkte, fuhr er fort: »Soviel ich weiß, liegt Hawkforte am Meer.«

»Gewiss«, bestätigte Royce. »Aber du sagtest – ›wir‹…«

»Brianna wird mich in die Heimat begleiten.«

Diesen Worten folgte ein kurzes Schweigen, das Alex schließlich brach. »Davon hat sie nichts erwähnt.«

Gleichmütig zuckte Atreus die Achseln. »Weil sie's noch nicht weiß.«

»Gibt es einen besonderen Grund für ihre Rückfahrt?«, fragte Royce. »In mehreren Briefen bekundeten ihre Angehörigen, sie würde ihnen fehlen. Aber sie verstehen, dass sie hier bleiben möchte. Wenn sie dich gebeten haben, das Mädchen nach Akora zu bringen…«

»Nichts dergleichen. Es ist einfach an der Zeit für Briannas Heimkehr.« Im Bewusstsein der Aufregung, die er verursachen würde, ergänzte der Vanax: »Und für unsere Hochzeit.«

Welche Genugtuung man sich doch verschaffte, wenn man zwei Männer überraschte, die normalerweise niemals aus der Fassung gerieten… Beide starrten ihn entgeistert an.

Schließlich erlangte der Engländer zuerst seine Sprache wieder. »Dass du eine Heirat erwägst, wusste ich gar nicht.«

»Ich auch nicht.« Eindringlich schaute Alex seinen Bruder an. »Davon hast du nichts erzählt.«

»Was gab es da zu erzählen?«, entgegnete Atreus. »Eines Tages würde ich heiraten, das stand schon immer fest.«

»Ja, natürlich«, stimmte Alex zu. »Aber wenn ich mir vorstelle, wie viel Mühe die zauberhaftesten Akoranerinnen auf sich nahmen, um dich in den glücklichen Hafen der Ehe zu locken, und was für bittere Fehlschläge sie erlitten… Milde ausgedrückt, deine Neuigkeit verwirrt mich ein bisschen.«

»*Mich* sogar *sehr*«, gestand Royce. »Vor allem, weil die junge Dame, soweit ich informiert bin, nichts davon verlauten ließ.«

»Atreus…« Plötzlich schöpfte Alex Verdacht, und seine

Augen verengten sich. »Brianna weiß doch, was du planst, nicht wahr?«

»Warum sollte sie? Darüber haben wir nie geredet.«

Die beiden Ehemänner wechselten einen vielsagenden Blick.

»Also hast du ihr noch keinen Antrag gemacht?«, fragte Royce. »Aber während sie dich nach Deilos' Mordversuch gepflegt hat, muss eine engere Beziehung zwischen euch entstanden sein.«

»Nein«, erwiderte der Vanax. »Wie du dich vielleicht entsinnst, reiste Brianna hierher, kurz nachdem ich aus meiner Ohnmacht erwacht war.«

Wieder einmal entstand ein längeres Schweigen, bis Alex einwandte: »Wenn sie auch eine schöne junge Frau ist – solltet ihr euch nicht besser kennen lernen, bevor du an eine Ehe denkst?«

Lässig hob der Vanax die Schultern. »Ich sehe keinen Grund, irgendetwas zu bedenken, denn ich weiß schon seit einiger Zeit, dass ich Brianna heiraten werde.«

»Was – du *weißt* es?« Alex musterte seinen Bruder ungläubig. »Wie ist das möglich?«

Bevor Atreus antwortete, zögerte er einige Sekunden lang. Nur selten sprach er über das zentrale Ereignis seines Lebens. Jener Moment hatte den Künstler, der er gern geblieben wäre, in den Regenten seines Volkes verwandelt. Aber Alex und Royce zählten zu den Menschen, die ihm am nächsten standen, und er schuldete ihnen die Wahrheit.

In der geruhsamen Atmosphäre des eleganten Londoner Salons weckte er Erinnerungen an ein uraltes Ritual auf einer fernen Insel. »Während ich mich der Prozedur unterzog, die mir die Position des Vanax einbrachte, wurde mir sehr viel enthüllt. Unter anderem ›erblickte‹ ich die Frau, die ich jetzt als Brianna kenne. In ihr sah ich meine künftige Gemahlin.«

Da jener Ritus fast nie erwähnt wurde, dauerte es eine Weile, bis sich Royce und Alex von ihrer Verblüffung erholten.

»Und du zweifelst nicht an der Bedeutung deiner – Vision?«, fragte Alex stockend.

»Nein. Wenn ich Brianna nicht heirate, missachte ich die Pflichten, die mir mein Amt auferlegt. Und das darf nicht geschehen.«

»Wie du uns soeben verraten hast, kennst du diese Frau *jetzt* als Brianna«, warf Royce ein. »Wer sie ist, blieb dir damals verborgen?«

»Ja. Ich betrachtete ihr Gesicht und ihre Gestalt«, erklärte Atreus. Wie genau er sie erforscht hatte, mit der Intimität eines Liebhabers, behielt er für sich. »Ihren Namen erfuhr ich nicht. Wer sie ist, ahnte ich nicht einmal, bis ich vor einigen Monaten zu Bewusstsein kam und feststellte, dass sie an meinem Krankenlager saß und mich pflegte.«

Alex holte tief Luft. »Wie erstaunlich muss das gewesen sein …«

»Allerdings. Manchmal hatte ich schon befürchtet, ich würde sie niemals finden.«

Mit der Freimut eines Bruders, der auch ein Freund war, fragte Alex: »Und wenn Brianna deine Überzeugung nicht teilt? Immerhin besteht diese Möglichkeit.«

»Nach meiner Erfahrung wollen die Frauen aus Liebe geheiratet werden«, fügte Royce trocken hinzu, »nicht aus irgendwelchen Pflichtgefühlen heraus.«

»Was nur einen Teil des Problems umreißt, Atreus«, meinte Alex. »Brianna ist keine gebürtige Akoranerin. Über ihre Herkunft wissen wir nichts. Aber ich habe den Eindruck gewonnen, sie möchte dieses Rätsel lösen. Dieser Wunsch muss ihren Entschluss beeinflusst haben, Joanna und mich nach England zu begleiten.«

»Welches Risiko ich einging, als ich ihr die Reise erlaubte, war mir natürlich klar. Leider war ich, während ich mich von dem Mordanschlag erholte, nicht im Stande, die Dinge zwischen uns zu regeln.« Atreus lächelte schwach. »Zum Glück hat sich das mittlerweile geändert.«

»Also möchtest du Brianna veranlassen, deine Absicht – gutzuheißen?«

»Das würde ich *vorziehen*«, betonte der absolute Herrscher seines Volkes. »Doch ich habe lange genug gewartet. Und daheim erfordern dringende Angelegenheiten meine Aufmerksamkeit. So oder so, Brianna wird mich in mein Königreich begleiten, und wir werden heiraten.« Nach einer kurzen Pause beteuerte er: »Selbstverständlich seid ihr alle zur Hochzeit eingeladen.«

»Und wenn Brianna nicht einverstanden ist?«, fragte Royce leise.

»Das würde ich bedauern.« Jetzt nahm die Stimme des Vanax einen stahlharten Klang an. »Aber wir alle müssen unsere Pflicht tun.«

Er nahm das Glas Brandy entgegen, das ihm sein Bruder anbot, und die drei Männer prosteten einander zu. In diesem Moment fegte der Winterwind durch den Kamin herab und entfachte einen Funkenwirbel. Atreus beobachtete die Flammen, die nicht erloschen. Ganz im Gegenteil, je heftiger der Wind blies, desto heller loderten sie empor, bekämpften ihn mit gleißenden Funken und brannten unerschütterlich.

2

Gestern Abend warst du so still beim Dinner.« Joanna musterte Brianna über den Frühstückstisch hinweg. Auch Kassandra schaute die junge Frau, die gerade ein Croissant mit Butter bestrich, prüfend an. Vor dem hohen Fenster des gemütlichen Zimmers in dem Haus, das Alex als seine Londoner Residenz benutzte, erhellte sich der Dezembertag.

»Ich bin nur ein bisschen müde«, erwiderte Brianna, ohne von ihrem Teller aufzublicken. Sosehr sie die Fürsorge ihrer Freundinnen auch schätzte – an diesem Morgen hätte sie lieber darauf verzichtet.

»Das Schiff hat dir Briefe aus deiner Heimat gebracht«, sagte Joanna. »Hoffentlich gute Neuigkeiten?«

Da hob Brianna den Kopf und lächelte ihre Freundin an. Wie mütterlich Joanna war, so interessiert am Wohlergehen aller Menschen in ihrer Nähe… Wann immer sie spürte, dass Brianna irgendetwas bedrückte, versuchte sie, ihr die Ursache des Kummers zu entlocken. »Sehr gute. Mein Vater schreibt mir, fünf Fohlen seien zur Welt gekommen.«

»Darüber wird sich Marcus freuen«, meinte Kassandra. »Deine Familie züchtet die besten Pferde von ganz Akora.«

»Wenn ich ihm antworte, werde ich dein Lob erwähnen. Meine Mutter behauptet in ihrem Brief, Vater würde zu hart arbeiten. Aber sie scheint sich nicht übermäßig zu sorgen. Allen geht es gut, Polonus eingeschlossen, der mir ebenfalls schrieb.«

»Ist er dein jüngerer Bruder?«, fragte Joanna.

Brianna nickte. »Zwei Jahre jünger. Noch nicht in sich gefestigt und ziemlich rastlos...« Das hatte sie nicht verraten wollen. Am letzten Abend hatte sie Polonus' Brief aufmerksam studiert und zwischen den Zeilen gelesen. Obwohl er ihr nichts Bedeutsames mitteilte, gewann sie den Eindruck, irgendetwas würde ihn belasten. Sie fühlte mit ihm, weil sie viele Ansichten und Hoffnungen teilten. Doch sie glaubte, seinen Zukunftsträumen würde es an der nötigen Geduld mangeln. Er war ein ungestümer junger Mann, und er neigte zu unbedachten Entschlüssen, die ihm schaden könnten.

»Hast du Angst vor heute Abend?«, erkundigte sich Kassandra vorsichtig. »Wenn ja, regst du dich grundlos auf. Du bist bestens auf dein gesellschaftliches Debüt vorbereitet. Schon vor Monaten hätte es stattfinden müssen.«

»Ja, ich weiß«, gab Brianna zu. Nur zu gern dachte sie an andere Dinge. »Und ich bin euch beiden von ganzem Herzen dankbar, weil ihr mir so freundlich geholfen habt, meinen Platz im Land meiner Geburt zu finden. Aber ich frage mich, ob dieser Abend der richtige Zeitpunkt ist. Auf keinen Fall möchte ich die allgemeine Aufmerksamkeit von Atreus' Gegenwart ablenken.«

»Oh, das musst du nicht befürchten«, entgegnete Joanna unverblümt. »Kein einziges Mitglied der Londoner Oberschicht wird sich für jemand anderen interessieren. Wahrscheinlich werden die Leute sogar Prinny übersehen.«

»Was eine völlig neue Erfahrung für den Prinzregenten wäre«, murmelte Kassandra. »Übrigens, wo treiben sich die Männer herum?«

»Die sind zeitig aufgestanden«, berichtete Joanna lächelnd. »Zumindest gilt das für Alex.« Ihr Lächeln vertiefte sich.

»Aber er brach nicht ganz so früh auf wie geplant... Ich nehme an, sie hatten irgendetwas vor.«

Stöhnend verdrehte Kassandra die Augen. »Wenn sie blutbefleckt und verdreckt zurückkommen, ist es unser gutes Recht, energisch Einspruch zu erheben.«

»Warum sollten sie sich so albern benehmen?«, wandte Brianna ein. Beinahe hätte Atreus sein Leben verloren. Sicher würde er kein überflüssiges Wagnis eingehen.

Doch, genau das würde er tun. Lange genug hatte sie inmitten akoranischer Krieger gelebt, um diesen Verdacht zu hegen. Was sie für unnötige Gefahren hielt, betrachtete er als vergnüglichen Zeitvertreib.

»Sie sind nun einmal Männer«, seufzte Joanna.

Dann leuchteten ihre Augen auf, denn ein Dienstmädchen trug Amelia ins Zimmer. »Verzeihen Sie, Mylady, die Kleine lässt sich einfach nicht beruhigen.«

»Wenn Sie mir meinen Liebling bringen, müssen Sie sich nicht entschuldigen.« Joanna streckte die Arme aus. »Was fehlt dir denn, Schätzchen?«

Nichts, entschied Brianna, denn die Tränen des Babys versiegten, sobald es die Berührung der Mutter spürte. Statt zu quengeln, schaute sich Amelia neugierig um.

»Was für ein faszinierendes Geschöpf...«, bemerkte Kassandra.

»Deine Patentochter?« Joanna lachte. »Natürlich bewunderst du sie.«

»Nicht nur deshalb. Ich habe das unheimliche Gefühl, sie sieht...«

»Ja, selbstverständlich kann sie sehen.«

»So meine ich's nicht. Ihr Blick dringt – in die Tiefe, und sie nimmt irgendetwas – vollständiger wahr als normale Sterbliche.«

»Was sagst du da?«, flüsterte Joanna und drückte ihr Kind noch fester an sich.

»Nichts Schreckliches«, beteuerte Kassandra sanft. »Das weißt du sehr gut. In dieser Familie wurden schon oft Frauen mit ungewöhnlichen Fähigkeiten geboren.«

»Sie ist doch noch ein Baby«, protestierte Joanna und starrte ihre Tochter bestürzt an. »Sicher ist es viel zu früh, um so etwas festzustellen.«

In diesem Moment gab Amelia einen leisen Laut von sich, der wie ein Kichern klang.

»Nur Blähungen!«, rief Joanna erleichtert. »Sie versteht kein Wort von diesem Unsinn.«

Entschlossen schüttelte Kassandra den Kopf. »Für ein Baby mit Blähungen kommt sie mir etwas zu fröhlich vor.« Zu Brianna gewandt, fuhr sie fort: »Spreche ich in Rätseln? Oder verstehst du, wovon ich rede?«

»Soviel ich weiß«, begann Brianna langsam, »besitzt ihr beide bemerkenswerte Gaben. Joanna stöbert auf, was verloren gegangen ist. Und du ...« Nach kurzem Zögern fügte sie hinzu: »Eigentlich dachte ich, dein besonderes Talent muss dir manchmal wie ein Fluch vorkommen. In die Zukunft zu schauen ...«

»In eine *mögliche* Zukunft«, betonte Kassandra. »Meine Visionen erfüllten einen vorteilhaften Zweck, solange Akora bedroht wurde. Jetzt erscheint mir die Zukunft glücklicherweise genauso mysteriös wie den meisten Menschen. Trotzdem wissen wir Bescheid über diese erblichen Fähigkeiten. Sie entstammen längst vergangenen Zeiten, der frühen Geschichte von Joannas Familie, und gelangten nach Akora, als einer ihrer Ahnherren vor vielen Jahrhunderten unsere Küste erreichte.«

»Aber die Vererbung solcher Gaben ist unvorhersehbar,

nicht wahr?« Brianna betrachtete die kleine Amelia, die den Blick ernsthaft erwiderte. »Und in vielen Generationen traten sie gar nicht auf.«

»Da hast du Recht«, bestätigte Joanna. »Meines Wissens zeigen sie sich nur, wenn sie gebraucht werden. Jedenfalls wird sich Amelia so entwickeln, wie sie's will.«

Brianna lächelte das Baby an. »Offensichtlich will sie jetzt schlafen.«

Als würde Amelia zustimmen, gähnte sie herzhaft. Ein paar Sekunden später sank ihr Köpfchen an die Schulter ihrer Mutter. Joanna erhob sich, um sie ins Kinderzimmer zurückzubringen.

Mit Brianna allein gelassen, fragte Kassandra: »Du bist doch nicht wirklich nervös wegen des Empfangs im Carlton House?«

»Ein bisschen schon«, gestand Brianna. Allerdings nicht aus den Gründen, die meine Freundin vermutet, ergänzte sie in Gedanken. Das Debüt in der Londoner Gesellschaft bereitete ihr kein nennenswertes Unbehagen. Einen Abend in der Bibliothek würde sie zwar vorziehen, doch sie erwartete schlimmstenfalls, sich zu langweilen.

Und so viele Stunden in Atreus' Nähe? Das war etwas anderes. Nur mühsam hatte sie das Dinner am Vorabend ertragen. Was mochte von dem Mann ausgehen, das ihren Puls immer wieder beschleunigte?

Gewiss, er war unglaublich attraktiv … Doch sie hatte den Großteil ihres Lebens in der Mitte akoranischer Krieger verbracht, die alle gut und sehr männlich aussahen. Außerdem hatte Atreus ein bezwingendes, gebieterisches Wesen. Kein Wunder, denn er regierte das befestigte Königreich mit absoluter Macht. Würde er sich weniger autoritär verhalten, wäre es ziemlich seltsam. Wie auch immer, sie mochte keine herrischen Männer – oder?

Vor ein paar Monaten wäre er beinahe gestorben. Um ihn zu retten, hatte ihre Tante, die beste Heilerin von Akora, den schwierigsten Kampf ihres Lebens ausgefochten. Dabei hatte Brianna ihr geholfen, wenn sie ihre eigene Leistung auch geringfügig fand. Aber um jeden anderen Patienten hätte sie sich genauso bemüht. Nicht wahr?

Die Art, wie er sie anschaute... Ein Schauer rann über ihren Rücken und wies sie auf die Wahrheit hin – dieser Blick des Vanax von Akora weckte eine eigenartige Beklemmung in ihrem Innern. Als würde er sie auf eine Weise kennen, die einfach nicht nötig war...

Von solchen Gedanken musste sie sich ablenken – und zwar sofort. »Möchtest du ausreiten, Kassandra?« Dann erinnerte sie sich an den Zustand ihrer Freundin. »Natürlich ganz langsam und gemütlich.«

»Nicht *allzu* gemütlich«, widersprach Kassandra. »Ich bin kerngesund. Wenn Royce das bloß einsehen würde...«

»Dass er sich Sorgen macht, ist doch verständlich«, bemerkte Joanna, aus dem Kinderzimmer zurückgekehrt. »Habe ich soeben etwas von einem Ausritt gehört?«

Brianna nickte. »Dieses schöne Wetter sollten wir nutzen. Es ist nicht zu kalt. Und es weht kein Wind. Und bevor wir uns den ganzen Abend im Carlton House einsperren lassen, sollten wir uns an der frischen Luft amüsieren.«

»Ganz meine Meinung!«, bekräftigte Kassandra lächelnd. »Gebt mir nur dreißig Minuten Zeit, damit ich nach Hause fahren und mich umziehen kann.«

Joanna zog am Glockenstrang, und ein Dienstmädchen trat ein. »Sei so nett, Sarah, und sag Bolkum, wir brauchen drei gesattelte Pferde.«

Höflich knickste die junge Frau. »Sehr wohl, Mylady.«

Eine Stunde später ritten die drei Freundinnen zum Hyde

Park, von einem halben Dutzend Wachtposten begleitet. Um die Privatsphäre der Damen nicht zu stören, wahrten die Männer diskreten Abstand, würden aber beim geringsten Anzeichen einer Gefahr unverzüglich eingreifen.

»Oft genug habe ich Alex erklärt, diese Eskorte sei überflüssig«, seufzte Joanna. »Aber er lässt sich nicht davon abbringen.«

»Ebenso wenig wie Royce«, sagte Kassandra. »Wenn der eine nicht darauf besteht, tut's der andere, und letzten Endes läuft's auf dasselbe raus.«

»Für ihre Sorge gibt es stichhaltige Gründe«, betonte Brianna. »Mit jedem Tag nehmen die Unruhen in England zu.«

»Würde sich der Prinzregent etwas mehr für das Wohl seiner Untertanen interessieren, könnten wir in friedlicheren Zeiten leben«, erwiderte Joanna.

Mit dieser unverblümten Äußerung überraschte sie Brianna nicht, die sich längst daran gewöhnt hatte, dass Joanna kein Blatt vor den Mund nahm. Und darin stand ihr Kassandra nicht nach.

»Interessiert er sich *überhaupt* dafür?«, fragte sie trocken. »Das wusste ich gar nicht.«

Joanna nickte. »Damit triffst du den Nagel auf den Kopf. Die Selbstsucht der englischen Oberschicht ist unfassbar. Aber es gibt einige Leute, die sich um Reformen bemühen.«

»Möge das Glück ihnen beistehen! Auf Akora genießen wir die Vorzüge einer weisen Regierung. Darüber bin ich wirklich froh.«

Brianna zögerte. Da sie die Freundschaft beider Frauen schätzte, wollte sie ihnen keine Sorgen bereiten. Außerdem gehörte Diskretion zu ihren hervorstechendsten Wesenszügen. Aber diesmal war der Impuls, die Gedanken auszusprechen, unwiderstehlich. »Zwischen Akora und England besteht eine gewisse Ähnlichkeit.«

Eben war es noch windstill gewesen, und plötzlich wehte eine Böe in Briannas Gesicht. Unwillkürlich umklammerte sie ihre Zügel etwas fester – sie mochte den Wind nicht.

Mittlerweile hatten sie den Hyde Park erreicht und sahen den lang gestreckten, gewundenen See namens Serpentine in der Wintersonne glänzen. In der Nähe säumten alte knorrige Bäume die Rotten Row – die *route de roi* oder den »Weg des Königs«. Doch der Name hatte seine ursprüngliche Geltung längst verloren. An diesem Vormittag war die breite Sandstraße, auf der sich die vornehme Gesellschaft tummelte, um zu sehen und gesehen zu werden, noch dichter bevölkert denn je.

Während Brianna darüber staunte, fragte Joanna: »Welche Ähnlichkeit?«

»Wie, bitte? Oh – nun, die Akoraner und die Engländer leben in erblichen Monarchien.«

»Nicht wirklich.« Kassandra lenkte ihr Pferd um einen Reitertrupp in der Straßenmitte herum. »Nur wer den Ritus der Wahl über sich ergehen lässt, kann Vanax werden – ganz egal, aus welcher Familie er stammt.«

»Eigentlich dachte ich, nur die Mitglieder der Atreiden-Familie überleben diese Prozedur«, wandte Joanna ein. »Haben es auch andere versucht und Fehlschläge erlitten?«

»Mindestens zehn, das las ich in unseren Geschichtsbüchern. Natürlich umfassen sie einen Zeitraum von Jahrtausenden, also waren es wahrscheinlich noch mehr, die das Wagnis auf sich nahmen.«

Diesmal schwieg Brianna, und sie fragte sich, wie diese zehn Männer – oder noch andere – gestorben sein mochten. Nur eins stand fest, die Macht war stets in den Händen der

Atreiden-Familien geblieben. Und jetzt saß Atreus auf dem Thron.

»Für diese Tageszeit ist hier ungewöhnlich viel los, nicht wahr?«, fragte Kassandra.

Erleichtert über das neutralere Gesprächsthema, nickte Brianna. »Das dachte ich mir auch gerade. Woran könnte es liegen?«

»Großer Gott, da ist Lady Melbourne«, murmelte Joanna und nickte einer korpulenten, aber trotzdem eleganten Gestalt auf einem schönen Grauschimmel zu. Die Lady erwiderte den Gruß und ritt zu den drei Freundinnen.

»Jetzt hast du es geschafft«, stöhnte Kassandra leise, »ich fürchte, sie will was von uns.«

»Tut mir Leid, ich war so verwirrt, als ich sie sah. Normalerweise kriecht sie erst gegen Mittag aus den Federn. Und nun hat sie sich mit einem Großteil der Londoner Hautevolee im Hyde Park eingefunden.«

»Meine *liebe* Lady Joanna!«, rief Londons berühmteste – und gefährlichste – Gastgeberin, während sie näher kam. »Und die *liebe* Prinzessin Kassandra! Welch eine Freude, Sie beide zu sehen!« Nur sekundenlang streifte ihr Blick die Begleiterin der beiden Damen.

Ohne Adelstitel, mittellos und unbekannt, erregte Brianna nicht das mindeste Interesse. Das wusste sie, und sie war dankbar dafür.

»Wir alle freuen uns *ganz wahnsinnig* auf das große Ereignis morgen«, fuhr Lady Melbourne fort. »Soviel ich weiß, ist jeder eingeladen. Wie großzügig! Sagen Sie doch – sind Sie gerade auf dem Weg zu den Gentlemen?«

Weil Joanna die Schuld an der Begegnung trug, fühlte sie sich zu einer Antwort verpflichtet. »Zu den Gentlemen?«, wiederholte sie.

»Natürlich meine ich Ihre Ehemänner und Ihren Gast, Seine Hoheit von Akora. Was für ein eindrucksvoller Titel! Und nach allem, was man so hört, muss der Gentleman genauso imposant aussehen. Jedenfalls waren die Leute, die ihn gestern im Hafen willkommen hießen, völlig fasziniert.«

»Wie nett«, erwiderte Kassandra. »Aber wir wollen einfach nur ausreiten. Was meinen Mann und meine Brüder betrifft…«

»Ach, behaupten Sie bloß nicht, Sie hätten keine Ahnung, wo die drei stecken! Schon vor Stunden hat sich herumgesprochen, sie seien im Hyde Park zu finden.« Etwas verunsichert gestand Lady Melbourne: »Natürlich hat sie noch niemand gesehen. Obwohl alle eifrig Ausschau halten.«

Brianna versuchte ein Lächeln zu unterdrücken, ohne Erfolg. Diskret wandte sie den Kopf ab. Und dann wäre sie beinahe in Gelächter ausgebrochen, denn Joanna fragte: »Hat noch niemand im Parkwächterhäuschen nachgesehen?«

Entgeistert runzelte Lady Melbourne die Stirn. »Was hätten die Gentleman denn *dort* verloren?«

»Nun, das ist eine akoranische Tradition«, erklärte Joanna ernsthaft. »Nicht wahr, Kassandra?«

»Was? Oh – ja – es gehört zu unseren Sitten und Gebräuchen…«

»…Besuche abzustatten«, vollendete Brianna den Satz, und Kassandra schaute sie dankbar an.

»Ja. Man besucht die Person, die verantwortlich ist – für den Ort, wo man sich gerade befindet…«

»Heißt das, der Vanax von Akora sucht einen Parkwächter auf, bevor er dem Prinzregenten begegnet ist?« Obwohl Lady Melbourne so etwas undenkbar fand, registrierte sie die Information geradezu begierig.

»Oh ja«, bestätigte Kassandra, ohne eine Miene zu verziehen. »Selbstverständlich hält Atreus unsere Traditionen in Ehren.« Beifallheischend wandte sie sich zu ihren Begleiterinnen. »Das stimmt doch?«

Eifrig nickten die beiden.

»Ganz sicher«, murmelte Joanna.

»Zweifellos«, ergänzte Brianna.

»Herzlichen Dank, meine Lieben.« Jetzt legte Lady Melbourne keinen Wert mehr auf die Gesellschaft der drei Freundinnen und spornte ihren Grauschimmel an. In flottem Trab, der die Kräfte der meisten Frauen in ihrem Alter übersteigen würde, entfernte sie sich. Bisher hatte sie noch jedes Hindernis gemeistert, das ihr einen gesellschaftlichen Triumph verwehren würde.

Nachdem andere Reitergruppen den hastigen Rückzug ihrer Ladyschaft bemerkt hatten, zogen sie die ersehnten Schlüsse und folgten ihr. Bald war diese Teilstrecke der Rotten Row menschenleer, bis auf Brianna und ihre Begleiterinnen.

»Wie boshaft wir waren«, meinte Kassandra belustigt.

»Reiner Selbsterhaltungstrieb«, verkündete Joanna.

»Glaubt ihr, die Männer sind tatsächlich in der Nähe?«, fragte Brianna.

»Um Himmels willen, nein!«, versicherte Kassandra. »Wenn Atreus auch überaus höflich ist und den Parkwächter sicher viel lieber besuchen würde als gewisse andere Leute, sind sie bestimmt nicht zu dritt hierher gekommen. Nur zu gut wissen Royce und Alex, welches Aufsehen das erregen würde. Nein, die sind ganz woanders.«

»Und sie haben die Meute auf eine falsche Fährte gelockt.« Joanna bemerkte Briannas Verwirrung und erklärte: »Nach meiner Ansicht ist das Gerücht nicht von allein entstanden. Die drei haben irgendetwas geplant. Das sollte niemand bemerken, also schickten sie die Leute in die falsche Richtung.«

»Und warum?«, fragte Brianna.

»Genau das werden wir herausfinden«, versprach Kassandra, und Joanna stimmte ihr lebhaft zu.

Ins Haus zurückgekehrt, wurden sie vom Duft eines ausgezeichneten Tabaks und männlichem Gelächter empfangen. Während sie in der Halle ihre Umhänge ablegten, erkundigte sich Joanna: »Sind die Gentlemen schon lange hier, Mrs. Mulridge?«

Die strenge, schwarz gekleidete Haushälterin, die in der Halle erschienen war und die Damen begrüßt hatte, schüttelte den Kopf. »Etwa seit einer halben Stunde, Mylady.« Zu Kassandra gewandt, fuhr sie fort: »Lord Royce war nicht allzu erfreut über Ihren Entschluss, in den Park zu reiten, Madam.«

»Im Gegensatz zur Meinung meines lieben Gemahls bin ich nicht aus Zucker.« In Alex' Büro ertönte eine neue Lachsalve, und Kassandra lächelte. »Außerdem macht er keinen besonders unglücklichen Eindruck.«

»Irgendwas führen sie im Schilde«, seufzte Joanna. »Und sie glauben, damit kommen sie davon.«

»Was wir nicht gestatten.« Kassandra eilte an der geschwungenen Marmortreppe vorbei zur reich geschnitzten Tür, die ins Büro ihres Bruders führte.

Noch bevor sie die Klinke ergreifen konnte, öffnete ihr Ehemann die Tür. »Ich dachte mir, ich hätte deine Stimme gehört.« Aufmerksam musterte er sie von oben bis unten. Was er sah, schien ihn zufrieden zu stellen, denn er zog zärtlich ihre Hand an die Lippen. »War der Ausflug in den Hyde Park angenehm?«

»Ja, abgesehen von dem ungewöhnlichen Gedränge. Seltsam – heute Vormittag beschloss die halbe Londoner Hautevolee, in den Hyde Park zu reiten. Kannst du dir vorstellen, warum?«

Lachend trat Royce beiseite und bedeutete den Damen, ins Büro zu gehen. Alex und der Vanax sprangen auf und drückten die Zigarren aus, die sie genossen hatten.

Obwohl Brianna woanders hinschauen wollte, gelang es ihr nicht, den Blick von Atreus abzuwenden. Hoch aufgerichtet und breitschultrig stand er da, in einem weit geschnittenen, am Kragen geöffneten weißen Seidenhemd, das in einer braunen Reithose steckte. Sein Haar, schwarz wie ein mondloser Himmel, war vom Wind zerzaust. Über hohen Wangenknochen spannte sich bronzebraune Haut, und die gerade Nase wirkte ebenso prägnant wie das energische Kinn.

In seiner gebieterischen Männlichkeit erschien er gnadenlos, eine Herausforderung für jede Frau, die seinen Weg kreuzte. Doch er besaß noch andere Wesenszüge. Wie Brianna wusste, verehrten und respektierten ihn zahlreiche Menschen, auch solche, die sie gut kannte und liebte. Sie bewunderten seine einzigartige Weisheit, seinen Gerechtigkeitssinn. Diese Ansichten teilte sie nicht. Nur eins gestand sie ihm zu – ungewöhnlichen Mut. Niemals hatte sie ihn vor einem Feind oder einer Provokation zurückschrecken sehen. Und während sie ihn jetzt betrachtete, konnte sie sich auch nicht vorstellen, er würde jemals einem Kampf ausweichen.

»Guten Tag, Brianna«, begrüßte er sie leise. Trotzdem klang seine Stimme so machtvoll, dass sie in ihrer Seele widerhallte. Ohne sie aus den Augen zu lassen, überquerte er den Perserteppich und kam auf sie zu. »Hat Ihnen der Ausritt Freude bereitet?«

Atmen… Sie musste atmen… Aber sobald sie es tat, füllte

sich die Luft mit den verlockenden Gerüchen von Leder, Tabak und einer puren maskulinen Aura.

Sei nicht albern, ermahnte sie sich. »Ja, danke«, antwortete sie und hoffte, er würde ihre Verwirrung nicht bemerken.

»Gut.« Seine Mundwinkel zogen sich ein wenig nach oben, als würde ihn irgendetwas amüsieren. Was für faszinierende Lippen – hart und doch sinnlich... Wie mochten sie sich anfühlen?

»Waren viele Leute im Hyde Park?«

»Wie, bitte? Oh... Ja, sehr viele. Fast die ganze Stadt... Zumindest sah es so aus.«

»Und ich frage mich, warum«, warf Kassandra ein. »Was holt die Londoner Gesellschaft vor der Mittagsstunde aus dem Bett?«

»Vielleicht das Gerücht, der Vanax von Akora würde in eine gewisse Gegend reiten«, meinte Royce in beiläufigem Ton. »Ein Wort da und dort – von einem übereifrigen Laufburschen erwähnt, der sich gern ein paar Shillings dazu verdient...«

»So was Ähnliches haben wir uns schon gedacht!«, rief Joanna. »Und wo wart ihr wirklich, während die Leute nach euch Ausschau hielten?«

»Auf dem Moors Field«, antwortete Atreus. »Hoffentlich verzeiht ihr uns. Hätten wir auch nur geahnt, dass ihr heute Vormittag in den Hyde Park reiten würdet, hätten wir die Leute in eine andere Richtung geschickt.«

»Macht euch deshalb keine Sorgen«, entgegnete Kassandra. »Erzählt uns lieber, was ihr auf dem Moors Field zu suchen hattet. Ist das nicht dieses trostlose Gelände, drüben bei Bishopsgate?«

»Vermutlich ist jeder Ort trostlos, der sich für Waffenübungen eignet.« Alex wandte sich zu einem kleinen Tisch, auf dem silbernes Geschirr stand. »Soll ich frischen Tee bestellen?«

»Oh ja, tu das«, bat Joanna. »Wir trinken Tee, wärmen unsere Füße am Kamin, und ihr drei erzählt uns, was ihr gesehen habt.«

»Nichts, was wir nicht schon unser eigen nennen«, erklärte Atreus. »Und genau darauf kommt es an, denn England hat Akora nichts voraus.«

Brianna sank auf das nächstbeste Sofa und sehnte den Tee herbei. Wenn ihr das Glück gewogen war, würde er sie von gewissen mutwilligen Gedanken ablenken. »Inzwischen ist die Drohung einer britischen Invasion auf Akora gebannt, nicht wahr?«

Sichtlich verblüfft, setzte sich der Vanax zu ihr. »Wieso wissen Sie davon?«

Bevor Brianna antworten konnte, mischte sich Kassandra ein: »Offenbar vergisst du, dass sie uns in jenen schrecklichen Wochen beistand, als wir nicht wussten, ob du leben oder sterben würdest. Ohne sie wären wir nur halb so gut zurechtgekommen. Natürlich wurde Brianna beinahe ein Familienmitglied.«

Langsam nickte Atreus. »Beinahe …«

Welch ein beunruhigendes Lächeln, dachte Brianna. Und diese Augen … Wenn sie nicht aufpasste, würde sie darin ertrinken.

»Dann darf ich mich auf Ihre Diskretion verlassen«, fügte er an.

Sie räusperte sich. »Also möchten Sie die Akoraner nicht alarmieren.«

»Nun, ich will sie nicht mit einer Gefahr beunruhigen, die bereits abgewendet wurde«, verbesserte er sie sanft. »Wir sind zum Moors Field geritten, weil die Briten ausgezeichnete

Waffen herstellen. Und sie sind so großzügig, ihre Artillerie vor den Augen aller Leute auszuprobieren, die sich dafür interessieren.«

»Wie töricht…«

»Vielleicht. Aber wenn man an die Anzahl französischer Spione in England denkt, ergibt es einen gewissen Sinn. Die Informationen, die diese Gentlemen an Napoleon schicken, müssen demoralisierend wirken.«

»Sagten Sie nicht, unsere Heimat würde England in nichts nachstehen? Sind die Akoraner genauso tüchtige Waffenmeister?«

Obwohl er über diese Frage lächelte, tat er sie nicht ab. »Wir sind die Meister unseres Schicksals. So wie eh und je. Was uns nützt, stellen wir her, oder wir erwerben es. Schon immer haben wir erkannt, was den Frieden am ehesten garantiert – die Fähigkeit, einen Angriff abzuwehren.«

»Ja, auf Akora hat stets Frieden geherrscht.«

»Und Sie glauben, es wird immer so bleiben?«

»Das weiß ich nicht«, gab Brianna zu. »Darüber habe ich wirklich noch nicht nachgedacht…« Diese Erkenntnis überraschte sie. Gründlich genug hatte sie die Notwendigkeit einer Veränderung erwogen. Aber die Vorzüge der Stabilität – das war etwas ganz anderes. »Akora liegt so abgeschieden vom Rest der Welt…«

»Aber die Welt verändert sich. Sicher waren Sie lange genug hier, um das zu bemerken?«

»Akora ist nicht England.«

»Trotzdem gehört es zu derselben Welt«, konterte der Vanax. »Und wir würden einen verhängnisvollen Fehler begehen, wenn wir uns einbilden, wir wären gegen den Aufruhr außerhalb unserer Grenzen immun.«

»Und warum vermeiden Sie dann…« Abrupt verstummte

Brianna – zutiefst erschrocken, weil sie beinahe zu viel verraten hätte.

»Was vermeide ich?«

»Ach, gar nichts, Sire ... Ihre Worte haben mich nur – überrascht ...«

»... und hoffentlich nicht in Angst und Schrecken versetzt? Akora wird blühen und gedeihen wie eh und je. Das verstehen Sie doch, Brianna?«

Da sie nichts dergleichen verstand und nicht lügen wollte, antwortete sie: »Das wünsche ich mir von ganzem Herzen.«

Viel zu aufmerksam hörten die anderen zu, und sie begrüßte die Ablenkung, als Joanna den Tee einschenkte.

Und dann war sie stolz, weil ihre Hand nicht zitterte, als sie die zierliche Tasse entgegennahm. Stolz – und ein bisschen verwundert.

Etwas später entschuldigten sich die Damen, um ihre Vorbereitungen für die große Festivität im Carlton House zu treffen.

»Wie ungerecht das ist!«, klagte Kassandra. »Stundenlang müssen wir uns herausputzen, während ihr Männer euch in allerletzter Minute umzieht.«

Royce prostete ihr mit seiner Teetasse zu. »Und dann werden wir den ganzen Abend eure Schönheit bewundern.«

»Also wird sich die Mühe lohnen«, spottete Joanna. »Kommt, meine Damen.« Sobald sie die Treppe erreichten, lobte sie: »Bravo, Brianna!«

»Gut gemacht«, bekräftigte Kassandra.

»Was meint ihr?«, fragte Brianna verwirrt.

»Nun, du hast dich gegen Atreus behauptet«, erklärte Kassandra. »Und ihm nicht sofort zugestimmt. Viel zu oft reden ihm die Leute nach dem Mund. Nur ganz wenige fordern ihn heraus – oder holen auch nur Luft, um ihm zu widersprechen.«

»Ich wollte nicht unhöflich sein…«, begann Brianna.

»Natürlich nicht«, fiel Joanna ihr ins Wort. »Diesen Eindruck würde niemand gewinnen. Atreus mag Menschen, die ihre eigene Meinung vertreten.«

»Aber letzten Endes zählt nur *seine*«, sagte Brianna leise.

»Gewiss, das ist wahr«, bestätigte Kassandra. »Sowie er eine Entscheidung getroffen hat, verstummen alle Diskussionen. Aber bevor er einen Entschluss fasst, denkt er gründlich und sorgfältig nach. Und er ist stets offen für intelligente, von Fakten gestützte Argumente. Schon mehrmals hat er seine ursprünglichen Ansichten geändert, von einleuchtenden Theorien überzeugt.«

Am Treppenabsatz blieb Brianna stehen. Nun hätte sie schweigend weitergehen können. Aber diese Frauen, ihre guten Freundinnen, standen ihr so nahe wie ihre Verwandten. »Dass er nicht starrsinnig auf seinem Standpunkt beharrt, finde ich erfreulich. Daheim glauben einige Leute, die gesamte akoranische Gesellschaft müsste sich neuen Ideen öffnen.«

»Meinst du die Helios-Mitglieder?«, fragte Joanna. »Diese Sonnenschein-Anhänger?«

»Ja, der Name bedeutet Sonnenschein«, stimmte Brianna zu. »Und sie wünschen, das Licht der Sonne würde politische Überlegungen erhellen, die geheim gehalten werden.«

»Wenn ihr mich fragt – da wird viel Lärm um nichts gemacht«, wandte Kassandra ein. »Nicht alles kann man an die Öffentlichkeit zerren und endlos lange erörtern. Und es wird immer heikle Dinge geben, die am besten von ein paar diskreten Leuten besprochen werden.«

»Die Helios-Anhänger scheinen harmlos genug«, bemerkte Joanna.

Kassandra zuckte die Achseln. »Vielleicht, aber lasst uns nicht vergessen – einige Mitglieder sitzen immer noch im Gefängnis, weil sie möglicherweise in den Mordanschlag auf Atreus vor einigen Monaten verwickelt waren.«

»Gegen diese Männer gibt es keine Beweise«, betonte Brianna, und Joanna schüttelte den Kopf.

»Die existieren sehr wohl. Doch sie wurden noch nicht bekannt gegeben.«

»Oh, ich verstehe... Wisst ihr, wann es so weit sein wird?« In den Falten des Reitrocks verborgen, ballten sich Briannas Hände. Das durften die Freundinnen nicht sehen.

»Schon bald, nehme ich an«, erwiderte Kassandra. »Atreus wollte Zeit gewinnen, damit sich die Wogen der öffentlichen Empörung glätten, die den Helios-Leuten gelten. Außerdem musste er hierher reisen. Vermutlich wird er nach seiner Heimkehr die Initiative ergreifen.«

Ein paar Minuten später trennten sie sich. Jede der drei jungen Frauen wurde von ihrer Zofe erwartet, und die langwierige Prozedur der Abendtoilette begann. Nur widerstrebend erduldete Brianna, dass sie gebadet, parfümiert und angekleidet wurde. Während sie ihr Haar bürsten ließ, dachte sie an die Gespräche dieses Tages – und an alles, was dahinter stecken mochte.

Vor allem erinnerte sie an die Begegnung mit einem Mann, den sie zu kennen geglaubt hatte. Offensichtlich war das ein Irrtum gewesen.

3

Einige Tausend vergoldete Kristalle spiegelten das Licht fast ebenso vieler Kerzen wider. Teils glitzerten sie an riesigen Lüstern, die von der Decke herabhingen, teils an den Wandleuchten zwischen den hohen Fenstern des Ballsaals. Der strahlend helle Glanz schien die Nacht in den Tag zu verwandeln. Als wollte sich die Atmosphäre der Natur auch auf andere Weise widersetzen, wuchsen Orangenbäume in gigantischen Silbertöpfen am Rand der Tanzfläche. Eine Woche vor Weihnachten prahlten mehrere Bäume mit duftenden Blüten. Doch die meisten hatte man bereits gezwungen, Früchte zu tragen.

»Erstaunlich«, murmelte Brianna, die noch zahlreiche andere Wörter gefunden hätte, um eine so hemmungslose Extravaganz zu beschreiben. Die Bereitschaft des Prinzregenten, solche Unsummen auszugeben, um seine persönlichen Launen zu befriedigen, während ein Großteil seiner Untertanen gegen qualvollen Hunger kämpfte, überstieg ihr Fassungsvermögen.

»Ja, nicht wahr?«, stimmte Joanna leise zu. »Letztes Jahr war ich mit Alex hier im Carlton House und durfte die Enthüllung dieses neuesten Wunders miterleben, auf das Prinny unheimlich stolz ist. Davon solltest du dich mit eigenen Augen überzeugen.«

Brianna spähte zum Ende der langen Menschenschlange. Dort stand der rundliche Hausherr, der die Gäste empfing und einem zügellosen Cherub glich. In Wirklichkeit regierte er England anstelle seines wahnsinnigen Vaters. Der Kontrast zwischen dem Prince of Wales und dem Mann an seiner Seite hätte nicht krasser ausfallen können. Erstens war Atreus mindestens einen Kopf größer und in ausgezeichneter körperlicher Verfassung. Und zweitens strahlte er Intelligenz, ein charmantes Wesen und echtes Interesse an den Menschen aus, die ihm vorgestellt wurden.

Wie er es fertig brachte, diese Freundlichkeit zu bekunden, verstand Brianna nicht. Nun wartete sie mit ihrer Begleitung schon über eine Stunde, um sich dem Prinzregenten zu präsentieren, und zahlreiche Angehörige der britischen Crème de la Crème trafen immer noch ein. Hoch elegant und kostbar gekleidet, atemlos vor Aufregung, fieberten sie den kostbaren Sekunden in der unmittelbaren Nähe des exotischen Herrschers entgegen, der sie alle entzückte. Die Gentlemen verhehlten nicht, wie rückhaltlos sie den königlichen Fremden respektierten. Aber manche Damen benahmen sich geradezu schockierend. Noch offenherziger hätten sie ihren Wunsch, dem Vanax von Akora ein etwas privateres Amüsement anzubieten, gar nicht zeigen können.

Nicht, dass es Brianna stören würde. Kein bisschen… Ganz im Gegenteil, je öfter er von seinen Bewunderern bedrängt wurde, desto seltener würde er sie mit diesem wissenden Blick beunruhigen.

»Und Sie sind…« Noch eine neugierige Dame starrte sie ungeniert an, und Brianna seufzte.

Vorhin hatte sie erklärt, sie würde sich lieber in eine stille Ecke setzen, statt in der scheinbar endlosen Empfangsreihe auszuharren. Davon wollten die beiden Ehepaare nichts hören. Sosehr sie deren Bemühungen auch würdigte – sie wusste sehr wohl, dass hier niemand bestrebt war, sie kennen zu lernen.

»Unsere liebe Freundin Brianna«, sagte Joanna mit einem frostigen Lächeln.

Die Erkenntnis, dass Joanna solche gesellschaftlichen Ereignisse ebenso hasste, wie sie Brianna jetzt verabscheuen lernte, spendete ihr einen gewissen Trost. Eine geborene Prinzessin, war Kassandra an diese Tortur gewöhnt. Aber auch sie verlor allmählich die Geduld.

»Wie nett«, murmelte die Lady unaufrichtig, eilte davon und starrte den Vanax an, die Augen von geradezu erschreckender Begierde erfüllt.

Und dann war es so weit – endlich wurden Brianna und ihre Gefährten von Prinny empfangen. Glücklicherweise verkündete er nur wenige Minuten später: »Genug! Bei Gott, ich schwöre, einige Gäste haben sich hier *zweimal* angestellt. Verdammte Unverschämtheit!« Mit einer herrischen Geste verscheuchte er den Rest der immer noch langen Warteschlange, die bis außerhalb seines Blickfelds reichte. Dann entdeckte er den verängstigten Majordomus, der in seiner Nähe wartete. »Musik! Möglichst lebhaft! Wie immer gibt's keinen Platz zum Tanzen. Dagegen kann man nichts machen.« Zu Atreus gewandt, fügte er hinzu: »Eins muss ich Ihnen lassen, Sie haben einige meiner Lords hinter dem Ofen hervorgeholt, die ich seit einer Ewigkeit nicht mehr sah. Ich dachte schon, ein oder zwei wären gestorben.«

»Zweifellos suchen die Leute vor allem *Ihre* Gesellschaft, Hoheit«, erwiderte Atreus diplomatisch.

»Wohl kaum. Kommt es auf Akora auch zu solchen Menschenaufläufen?«

»In gewisser Weise. Bei uns gibt es ein Sprichwort, und das lautet: Wenn man jemanden treffen will, sollte man im Palasthof von Ilius nach ihm suchen, weil dort jeder irgendwann einmal aufkreuzen wird.«

Prinny warf dem Vanax einen Blick zu, der erkennen ließ, dass sein Verstand – in der Jugend hellwach – noch nicht vollends eingeschlafen war. »Ein Palasthof? Eigentlich dachte ich, die Akoraner wären eher unkultiviert, ein bisschen primitiv, falls Sie mir die Bemerkung verzeihen. Offenbar habe ich mich geirrt.«

Atreus lächelte schwach. »Um solche Missverständnisse zu beseitigen, fuhr ich hierher, Hoheit.«

»Sehr klug – so was muss man klarstellen. Letzten Endes erspart man sich damit einige Schwierigkeiten.« Ein Gong erklang. »Ah, das Dinner!«, kündigte der Prinzregent an. Zum ersten Mal an diesem Abend zeigte er eine gewisse Begeisterung. »Wird auch Zeit. Wir werden Sie bestens verköstigen, Sire. Zumindest das kann ich Ihnen versprechen.«

»Man hat mir bereits von Ihrer erlesenen Tafel erzählt, Hoheit.« An der Spitze der dicht gedrängten Gästeschar folgte Atreus dem Hausherrn die geschwungene Treppe zu den Räumen auf der Ebene des Gartens hinab, wo das Dinner serviert wurde.

Nur wenige Schritte hinter den beiden Herrschern – nahe genug, um das Gespräch zu belauschen – biss Brianna auf ihre Lippen. Offenbar war dem Vanax zu Ohren gekommen, was die Freundinnen auch ihr erzählt hatten: Die Menüs im Carlton House waren so extravagant, dass man sie als grotesk bezeichnen musste. Außerdem stellten sie das Durchhaltevermögen der Gäste auf harte Proben, da sie aus ein paar Dutzend Gängen bestanden, wobei einer den anderen an Üppigkeit und Raffinesse übertraf. Manche Platten blieben auf den Tischen stehen, damit sich die Leute selbst bedienen und ihre Lieblingsspeisen bevorzugen konnten; andere Gerichte wurden nur einmal angeboten und dann entfernt.

Von den exquisiten Leckerbissen kostete Brianna nur ganz

wenige, begnügte sich mit einem kleinen, in Teig gebackenen Seezungenfilet, einem Stückchen Lamm in Gelee und ein bisschen gebuttertem Hummer. Etwas mehr nahm sie sich von den Petersilienkartoffeln, die ihr sehr gut schmeckten. Auf die Pastete mit den Innereien, den Schinkenpudding, das Hasencurry, die Rehkeule und diverse andere Köstlichkeiten verzichtete sie.

Trotz einiger Vorbehalte fand sie die Mahlzeit interessant und wurde nicht enttäuscht – nur überrascht. Während der Tisch für das Dessert frisch gedeckt wurde, bemerkte sie einen Gentleman, der ihr gegenübersaß und sie zu beobachten schien. Da ihr kein Grund einfiel, warum er das tun sollte, glaubte sie zunächst, sie würde sich irren. Aber einige Minuten danach schaute sie – rein zufällig – wieder in seine Richtung und gewann den gleichen Eindruck.

Zwischen vierzig und fünfzig Jahre alt, das schüttere rötliche Haar von der hohen Stirn straff nach hinten gekämmt, wirkte er nicht unsympathisch. Sein Blick wirkte eindringlich, aber nicht dreist. Als sie ihn musterte, verwirrte sie ihn so sehr, dass er die Speisen auf seinem Teller ignorierte und es sogar versäumte, eine Bemerkung des Gastes zu seiner Linken zu beantworten.

Wie sie sich in dieser Situation verhalten oder ob sie überhaupt etwas unternehmen sollte, wusste sie nicht. Von einer Konversation am Kopfende der Tafel abgelenkt, schaute sie erst nach einer Weile wieder zu dem Mann hinüber, der sie immer noch beobachtete.

Bald erforderte etwas anderes ihre ungeteilte Aufmerksamkeit. Sie war sicher, der Vanax würde ihre Anwesenheit kaum registrieren. Doch da täuschte sie sich. Während der Prinzregent gelierte Orangenspalten in seinen Mund stopfte, hörte sie Atreus sagen: »Nicht nur ich besuche das Carlton

House zum ersten Mal, Sire. Ich glaube, auch Brianna war nie zuvor hier.«

Nachdem Prinny die Orangen hinuntergeschluckt hatte, runzelte er die Stirn. Sie war ihm vorgestellt worden. Also wusste er, wer sie war, hatte aber erwartungsgemäß keine Notiz von ihr genommen. Bis jetzt. »Tatsächlich? Und was halten Sie von meiner Residenz, junge Dame?«

Verblüfft, weil der Vanax von Akora das Interesse des Prinzregenten mit Absicht auf ihre Person gelenkt hatte, antwortete sie: »Ein ungewöhnliches Gebäude, Hoheit. Offen gestanden, so etwas konnte ich mir gar nicht vorstellen.«

In der felsenfesten Überzeugung, dieser Kommentar wäre ein Kompliment, schenkte ihr der Prinzregent ein strahlendes Lächeln. »Hart genug musste ich arbeiten, um ein so traumhaftes Ergebnis zu erzielen, das dürfen Sie mir wahrlich glauben. Diese Architekten sind zu nichts nutze. Alles verschlampen sie, wenn man ihnen nicht ständig auf die Finger schaut. Aber ich ließ ihnen nichts durchgehen. ›Bloß nicht knausern‹, schärfte ich ihnen ein. ›Dies und das soll noch größer und noch schöner werden.‹ Letzten Endes hörten sie auf mich. Aber ich sage Ihnen, ein anderer an meiner Stelle hätte es aufgegeben.«

»Aber nicht Sie, Sire«, murmelte Brianna.

»Genau – *ich* nicht! Von Sparmaßnahmen wollte ich nichts wissen. Wirklich geschmacklos, so was ...« Schmollend schnitt er eine Grimasse, wie ein Kind, dem man eine Süßigkeit verweigerte. Zu Atreus gewandt, fuhr er fort: »Solche Probleme haben Sie vermutlich nicht, oder? Wie mir Hawkforte erzählt hat, müssen Sie sich mit keinem Parlament herumschlagen. In alten Zeiten war's hier ebenso, und ich hätte damals viel lieber gelebt.«

»Ganz so einfach ist es nicht auf Akora«, entgegnete

Atreus leichthin, fing den Blick seines Schwagers ein und hob die Brauen.

»Ich habe die Frage Seiner Hoheit nach den Besonderheiten der akoranischen Regierung beantwortet«, erklärte Royce und nickte Prinny zu. »Wie Sie sich vielleicht entsinnen, Sire, erwähnte ich, auf Akora würde kein formelles Parlament existieren. Stattdessen gibt es ein althergebrachtes System, das aus Beratungen und Kompromissen besteht. Daran hält man sich mehr oder weniger.«

»Muss ziemlich ermüdend sein«, meinte der Prince of Wales, nachdem er einige Sekunden lang darüber nachgedacht hatte.

»Mit der Zeit entwickelt sich dieses System zur zweiten Natur«, versicherte sein königlicher Gast.

Nun drehte sich das Gespräch um andere Themen. Trotzdem spürte Brianna immer wieder Atreus Blick, dem sie jedes Mal auswich. Das bereitete ihr einige Mühe. Darauf konzentriert, erschrak sie, als sie merkte, dass sie immer noch von dem rothaarigen Gentleman gemustert wurde. Bis zum Ende des opulenten Dinners ließ er sie kaum aus den Augen. Dann erhoben sich die Gäste von der Tafel. Erstaunlich schnell verschmolz er mit der Menge, und während des restlichen Aufenthalts im Carlton House sah sie ihn nicht wieder.

Kassandra und Royce suchten ihr eigenes Haus auf, Brianna kehrte mit Atreus, Alex und Joanna zur Mayfair-Residenz zurück. Dort erlebte sie eine weitere Überraschung. Der Vanax stieg aus der Kutsche und reichte ihr seine Hand. Instinktiv griff sie danach, er half ihr aus dem Wagen, und sie spürte die warme Kraft seiner Finger, die ihre umschlossen. Heiße Freude erfüllte ihr Herz – gefolgt von beklemmendem Unbehagen.

»Haben Sie den Abend genossen, Brianna?«

Sie hörte die Frage. Doch es fiel ihr schwer, über eine Antwort nachzudenken. Denn statt sie loszulassen, legte er ihre Hand in seine Armbeuge und führte sie die breiten steinernen Stufen zur Doppeltür hinauf. »Es – war sehr interessant«, brachte sie schließlich mühsam hervor.

Da lachte Atreus, und der tiefe, volle Klang seiner Stimme besänftigte ihre Nerven nicht im Mindesten. »Oh, Sie sind eine Diplomatin.«

»Keineswegs, Sire, ich versuche nur, die Gefühle meiner Mitmenschen zu berücksichtigen.«

»Darin liegt das Wesen der Diplomatie – man sollte die Person abschätzen, mit der man zu tun hat, genau ergründen, worauf sie positiv oder negativ reagieren wird, und sich entsprechend verhalten.«

»Sicher steckt noch viel mehr dahinter.«

»Alles Weitere ist einfach nur ausgefeiltes Beiwerk. Übrigens, ich finde Ihr Kleid sehr hübsch, Brianna. Die englische Mode ist zweifellos eine willkommene Abwechslung nach all dem Weiß.«

Auf Akora war Weiß die Farbe der Jungfrauen, und sie hatte angenommen, sie würde bis zu ihrer Hochzeit keine andere tragen. Aber nach der Ankunft in London hatte sie sich dem hiesigen Lebensstil angepasst. Und ihr gefiel das dunkelblaue Abendkleid. In aller Bescheidenheit hatte sie festgestellt, wie wundervoll es mit ihrem leuchtend roten Haar harmonierte.

Oder sie hatte sich darüber gefreut, bevor ihr bewusst geworden war, dass Atreus' Kommentar viel zu vertraulich wirkte. »Danke …«, murmelte sie.

Einer der akoranischen Krieger, die in der Eingangshalle Wache hielten, öffnete die Tür. Beim Anblick des Vanax verbeugten sich alle. Freundlich nickte er ihnen zu. Dann schaute er Brianna abwartend an. »Ihr Umhang.«

Warum musste er sie immer wieder verwirren? Verlegen kämpfte sie mit der Verschnürung am Hals und streifte das Cape von den Schultern, das er lächelnd ergriff und einem Lakaien reichte.

»Ein Schlummertrunk?«, schlug Alex vor.

»Für mich nicht«, erwiderte Joanna lächelnd. »Viel zu früh wird der morgige Tag erwachen – und mit ihm unsere süße kleine Amelia. Aber ihr drei solltet euch nicht stören lassen.«

»Auch ich möchte mich entschuldigen«, sagte Brianna leise. »Beinahe schlafe ich schon im Stehen ein.«

»Heute Abend haben Sie Ihre Sache sehr gut gemacht«, meinte Atreus, »und ich kann Ihnen nachfühlen, dass Sie erschöpft sind.«

Sie blickte auf – und noch etwas höher nach oben. Also wirklich, dieser Mann war viel zu groß. Außerdem schien sie ihn dauernd zu amüsieren, und das ärgerte sie allmählich. »Ich habe *gar* nichts getan.«

Offenbar hätte er die Konversation fortgesetzt, wäre Joanna ihm nicht zuvorgekommen. »Das reicht jetzt«, entschied sie energisch. »Gehen wir hinauf, Brianna, höchste Zeit fürs Bett. Alex, Liebster, ich erwarte dich oben.«

»Unsinn, meine Süße, du musst nicht auf mich warten«, entgegnete ihr Ehemann.

»Doch.« Brianna im Schlepptau, wandte sie sich zur Treppe und rief über die Schulter: »Ich muss mit dir reden, teurer Gemahl! Gute Nacht, Atreus, ich freue mich so, dass du bei uns bist.«

Neugierig überlegte Brianna, was ihre Freundin mit Alex besprechen wollte. Zu ihrem Bedauern fand sie nicht die richtigen Worte, um taktvoll danach zu fragen – obwohl ihr

Verstand hellwach war, mochte sie auch körperlich ermattet sein.

Erst viel später, nachdem sie sich von Joanna verabschiedet, ihre Zofe entlassen hatte und in ihr breites Bett gesunken war, kehrten ihre Gedanken zu Atreus zurück. Er zog sie in einen magischen Bann und verwirrte sie, erregte eine seltsame Sehnsucht und machte ihr ein bisschen Angst.

Das nahm sie ihm übel, denn es gab ohnehin schon genug Probleme.

Bevorzugte er tatsächlich Menschen, die eine eigene Meinung vertraten? Mittlerweile begann sie daran zu glauben.

Ihr Kleid hatte ihm gefallen – und vor allem sie in der dunkelblauen Seide. Da war sie sich ganz sicher.

Was für eine bemerkenswerte Geduld und Disziplin er besaß ... Den schwierigen Prinzregenten hatte er geradezu meisterhaft behandelt.

Und sie? Auch *sie* hatte er unzweifelhaft *behandelt*, wenn sie auch nicht wusste, auf welche Weise.

Irgendetwas wollte Atreus von ihr, der Vanax von Akora und erhabene Spross der Atreiden. Was das sein mochte, konnte sie sich nicht vorstellen. Aber bevor sie ins Reich der Träume hinüberglitt, ahnte sie, dass sie es bald erfahren würde.

Noch ehe das erste graue Licht der winterlichen Morgendämmerung die Sterne herausforderte, stieg Atreus aus dem Bett. Schon vor langer Zeit hatte er gelernt, wie wichtig es war, Zeit für sich selbst zu finden, bevor ihn die Geschäfte des Tages beanspruchten. Und so erwachte er stets sehr früh. Wie gewohnt verbrachte er die nächsten Minuten mit Meditationen und Gebeten.

Dabei dachte er wieder einmal an Brianna. Seit seiner Ankunft in England schweiften seine Gedanken immer öfter zu ihr, was ihn nur teilweise erfreute. Sie war eine Vollwaise, das ließ sich nicht ändern. Diese Tatsache musste er akzeptierten, damit zurechtkommen – und vor allem entscheiden, was er tun oder nicht tun würde.

Aber an diesem Morgen kam er einem solchen Entschluss nicht näher. Gebadet und angekleidet, immer noch unzufrieden, konzentrierte er sich auf das Programm des bevorstehenden Tages.

Die Brüder trafen sich am Frühstückstisch. Während sie über den vergangenen Abend und insbesondere den Prinzregenten diskutierten, wurden sie von einem Wachtposten unterbrochen.

»Verzeihen Sie die Störung, Vanax. Prinz Alexandros, draußen wartet ein Engländer, der Sie sprechen möchte.«

»Um diese frühe Stunde?« Alex nahm die Visitenkarte entgegen, die der Akoraner ihm reichte, und studierte sie.

»William, Earl of Hollister. Den Namen habe ich schon einmal gehört, aber ich kenne den Gentleman nicht.«

»Sind Besuche um diese Zeit unüblich?«, erkundigte sich Atreus.

»Allerdings. Entweder kümmert sich Hollister nicht um die Gebote der Höflichkeit, oder er hält sein Anliegen für äußerst dringlich.«

»Wollen wir herausfinden, was ihn hierher führt?«, schlug Atreus vor.

Wenige Minuten später wurde der Earl of Hollister in den Frühstücksraum geleitet. Wenn er auch gefasst wirkte, schien er unter einer starken inneren Anspannung zu stehen. Beim Anblick des Vanax, der sich ebenso wie Alex erhob, um ihn zu begrüßen, runzelte der schlanke, rothaarige Mann verblüfft die Stirn. »Hoheit … Ich hatte keine Ahnung, dass ich Sie inkommodieren würde. Bitte, entschuldigen Sie…«

»Keine Ursache«, erwiderte Atreus.

Einladend wies Alex auf einen Stuhl. Dann betonte er: »Um diese Tageszeit achten wir nicht so sehr auf Förmlichkeiten.«

»Gewiss, es ist noch sehr früh«, gab Hollister zu und setzte sich an den Tisch. Auch die beiden anderen Männer nahmen wieder Platz. »Tut mir ehrlich Leid«, beteuerte der Earl. »Offen gestanden, die ganze Nacht habe ich mir den Kopf darüber zerbrochen, was ich tun soll. Und wie ich gestehen muss, ich konnte es kaum erwarten, Sie aufzusuchen. Und da ich dachte, Sie wären schon am Morgen sehr beschäftigt, fürchtete ich, Sie nicht anzutreffen.«

»Also geht es um eine sehr wichtige Angelegenheit?«

Hollister lächelte müde. »Ja und nein. Sechzehn Jahre musste es warten. Trotzdem glaube ich, es darf keinen Tag länger hinausgezögert werden.«

Die Brüder wechselten einen kurzen Blick.

»Sechzehn Jahre?«, wiederholte Atreus, und Hollister nickte.

»Vor sechzehn Jahren verschwand meine Kusine, Delphine Wilcox, geborene Hollister, zusammen mit ihrem Ehemann, einem gewissen Mr. Edward Wilcox, und ihrer Tochter, die damals etwa acht Jahre alt gewesen sein muss. Wir nahmen an, sie wären bei einem Schiffsuntergang ums Leben gekommen.«

»Und daran glauben Sie jetzt nicht mehr, Sir?«, fragte Alex.

»Nein, das ist mir unmöglich – weil ich gestern Abend einen gewaltigen Schock erlitt. Ich saß an der Tafel des Prinzregenten einer jungen Dame gegenüber, die meiner verstorbenen Kusine verblüffend ähnlich sieht. Zunächst gewann ich sogar den Eindruck, ich würde einen Geist erblicken.«

»Brianna«, sagte Atreus leise – seine künftige Gemahlin, der Geist seiner bedeutsamen Erinnerung und seiner Schuldgefühle.

»So lautet ihr Name, wie man mir erklärt hat. Und damit steht es fest. Das Kind meiner Kusine wurde auf diesen Namen getauft. Ohne jeden Zweifel ist die vermeintliche junge Akoranerin, eine Freundin Ihrer Familie, Lady Brianna Wilcox. Den Titel hat sie von der Familie ihrer Mutter geerbt. Und vielleicht darf ich hinzufügen – ihre englischen Verwandten werden sie mit offenen Armen willkommen heißen.«

Unfähig, seine Erregung noch länger zu verhehlen, schaute Hollister von einem Gastgeber zum anderen.

»Wie das alles geschehen konnte, begreife ich nicht«, fügte er hinzu. »Natürlich sind wir alle froh, dass Brianna noch lebt und wohlauf ist – insbesondere, weil die Akoraner im Ruf stehen, allen Außenseitern feindselig zu begegnen. Aber warum haben Sie ihr niemals die Heimkehr zu ihrer Familie ermöglicht?«

Alex schwieg, und Atreus antwortete: »Darum haben wir uns bemüht. Vor sechzehn Jahren wurde Brianna schwer verletzt an die Küste Akoras gespült. Sie erholte sich, aber ihre Erinnerungslücken schlossen sich nicht. Nur ihren Namen kannte sie – Brianna Wilcox. Und dank ihrer Sprache wussten wir, dass sie aus England stammen musste. Ansonsten gab es keine Anhaltspunkte. Selbstverständlich zogen wir in England Erkundigungen ein. Dabei stellte sich nichts heraus. Offenbar suchte niemand nach einem vermissten Ehepaar namens Wilcox oder dem Kind der beiden.«

Auf seinem Stuhl zurückgelehnt, schaute er Hollister eindringlich an.

»Vielleicht würden Sie jetzt eine Erklärung abgeben. Wie konnte Ihre Familie eine Tochter und eine Enkelin verlieren und diese Tatsache so wirkungsvoll geheim halten, dass unsere Agenten nichts herausfanden?«

»Hoheit...«

»Rechtfertigen Sie sich!«, fiel Atreus dem Earl ins Wort. »Oder die Angelegenheit ist hiermit abgeschlossen. Als Vanax bin ich für das Wohl aller Akoraner verantwortlich, und das gilt auch für Brianna. Niemals werde ich sie über die Existenz einer Familie informieren, die mir nicht die *ganze* Wahrheit über gewisse Hintergründe anvertraut.«

Obwohl Hollister erblasste, nahm sein Gesicht einen energischen Ausdruck an. »Nun, das alles ist sehr bedauerlich. Mein Onkel, von dem ich den Titel geerbt habe, missbilligte die Heirat meiner Kusine. Deshalb kam es zu einer Entfremdung. Der verstorbene Earl, ein sehr willensstarker Mann, ertrug es nicht, wenn sich irgendjemand seinen Wünschen widersetzte. Und weil er dem jungen Ehepaar das Leben in England zur Hölle machte, flüchteten die beiden auf den Kontinent. Nie wieder wurde Delphine erwähnt. Viele Jahre später, nach dem Tod meines Onkels, fand ich interessante Unterlagen in seinen Papieren. Daraus ging hervor, dass er vom Verschwinden seiner Tochter wusste und Nachforschungen anstellen ließ, um herauszufinden, was geschehen war. Doch das hatte er uns verschwiegen. Nachdem er uns befohlen hatte, Delphine einfach zu vergessen, war in unserer Familie nie mehr über sie gesprochen worden. Das muss der Grund gewesen sein, warum Ihre Agenten nichts in Erfahrung brachten, Hoheit.«

»Welch eine schreckliche Zeitverschwendung«, murmelte Alex.

»In der Tat«, stimmte Hollister zu. »Und jetzt möchte ich

einiges wiedergutmachen.« Er wandte sich erneut an Atreus. »Seien Sie versichert, Hoheit, meine Familie wird Brianna freudig und liebevoll aufnehmen – und stets für ihr Wohl sorgen. England ist ihre Heimat. Und wie ich betonen möchte – hier hat sie die allerbesten Zukunftsaussichten.«

»Sie erfreut sich bereits einer Heimat und einer Familie«, erwiderte Atreus in ruhigem Ton. »Und was ihre Aussichten betrifft…« Abrupt verstummte er. Dieser Engländer warf ein Problem auf. Wenn Brianna nicht erfuhr, woher sie stammte, würde sie niemals wahren inneren Frieden finden. Und das musste ihre Seele zutiefst verletzen. Auf Akora, wo angeblich die Krieger herrschten und die Frauen dienten, wuchs jeder Junge mit dem strengen Gebot auf, niemals einer Frau zu schaden. Dies hatte Atreus ebenso akzeptiert wie eine andere Verantwortung, die ihn möglicherweise in ernsthafte Konflikte mit seinem Gewissen stürzen würde.

Wenn er Brianna von ihrer englischen Verwandtschaft erzählte, würde sie sich vielleicht ein Leben wünschen, das er ihr nicht gestatten durfte. Sonst würde er seine vorrangigen Pflichten gegenüber Akora vernachlässigen.

»Darüber muss ich nachdenken«, entschied er und stand auf. »Bevor ich eine Entscheidung treffe, werden Sie nicht an Brianna herantreten. Ist das klar?«

Auch Hollister erhob sich. »Gewiss, Hoheit«, willigte er ein und verbeugte sich steif. »Aber ich hoffe inständig, Sie werden den richtigen Entschluss fassen. Niemandem wäre gedient, sollten Sie das Unrecht, das mein Onkel beging, auf sich beruhen lassen.«

Nachdem Hollister die Tür hinter sich geschlossen hatte, seufzte Alex tief auf. »Was für eine verdammte Situation!«

»Ja, äußerst problematisch… Könntest du möglichst viele Informationen über die Familie Hollister sammeln? Ich möchte alles wissen – die Geschichte, den Ruf, das Vermögen.«

»Wirst du Brianna einweihen?«

Atreus zögerte. »Das weiß ich noch nicht. Wäre es denkbar, dass Hollister meine Anweisung missachtet und ein Gespräch mit Brianna sucht?«

»Wohl kaum... Zumindest nicht während der nächsten Tage«, schränkte Alex nach einer kurzen Pause ein. »Doch er wird sich nicht allzu lange gedulden. Offensichtlich ist er von seiner Mission überzeugt, jenes alte Unrecht aus der Welt zu schaffen.«

»Und vielleicht wird er ein neues Unrecht gegen mein Land begehen, über das er nichts weiß. Er hat auch gar keinen Grund, Rücksicht auf Akora zu nehmen.«

»Ziemlich delikat, dieses Dilemma. Nun möchte ich dir zweierlei vorschlagen: Informieren wir Royce sogleich, und bitten wir ihn um Hilfe. Wahrscheinlich kann er uns einiges über die Hollisters mitteilen. Außerdem solltest du deine Heiratsabsichten mit Brianna besprechen. Wenn mich nicht alles täuscht, spüren Joanna und Kassandra bereits, dass irgendetwas in der Luft liegt. Letzte Nacht hat Joanna mich ohne Umschweife gefragt, ob Brianna dein privates Interesse erregt hat.«

»War das so offensichtlich?« Stöhnend schnitt Atreus eine Grimasse.

»Keineswegs, aber die Damen... In gewissen Situationen sind ihre Instinkte den unseren weit überlegen.«

»Mit deiner ersten Empfehlung bin ich einverstanden...« Atreus unterbrach sich, und ein paar Sekunden später setzte er dezidiert hinzu: »Mit der zweiten nicht. Wenn ich Brianna ankündige, dass wir heiraten werden, möchte ich mich nicht von anderen Dingen ablenken lassen. Sobald meine Geschäfte in England erledigt sind...«

»… wirst du dich hinreichend befreit fühlen, um deine bemerkenswerten Überredungskünste anzuwenden«, vollendete Alex grinsend den Satz seines Bruders.

»So ungefähr. Nächste Woche fahren wir nach Hawkforte. Dort müsste sich eine Gelegenheit ergeben, die Sache zu regeln.«

»Noch dazu in einer geeigneten Umgebung. Diese romantische Atmosphäre …«

»Ach ja, ich entsinne mich – die hast du damals genutzt und Joanna gebeten, deine Frau zu werden.«

»Genau. Außerdem haben Royce und Kassandra auf meinem Landsitz ihre Differenzen bereinigt und zu heiraten beschlossen.«

»Nun, dann kann ich mir kein besseres Ambiente wünschen.«

Nachdem Atreus seine privaten Pläne geschmiedet hatte, lenkte er seine Aufmerksamkeit in andere Bahnen. Am späteren Vormittag stand eine Besprechung mit Lord Liverpool und einigen anderen Regierungsmitgliedern auf dem Programm. Und am Nachmittag würde er ein halbes Dutzend reiche, mächtige Geschäftsmänner treffen. Begierig strebten sie Handelsbeziehungen mit Akora an. Abends würde er den Ball besuchen, den Alex und Joanna ihm zu Ehren veranstalteten. Und so lag ein ereignisreicher Tag vor ihm.

Das alles nahm er klaglos hin. Pflicht war sein Leben, sein Leben die Pflicht. Nicht einmal in seiner Kindheit hatte er diesen Grundsatz infrage gestellt. Und der Ritus seiner Wahl zum Vanax hatte nur bestätigt, was ihm von Anfang an bestimmt gewesen war. Aber trotz diverser Geschäfte kehrten seine Gedanken immer wieder zu Brianna zurück. Deutlich genug erinnerte er sich an die zögernde Vorsicht in ihren Augen, die natürliche Anmut in ihren Bewegungen, die Art, wie sich ihr Körper in seiner Nähe ein wenig versteifte, an ihre innere Abwehr.

Während er am Fenster stand und den winterlichen Garten betrachtete, dachte er weder an Liverpool noch an den Prinzregenten, nicht einmal an Akora – sondern an leuchtende waldgrüne Augen, den feurigen Glanz seidiger Haare und Briannas Lächeln, die fragende Neigung ihres Kopfs – die Melodie ihrer Stimme …

Warum wichen seine normalerweise so disziplinierten Gedanken vom vorgegebenen Weg ab? Verwirrt kehrte er dem Fenster den Rücken.

Den kleinen braunen Sperling, der draußen umherhüpfte und Brotkrumen aufpickte, sah er nicht.

Am Fenster ihres Schlafzimmers, das zum Garten hinausging, brach Brianna noch ein kleines Stück von dem Brötchen ab, das sie von ihrem Frühstückstablett genommen hatte, und warf es dem Vogel zu. Zwischen den geöffneten Läden drang kalte Luft herein, und sie erschauerte ein wenig. Doch sie war viel zu sehr mit ihren Schwierigkeiten beschäftigt, um diese kleine Unannehmlichkeit wahrzunehmen.

Von einem anderen Fenster aus hatte sie den rothaarigen Gentleman davongehen sehen, mit ernster, sichtlich entschlossener Miene.

Wer mochte er sein? Warum war er zu so früher Stunde hierher gekommen? Seine Ankunft hatte sie nicht beobachtet. Deshalb wusste sie nicht, ob er empfangen oder abgewiesen worden war. Wie auch immer, er hatte sich hier eingefunden. Dahinter musste eine ganz bestimmte Absicht stecken. Hing sie mit dem auffälligen Interesse zusammen, das er im Carlton House an ihr gezeigt hatte?

In ihrem Herzen regte sich eine schwache, unbestimmte

Hoffnung. So viel hatte sie verloren – ihre Heimat, ihre englische Familie und einen Großteil ihrer Identität. Und doch war ihr so viel gegeben worden – eine andere Heimat, eine andere Familie, ein neues Leben. Und während sie die lückenlose Wahrheit über sich selbst erfahren wollte, empfand sie gleichzeitig den Wunsch, dem Menschen treu zu bleiben, zu dem sie sich entwickelt hatte.

Sie warf die letzten Krumen in den Garten hinaus, dann schloss sie das Fenster. Noch eine ganze Weile hüpfte der Vogel umher. Aber Brianna achtete nicht mehr auf ihn, andere Dinge erforderten ihre Konzentration.

4

Keine Ahnung...« Bei diesem Geständnis runzelte Joanna zerknirscht die Stirn. »Tut mir Leid, mir ist gestern Abend im Carlton House kein rothaariger Mann aufgefallen. Kannst du dich an so jemanden erinnern, Kassandra?«

»Nur vage...« Kassandra streckte ihre bestrumpften Füße aus, um sie am Kaminfeuer zu wärmen. »Im Hintergrund meines Bewusstseins lauert irgendetwas... Aber ich kriege es nicht zu fassen. Wann, hast du gesagt, war er heute hier, Brianna?«

»Kurz nach sieben Uhr morgens sah ich ihn weggehen.«

»Wer würde so früh zu Besuch kommen?«, fragte Joanna und schaute ihre Schwägerin an.

Seufzend zuckte Kassandra die Achseln. »Niemand, von dem ich gehört hätte. War Alex schon wach?«

»Ja, und bereits auf den Beinen.«

Da Kassandra die Gewohnheiten ihrer Brüder von Akora her kannte, meinte sie: »Vermutlich hat er mit Atreus zusammen gefrühstückt. Die beiden treffen sich oft im Morgengrauen, um Geschäfte zu besprechen.«

»Ja, so wird's gewesen sein.« Zu Brianna gewandt, fügte Joanna hinzu: »Ich werde mich mal umhören.«

»Möglichst diskret, wenn es dir nichts ausmacht«, bat Brianna.

Beide Frauen lachten, und Kassandra nickte der besorgten Freundin zu. »Nur keine Bange.«

Nachdem Joanna geläutet hatte, erschien Mrs. Mulridge. Die schwarz gekleidete Haushälterin wirkte nicht überrascht, weil sie gerufen wurde. Ganz im Gegenteil, damit hatte sie offensichtlich gerechnet.

»Kurz vor sieben Uhr traf der rothaarige Gentleman ein«, beantwortete sie die Frage ihrer Herrin. »Er gab einem der akoranischen Wachtposten seine Visitenkarte, und der Mann trug sie ins Frühstückszimmer, wo Ihre beiden Lordschaften am Tisch saßen. Ein paar Minuten später wurde er hineingeführt, dann blieb er etwa eine Viertelstunde drinnen.«

»Was Sie alles in Erfahrung bringen, bewundere ich immer wieder, Mrs. Mulridge«, beteuerte Kassandra. »Nicht nur über diesen Haushalt, sondern auch über meinen eigenen.«

»Danke, Ma'am.«

»Haben Sie festgestellt, wie der Gentleman heißt?«, erkundigte sich Joanna.

Die Haushälterin zauderte. »Danach sollten Sie Ihre Lordschaften fragen.«

»Gewiss, das könnten wir ...«, bestätigte Joanna. »Aber es ist viel interessanter, etwas zu wissen, von dem sie nicht wissen, dass wir's wissen.«

Eine Zeit lang starrte Mrs. Mulridge, die – falls Joannas Informationen stimmten – nie verheiratet gewesen war, nachdenklich vor sich hin. »Das kann ich mir wirklich nicht vorstellen ...«, entgegnete sie schließlich. »Also gut, wenn ich mir auch nicht ganz sicher bin, ich glaube, er gehört zu den Hollisters.«

»Vermutlich meinen Sie die Familie Hollister, die ein Landgut in Holyhood besitzt. Das liegt nicht weit von Hawkforte entfernt. Wie bemerkenswert ... Geht es dir nicht gut, Brianna?« Besorgt musterte Joanna das bleiche Gesicht ihrer Freundin.

Als die mögliche Identität des rothaarigen Gentleman erwähnt worden war, hatte Brianna nichts empfunden. Doch der Name Holyhood…

Vor einigen Monaten hatte sie in der Bibliothek gesessen, die Zeichnung eines Hauses namens Holyhood betrachtet und das Erwachen nebelhafter Erinnerungen verspürt. Auf so wenig konnte sie sich besinnen, was die ersten acht Jahre ihres Lebens betraf. Umso kostbarer erschien ihr jedes auch noch so winzige Fragment.

Dieses Haus kannte sie. Denn sie hatte darin gewohnt.

Und jetzt versuchte jemand aus Holyhood, Verbindung mit ihr aufzunehmen.

Sechzehn Jahre lang hatte sie auf Akora gelebt. Dort war sie zur Frau herangewachsen. Sie verstand das heikle Gleichgewicht, das zwischen den traditionellen Denkweisen der Krieger und den Anschauungen der Akoranerinnen herrschte. Und sie hatte die Kunst erlernt, die besten Wesenszüge der Männer zu fördern.

Sowohl diese Ausbildung als auch ihre Instinkte rieten ihr zu Sanftmut, Geduld und Nachsicht.

Zum Teufel mit der Ausbildung und allen Instinkten…

»Wo ist der Vanax?«, fragte sie.

»Heute Vormittag hält er Besprechungen mit Regierungsmitgliedern ab«, antwortete Joanna, »nachmittags trifft er sich mit Geschäftsleuten. Und am Abend findet unser Ball statt.«

Ach ja, der Ball – das grandiose Ereignis, auf das sich der ganze Haushalt seit zwei Wochen vorbereitete…

»So gern ich auch hier sitzen bleiben würde«, sagte Kassandra, »ich glaube, allmählich sollten wir an die Arbeit gehen.«

Seufzend stand Joanna auf. »Kommst du, Brianna?«

»Was…? Oh – ja, natürlich.« Sie würde ihren Freundinnen sehr gern helfen. Aber der Gedanke, der im Hintergrund ihres Bewusstseins gelauert hatte, nahm klare Gestalt an. Der Ball würde nicht ewig dauern. Und danach wollte sie Atreus zur Rede stellen.

Am späteren Nachmittag entstand der Eindruck, die Vorbereitungen für den Ball würden niemals ein Ende nehmen. Ein letztes Mal wurden die Böden gewachst, die Fensterscheiben spiegelblank geputzt. Jedes einzelne Möbelstück staubten die Dienstboten ab und polierten es, jeden Teppich klopften sie. Scheinbar waren alle Blumen aus sämtlichen Treibhäusern im Fünfzig-Meilen-Umkreis von London in Vasen oder Schüsseln arrangiert, zu Girlanden geflochten und zu kleinen Buketts für die Damen zusammengebunden worden. Aus dem Küchentrakt wehten Aromen heran, die einem den Mund wässerig machten. Aber niemand fand genug Zeit, um auch nur einen Bissen zu kosten. Lakaien und Dienstmädchen eilten hin und her, im Lauf des Tages mit immer schnelleren Schritten. In jedem Raum loderte ein helles Kaminfeuer, das die winterliche Kälte verscheuchte, den Blumenschmuck schützte und feuchte Abendluft fern hielt.

Inmitten der regen Geschäftigkeit rauschte Madame Duprès ins Haus und kümmerte sich um die letzten Finessen an den Ballkleidern der Damen. Sogar die extravagante Schneiderin erkannte die enorme Bedeutung dieses gesellschaftlichen Höhepunkts. Glücklicherweise begnügte sie sich mit einem kurzen Besuch.

Nachdem sie gegangen war, passierten mehrere Missgeschicke.

»So etwas lässt sich nun mal nicht vermeiden«, murmelte Joanna und besänftigte ein hysterisches Hausmädchen, das versehentlich ein leinenes Tischtuch versengt hatte. »Milch!«, rief sie. »Du musst einfach ein bisschen Milch darauf schütten. Außerdem haben wir noch andere Tischtücher.«

»In der Küche ist ein Abfluss verstopft«, berichtete Kassandra, während sie vorbeirannte, um festzustellen, was man dagegen unternehmen konnte.

»Jetzt sind die Musiker angekommen«, wandte sich Mrs. Mulridge zu Brianna, die einzige der drei Damen, die sich in der Eingangshalle aufhielt. »Und wenn mich nicht alles täuscht, ist der Geiger betrunken.«

»Servieren Sie ihm eine Tasse Tee«, wies Brianna die Haushälterin an. »Wenn das nichts nützt, sollen ihn die Lakaien in den Stall bringen und in einem Pferdetrog untertauchen.«

Anerkennend nickte Mrs. Mulridge. »Was für ein ausgezeichneter Ratschlag, Miss!«

»Die Köchin behauptet, die Zitronen seien verdorben«, meldete Kassandra, als sie aus der Küche zurückkehrte, nur ein kleines bisschen ermattet. »Und sie hat zu wenig Petersilie.«

»Um Himmels willen, erzähl das bloß nicht Joanna!«, mahnte Brianna. Soeben hatte sie eine verzweifelte Floristin beruhigt, die herausgefunden hatte, dass die Rosen – ein paar Hundert – nicht von den Dornen befreit worden waren. »Sie hat schon genug Sorgen. Vorhin ist sie nach oben gegangen, um Amelia zu stillen.«

»Aber sie wollte die gedeckten Tische ein letztes Mal inspizieren – und sich entsinnen, welche Streitigkeiten, Fehden und Rivalitäten während der vergangenen vierundzwanzig Stunden entbrannt sind. Ich möchte ihr nur rasch den Plan von der Tischordnung bringen.«

»Glaubst du wirklich, es war eine gute Idee?« Brianna stieg mit Kassandra die Treppe hinauf.

Langsam verebbten die hektischen Aktivitäten im Erdgeschoss. Das Tafelsilber und das Kristallgeschirr waren noch einmal poliert worden, die Tische vollständig gedeckt. Nun stimmten die Musiker – auch der Geiger – ihre Instrumente. Den qualmenden Kamin hatte ein Lakai repariert. Alles, wobei Brianna möglicherweise noch helfen könnte, war erledigt oder befand sich in kompetenten Händen. Jetzt würde sie endlich Atem holen und sich selber auf das Fest vorbereiten, so gut sie es vermochte.

»Was meinst du?«, fragte Kassandra. »Dass Whigs *und* Torys eingeladen wurden? Ob's eine gute Idee war oder nicht – jedenfalls ist's höchste Zeit dafür. Wahrscheinlich sind Alex und Joanna die einzigen Gastgeber von ganz London, die es wagen durften.«

»Wie auch immer, die Gästemischung verspricht einen hochinteressanten Abend.«

Kassandras perlendes Gelächter wies darauf hin – falls das überhaupt nötig war –, dass sie als Prinzessin in der Kunst höfischer Intrige bestens geschult war. »Um nichts auf der Welt möchte ich das Fest versäumen.«

»Ah, sehr gut …« Joanna hatte den Kopf zu ihrer Tür herausgestreckt und die Papiere in der Hand der Schwägerin gesehen. Erleichtert seufzte sie. »Also hast du die Tischordnung mitgebracht. Vorhin erhielt ich die Nachricht, Lord Bromley und Lord Duchamps seien heute Morgen mit einer bestürzenden Information überrascht worden. Letztes Jahr haben sie dieselbe Geliebte geteilt. Darüber freut sich weder der eine noch der andere.«

»Wenigstens haben Lady Bromley und Lady Duchamps ein faszinierendes Gesprächsthema«, höhnte Kassandra.

»Diese Nachricht bekam ich von Lady Melbourne«, erklärte Joanna und drückte Amelia an ihre Schulter. »Kaum zu glauben, diese Frau tut mir einen Gefallen.«

»Weil sie dich akzeptiert hat«, erwiderte Kassandra. »Sie bewundert dich.«

»Mit gutem Grund«, ergänzte Brianna. »Übrigens, im Erdgeschoss ist alles in bester Ordnung.«

Dankbar lächelte Joanna die Freundin an. »Gott sei Dank! Große Bälle und Partys zu arrangieren, das zählte niemals zu meinen herausragenden Fähigkeiten. Eigentlich habe ich so etwas immer gehasst. Aber nach der Hochzeit musste ich's lernen. Trotzdem fällt es mir ziemlich schwer, Prinny und die Whigs und die Torys ins Haus zu bitten. Nur Atreus zuliebe nehme ich diese Tortur auf mich. Für keinen anderen würde ich's tun.«

Oh ja, Atreus ... Den ganzen Tag hatte Brianna den Gedanken an den Vanax in ihr Unterbewusstsein verdrängt. Jetzt erschien er an der Oberfläche und im Mittelpunkt weiterer Überlegungen. Atreus und Hollister. Hollister und Atreus. Und Holyhood, das mysteriöse Holyhood, in einen fragmentarischen Traum gehüllt ...

Vor der Ankunft der Zofe, die ihr bei der Abendtoilette helfen sollte, fand sie gerade noch Zeit für ein heißes Bad. Danach saß sie vor dem Toilettentisch und ließ ihr Haar bürsten, bis es seidig schimmerte, dann wurde es zu einer Krone hochgesteckt, aus der ein paar Locken herabfielen und ihre Schultern streiften. *Nackte* Schultern ... Unbehaglich dachte sie an die außergewöhnliche Kreation, die Madame Duprès für sie entworfen hatte.

»Da der Ball zu Ehren des Vanax von Akora stattfindet«, hatte die Schneiderin entschieden, »brauchen Sie ein Kleid im griechischen Stil, *n'est-ce pas*?«

»Würde sich der akoranische Stil nicht besser eignen?«, wandte Brianna ein.

»Gibt es da einen Unterschied?«

Der griechische Stil – oder was man dafür hielt – war der letzte Schrei, dank der Franzosen. Obwohl sie mit den Briten verfeindet waren, blieben sie die unangefochtenen Experten in allen modischen Belangen.

»Auf Akora kleiden wir uns viel schlichter«, betonte Brianna.

»*Mais non*«, hatte die Schneiderin entsetzt protestiert. »Einfache Kleidung sollte man den Dienstmädchen vorbehalten.«

Und so stand Brianna in einem Kleid vor dem Spiegel, das man mit einiger Fantasie griechisch nennen konnte. Ganz egal, wovon es inspiriert worden war, es wirkte hinreißend – und leider auch ziemlich gewagt. Bei den ersten Anproben hatte sie das gar nicht bemerkt. Vielleicht hätte sie etwas besser darauf achten müssen.

Hatten die bogenförmigen Schulterpartien schon immer so viel Haut entblößt – oder zeigte der tiefe, gerade Ausschnitt viel mehr von ihren Brüsten, als es schicklich erschien? War Seide – in der Farbe von türkisblauem Meeresschaum – tatsächlich so hauchdünn, wie sie aussah? Vielleicht sogar durchsichtig? Nein, wenigstens *diese* Befürchtung war zum Glück unbegründet. Das stellte sie erleichtert fest, indem sie hastig vor das Licht einer Lampe trat. Trotzdem…

»Oh Miss, Sie sind schön wie eine Märchenprinzessin«, schwärmte die Zofe Sarah.

»Eigentlich fühle ich mich etwas zu leicht bekleidet.« Nach einem letzten Blick in den Spiegel entschied Brianna, nun wäre es zu spät, um irgendetwas dagegen zu unternehmen. Die Uhr schlug neunmal, jeden Moment würden die ersten Gäste eintreffen.

Sie bedankte sich bei Sarah und verließ ihr Zimmer. Etwas weiter unten am Korridor öffnete sich eine Tür, und Atreus trat heraus. Als er sie entdeckte, blieb er stehen. »Brianna…« Seine Augen schienen sie zu liebkosen. »Gestern Abend dachte ich, Sie könnten gar nicht zauberhafter aussehen. Offenbar habe ich mich geirrt.«

Wie aus weiter Ferne hörte sie seine Worte, und alle ihre Sinne konzentrierten sich auf *ihn*. Obwohl er in einem breiten Korridor mit hoher Decke stand, dominierte er ihn vollkommen. Er war im britischen Stil gekleidet, so wie im Carlton House, aber diesmal fügte eine blutrote Weste dem Gesamtbild eine gewisse barbarische Nuance hinzu. Ansonsten hätte es einfach nur elegant gewirkt. Diesen zwiespältigen Effekt erzielt er mit Absicht, vermutete Brianna, so wie alles, was er tut. Eine subtile Erinnerung an die exotische Welt, der er entstammte – und in die er möglichst schnell zurückkehren wollte…

Den ganzen Tag hatte sie auf ein Gespräch mit dem Vanax gewartet. Noch länger mochte sie sich nicht gedulden. Aber bevor sie erklären konnte, was ihr auf der Seele brannte, ergriff er ihre Hand und zog sie an die Lippen. »Sie machen Akora alle Ehre, Brianna.«

»Ebenso wie Sie.« Ihre Stimme erklang erstaunlich ruhig. Darauf war sie stolz.

Nur ein paar Sekunden lang glaubte sie, eine gewisse Verlegenheit in seinem Lächeln zu erkennen. »Ich dachte, die Weste wäre etwas übertrieben.«

»Oh nein, sie steht Ihnen sehr gut.«

Ohne ihre Hand loszulassen, führte er sie zur Treppe. Obwohl sie vorgab, es gar nicht zu bemerken, nahm sie kaum etwas anderes wahr.

»Die Briten machen so ein Getue um die Mode«, meinte er. »Vermutlich wäre der Prinzregent tief gekränkt, wenn ich ihm in schmuckloser Kleidung gegenübertreten würde.«

»Ja, er legt großen Wert auf den äußeren Schein«, brachte sie mühsam hervor. Wie selbstverständlich er sie berührte … Das verblüffte sie, und ihre Unfähigkeit, Widerstand zu leisten, sogar noch mehr.

»Könnte das der Grund sein, warum die Anwesenheit der Whigs und der Torys heute Abend so ungemein wichtig ist?«, fragte er.

»Das nehme ich an. Aber offen gestanden, ich finde die Fehde zwischen den beiden Fraktionen etwas kindisch.«

»In all den Jahren waren die Whigs die besten Freunde des Prinzregenten. Sie ermutigten seine Exzesse, unterstützten seine großspurigen Ambitionen und taten ihr Bestes, um sich bei ihm einzuschmeicheln. Alles unter der Voraussetzung, er würde ihnen nach dem Tod des wahnsinnigen Königs die Macht überantworten und die Torys ausschalten … Die hat sein Vater stets bevorzugt. Aber wenn es um die Macht geht, entpuppen sich Vermutungen als Illusionen, sobald man mit der Realität konfrontiert wird.«

»Fürchtet der Prince of Wales, die von den Whigs angestrengten Friedensverhandlungen mit Napoleon würden den britischen Thron schwächen – *seinen* Thron?«

»Es scheint so. Wie mir Royce und Alex erzählt haben, wird er unentwegt von der Angst verfolgt, in Großbritannien könnte eine Revolution ausbrechen. Angeblich leidet er unter Alpträumen von einem Mob, der nach seinem Kopf schreit.«

»Etwas weniger Brandy und mehr körperliche Bewegung würden ihm sicher zu ungestörter Nachtruhe verhelfen«, sagte Brianna bissig.

»Ja, zweifellos, aber die Mäßigung ist seiner Natur nun einmal fremd. Vor einigen Monaten bat er Royce, eine Annäherung zwischen den Whigs und den Torys zu erwirken. Auf sinnvolle Weise kann das gar nicht geschehen, denn in ihren politischen Ansichten sind sie viel zu sehr voneinander entfernt, zudem von übermäßigem Ehrgeiz getrieben. Wie auch immer, wenn sie heute Abend unter demselben Dach dinieren, wird der Eindruck von einer Einigung entstehen. Und genau das wünscht sich Prinny.«

Während sie die Stufen hinabstiegen, schaute Brianna den Vanax nachdenklich an. »Ohne Ihre Ankunft wäre das völlig unmöglich, Sire. Niemand anderer würde beide Parteien veranlassen, einander zu ertragen, wenn auch nur für ein paar Stunden.«

»Dann sollte ich mich geehrt fühlen.«

»Keineswegs.« Inzwischen hatten sie den Fuß der Treppe erreicht. Die anderen – Joanna und Alex – Kassandra und Royce – standen bereits in der Eingangshalle und musterten die beiden mit unverhohlener Neugier. »Die *Briten* müssen sich geehrt fühlen.« Sanft, aber energisch entzog Brianna dem Vanax ihre Hand.

Mochten die Briten die Ehre, die ihnen zuteil wurde, registrieren oder auch nicht – sie befanden sich in hochgradiger Aufregung. Das wurde offensichtlich, sobald die Gäste eintrafen. Während Atreus und Alex britische Kleidung trugen, hatten sie akoranische Krieger in Tuniken an den Wänden der großen Eingangshalle und im Ballsaal postiert. Unerschütterlich wie eh und je umfassten die hoch gewachsenen, kräftig gebauten Männer die Griffe ihrer Schwerter. Allerdings musste der eine oder der andere ein Lächeln unterdrücken, als er ganz unverblümt angestarrt wurde.

Mit gemurmelten Kommentaren wie »Achilles, zum Leben erwacht« und ähnlichen Bemerkungen wanderten die Gäste umher und erwarteten ungeduldig die Ankunft des Prinzregenten.

Bei solchen gesellschaftlichen Ereignissen pflegte Prinny zu einem Zeitpunkt zu erscheinen, den er für fashionable spät hielt und manche Gastgeber zu Nervenzusammenbrüchen veranlasste. Aber an diesem Abend fuhr die Kutsche mit dem königlichen Wappen schon eine Viertelstunde nach der vereinbarten Zeit vor. Unverzüglich machten ihm die anderen Wagen Platz, was Fahrern und Vorreitern erhebliche Mühe bereitete, denn sie mussten die eigenen Pferde gewaltsam beiseite zerren.

Wie ein kleines Kind, das wundervolle Überraschungen erhoffte, betrat Prinny die Eingangshalle, ging direkt auf Atreus zu und begrüßte ihn warmherzig. »Ein schöner Abend, nicht wahr?«

»Gewiss«, stimmte der Vanax zu. »Auf Akora genießen wir solche Nächte nur in den Bergen, und ich finde die kühle Luft erquicklich.«

»Auch ich fühle mich erfrischt. Ich hoffe, ich werde mich prächtig amüsieren. Stimmt es, was ich höre, Lady Joanna? Heute Abend soll getanzt werden?«

»Wenn es Eurer Hoheit gefällt«, erwiderte Joanna liebenswürdig. Noch nie hatte Brianna erlebt, dass sie den Prinzregenten anders behandelte. Und das schien er zu schätzen.

»Oh ja, das würde mich erfreuen«, versicherte er. »Bei den üblichen Festen fehlt einfach der Platz zum Tanzen.«

»Ah, deshalb haben wir nur ein paar ausgewählte Gäste eingeladen«, verkündete Alex, der an Joannas Seite stand und nach Briannas Meinung großartig aussah, ebenso wie Royce, obwohl keiner der beiden auch nur annähernd die Ausstrahlung des Vanax besaß.

»Oh ja, auf der ganzen Fahrt hierher hörte ich lautstarkes Zähneknirschen«, berichtete der Prinzregent voller Genugtuung.

In diesem Moment entstand ein Getümmel am Eingang, als mehrere Gäste in die Halle drängten, die erwartet hatten, vor der königlichen Hoheit einzutreffen. Aufgeregt schoben sie einander beiseite. Prinny pflegte jedem, der sich verspätete, äußerst unfreundlich zu begegnen, also allen Leuten, die nach ihm ankamen.

Auch Lord Liverpool zählte zu dieser Schar, ebenso ein kleiner, schlanker Mann, in dem man unschwer Charles, den Second Earl of Grey erkannte. Und so wurden der Führer der Torys und der Führer der Whigs zusammengedrückt wie Sardinen im selben Fass, was ihnen sichtliches Unbehagen bereitete.

Sobald sich eine Gelegenheit ergab, fuhren sie auseinander. Beide Gentlemen glätteten ihre Kleidung und vermieden es geflissentlich, einen Blick zu wechseln.

Kichernd hatte der Prinzregent die Szene beobachtet. »Allein schon dafür lohnt sich der Besuch dieses Balls, Royce. Ich hege den Verdacht, dieser besondere Beitrag zur Gästeliste war Ihre Idee.«

»Nun, Sire, Sie haben mich beauftragt, mein Bestes zu tun, um beide Seiten zu vereinen«, erwiderte Royce grinsend.

Da lachte Prinny wieder und forderte die leicht verwirrten Gäste in seiner Nähe heraus, diesem Beispiel zu folgen.

Und das führte zu wahrhaft königlichen Lachsalven, die nicht verstummten, bis man zur Tafel schritt.

Mit voller Absicht hatte Joanna eine viel simplere Speisenfolge gewählt, als es im Carlton House oder unter jedem anderen Dach der *Hautevolee* serviert wurde. Doch sie hatte auf allerbeste und frischeste Qualität aller Zutaten geachtet und die Köchin angewiesen, auf jene dickflüssigen Saucen zu verzichten, die bei vielen vornehmen Londoner Mahlzeiten abgestandene Gerichte übertünchten.

Zunächst war der Prinzregent verblüfft, dann fasziniert. »Beim Jupiter!«, rief er, nachdem er einen köstlichen, auf Eichenholz geräucherten Lachs mit frischem Treibhausgemüse gekostet hatte. »Ich weiß gar nicht, wann mir zum letzten Mal irgendwas so gut geschmeckt hat. Stammt dieses Rezept aus der akoranischen Küche?«

In Wirklichkeit war das relativ schlichte Menü viel komplizierter als alles, was man im befestigten Königreich auftischen würde. Aber Atreus enthielt sich dieses Kommentars. Stattdessen neigte er nur den Kopf. »Majestät, wir sind ein einfaches Volk.«

»Oh nein«, protestierte Prinny und musterte den nächsten Gang, einen Rinderbraten in einer leichten Rotweinsauce. »Den Fehler, das zu glauben, werde ich nie wieder begehen. Natürlich sind Sie sehr kultiviert. Und Sie hatten ja auch lange genug Zeit, eine so hochstehende Zivilisation zu entwickeln – in allen Belangen, die Sie und Ihresgleichen wichtig finden.«

Etwas weiter unten an der Tafel musste sich Brianna beherrschen, um nicht erstaunt die Brauen zu heben. Im Allgemeinen war der Prinzregent mit seinen eigenen Sorgen und Ängsten vollauf beschäftigt und unfähig, irgendetwas anderes zu beachten. Aber gelegentlich kam sein immer noch erstaunlich scharfer Verstand zum Vorschein, wenn auch nur kurzfristig.

Soeben hatte er die Akoraner völlig richtig beurteilt, falls er zu dieser Kultur auch noch die ausgezeichneten Waffen zählte. Nur gut, dass Akora und England Freundschaft schließen wollen, dachte sie.

Im Lauf des Abends herrschte eine immer fröhlichere, unbeschwertere Atmosphäre. Lord Liverpool ging sogar so weit, freundlich in die ungefähre Richtung des Earl of Grey zu nicken, der ihm zulächelte. Wenn die beiden Gentlemen auch nicht miteinander sprachen, so gingen sie aber auch nicht aufeinander los. Allein schon das musste man einen Erfolg nennen.

Zu dieser Ansicht gelangte auch Lady Melbourne, die hilfreiche Lady, auch unter dem Namen »die Spinne« bekannt, weil sie unentwegt ihre Intrigennetze spann.

In bester Laune betrat die Gästeschar den Ballsaal. Die Musiker – offenbar alle nüchtern – spielten auf einer Galerie oberhalb des großen Raums. Einer Quadrille folgte ein Kotillon. Zuerst führte der Prinzregent Joanna auf die Tanzfläche, wie es ihrem Status als Gastgeberin gebührte, danach tanzte er mit Kassandra.

Widerstrebend und nur auf Alex' ausdrückliche Anordnung hatte Atreus die britischen Tänze erlernt. Jetzt verbeugte er sich vor Lady Liverpool. Lady Grey war nicht anwesend. Angeblich musste sie sich daheim um ihre zahlreichen Kinder kümmern.

Und so kam Lady Melbourne in den Genuss, den nächsten Tanz mit dem Vanax von Akora zu absolvieren. Während sie beglückt mit ihm schwatzte, glaubte Brianna die einstige verführerische Schönheit der Dame zu erkennen, wann immer die beiden an ihr vorbeischwebten.

Nun entstand eine kurze Pause, und dann erklang aufgeregtes Gemurmel, denn die nächste Melodie, die das Orchester intonierte, war ein schockierender Walzer. Ohne Zögern ergriffen Alex und Royce die Initiative und entmutigten alle Gentlemen, die gehofft hatten, sie könnten Joanna oder Kassandra aufs Parkett geleiten.

Brianna wünschte, auch sie hätte einen Partner, denn der Dreivierteltakt gefiel ihr ganz besonders. Plötzlich stand Atreus vor ihr.

»Allzu gut beherrsche ich diesen Tanz nicht«, erklärte er. »Würden Sie mir helfen?«

Diese Bitte konnte sie ihm wohl kaum abschlagen, oder? Unmöglich, wenn sein Blick so betörend wirkte und ihre Hand – irgendwie – bereits in seiner lag, vor den Augen aller Anwesenden … Ehe sie sich zu drehen begannen, galt ihr letzter klarer Gedanke Lady Melbourne und den anderen Gästen, die sie jetzt vielleicht neu einschätzen und auf eine höhere Stufe stellen würden. Und das missfiel ihr gründlich.

Aber der Tanz mit Atreus – der Walzer mit Atreus – stand auf einem ganz anderen Blatt. Warm und fest lag seine Hand auf ihrer Taille, und er sorgte präzise für den schicklichen Abstand. Und wie er sich bewegte – heiliger Himmel, mit einer Anmut, die kein Mann besitzen dürfte …

Ringsum glitten der Ballsaal und die Galerie im Kreis herum – unbeachtet, unwichtig, nur der Rahmen für den Augenblick und für Atreus. Natürlich war das Glück nicht von Dauer, nichts hatte jemals Bestand. Doch in diesem Augenblick wünschte sie, die Zeit möge stillstehen, der neue Morgen würde niemals anbrechen, und sie könnte für immer in den Armen des Mannes liegen, der die Welt in Schach hielt.

5

Beinahe graute schon der Morgen, bevor sich die letzten Gäste verabschiedeten. Vom Fluss war Nebel heraufgestiegen, nicht in dünnen, bescheidenen Schleiern, sondern in dichten, anschwellenden Wolken, die sich stetig verdickten. Schließlich mussten die Vorreiter Fackeln anzünden, damit die Kutscher ihre Gespanne langsam durch die fast undurchdringlichen Schwaden lenken konnten. Das passende Ende eines Tages, der in qualvollem Schneckentempo vergangen ist, dachte Atreus, obwohl er auch einige angenehmere Momente erlebt hatte.

Zum Beispiel Briannas unvergleichlicher Zauber – welch eine angenehme Überraschung… Dass sie schön war, hatte er gewusst. Aber die Entdeckung ihrer Charakterstärke, ihrer reinen Seele und Klugheit bereitete ihm noch größere Freude.

Und die anderen Eindrücke, die er gewonnen hatte? Wenn Liverpool und die übrigen Minister auch ziemlich begriffsstutzig waren – sobald sie verstanden hatten, was der Vanax plante, stürzten sie sich geradezu begierig auf seine Ideen. Britisch gekleidet, erinnerte er sie in fließendem Englisch und scheinbar nebenher an zwei Ehen, die zwischen seiner Heimat und einer der ältesten, ehrbarsten Familien Großbritanniens geschlossen worden waren. Mit diesem Hinweis bedeutete er ihnen, sie dürften ihn nicht für einen exotischen Barbaren halten, sondern beinahe für einen der Ihren. Gleichzeitig betonte er, Akora sei eine stolze, starke Nation, unerschütterlich vereint im Entschluss, ihre Souveränität zu verteidigen. Nach dieser Rede hatte sich der letzte Rest des Misstrauens in ungetrübtes Wohlwollen verwandelt.

Also war dieses Treffen wunschgemäß verlaufen. Die Besprechung mit den reichen Geschäftsleuten stand auf einem anderen Blatt. Während die Minister dazu neigten, starrsinnig auf ihren Absichten zu beharren, glichen die »Cits«, wie sie genannt wurden, launischen Flammen, die dahin und dorthin flackerten auf der unersättlichen Suche nach neuem Brennstoff. Mühelos konnte sich Atreus vorstellen, sie würden über ganze Kontinente hinwegmarschieren, um sie ihren jeweiligen Bedürfnissen anzupassen.

In sein befestigtes Königreich würden sie *nicht* eindringen. Das hatte er ihnen unmissverständlich klar gemacht. Man würde sie nicht willkommen heißen. Stattdessen würden die Akoraner an sie herantreten, wie es bereits geschehen war, und gut bezahlen, was sie brauchten. Außerdem stellte er ihnen noch profitablere Geschäfte in Aussicht. Entweder gaben sie sich damit zufrieden, oder …

Diesen durchtriebenen Geschäftsmännern brauchte man nichts weiter zu erklären. Wenn sie auch nicht genau wussten, wie viele ausländische Schiffe in den letzten Jahren vor der akoranischen Küste verschwunden waren, so konnten sie es zumindest erahnen und ihre eigenen Schlüsse ziehen. Nur lebensmüde Dummköpfe würden Krieger herausfordern, die man mit Fug und Recht zu den siegreichsten der Welt zählte.

Und der Prinzregent? Ein Problem, das Atreus noch lösen musste …

Er seufzte tief auf. Warum sich ein Mann, in eine so privilegierte Position voller Chancen hineingeboren, mit sinnlosen Amüsements verzettelte, verstand der Vanax nicht. Er versuchte es auch gar nicht und beschloss, es einfach zu akzeptieren.

Auf dem Weg durch die Eingangshalle nickte er den Dienst habenden Wachtposten zu. »Soeben hat sich Prinz Alexandros zurückgezogen, Vanax«, meldete einer der Krieger. »Aber er wies uns an, ihn zu wecken, falls Sie ihn sprechen wollen.«

»Nicht nötig, ich werde selber bald ins Bett gehen.«

»Gibt es noch irgendwelche Aufträge, die wir erledigen müssten, Hoheit?«

»Nein, danke.« Atreus wünschte den Männern eine gute Nacht und betrat die Bibliothek, wo immer noch ein Feuer im Kamin brannte. Dafür war er dankbar. Während die Flammen seine Hände wärmten, überlegte er, ob er sich einen Brandy einschenken sollte.

Diesen Gedanken vergaß er sofort, denn ein leises Geräusch, fast unhörbar, alarmierte seine Kriegerinstinkte, die ihn niemals im Stich ließen. Blitzschnell drehte er sich um und durchquerte den Raum mit langen Schritten, streckte eine Hand aus und packte den Arm einer Gestalt, die im Schatten bei den Fenstern stand.

Seine erste Reaktion war Bestürzung, weil er eine Frau festhielt, die zweite eine rein männliche Regung, denn sie war sehr schön. Erst danach erkannte er sie.

»Brianna…?«

Überrascht starrte er sie an und fürchtete, er hätte sie verletzt oder erschreckt. Warum hielt sie sich um diese Stunde in der Bibliothek auf? Fand sie keinen Schlaf? Suchte sie eine Zerstreuung? Doch sie trug immer noch ihr Abendkleid in der Farbe von hellem Meeresschaum. Unwillkürlich stellte er fest, wie reizvoll es die hoch angesetzten Brüste und die schmale Taille betonte. Ein passendes Band umwand ihr hochgestecktes Haar, ein paar Löckchen fielen auf die Schultern und umrahmten ihr Gesicht. Wie verführerisch sie nach ihrem Parfüm duftete … Wieder einmal Geißblatt …

»Ich dachte, Sie wären schon zu Bett gegangen, Brianna«, sagte er mit sanfter Stimme und ließ sie los.

Unerschrocken erwiderte sie seinen Blick. »Ich würde gern mit Ihnen sprechen, Vanax. Bisher ergab sich keine Gelegenheit. Und jetzt duldet es keinen weiteren Aufschub mehr.«

Ihre ernsthafte Miene und sein Titel, mit dem sie ihn ansprach, beunruhigten ihn ein wenig. Vorsichtig antwortete er: »Natürlich – aber kann es nicht bis morgen warten?«

»Es wäre mir lieber, wir würden es sofort hinter uns bringen.«

»Oh – ich verstehe …« Er zeigte zu einem Schrank neben den Fenstern. »Möchten Sie ein Glas Brandy?«

»Nein, danke.« Sie holte tief Atem, und er vermutete, sie würde ihren ganzen Mut aufbieten. Und Sekunden später war er sich dessen sicher. »Würden Sie mir verraten, was William, Earl of Hollister, mit Ihnen erörtert hat?«

Einerseits war er verblüfft, andererseits nicht. Wenn sie ihn unter solchen Umständen um eine Unterredung ersuchte, musste es sich tatsächlich um ein wichtiges Anliegen handeln. Trotzdem war er nicht auf ihr Verhalten vorbereitet, das ihm etwas zu kühn erschien. Um Zeit zu gewinnen und sich etwas genauer zu informieren, bat er: »Darf ich fragen, wieso Sie von diesem Gespräch erfahren haben?«

»Heute Morgen sah ich den Gentleman das Haus verlassen …« Nach einem Blick auf die Uhr, die das Kaminsims schmückte, verbesserte sie sich. »*Gestern* Morgen. In dem Earl erkannte ich den Mann wieder, der mich im Carlton House über den Tisch hinweg angestarrt hatte. Ich erkundigte mich nach ihm und fand heraus, wie er heißt.«

»Und Sie nahmen an, sein Besuch in diesem Haus hätte mit Ihnen zu tun?«

Statt die Frage zu beantworten, erklärte sie: »Der Landsitz der Hollisters liegt in Holyhood.«

»Ja, ich glaube …«

»Vor langer Zeit bin ich in Holyhood gewesen.«

Damit hatte er nun wirklich nicht gerechnet. Sekundenlang fehlten ihm die Worte, und schließlich fragte er: »Wie können Sie das wissen?«

In knappen Worten erzählte sie ihm, wie sie in der Bibliothek die Zeichnung des Landsitzes von Holyhood studiert und festgestellt hatte, dass sie das Gebäude kannte. »Ganz bestimmt war ich dort. Wann oder warum, weiß ich nicht. Jedenfalls gibt es keinen Zweifel. Weil sich William Hollister bei meinem Anblick so merkwürdig benahm und am nächsten Morgen hierher kam, würde es mich interessieren, aus welchem Grund.«

In gewissen Situationen muss man blitzschnell die Strategien wechseln, sagte sich Atreus. Auch das gehört zu den Qualitäten, die man in einer Führungsposition besitzen sollte. »Hollister behauptet, Sie würden seiner verstorbenen Kusine ähneln.«

»Seiner Kusine? Wer war sie?«

»Sie hieß Lady Delphine Hollister und heiratete einen Mann namens Edward Wilcox. Die beiden nannten ihre Kind Brianna.«

»Oh, mein Gott …« Sie griff an ihre Kehle und taumelte nach hinten, nur einen einzigen Schritt, bevor sie sich fasste.

Sofort war Atreus an ihrer Seite. »Tut mir Leid«, entschuldigte er sich in echter Sorge. »Das hätte ich Ihnen vielleicht etwas schonender beibringen müssen. Bitte setzen Sie sich.«

Brianna ließ sich zu einem Sofa führen. Mit sanfter Gewalt drückte er sie in die Polsterung, dann nahm er neben ihr Platz. Er spürte, wie heftig sie zitterte, und das Bedürfnis, sie zu trösten, war unwiderstehlich. In seinen Armen fühlte sie sich unerwartet zerbrechlich an. Sie besaß einen starken Charakter, der zu falschen Rückschlüssen über ihre körperlichen Kräfte verleitete.

Zumindest glaubte er das, bis sie sich aufrichtete und ihn entschlossen wegschob. Nach einem tiefen Atemzug fragte sie: »Wann wollten Sie mir das erzählen?«

»Erzählen …?«

Aus ihren grünen Augen schienen Funken zu sprühen. »Hollister besuchte Sie, weil er mich erkannt hatte. Was mir sechzehn Jahre lang verborgen geblieben war, weiß er. Und er teilte Ihnen mit, wer ich bin. Wann wollten Sie mir das sagen?« In unheilvollem Ton fügte sie hinzu: »Oder hatten Sie es gar nicht vor?«

An den Fensterläden rüttelte ein heftiger Windstoß.

Atreus stand auf und schaute auf sie hinab. »Fordern Sie mich nicht heraus, Brianna!«

Auch sie erhob sich. »Warum nicht? Weil Sie der Vanax sind? Allwissend und allmächtig? Oh nein, Sie haben nicht das Recht, über solche Dinge zu entscheiden.«

»Jedes Recht – und dazu gehört auch meine Verantwortung. Jetzt zügeln Sie Ihren Ärger und setzen Sie sich wieder.«

Immer noch erbost, musterte sie ihn. Wie er ihr zubilligen musste, gewann sie ihre Fassung sehr schnell zurück, weigerte sich jedoch, seinen zweiten Wunsch zu erfüllen. »Ich stehe lieber.«

Diesen kleinen Sieg gestattete er ihr. Aber jetzt war er auf der Hut angesichts ihrer mangelnden Fügsamkeit. Wünschte er sich eine gefügige Frau? Darüber hatte er noch nicht nachgedacht – und einfach angenommen, seine Frau würde seine Autorität in allen Belangen akzeptieren. Diese Erkenntnis irritierte ihn.

Allem Anschein nach akzeptierte Brianna nichts dergleichen.

Nun wählte er seine Worte sehr sorgfältig. »Nachdem ich dem Earl zugehört hatte, beschloss ich, mich über die Familie Hollister zu informieren. Ich wollte feststellen, was auf Sie zukommen würde, wenn diese Menschen Kontakt mit Ihnen aufnehmen.«

»Also versuchen Sie, mich zu beschützen?« Nur zu deutlich verriet ihr Tonfall, was sie davon hielt.

»Fällt es Ihnen so schwer, das hinzunehmen?«

»Ich will nicht beschützt werden, ich will die *Wahrheit* erfahren!« Allmählich verflog ihr Unmut, und ihre Stimme klang etwas sanfter. »Wie wichtig mir das alles ist, können Sie sich wohl kaum vorstellen, Sire. Ihr Leben lang haben Sie der Atreiden-Familie angehört. Wer Sie sind und woher Sie stammen, stand niemals infrage. Aber ich wurde stets von dieser schrecklichen Ungewissheit verfolgt, seit ich mich zurückerinnern kann.« Beschwörend schaute sie ihn an. »Natürlich liebe ich die Familie, in deren Obhut ich gegeben wurde. Meine Eltern sind wundervolle Menschen, ebenso meine Brüder, meine Tante, sie alle. Und ich liebe Akora. Ich bin zutiefst dankbar, nachdem ich in einem so schönen Paradies aufwachsen durfte. Trotzdem genügt mir das nicht, ich brauche *Klarheit*.«

Noch länger durfte er ihr nicht verschweigen, was Hollister ihm anvertraut hatte. Das erkannte er, noch während sie sprach. Deshalb verwarf er seinen Entschluss, sie erst auf Hawkforte einzuweihen. Nicht zuletzt, weil sie ohnehin fähig schien, alle Geheimnisse aus eigener Kraft zu enthüllen …

Außerdem durfte er ihren Seelenschmerz und ihre Sehnsucht nicht ignorieren. Das würde er sich niemals erlauben.

»Setzen Sie sich«, bat er wieder.

Diesmal gehorchte sie, denn sie spürte, dass sie die Oberhand gewonnen hatte.

»Weil Ihr Großvater die Ehe missbilligte«, beendete Atreus etwas später seinen Bericht, »verstieß er Ihre Mutter. Soweit der jetzige Earl Bescheid weiß, nahm sein Onkel nie mehr Verbindung mit seiner Tochter auf.«

Brianna nippte an ihrem Brandy, den Atreus ihr aufgedrängt hatte, und die feurige Flüssigkeit bekämpfte die Kälte, die ihr Herz erfüllte, seit sie der Geschichte ihrer Mutter lauschte. »Da irrt sich William Hollister. Wenigstens einmal muss ein Treffen zwischen meiner Mutter und ihrem Vater stattgefunden haben, und zwar in Holyhood. Sonst würde ich mich nicht an das Haus erinnern.«

»Allem Anschein nach«, stimmte Atreus zu, die Augen von Sorge überschattet, mit ernster Miene, die Stirn gerunzelt.

Trotzdem sah er umwerfend attraktiv aus – und so männlich. Mit seinen breiten Schultern, der stolzen Neigung des Kopfes, zog er ihren Blick immer wieder auf sich. Über seine Brauen fiel eine ebenholzschwarze Locke. Um den fast unbezähmbaren Drang zu unterdrücken, die schimmernde Haarsträhne beiseite zu streichen, ballte sie ihre Hand.

Sie kannte seinen Körper, denn sie hatte geholfen, ihn zu pflegen, während er hilflos ans Krankenlager gefesselt gewesen war. Doch nun glaubte sie beinahe, dies wäre in einem anderen Leben geschehen, und jener Patient hätte nichts mit dem Mann gemein, der jetzt neben ihr saß. Sie kannte den Schatten seiner Wimpern auf schmalen Wangen, die Kontur seines Kinns, die zahlreichen Narben, die seine Schönheit eher hervorhoben als beeinträchtigten. Oh ja, er *war* schön, obwohl er ein solches Kompliment sicher weit von sich weisen würde. Vielleicht würde er sogar erröten, wie in jenem Moment, in dem sie seine Weste bewundert hatte. Nach einem solchen Mann drehten sich alle Frauen um. Doch darauf achtete er nicht – vielleicht wurde ihm seine Anziehungskraft nicht einmal bewusst.

Was für unwillkommene Gedanken… Trotzdem war sie unfähig, dagegen anzukämpfen. Ebenso wenig konnte sie glauben, wie kühn sie ihn herausgefordert hatte. Den ganzen Tag lang war sie so fest entschlossen gewesen, ihn zur Rede zu stellen. Sie würde ihn auffordern, ihr alles mitzuteilen, was er wusste, ohne sich von seiner Macht, seiner starken Persönlichkeit einschüchtern zu lassen… Oh, diese überwältigende Ausstrahlung…

Doch es war ihr gelungen, sich dagegen zu wappnen. Und Wunder über Wunder – er hatte ihr erzählt, was sie wissen wollte. Und jetzt saß er ganz dicht neben ihr. Tröstend hielt er ihre Hand fest.

»Meine Eltern sind gestorben«, sagte sie leise und scheute zurück vor diesem brennenden Schmerz – plötzlich neu und real, nicht mehr jener verborgene Schatten, der über ihrem Leben hing.

Draußen, jenseits der hohen Fenster, verdünnte sich der Nebel, aufgelöst vom Wind, der unerbittlich blies. Sie versuchte ihn zu ignorieren – und zu ihrer Verblüffung schaffte sie das in Atreus' Gegenwart sogar.

»Aber Sie haben die Tragödie überlebt, Brianna«, betonte er sanft. »Sicher wissen Sie, dass dies der inbrünstigste Wunsch Ihrer Eltern war.«

»Ich erinnere mich nur ganz schwach an die beiden. Sie

schenkten mir das Leben. Acht Jahre lang müssen sie gut für mich gesorgt haben. Und mir ist fast nichts von ihnen geblieben.«

»Woran erinnern Sie sich?«, fragte er und umfing ihre Hand noch fester.

An so viel, an so wenig. »Eine Singstimme, wie aus weiter Ferne.... Gewiss die Stimme meiner Mutter. Und ein traumhafter Moment, wo ich durch die Luft wirbelte... Vielleicht trug mich mein Vater auf seinen Schultern. Und ein paar andere vage Visionen... Nichts, was zählen würde.«

»Sie haben sich selbst, Brianna...«

Da schaute sie in seine Augen und fühlte seine Kraft. »Was meinen Sie?«

»Mit der Hilfe Ihrer Familie auf Akora sind Sie herangewachsen und haben sich zu dem Menschen entwickelt, der Sie sind. Aber ein Großteil Ihres Wesens stammt von Ihren leiblichen Eltern ab. Wenn Sie in Ihr Herz blicken, werden Sie irgendetwas von ihnen darin finden.«

Nur ganz selten spähte sie in ihr Inneres. Was sie dort entdecken mochte, ängstigte sie zu sehr. »Daran habe ich nie gedacht...«

»Dann tun Sie es jetzt. Überlegen Sie, was Sie von ihrer akoranischen Familie unterscheidet. Nichts Auffälliges oder Offensichtliches, eher kleine Dinge.«

Ja, kleine Dinge waren ungefährlich, darüber konnte sie nachdenken. »In meiner eigenen Gesellschaft fühle ich mich am wohlsten. Auf meine akoranischen Verwandten trifft das nicht zu. Im Gegensatz zu mir sind sie sehr gesellig.«

»Da sehen Sie es – das liegt in Ihrer Natur. Was sonst?«

»Ich vertrage keine Erdbeeren, davon wird mir übel, und ich bekomme sogar Nesselfieber. Aber meinen Angehörigen schaden sie überhaupt nicht.«

»Erdbeeren? Das muss ich mir merken.«

Warum?, hätte sie beinahe gefragt. Aber die Antwort, die sie womöglich hören würde, erschreckte sie.

Nein, das stimmte nicht – sie wäre beglückt, rettungslos hingerissen. »Atreus ...« Ganz nahe saß er bei ihr, seine Kraft und die Wärme seines Körpers erschienen ihr viel zu verlockend.

»Brianna?«

»Hatten Sie wirklich vor, mir dies alles zu erzählen?«

»So einfach – ist es nicht.«

Dicht nebeneinander, auf dem Sofa vor dem Kaminfeuer, während draußen der Nebel umherschwebte und die Nacht in den Morgen überging ...

»Ich dachte, damit sollte ich warten.«

Was er meinte, wusste sie nicht. Aber es spielte auch gar keine Rolle, denn jetzt spürte sie seine Lippen auf ihren, heiß und leidenschaftlich – nicht behutsam, wie sie es erwartet hatte, sondern hungrig und fordernd. Und so wundervoll ... Sein Mund stillte eine Sehnsucht in ihrem Innern, von der sie bisher nichts geahnt hatte.

Heiliger Himmel, der Mann konnte küssen! Das spürte sie sofort, und dabei fand sie es belanglos, dass sie nie zuvor geküsst worden war. Zumindest nicht auf *diese* Weise ...

Sie war eine wohlerzogene junge Akoranerin, tugendhaft, in jeder Hinsicht gebildet, und deshalb verfügte sie über ausreichende theoretische Kenntnisse, was die Beziehung zwischen Männern und Frauen betraf.

Auf Akora beging niemand den Fehler zu glauben, man müsste die Unschuld mit Unwissenheit gleichsetzen.

Aber keiner ihrer Lehrer und Lehrerinnen hatte sie auf die überwältigende Realität vorbereitet, die Atreus ihr jetzt bot. Nicht einmal annähernd ...

Betört von wildem Entzücken und wachsendem Verlangen, konnte sie nicht mehr denken und kaum atmen. Doch darauf kam es nicht an. Nur sein Mund war wichtig, die Stärke seiner Arme, die sie umschlangen, das plötzliche, verzehrende Gefühl, dies wäre so gut, so richtig.

In diesem Moment existierte nichts anderes. Sie verwandelte sich in eine Frau, die sie nicht kannte, in der sie ihr eigenes vertrautes Wesen vergeblich suchte…

…bis er sich abrupt aufrichtete. Die Augen überschattet, starrte er sie an. »Geh ins Bett«, stieß er heiser hervor.

»W-was…?«, stammelte sie und rang mühsam nach Luft.

Da sprang er auf und eilte zum Fenster. Um sich möglichst schnell von ihr zu entfernen? Die Hände geballt, kehrte er ihr den Rücken und wiederholte: »Geh ins Bett, Brianna.«

Also war sie entlassen. Wie ein ungebärdiges Kind schickte er sie in ihr Zimmer. Zorn und beklemmende Verlegenheit stiegen in ihr auf – nur kurzfristig.

Eine wohlerzogene junge Akoranerin, tugendhaft…

»Atreus…«

»Bedauerlicherweise lässt meine – Selbstbeherrschung zu wünschen übrig«, gab er zu. Deutlich genug merkte sie, wie schwer ihm dieses Geständnis fiel. »Das tut mir sehr Leid. Wirklich, du musst gehen.«

Der letzte Rest des Zorns verflog, beinahe auch die Verlegenheit, teilweise überlagert von Verwirrung und tiefer Sorge. Welch eine seltsame Wendung die Ereignisse nahmen… Was für eine unerwartete Komplikation trat in ihr Leben, gerade jetzt, wo sie mit der ohnehin schon schwierigen Frage ihrer Identität zu kämpfen begann…

Realistisch betrachtet, würde sich der Vanax von Akora niemals in sie verlieben. Und trotzdem…

Oh Gott, der Mann konnte küssen.

»Gute Nacht – Atreus.«

Er schaute sie nicht an. Immerhin sah sie ihn nicken. Seine Stimme klang tiefer denn je und erstaunlich sanft. »Süße Träume, Brianna.«

Zu ihrer Überraschung schwelgte sie tatsächlich in süßen Träumen. Unfassbar süß ... Als sie erwachte, glaubte sie, *alles* wäre nur ein Traum gewesen. Es konnte unmöglich geschehen sein – weder ihr kühnes Verhalten noch dessen Resultat, schon gar nicht jener Kuss.

Und doch, in der Tiefe ihrer Brust fühlte sie eine sonderbare Wärme, schwer und träge – ein schroffer Kontrast zu der Aufregung, die sie aus dem Bett trieb, zum hohen Fenster. Dort blieb sie stehen und begrüßte den neuen Tag.

Inzwischen hatte sich der Nebel aufgelöst. Frost umrandete die Glasscheiben, ein frischer, ganz *natürlicher* Winterwind bewegte die Zweige der Bäume im Garten. Am düsteren Himmel ballten sich Wolken und kündigten den ersten Schnee der kalten Jahreszeit an.

Eines der tüchtigen, stets fürsorglichen Dienstmädchen musste bereits im Zimmer gewesen sein, denn im Kamin brannte ein helles Feuer, und das Wasser im Porzellankrug dampfte. Für beides dankbar, wusch sich Brianna. Dann wählte sie ein Tageskleid aus blassgelber Wolle mit hoher Taille, am Saum mit winzigen Blumen bestickt. In diesem Kleid wollte sie dem grauen Tag den Kampf ansagen. Bevor sie ins Bett gesunken war, hatte sie sich gezwungen, lange genug wach zu bleiben, um ihr Haar zu flechten. Jetzt entwirrte sie die Locken, bürstete sie hastig und umwand sie im Nacken mit einem grünen Band, das zu ihren Schuhen passte. Einen Spitzenschal in der gleichen Frühlingsfarbe um die Schultern, verließ sie ihr Zimmer.

Im Flur herrschte tiefe Stille, irgendwo in den unteren Regionen des Hauses erfüllte das Personal seine Pflichten. Bevor Brianna die Stufen zur Eingangshalle hinabstieg, sah sie niemanden. Dort hielten die akoranischen Krieger wie üblich Wache. Freundlich nickten sie ihr zu, während sie an ihnen vorbeiging.

Erst im Frühstückszimmer wurde ihr bewusst, dass es viel später war, als sie angenommen hatte. Ihr Leben lang eine Frühaufsteherin, glaubte sie zunächst, die Uhr auf dem Kaminsims müsste falsch gehen. Schon zwei Uhr nachmittags. Unmöglich… Zögernd zog sie am Glockenstrang neben der Tür.

Nur wenige Sekunden später erschien Sarah. »Guten Tag, Miss.«

Brianna warf noch einen Blick zur Uhr hinüber. »Habe ich wirklich so lange geschlafen?«

»Offensichtlich, Miss«, erwiderte das Mädchen lächelnd. »Lady Joanna war ziemlich besorgt. Aber sie dachte, Sie würden die Ruhe brauchen. Ihre Ladyschaft trug mir auf, Ihnen auszurichten, sie sei mit Prinzessin Kassandra in die Bond Street gefahren, um ein paar Weihnachtseinkäufe zu erledigen. Wenn Sie möchten, sollen Sie bitte eine Kutsche nehmen und ihnen folgen.«

Sosehr Brianna die Gesellschaft ihrer Freundinnen auch schätzte, es reizte sie kein bisschen, einkaufen zu gehen. Stattdessen dachte sie an die Bibliothek, ein gemütliches Kaminfeuer, ein interessantes Buch. Im selben Moment erinnerte sie sich an Atreus. Wie eigenartig – alle ihre Gedanken, oder was immer sie erlebte oder hörte, wurde sofort von ihm verdrängt. Das galt auch für Sarahs nächste Worte.

»Möchten Sie eine Tasse Tee, Miss?«, wiederholte die Dienerin. Forschend musterte sie die junge Dame, die geistesabwesend vor sich hin starrte. »Und etwas dazu? Das würde

Ihnen helfen, richtig aufzuwachen. Gerade probiert die Köchin eine neue Pfanne aus für diese französischen Dinger – ich glaube, man nennt sie Crêpes. Französisch oder nicht, die schmecken einfach köstlich. Soll ich Ihnen ein oder zwei Stück servieren? Oh, und der Obergärtner hat uns Erdbeeren aus den Treibhäusern von Hawkforte geschickt. Das verstehe ich noch immer nicht! Erdbeeren im Dezember!«

»Keine Erdbeeren«, drang eine tiefe Stimme von der Tür her.

Brianna fuhr herum und starrte Atreus an – und doch nicht Atreus. Zumindest glich er nicht dem Mann, den sie kannte. Bartstoppeln verdunkelten sein Kinn, das dichte schwarze Haar war ungekämmt, und sein Hemd, am Kragen geöffnet, steckte nicht mehr vollständig in den Breeches. Lässig lehnte er am Türrahmen, die Arme vor der Brust verschränkt. Und in seinen Augen funkelte ein merkwürdiges Licht…

»Wäre es möglich, eine Tasse Kaffee zu bekommen, Sarah?«, bat er lächelnd.

Errötend zuckte das Mädchen zusammen und nickte. »Gewiss, Hoheit, Kaffee – sofort. Oh – Miss, was möchten Sie essen?«

Wie sollte sie auch nur einen einzigen Bissen hinunterwürgen, wenn ihr Magen Purzelbäume schlug? »Gar nichts, Sarah, danke.«

Atreus betrat das Zimmer. »Falls Brianna sich anders besinnt, bringen Sie ihr freundlicherweise Crêpes ohne Erdbeeren. Dagegen ist Brianna allergisch.«

»Oh, was es alles gibt«, hauchte Sarah, und die Röte in ihren Wangen vertiefte sich. Bevor sie davonrannte, spähte sie noch einmal über die Schulter, um den Vanax und die junge Dame zu betrachten, die sich in der plötzlichen Stille des Frühstückszimmers gegenüberstanden.

Mit dieser Uhr, die viel zu laut tickte, schien irgendetwas nicht zu stimmen. Was für ein ungewöhnlicher Lärm …

»Du bist so schön wie der Frühling«, sagte Atreus.

Da war die Uhr vergessen, und Brianna rang nach Fassung. Wo mochte ihre Selbstkontrolle geblieben sein, auf die sie immer so stolz gewesen war?

»Danke«, murmelte sie. Trotz seiner etwas derangierten Erscheinung sah er großartig aus. Doch das würde sie nicht aussprechen. So viel Verstand besaß sie immer noch – trotz allem. »Warst du gar nicht im Bett?« Oh, brillant! Persönliche Fürsorge zu zeigen – und zu allem Überfluss auch noch sein Bett zu erwähnen … Das war's dann wohl mit ihrem Verstand.

»Nein, ich war nicht im Bett«, entgegnete er und grinste wehmütig. »Stattdessen beschloss ich, die letzten Stunden der Nacht zu nutzen, um die restlichen Berichte zu lesen, die Alex und Royce über die derzeitige politische Situation in England vorbereitet haben. Sehr ausführlich und mit allen denkbaren Einzelheiten. Irgendwann nach dem Morgengrauen schlief ich in der Bibliothek ein.«

»Mit allen denkbaren Einzelheiten«, wiederholte sie – ganz einfach, weil sie nichts anderes zu sagen wusste. Dieser neue, scheinbar völlig entspannte Atreus faszinierte sie genauso wie der sinnliche Mann, dem sie vor wenigen Stunden begegnet war. Würde sie ihn bloß nicht so attraktiv finden …

»Interessierst du dich für die Ludditen, das Heer der Bauern und Arbeiter, die gegen die Industrialisierung protestieren? So berechtigt ihre Sorge auch wirken mag, ihre Ziele sind unrealistisch.« Er ging um den Tisch herum und blieb stehen, um mit einem Messer zu spielen. Während er es langsam hin und her drehte, schaute er Brianna an. »Oder möchtest du wissen, wie die Zukunftsaussichten des Krieges gegen

Napoleon beurteilt werden? Nachdem die Briten so viele Rückschläge erlitten haben, müsste man ihnen verzeihen, dass sie nicht mehr an einen Sieg glauben. Andererseits wendet sich das militärische Blatt gerade zu ihren Gunsten.«

»Und Amerika? Dort kämpfen sie ebenfalls.«

»Ja, aber das ist etwas anderes. Auch Alex und Royce rechnen mit einer Niederlage Englands, und ich stimme ihnen zu. Jedenfalls …« Atreus ließ das Messer fallen. »Entschuldige, bitte, ich durfte nicht annehmen, dass du über solche Dinge reden willst. Was hältst du von diesem Byron, dem berühmten Dichter?«

»Poesie langweilt mich. Zumindest konnte ich ihr bisher nicht viel abgewinnen. Umso interessanter finde ich die Politik.«

»Ist es mein Schicksal, dich immer wieder zu unterschätzen?«

Zu ihrer Erleichterung wurde sie von Sarahs Rückkehr gerettet.

Nachdem die junge Dienerin das Frühstück im Eiltempo hergerichtet hatte, war sie verständlicherweise außer Atem. »Hoheit, Ihr Kaffee«, verkündete sie und stellte das Tablett ab. »Und Ihr Tee, Miss. Gleich werde ich die Crêpes servieren. Wenn Sie inzwischen mit diesem Gebäck und den Muffins Vorlieb nehmen würden, die unsere Köchin frisch gebacken hat … Dazu gibt es einen Obstkorb, Marmelade und – ach ja, da ist auch noch ein Stück Zitronenkuchen. Damit Sie sich die Wartezeit auf die Crêpes verkürzen, hat die Köchin vorgeschlagen.«

»Sehr freundlich von der Köchin«, meinte Atreus ernsthaft, obwohl seine Mundwinkel zuckten.

»Und ich soll Ihnen ausrichten, da wären noch Eier, wenn Sie möchten – und ausgezeichneter Speck. Aber die Köchin würde Ihnen den Schinken nicht empfehlen, den schickt sie zurück, weil er zu salzig schmeckt.«

»Danke, die Crêpes und das alles werden uns genügen.«

»Ja, Sir – Sire, das sage ich ihr.«

»Erstaunlich«, meinte Brianna, nachdem Sarah aus dem Zimmer gelaufen war.

»Worüber wunderst du dich?«

»Nun, die Köchin ist eine Mrs. Dursten aus Hawkforte. Lady Joanna war stets ihr Ein und Alles, sie vergöttert Prinz Alexandros, und für Amelia würde sie einen dreifachen Salto schlagen. Was sicher ein erschreckender Anblick wäre ... Und wir restlichen Hausbewohner? Sagen wir einfach, Mrs. Dursten vertritt einen sehr entschiedenen Standpunkt, wenn es um die Termine der Mahlzeiten geht.«

»Tatsächlich?« In gespielter Unschuld hob Atreus die Brauen. »Bis jetzt fand ich sie sehr rücksichtsvoll und entgegenkommend.«

»Wie ich sagte – erstaunlich.«

Und dann brachen beide in Gelächter aus. Was für eine zauberhafte junge Frau, dachte Atreus. Obwohl es ihn immer noch ein bisschen irritierte, sie *nicht* in Weiß zu sehen – die Farben, die sie trug, standen ihr ausgezeichnet. Ihr Haar glich feuriger Seide, und ihre Haut ... Viel zu beharrlich verfolgte ihn der Gedanke, wie weich und zart sie sich anfühlte.

Höflich rückte er ihr einen Stuhl zurecht. Als sie sich setzte, fragte er: »Bevorzugst du tatsächlich Tee?«

»Ja, dafür habe ich eine Vorliebe entwickelt, oder vielleicht ist sie zurückgekehrt.«

Atreus nickte und nahm ihr gegenüber Platz. »Ist dir sonst noch was eingefallen?«

»Leider nicht. Gibt es einen besonderen Grund, warum du glaubst, ich könnte mich an etwas erinnern?«

»Deine Tante Elena hat mir erzählt, manchmal würde ein plötzlicher Schock das Gedächtnis auffrischen. Und die Wahrheit über deine Eltern zu erfahren, muss dich ziemlich aufgewühlt haben.«

Statt an den zweiten Schock der letzten Nacht zu denken – Atreus' Kuss –, fragte Brianna: »Warum hast du mit meiner Tante darüber gesprochen?«

Atreus zögerte. Da er sie heiraten würde, musste er sich daran gewöhnen, Dinge mit ihr zu erörtern, die er nur wenigen Menschen anvertraute. »Als ich nach dem Anschlag auf mein Leben das Bewusstsein wiedererlangte, entdeckte ich einige Erinnerungslücken. Elena glaubte, mit der Zeit würden sie sich schließen. Und sie behielt Recht. Aber sie erwähnte auch, manchmal würde ein Schock den Gedächtnisschwund beenden.«

»Jahrelang versuchte sie, mir zu helfen, wenn ich in die Vergangenheit zurückkehren wollte«, sagte Brianna leise.

Ein paar Sekunden lang wartete er, bis sie an ihrem Tee genippt hatte. »Außerdem erklärte sie mir, in gewissen Fällen würde die Erinnerung aus gegebenem Anlass verschüttet bleiben.«

Klirrend stellte sie ihre Tasse ab. »Das hat meine Tante behauptet? Interessant ...«

Damals hatte er überlegt, ob Elena auf ihre Nichte angespielt hatte. Doch das ergab keinen Sinn. Warum sollte Brianna der Erinnerung an ihr früheres Leben ausweichen?

»Hoheit, Miss – die Crêpes!«, verkündete Sarah und eilte ins Zimmer. »Köstlich und heiß, mit Krabben gefüllt. Die würden himmlisch schmecken, meinte die Köchin. Obendrauf eine cremige Senfsauce.« Zu Brianna gewandt, fügte sie lächelnd hinzu: »Und weit und breit keine einzige Erdbeere.«

»Ausgezeichnet«, lobte Atreus. »Danke, Sarah.«

Nachdem Sarah das Frühstück serviert hatte, zog sie sich sofort zurück. Zweifellos wird sie in der Küche vom Vanax schwärmen, dachte Brianna, und allen Dienstboten erzählen, er sei ebenso höflich wie hübsch. Womit sie Recht hat…

»Heute Abend gehen wir ins Theater, nicht wahr?«, fragte Atreus.

»Ja, soviel ich weiß.«

Plötzlich gähnte er, und sie runzelte die Stirn.

»Dafür wirst du zu müde sein.«

»Unsinn«, erwiderte er belustigt. »Während ein Akoraner zum Krieger ausgebildet wird, muss er oft tagelang ohne Schlaf auskommen.«

Wieder einmal wurde sie von seinem Lächeln betört, was sie unter diesen Umständen besonders ungerecht fand. Er war unrasiert, trug Kleider, in denen er buchstäblich geschlafen hatte, und die Erschöpfung rötete seine Augen. Trotzdem kannte sie keinen Mann, der besser ausgesehen hätte. Wirklich – *sehr* ungerecht.

»In jenen Zeiten habe ich mich oft gefragt, ob mir die Ausbildung jemals nützen würde«, gestand er.

»Also hast du an ihrem Wert gezweifelt?«

»Oh, ich zweifle an vielen Dingen. Warum überrascht dich das?«

»Eigentlich dachte ich, du würdest die Traditionen in Ehren halten«, antwortete sie wahrheitsgemäß.

»Da du im Palast gelebt hast, musst du wissen, dass ich Veränderungen auf Akora anstrebe.«

Vorsicht, mahnte ihre innere Stimme. Nimm dich bloß in Acht… »Sicher, du möchtest verbesserte Waffen und ähnliche Dinge einführen. Sonst wäre Akora verletzlich. Aber im Lauf der Geschichte hat jeder Vanax ein Heer aufgestellt, das sein Inselreich erfolgreich gegen jeden erdenklichen Feind verteidigen konnte. Das ist nichts Neues.«

»Um Waffen allein geht es nicht. In einigen Ländern entsteht eine völlig neue Denkweise – vor allem in Großbritannien und Amerika. Allmählich erkennen die Menschen ihre Fähigkeit, viel mehr zu leisten, viel mehr anzustreben. Was schon immer so war, wie es ist, müssen sie nicht akzeptieren. Jetzt finden sie neue Lösungen für uralte Probleme. Und mit jedem Schritt, den sie unternehmen, wächst ihr Vertrauen in die eigenen Kräfte. Gewissermaßen bahnt sich eine weltweite Revolution an.«

»Das klingt beinahe so, als würdest du es billigen«, entgegnete Brianna. Erfolglos versuchte sie, ihre Überraschung zu verhehlen.

»Ich billige es nicht – und ich *missbillige* es nicht. Aber ich nehme die Realität und die Auswirkungen auf Akora zur Kenntnis. Einige Neuerungen sind gut, andere schlecht. So wie immer, wenn die Menschheit irgendetwas in Angriff nimmt. Jedenfalls werden wir mit Tatsachen konfrontiert, und darauf müssen wir uns einstellen.«

Vorsicht… Aber in ihrer Verwirrung konnte sie sich einfach nicht zurückhalten. »Nicht nur in der Bereitschaft, neue Wege zu gehen, gleichen sich die Briten und die Amerikaner. Da gibt es noch etwas…«

Viel zu eindringlich schaute er in ihre Augen. »Und das wäre?«

Zur Hölle mit der Vorsicht… Ohne Rücksicht auf Verluste sprach sie aus, was ihr auf der Seele brannte. »In diesen Ländern gestatten die Mächtigen ihren Völkern größere Freiheit – und einen Einblick in die Aktivitäten der Regierung.«

»Ja, das ist wahr«, stimmte er zu. Dann schränkte er ein: »Auf ihre begrenzte Weise. Akora ist viel offener.«

»Wie kannst du das sagen? Die Akoraner dürfen nicht einmal wählen.«

»Die meisten Engländer oder Amerikaner auch nicht. Nur ein kleiner Prozentsatz der Bevölkerung darf in politischen Fragen mitreden. Auf Akora ist das anders. Jeder kann in den Palast kommen. Und an manchen Tagen glaube ich tatsächlich, alle Einwohner sind da. Bei Versammlungen sprechen Männer und Frauen gleichermaßen. Wenn sie es wünschen, wenden sie sich direkt an mich. Hast du eine Ahnung, wie viele Stunden ich jeden Tag damit verbringe, die Briefe zu lesen, die mir ganz gewöhnliche Akoraner schicken – mit Vorschlägen, Kommentaren und politischen Anmerkungen? Oder wie oft ich mich mit solchen Leuten treffe? Letztes Jahr, vor meiner Verletzung, bin ich jeden dritten Tag zu verschiedenen Gebieten von Akora gesegelt, um zu hören, was mir die Menschen sagen wollten.«

Das alles hatte Brianna nicht gewusst, und es gab ihr zu denken. Trotzdem wandte sie ein: »Aber du musst die Ratschläge deiner Untertanen nicht befolgen. Du kannst tun, was immer du willst.«

»Was immer ich will?« Verblüfft schaute er sie an. »Glaubst du das allen Ernstes? Ich bin verpflichtet, so zu handeln, wie es für Akora gut und richtig ist. Dabei spielen meine eigenen Wünsche keine Rolle.«

»Und woher weißt du, wie du entscheiden musst, um Akora zu nützen?«

»Die Prozedur der Wahl habe ich nur überlebt, weil ich zu tun gedenke, was für Akora richtig ist – und weil ich das über alle anderen Erwägungen stelle.«

»Ach ja – der uralte, mysteriöse Ritus der Wahl, über den fast niemand Bescheid weiß! *Dieses* Thema müsste man endlich offen legen.«

»So einfach ist es nicht...«

»Du unterziehst dich einem Ritual, irgendetwas geschieht. Und wenn es vorbei ist, wirst du als Vanax anerkannt. Ist das wirklich so kompliziert, dass man nicht darüber sprechen dürfte?«

»In diesem Ritual verbirgt sich das Herz von Akora, und es betrifft den Glauben, der uns seit Jahrtausenden am Leben erhält. Du wurdest nicht auf Akora geboren. Deshalb scheinst du es nicht zu verstehen. Das hätte ich nicht für möglich gehalten – aber...«

Bedrückte ihn diese Erkenntnis? Oder verblüffte sie ihn nur? Brianna fand keine Zeit, um darüber nachzudenken, denn in diesem Augenblick hörte sie Schritte in der Eingangshalle und vertraute Stimmen. Sekunden später eilten ihre Freundinnen ins Frühstückszimmer.

»Oh, es ist so kalt!«, klagte Kassandra. Die Wangen gerötet, trat sie ans Feuer und wärmte ihre Hände. »Aber es war wundervoll in der Bond Street. Alle Geschäfte sind weihnachtlich geschmückt. Wärst du bloß mit uns gekommen, Brianna! Aber du hast sehr lange geschlafen, nicht wahr?« Erst wechselte sie einen Blick mit Joanna, dann schauten die beiden Atreus an, der bei ihrer Ankunft aufgestanden war.

Teils liebevoll, teils leicht verunsichert, musterte er die beiden Frauen. »Wenn ihr mich entschuldigen würdet... Demnächst erwarte ich ein paar Kabinettsmitglieder, und vorher würde ich mich gern rasieren.«

Sobald er den Raum verlassen hatte, setzte sich Joanna an Briannas linke Seite und Kassandra an die rechte.

»Hast du ihn nach Hollister gefragt?«, erkundigte sich Joanna scheinbar beiläufig.

»Ja, dieses Thema wurde angeschnitten...«

»Was hat er dir erzählt?«, drängte Kassandra.

Seufzend hob Brianna die Schultern. Sosehr sie das Interesse ihrer Freundinnen auch begrüßte, ihr fehlten die Worte. Hatte sie tatsächlich so freimütig mit Atreus gesprochen – mit dem Vanax? Ihre eigene Kühnheit überraschte sie ebenso wie seine scheinbare Ehrlichkeit. Während der Nacht und bei der letzten Begegnung hatte er nicht den Eindruck eines Mannes erweckt, der um jeden Preis seine Macht behaupten wollte. Ganz im Gegenteil, er erschien ihr viel nachdenklicher und aufrichtiger, als sie sich das vorgestellt hatte.

»Sag uns, was geschehen ist, Brianna«, mahnte Joanna sanft.

Eifrig beugte sich Kassandra vor. »Du hast doch mit Atreus geredet, nicht wahr? Was hat er gesagt?«

»So einfach ist es nicht«, murmelte Brianna. Verwirrt registrierte sie, dass sie soeben eine Redewendung wiederholt hatte, die der Vanax gelegentlich benutzte.

6

Welch ein übergroßes Glück ich empfinde, weil Delphines Kind am Leben geblieben ist, kann ich gar nicht in Worte fassen«, beteuerte William, Earl of Hollister. »In unserer Kindheit und Jugend standen deine Mutter und ich uns so nahe wie Geschwister. Niemals fand ich mich mit ihrem Verschwinden ab. Und ich gab auch nie die Hoffnung auf, sie würde eines Tages zu uns zurückkehren.«

Eine helle Singstimme – dann eine Stimme, die nach ihr rief – die den Lärm übertönte. »Halt dich fest, Bri, halt dich fest!« Eine Stimme, die längst verstummt war…

»So inbrünstig wünsche ich mir, sie wäre bei uns«, gestand Brianna leise.

Sie saßen einander im Salon gegenüber, ein Teetablett mit Tassen und einer üppig bestückten Platte zwischen sich, die sie nicht anrührten. Allein schon der Anblick der Lachssandwiches, Mandelkuchen, Brötchen, Marmeladeschüsselchen und kunstvoll geformten Butterrosetten drohte Briannas Magen umzudrehen. Immer wieder sagte sie sich, ihre Nervosität sei grundlos. Ihr Onkel war freundlich und gütig. Allmählich bedauerte sie ihn, denn er schien ihr Unbehagen zu teilen.

Obwohl er offensichtlich dagegen ankämpfte, spähte er alle paar Sekunden zum Vanax von Akora hinüber. Seit Atreus den Besucher mit Brianna bekannt gemacht hatte, stand er schweigend vor den Fenstern, die zum Garten hinausgingen. Trotzdem beherrschte seine Anwesenheit den Raum. In düsteres Schwarz gekleidet, beobachtete er die beiden.

»Kanntest du meinen Vater, Onkel William?«, fragte Brianna.

Rauschende Luft, als sie emporgeschwungen wurde… Ihr eigenes verdutztes Gelächter… Starke Arme, die sie beschützten… Längst entschwunden…

»Leider nicht. Aber weil sich Delphine für ihn entschieden hat, muss er ein ehrenwerter Mann gewesen sein. Davon bin ich fest überzeugt.«

Nein, sie würde nicht weinen. So inständig sie sich auch nach jemandem gesehnt hatte, der ihr etwas über ihre Eltern erzählen konnte – sie wollte dieses Treffen würdevoll überstehen. Doch es fiel ihr sehr schwer…

Plötzlich brach Atreus sein Schweigen, setzte sich neben Brianna und schaute sie an. »Ich überlege gerade, ob ich Geschmack am englischen Tee finden werde. Würde es dir etwas ausmachen, die Tassen zu füllen, meine Liebe?«

»Nein, natürlich nicht.« Zu ihrer eigenen Verblüffung wirkte ihre Antwort ruhig und gefasst. Im Gegensatz zu ihren bebenden Händen… Aber sie kam gut zurecht. Nur wenige Tropfen befleckten das schneeweiße Spitzendeckchen unter der Kanne. »Ein Imbiss?«, fragte sie und hielt die Platte hoch.

Misstrauisch musterte der Vanax die Lachsbrötchen. »Bei allem Respekt, den ich der Köchin zolle – ich bevorzuge Lachsfilets, über einem offenen Feuer gebraten und von einem erlesenen Wein begleitet.«

»Für mich gilt das auch«, warf Hollister ein. »Angeln Sie in Ihrer Heimat, Hoheit?«

»Gelegentlich haben wir Probleme mit Haien. Die habe ich oft gejagt.«

»Haie?« Der Earl lachte etwas unsicher. »Wie ich zugeben muss, sind mir Forellen lieber. In Holyhood haben wir ein paar ertragreiche Forellenbäche.« Zu Brianna gewandt, fuhr er fort: »Deine liebe Mutter konnte sehr gut mit ihrer Angelrute umgehen. Vielleicht hast du dieses Talent geerbt.«

»Ja – das wäre möglich ...« Ihr Blick kehrte zu Atreus zurück. Wenn sie auch nicht nach seiner Billigung strebte – auf gar keinen Fall –, so hoffte sie doch auf ein Zeichen, das ihr verraten würde, er hätte Verständnis für ihre Sehnsucht.

Warum ihr das wichtig war, wollte sie nicht ergründen.

»Holyhood liegt bei Hawkforte, nicht wahr?«, erkundigte sich der Vanax.

»In der Tat«, bestätigte Hollister. »Der Legende zufolge gehörte Holyhood über mehrere Generationen hinweg zum Besitz der Lords von Hawkforte.«

Davon hatte Brianna nichts gewusst. »Wirklich?«

»Oh ja«, bekräftigte der Earl. Anscheinend hatte er sein Lieblingsthema angeschnitten. »Über die Anfänge von Holyhood gibt es eine faszinierende Geschichte. Möglicherweise entspricht sie sogar der Wahrheit.«

»Und wie lautet sie?«, ermunterte ihn Atreus.

»Nun, da geht es natürlich um eine schöne Dame, wie in all diesen Erzählungen. Angeblich war sie die Schwester des ersten Herrn von Hawkforte und besaß eine seltene Gabe, die sie befähigte, den Schmerz kranker Mitmenschen zu fühlen und sie zu heilen. Dadurch erregte sie die Aufmerksamkeit eines feindlichen Wikingerkriegers. Ermüdet von zahlreichen blutigen Schlachten, wünschte er sich ein friedliches Leben. Zwischen diesem Mann und der Dame kam es zu einem Missverständnis. Was das betrifft, sind die Einzelheiten unbekannt. Jedenfalls entführte er die Frau gewaltsam aus Holyhood. Aber er geriet schon bald in den Bann ihrer Schönheit und Sanftmut, während sie seine Tapferkeit und sein Ehrgefühl schätzen lernte. Und so begannen sie sich innig zu lieben. Mit vereinten Kräften und der Hilfe anderer schlossen sie den Frieden, der bis dahin nur ein Traum gewesen war.«

»Der erste Lord Hawkforte soll eine Norwegerin geheiratet haben, um den Frieden zu festigen. Außerdem soll es zu einer weiteren Ehe zwischen einem Wikinger und einer Engländerin gekommen sein, die außergewöhnliche Fähigkeiten besaß.«

»Sind Sie mit all diesen Geschichten vertraut, Sire?«, fragte Hollister.

»Da meine Familie durch zwei Ehen mit Hawkforte verbunden ist, wollte ich mich über die Vergangenheit dieses Herrschaftssitzes informieren.«

»Die Familie Hawkforte zählt zu den vornehmsten in England«, bemerkte der Earl in beiläufigem Ton, »und die Hollisters betrachten es als Ehre, von ihr abzustammen.«

»Oh, daran habe ich noch gar nicht gedacht!«, rief Brianna erstaunt. »Dann bin ich mit Joanna und Royce verwandt.« Mit zusammengekniffenen Augen schaute sie Atreus an. »Und ein Abkömmling der Familie Hawkforte zog nach Akora, wo er eine Atreidentochter zur Frau nahm. Also sind wir alle miteinander verwandt.«

Nur langsam wurde ihr die Bedeutung der neuen Erkenntnis bewusst. Kassandra und Joanna hatten schon mehrmals von ihren besonderen Talenten, einem gemeinsamen Familienerbe, gesprochen. Jetzt schien dieses Vermächtnis auch sie selbst einzuschließen. Würde sie bei den Freundinnen Verständnis für den schrecklichen dunklen Schatten finden, der sie verfolgte? Weil sie ähnliche Visionen erblickt hatten?

»Ja, allem Anschein nach sind wir verwandt.« Atreus stellte seine Teetasse ab, aus der er immer noch nicht getrunken hatte. »Sehr weitläufig ... Haben Sie Ihre Familie über Briannas Anwesenheit in London verständigt, Hollister?«

Der Earl nickte. »Seither ist Lady Constance, meine Frau, ganz außer sich vor lauter Freude. Auch sie kannte Delphine. In den alten Zeiten waren wir alle befreundet. Und nun fiebert sie Briannas Ankunft auf Holyhood entgegen. Vielleicht sollte ich etwas mehr über uns erzählen.« Als wollte er sich entschuldigen, weil er das bisher versäumt hatte, zuckte er die Achseln. »Wir haben drei wohlgeratene Söhne, der älteste ist verheiratet und vor kurzem Vater geworden. Überglücklich hieß Constance ihre Schwiegertochter willkommen. Und ich glaube, jetzt hofft sie, ihre Nichte möglichst bald zu umarmen. Sie schmiedet schon – Pläne.«

»Was für Pläne?«, erkundigte sich Atreus, bevor Brianna dieselbe Frage stellen konnte.

»Ach, das Übliche – Briannas offizielles gesellschaftliches Debüt und dergleichen.«

»Sie ist bereits in die Gesellschaft eingeführt worden, denn der Prinzregent hat sie im Carlton House empfangen.«

»Eh – ja, gewiss. Ich nehme an, Constance denkt an ein etwas persönlicheres Fest, eigens zu Briannas Ehren.«

»Welchem Zweck soll das dienen?« In diesem Moment erinnerte Atreus an den tödlichen Jäger akoranischer Haie.

Hollister hüstelte, als würde ihm der Tee nicht bekommen. »Nun – eine junge Dame, die das Leben noch vor sich hat ... Da sollte sie den richtigen Leuten begegnen, in passenden Kreisen verkehren.«

»Wahrscheinlich kann ich mich besser bewähren, wenn ich angle«, wandte Brianna hastig ein.

Atreus lachte, und der Earl unterdrückte ein Lächeln.

Nach einer kurzen Pause verkündete der Vanax: »Wir werden Weihnachten im Schloss Hawkforte feiern. Da Holyhood in der Nähe liegt, kann Brianna Sie besuchen, Sir – falls sie es wünscht.«

»Ja, das will ich«, erklärte sie entschieden, trotz ihrer Skepsis. Lady Constances »Pläne« bereiteten ihr wachsendes Unbehagen. Offenbar musste sie mit einigen Problemen rechnen, wenn sie von ihrer englischen Familie aufgenommen wurde. So etwas hatte sie nicht erwartet.

»Oh, darüber würden wir uns wirklich freuen.« Der Earl stand auf und reichte ihr seine Hand. »Darf ich wiederholen, wie glücklich ich mich fühle, meine Liebe? Endlich, nach viel zu langer Zeit, bist du heimgekehrt. Ein Traum ist in Erfüllung gegangen.«

An der Aufrichtigkeit des Gentlemans gab es keinen Zweifel. »Danke, Onkel William.« Auch Brianna erhob sich. »Ich bin so froh, dass wir uns kennen gelernt haben.«

Ehrerbietig verabschiedete er sich vom Vanax. Dann verließ er den Salon, und sie war mit Atreus allein. Sie nahm wieder Platz. Um sich zu beruhigen, holte sie tief Atem. Doch die beklemmenden Gedanken an Holyhood mischten sich mit Erinnerungen an jenen erstaunlichen Kuss.

»Geht es dir gut?«, fragte Atreus. Zu nahe saß er neben ihr, zu eindringlich und prüfend betrachtete er ihr Gesicht.

»Natürlich, der Earl war sehr nett.«

»Und ein bisschen verunsichert.«

Sie schaute durch ein Fenster in den grauen, winterlichen Garten. »Diese Wirkung übst du nun einmal auf die Menschen aus.«

»Tatsächlich?« Seine Überraschung erschien ihr echt.

»Dabei hatte Hollister gar keinen Grund, mich zu fürchten. Wie ich von Royce erfuhr, sind die Finanzen des Earls und seiner Familie in Ordnung. An ihrem Verhalten gibt es nichts zu beanstanden, kein einziger Makel befleckt ihren

Leumund. Nur der verstorbene Earl galt als schwierig. Seinen Nachfolger beurteilt man viel freundlicher.«

Der Sperling war zurückgekehrt, begleitet von ein paar Artgenossen. Aus einem Impuls heraus nahm Brianna ein Brötchen vom Teetablett und sprang auf. Sie ging zur Glastür, die in den Garten führte, öffnete sie und betrat den Steinboden der Terrasse. Draußen war es kalt. Aber das störte sie nicht. Ganz im Gegenteil, die frostige Luft bekämpfte die aufgewühlten Gefühle. Noch besser – an diesem Tag wehte kein Wind.

»Solltest du nicht einen Mantel anziehen?«, fragte Atreus, der ihr gefolgt war.

»Nicht nötig«, erwiderte sie und warf den Sperlingen Brotkrumen zu. Zwischen kahlen Zweigen schimmerte hellgraues Licht. »Sind deine Besprechungen gut verlaufen, Atreus?«

»Einigermaßen. Jetzt freue ich mich auf die Reise nach Hawkforte.«

»Und auf ein englisches Weihnachtsfest? Das soll ganz wundervoll sein, habe ich gehört.«

»Auch diesem Ereignis blicke ich erwartungsvoll entgegen, Brianna.«

Um Zeit zu gewinnen, wischte sie Krümel von ihren Fingern.

»Komm, gehen wir wieder hinein«, schlug er vor.

Sie zögerte. Aber die Vögel hatten das Brot verspeist, flatterten davon, und sie zitterte in der Kälte. Trotzdem folgte sie ihm nur widerstrebend in den Salon. »Hoheit…«

Verblüfft hob er die Brauen. »In letzter Zeit hast du mich Atreus genannt.«

»Aber ich bin an die förmliche Anrede gewöhnt. Immerhin trägst du den Titel des Vanax von Akora.«

In seinen Augen begannen seltsame Funken zu glühen. Ärger? Auflehnung gegen sein Amt? Nein, unvorstellbar … Wie auch immer, das Licht erlosch sofort wieder. Und dann fand sie keine Zeit mehr, darüber nachzudenken. Mit warmen, starken Fingern umfasste er ihr Handgelenk und zog sie an sich.

»Außerdem bin ich ein Mann.« Ganz leicht streiften seine Lippen ihre Wange, glitten langsam und verführerisch hinab – eine unausweichliche, sanfte Liebkosung, die ihren Puls beschleunigte, noch bevor ihr sein betörender Kuss den Mund verschloss.

Das dürfte er nicht tun. Er müsste genug Verstand und Disziplin aufbringen, um solche Intimitäten zu vermeiden. Vor allem, nachdem er entdeckt hatte, wie bereitwillig sie in seinen Armen dahinschmolz … Für solche Zärtlichkeiten würde er später noch genug Zeit finden. Aber er küsste sie *jetzt*. Und der süße Geschmack ihres Mundes drohte ihn zu überwältigen – in einem fast gefährlichen Ausmaß, denn er spürte, wie schnell ihre Überraschung von einer Leidenschaft verdrängt wurde, die seiner eigenen glich. Er war zu erfahren, um das nicht zu bemerken, und viel zu sinnlich, um dieser Lockung zu widerstehen.

An ihrer Jungfräulichkeit zweifelte er nicht. Auf Akora gingen unverheiratete Frauen nur selten erotische Beziehungen ein. Aber hin und wieder kam es vor. Brianna neigte zur Vorsicht. Das hatte er bereits festgestellt. Und sie besaß ihren Stolz. Beides musste sie bewogen haben, auf ihre Tugend zu achten.

Andererseits war sie in einer Welt herangewachsen, in der man von der Unschuld niemals auf Unwissenheit schloss. Sie hatte die gleiche Ausbildung erhalten wie alle akoranischen Mädchen. Also wusste sie Bescheid über die Natur der

Männer, deren Bedürfnisse, Sehnsüchte und Verletzlichkeiten.

So war es immer gewesen, seit dem fernen Beginn aller Zeiten, und Atreus nahm an, so würde es immer bleiben.

Flüssiges Feuer strömte durch seine Adern. Würde die Versuchung, die er bereits kannte, seine Selbstkontrolle vollends besiegen?

In der Eingangshalle erklangen Stimmen und Gelächter.

Hastig hob er den Kopf. »Alex und Joanna sind zurückgekommen.« Nur mühsam rangen sich die Worte aus seiner Kehle, und er konnte kaum atmen.

Statt zu antworten, starrte sie ihn wie betäubt an.

Wenigstens etwas... Nicht nur er war dieser unvernünftigen Glut zum Opfer gefallen.

So behutsam wie nur möglich schob er sie von sich. Im selben Augenblick öffnete sich die Tür des Salons.

»Atreus?« Abrupt blieb Alex stehen und musterte die beiden. In seinem Blick zeigte sich Verständnis, vielleicht sogar ein wenig Belustigung. »Wie ich sehe, ist Hollister schon gegangen.«

»Ja.« Atreus holte tief Luft und schaute zur Uhr auf dem Kaminsims hinüber. Energisch zwang er sich, wieder an seine Pflichten zu denken. »Wenn ich mich recht entsinne, bin ich mit dem Prinzregenten verabredet.«

»Allerdings, du sollst an seiner Seite die Parade seines Lieblingsregiments abnehmen und dann ein kleines Dinner besuchen, zu dem er einen Großteil des diplomatischen Korps eingeladen hat – zumindest die Vertreter der Nationen, die nach wie vor mit England reden.«

»Ein weiterer reizvoller Abend...«, murmelte Atreus resignierend. Noch vier Tage musste er in London ausharren, ehe sie alle zum Landsitz Hawkforte fahren würden. Eine Woche später die Abreise aus England – eine zehntägige Fahrt bis zur Ankunft auf Akora, falls sich das Meer gnädig zeigte ... Nur wenige Tage für Brianna und die Wiedervereinigung mit ihrer Familie, für endgültige Entscheidungen ... Alles in allem knapp vier Wochen, bevor er sie endlich heiraten konnte. Solange würde er sich gedulden, nicht wahr?

»Was hältst du vom Earl, Brianna?«, fragte Alex.

»Oh, ich fand ihn sehr freundlich – und faszinierend.«

»Faszinierend?«, wiederholte Atreus ungläubig. Eher unscheinbar, dachte er, um nicht zu sagen, langweilig. Was mochte sie an diesem Mann faszinieren?

»Er ist der einzige rothaarige Mensch, den ich je gesehen habe«, sagte sie und zuckte die Achseln. »Natürlich außer mir selber.«

Welch eine schlichte Erklärung – und doch so bemerkenswert. In jenem Teil ihres Lebens, an den sie sich erinnerte, war ihr niemand begegnet, der ihr glich. Was bedeutete das? Während er noch darüber nachdachte, erwiderte er: »Auch auf Akora gibt es Rothaarige. Nicht viele, aber immerhin.«

»Daran zweifle ich nicht – sie sind mir bloß nicht über den Weg gelaufen. Und jemandem gegenüberzusitzen, der mir ähnelt .... Irgendwie fand ich es tröstlich, obwohl ich nicht weiß, warum.«

Vielleicht konnte sie es wirklich nicht definieren. Umso klarer erkannte Atreus, was es hieß, sich von allen anderen Menschen zu unterscheiden, auf fundamentale Weise. Diese besondere Einsamkeit hatte er selbst erlitten.

Viel zu lange war Brianna einsam gewesen, und diesem qualvollen Zustand wollte der übereifrige Hollister ein Ende bereiten.

Hollister und Lady Constance mit ihren verdammten Plänen!

»Bald musst du den Prinzregenten aufsuchen«, erinnerte ihn Alex.

»Er ist kein richtiger König, oder?« Und deshalb schuldete ihm Atreus keineswegs das ganze Ausmaß seiner königlichen Geduld.

Seufzend verdrehte Alex die Augen. »Der König ist verrückt und irgendwo eingesperrt. An seiner Stelle sitzt der Sohn auf dem Thron. Also nimmt Prinny die Position eines Königs ein, und er erwartet, entsprechend behandelt zu werden.«

»Da er meistens betrunken ist, weiß er gar nicht, wie man ihn behandelt.«

»Wenn er zur Besinnung kommt, merkt er's«, warnte Alex seinen Bruder. »Aber keine Bange, du musst ihn nur noch ein paar Tage ertragen. Royce hat mir erzählt, der Prinzregent und sein ganzes Gefolge sind völlig vernarrt in dich. Und Byron hat sogar gedroht, ein Gedicht über den Vanax zu schreiben.«

»Möglicherweise wird doch ein Krieg zwischen England und Akora ausbrechen.«

Gegen ihren Willen lachte Brianna – unfähig, ihre Belustigung zu bezwingen. Und dann erschrak sie über ihr freizügiges Verhalten. In Zukunft musste sie sich zusammennehmen.

Wie Atreus betont hatte, war er ein Mann. Nicht nur der Vanax – und mit keinem anderen zu vergleichen, den sie kannte. Solche Gedanken beunruhigten sie. Noch viel größere Sorgen bereiteten ihr die erregenden Gefühle, die sie empfand, wenn er sie küsste – oder berührte – oder zufällig in ihre Richtung schaute.

»Findest du das amüsant?«, fragte er mit leiser, tiefer Stimme, die in ihrem Herzen widerzuhallen schien.

Atmen – du musst atmen…

»Nach meiner Ansicht erfüllst du deine Pflichten geradezu bewundernswert.« Auf Akora hatte sie oft stundenlang den älteren Frauen zugehört, sich eingeprägt, was sie sagten und was sie nicht sagten, ihren Erinnerungen an die Jugend gelauscht, dem warmen, träumerischen Klang ihrer Stimmen. »Und ich glaube…« Auf dem Weg zur Tür drehte sie sich unwillkürlich zu Atreus um. Gerade noch rechtzeitig befahl sie sich zu lächeln. »In Hawkforte wirst du dich von alldem erholen – und wunderbare Tage genießen.«

Sekunden später stand sie zitternd in der Eingangshalle. Angesichts seiner Verblüffung, die sich blitzschnell in wilde Entschlossenheit verwandelt hatte, war sie von einer eigenartigen süßen Schwäche erfasst worden.

Was hatten die Akoranerinnen erzählt? Irgendetwas über die Leidenschaft der Männer, die sie verwundbar macht und ihnen zugleich die stärkste aller Kräfte verlieh?

Atreus war ein Mann, der die Leidenschaft kannte. Davon hatte sie nichts geahnt. Für sie war er immer nur der Vanax gewesen, mit grenzenloser, unberechenbarer Macht ausgestattet, ein Hindernis für den Lebensstil, den sie auf Akora herbeisehnte. Daran hatte sich nichts geändert. Und doch war alles anders. Plötzlich genügte ihr die Luft in der Halle nicht mehr, beinahe glaubte sie zu ersticken.

Kurz nach dem Besuch auf Hawkforte würde Atreus in seine Heimat zurückkehren. Eines Tages würde auch sie wieder dorthin fahren. Auf Akora lebten ihre Angehörigen, die sie innig liebte. Aber vorher musste sie ihre Vergangenheit in England erforschen, mit der Hilfe William Hollisters und seiner Countess. Vielleicht würde sie ihr Leben in Holyhood verbringen… Nein, so weit mochte sie nicht in die Zukunft blicken.

Jahrelang hatte sie auf eine Gelegenheit gewartet, ihre Herkunft zu ergründen. Die würde sie jetzt nutzen, so gut sie es vermochte. Nur noch wenige Tage – knapp zwei Wochen – und Atreus würde abreisen. Gut so, sagte sie sich und ignorierte die innere Stimme, die ihr etwas ganz anderes zuflüsterte.

Aber während sie die Treppe heraufstieg, wurde sie erneut von unerwünschten Gedanken bedrängt. Ein Instinkt führte sie zum Kinderzimmer. Dort saß eine glucksende Amelia in ihrem Badezuber, und Joanna kniete neben ihr. Die Freundin warf nur einen kurzen Blick auf Brianna. Dann streckte sie eine Hand aus und zog sie in den tröstlichen Kreis weiblicher Wärme.

Viel später – in den Stunden, wo sogar London schlief – begann es zu schneien, zunächst ganz langsam. Nur vereinzelte Flocken schwebten an den Schornsteinen vorbei und über die Dächer hinweg, bevor sie lautlos auf dem Kopfsteinpflaster der Straßen landeten. Schließlich fiel der Schnee immer dichter herab, verwischte die kantigen Konturen von Ziegeln und Mörtel, Stein und Eisen. Vom Wind gepeitscht, bildete er winzige weiße Wirbelstürme.

Und am Morgen war die Welt verwandelt. Brianna stand an einem Fenster des Frühstückszimmers, die Nasenspitze so nah an der Glasscheibe, dass sie die Kälte spürte. Hatte sie schon einmal Schnee gesehen? Daran erinnerte sie sich nicht. Konnte man ein solches Wunder vollends vergessen? Spontan öffnete sie die Verandatür, streckte eine Hand hinaus und hob ein paar feuchte Flocken auf. Sie glitzerten im Sonnenschein und schmolzen auf ihrer Zunge.

Ohne auch nur einen Gedanken an das Frühstück zu verschwenden, rannte sie nach oben, holte ein Cape und Handschuhe, dann eilte sie wieder hinunter. Gerade wollte sie das Haus verlassen, als sich eine freudestrahlende Joanna zu ihr gesellte. »Komm!«, schlug die Freundin vor. »Laufen wir um die Wette!«

Wie übermütige Kinder stürmten sie in den Garten. Lachend stapften sie durch die weiße Pracht – und hielten abrupt inne. Sie waren nicht allein.

»Ha!«, rief Alex. »Glaubst du etwa, du wärst so wahnsinnig schnell?«

Ein großer Schneeball prallte gegen die Brust des Vanax von Akora, der einen Arm nach hinten schwang und sich ebenso zielsicher revanchierte. Sofort bückte sich Alex, packte eine weitere Hand voll Schnee und schleuderte sie auf seinen Gegner. Atreus wich dem Wurfgeschoss geschickt aus, jagte ein eigenes in die Luft. Doch der nächste Angriff seines Bruders traf ihn wieder. Der Kampf verlief in atemberaubender Geschwindigkeit, temperamentvoll und zweifellos freundschaftlich.

Und das fröhliche Ungestüm wirkte offenbar ansteckend. Kichernd formte Joanna einen Schneeball und warf ihn in die Richtung ihres Ehemanns. Entweder zielte sie hervorragend, oder sie hatte Glück, denn die weiße Kugel traf Alex mitten ins Gesicht. Nur sekundenlang erstarrte er. Ein unheilvolles Funkeln in den Augen, fixierte er seine Gemahlin, dann marschierte er zu ihr.

Allzu lange brauchte sie nicht, um ihre Sicherheit einem sinnlosen Wagemut vorzuziehen. Lachend raffte sie ihre Röcke und ergriff die Flucht. Als sie zwischen den gestutzten Büschen verschwand, blieb Alex ihr auf den Fersen.

»Guten Morgen«, grüßte Atreus. Die winterliche Kälte hatte seine Wangen gerötet, der Schnee sein Jackett weiß gefärbt. In diesem Moment wirkte er sehr jung und – unbeschwert? Ja, genau das richtige Wort. Nie zuvor hatte Brianna ihn so entspannt und zufrieden gesehen.

»Guten Morgen«, erwiderte sie. Irgendwo in der Nähe jagte Alex immer noch hinter seiner Frau her. Aber das nahm Brianna kaum wahr. Der Garten, sogar die ganze Welt konzentrierte sich auf Atreus, den Glanz in seinen Augen, die Freude, die es ihr bereitete, einfach nur vor ihm zu stehen.

»Also *das* ist Schnee«, bemerkte er.

»Mhm…« Von plötzlicher Angst erfasst, schluckte sie. Würde sie sich im Überschwang ihrer Gefühle zur Närrin machen? »Offensichtlich gefällt er dir.«

»Sogar sehr«, bestätigte er. »Ebenso wie die Tatsache, dass der Prinzregent glaubt, er würde an Wechselfieber leiden. Natürlich gereicht mir die Erleichterung, die ich dank dieser Information empfinde, nicht zur Ehre.«

»Ein Wechselfieber? Ist er ernsthaft erkrankt?«

»Zumindest bildet er sich's ein. Man hat mir erklärt, das würde in regelmäßigen Abständen geschehen. Jetzt liegt er im Bett und betäubt sich mit Laudanum. Er schrieb mir einen Brief, in dem er mich inständig bittet, seine Unpässlichkeit zu verzeihen, mehrere Seiten voller Floskeln – zwei Monarchen, die ihre Seelenverwandtschaft entdeckt haben – warmherzige brüderliche Emotionen – grenzenloser Respekt vor Akora. Und so weiter. Kurz gesagt, meine Besprechungen mit Prinny sind beendet.«

»Also kannst du London verlassen.«

Atreus nickte so begeistert wie ein Schuljunge, der unerwartet vom Unterricht befreit worden war. »Gerade noch zur rechten Zeit, denn unter uns gesagt – die Verhandlungen waren viel schwieriger, als ich dachte. Wie ein Mann, dank seiner Geburt so privilegiert, sein Volk dermaßen vernachlässigen kann, ist mir einfach rätselhaft.«

»Im Grunde seines Herzens weiß er wahrscheinlich, dass die Leute ihn nur als eine Art Symbol sehen, und das missfällt ihm. Er möchte gebraucht werden, nicht nur geduldet.«

»Möge der Allmächtige diesem Land helfen, wenn es jemals einen solchen Regenten *brauchen* wird!«

»Da stimme ich dir zu. Aber wie würdest du dich in seiner Position fühlen? Angenommen, der Vanax hätte keine Bedeutung und würde nur zum Schein auf dem Thron sitzen...«

Vorsicht – um Himmels willen, Vorsicht!

»In diesem Fall wäre ich kein Vanax«, erwiderte er ohne Zögern.

»Und was wärst du dann?«

Nur einige Sekunden verstrichen, bevor er antwortete. Im Garten war es still geworden, Joanna und Alex vergnügten sich anderswo. »Ein Bildhauer. Ich würde meine Tage damit verbringen, Figuren aus Stein zu meißeln.«

»Würde dich die Kunst glücklicher machen?«

»Ich *bin* der Vanax. Diesem Schicksal kann ich nicht entrinnen. Sein Glück muss man finden, indem man sich selbst treu bleibt. Meinst du das nicht auch?«

Teilte sie seine Ansicht? »Eigentlich dachte ich, man wäre glücklich, wenn man sich in Sicherheit befindet, zusammen mit den Menschen, die man liebt.«

Atreus trat näher zu ihr, Schnee im Haar, Hitze in den Augen. »Würde dir das genügen, hättest du Akora nie verlassen.«

Entschlossen bekämpfte sie den Impuls, vor ihm zurückzuweichen. »Meine Situation ist ungewöhnlich.«

»Gewiss. Aber davon abgesehen – würdest du dir nicht etwas mehr wünschen?«

Viel zu nahe war er herangekommen – viel zu tief schien er in ihre Seele zu blicken. Was sie tat, wurde ihr kaum bewusst.

Sie bückte sich und ergriff eine Hand voll Schnee. Auf diese kurze Distanz konnte sie den Vanax gar nicht verfehlen.

Joanna, eine vernünftige Frau, war davongelaufen. Aber Brianna hielt die Stellung – vor allem, weil sie sich vor lauter Verblüffung über ihr eigenes Wagnis gar nicht rühren konnte. Und Atreus spuckte Schnee aus, schluckte seine Verwirrung hinunter und tat, was ihn die langjährige Ausbildung zum Krieger gelehrt hatte.

»Oh – eh…« Die Beine flogen unter ihr weg, und dann lag sie rücklings im Schnee, starke Arme hatten den Aufprall gemildert und hielten sie eisern fest.

»Offensichtlich muss ich dir Manieren beibringen«, bemerkte er lächelnd.

»Ich lasse mich nicht gern einschüchtern.«

»Soll das ein Witz sein? Wann hast du dich jemals von irgendetwas oder irgendjemandem einschüchtern lassen?«

»Bisher nicht. Aber du…« Wohlweislich verstummte sie, von der herausfordernden Glut in seinem Blick gewarnt. Nein, er würde sie *nicht* in neue Versuchung führen. »Schon gut – und jetzt möchte ich aufstehen.«

»Ist dir kalt?«

»Ja.«

»Wenn das so ist…« Blitzschnell, ohne jede Vorwarnung, schwang er sie herum, so dass sie auf ihm lag – in einer sanften und trotzdem unbarmherzigen Umarmung gefangen. Wie pures Gold glänzten seine Augen. Und obwohl er schon vor Wochen aus Akora abgereist war, erweckten seine Wangen immer noch den Eindruck, die Sonne hätte sie geküsst. Die Luft war kühl, Atreus' Körper warm, und Brianna – eng an ihn geschmiegt – glaubte zu brennen.

»Lass mich los«, forderte sie, was nicht einmal in ihren eigenen Ohren überzeugend klang.

»Dafür musst du bezahlen.«

»Was?« In ihrer akoranischen Familie hatte sie Brüder. Also kannte sie die Spielregeln. »Das darfst du nicht von mir verlangen.«

»Doch, ich wurde nicht gewarnt.«

»Seit wann ist das nötig?«

»Nach einer altehrwürdigen Sitte bekundet ein Krieger seine Absichten. Und du hast mich aus dem Hinterhalt angegriffen.«

»Unsinn, ich stand direkt vor dir!«

»Trotzdem …« Er drückte sie noch fester an sich. »Bin ich unbescheiden, wenn ich dich ersuche, Buße zu tun?«

»Darum ersuchst du mich nicht, du befiehlst es. Und es hängt von der Buße ab.«

Natürlich würde er sie küssen, das wusste sie, und diese Erkenntnis schürte ihre Erregung. Oh ja, sie wollte es, sie begehrte ihn, und ausnahmsweise widerstrebte es ihr, klar zu denken.

»Küss mich«, flüsterte er. Als sie bestürzt nach Atem rang, schenkte er ihr ein seltsam zärtliches Lächeln. »Küss mich, Brianna, statt dass ich *dich* küsse. Ist das zu viel verlangt?«

»Da gibt es keinen Unterschied.«

»Oh doch, das wissen wir beide – es ist ein sehr großer Unterschied.«

Nein, unmöglich – niemals hatte sie – es war nicht richtig, sie … Einen gewaltigen Sturm hatte sie überstanden. Mehr tot als lebendig war sie an einer goldenen Küste gelandet, hatte sich ins Leben zurückgekämpft, ihren Platz auf Akora erobert, von der Wahrheit über die Vergangenheit geträumt, von der Zukunft, die ihr bevorstand. Nach alldem war sie in diesen Garten gelangt, zu diesem Moment – zu diesem Mann?

Sicher würde sie es ganz falsch machen, weil ihr die Erfahrung fehlte – abgesehen von den Küssen, die er ihr gegeben hatte. Würde das genügen?

»Wenn ich dich küsse, lässt du mich dann gehen?«

»Ja«, versprach er, und weil er stets ehrlich war, fügte er hinzu: »Fürs Erste.«

Diesen Zusatz hörte sie, und sie ignorierte ihn. Nichts war mehr wichtig – nur noch er, seine Nähe, und es drängte sie unwiderstehlich, herauszufinden, wie es sein mochte …

… ihn zu küssen. Anfangs streiften ihre Lippen seinen Mund nur zögernd. Dann genoss sie seinen Geschmack, so glutvoll und verlockend. Die Freiheit, die sie plötzlich verspürte, die er ihr zugestand, wirkte wie süßer, berauschender Wein. Alle Vernunft löste sich in nichts auf, die Zweifel schwanden dahin. Nur die Vorsicht, die ihr in Fleisch und Blut übergegangen war, verharrte etwas länger, musste aber vor heißer Sehnsucht kapitulieren.

Leidenschaftlich küsste sie ihn, mit einer Finesse, die sie beide überraschte. So beflügelnd wirkte das Erlebnis, dass sie ihn noch stundenlang küssen würde, hätte er sie nicht viel zu fest umschlungen und ihr die Luft abgeschnürt. Abrupt stand er auf, hob sie mühelos hoch, als wäre sie federleicht, und stellte sie in den Schnee.

»Das war keine gute Idee«, erklärte er in entschiedenem Ton. In seinen Augen las sie eine Befangenheit, die ihr tiefe innere Befriedigung verschaffte.

»*Du* hast die Buße festgesetzt«, erinnerte sie ihn triumphierend.

»Manchmal glaube ich, die Akoranerinnen müssten etwas anders erzogen werden.«

»Tatsächlich? Sicher sind schon viele Akoraner zu dieser Erkenntnis gelangt. Aber seltsamerweise kannst du dich nicht lange genug mit diesem Gedanken beschäftigen, um etwas zu *unternehmen.*«

Nun war sie vielleicht ein bisschen zu weit gegangen. Hastig begann sie, einen taktischen Rückzieher zu planen, den ihr ein glücklicher Zufall ersparte. Royce und Kassandra schlenderten um die Ecke des Hauses herum, erfassten die Situation mit einem Blick und lächelten.

»Oh, mein lieber Bruder!«, rief Kassandra. »Dein Rücken ist voller Schnee. Beinahe könnte man meinen, du hättest dich darin gewälzt.«

»Kümmer dich gefälligst um deinen eigenen Kram«, murmelte Atreus.

Mitfühlend grinste Royce. »Wie ich höre, ist Prinny ans Bett gefesselt, und du musst dich nicht mehr um ihn kümmern.«

»Scheint so. Wann werden wir London verlassen?«

»Ich habe bereits eine Nachricht nach Hawkforte geschickt. Heute Abend erwartet uns das Personal, wenn es dir recht ist?«

»Oh ja«, stimmte Atreus zu. Wieder einmal zählte er die Tage bis zur Rückreise nach Akora.

7

Sie fuhren über das Meer nach Hawkforte. Wie Royce erklärte, waren die Straßen viel besser als noch vor ein oder zwei Jahren, jedoch längst nicht so gut, wie sie bald aussehen würden. Nach dem Abschluss der umfangreichen, eifrig vorangetriebenen Straßenbauarbeiten würde man wesentlich bequemer reisen. Das Wetter war mild, der Sturm der vergangenen Nacht verebbt, und so zogen sie alle eine Segelfahrt vor – alle außer Brianna, die keine Meinung äußerte. In einem smaragdgrünen Umhang mit einer pelzverbrämten Kapuze, die ihr Gesicht umrahmte, stand sie auf dem Deck der Zweimaster-Schaluppe. Während die anderen schwatzten, hielt sie sich abseits, scheinbar zufrieden mit ihren eigenen Gedanken.

Aber ihre Schultern unter dem Cape wirkten völlig verkrampft. Und der kurze Blick, den Atreus ihr zuwarf, bevor er sich abwandte, verriet ihm die Wahrheit. Woran immer sie denken mochte – es stimmte sie keineswegs zufrieden, nicht einmal annähernd.

Ein paar Minuten lang gönnte er ihr noch die Einsamkeit, die sie offensichtlich vorzog, dann ging er zu ihr. Nachdem sie die Themse-Mündung verlassen hatten, waren sie südwärts gesegelt. Von einem frischen Wind begünstigt, glitt die Schaluppe schnell über das Meer. Möwen flatterten über den Masten dahin, ihr heiseres Geschrei durchbrach die Stille. Hier und da ragten kleine Inseln aus dem Wasser, Seelöwen hoben die Köpfe und beobachteten das Boot.

»Welch ein schöner Tag«, begann Atreus.

»Ja…« Briannas Stimme klang gepresst. Bebend umklammerten ihre behandschuhten Finger die Reling.

»Du bist sehr tapfer.«

Mit diesem Lob erzielte er das gewünschte Ergebnis. Sie hörte auf, die Wellen anzustarren, und drehte sich zu ihm um. »Wieso sagst du das?«

»Nun, du bist hier an Bord, auf dem Meer. Nach allem, was du in deiner Kindheit erlitten hast, müsste man's dir verzeihen, wenn du beschließen würdest, für den Rest deines Lebens nur noch festen Boden unter den Füßen zu spüren.«

Davon hatte er nicht sprechen wollen – nicht jetzt, vielleicht nie. Doch die Worte ließen sich nicht zurücknehmen, und das stimmte ihn sogar froh. Was ihr widerfahren war, durften sie nicht schweigend verdrängen. Über jene Tragödie zu reden, erschien ihm unabdingbar, so schwer es ihnen auch fallen würde.

Brianna lächelte gequält. »Zählt deine Einfühlungsgabe zu den herausragenden Fähigkeiten eines Vanax?«

»Nein, ich glaube, sie hängt eher mit meinem Bestreben zusammen, die Welt aus einem besonderen Blickwinkel zu betrachten.«

»Aus der Perspektive eines Künstlers?«

Wie prompt sie den Nagel auf den Kopf trifft, dachte er. Nur wenige Menschen erkennen so glasklar, was für ein Mann ich *wirklich* bin – an einem Leben gehindert, das ich mir aufgebaut hätte, wäre ich nicht der Erwählte… »Nun, es hat mit meinem Prinzip zu tun, Einzelheiten zu sehen, große und kleine.« Ganz leicht berührte er ihre Schulter. »Deine Nerven flattern, und ich frage mich, warum. Vermutlich hat es aus einem ganz bestimmten Grund so lange gedauert, bis du in den akoranischen Königspalast gekommen bist. Um ihn zu erreichen, musstest du das Binnenmeer zwischen unseren Inseln überqueren. Was hat dich letzten Endes dazu veranlasst?«

Brianna zuckte die Achseln und wich vor ihm zurück. »Nach all den Jahren beschloss ich, dem Gefängnis meiner Angst und der bösen Erinnerungen zu entrinnen.«

»Zweifellos ein guter Beweggrund.« Atreus' Hand sank hinab, weil er die Distanz respektierte, die sie wahren wollte. »Wie viel blieb in deinem Gedächtnis haften?«

Einige Sekunden lang zauderte sie. »Was jenes Unwetter betrifft, das mich an die akoranische Küste geschwemmt hat? Fast nichts, nur Fragmente, die ich nicht zusammenfügen kann.«

Atreus bemühte sich, seine Erleichterung zu verbergen. »Vielleicht wäre es besser, du würdest gar nicht versuchen, dich darauf zu besinnen.«

»So viel habe ich schon verloren. Deshalb möchte ich diesen kleinen Teil meiner Vergangenheit nicht auch noch begraben.«

»Verständlich. Aber was geschehen ist, lässt sich nicht ändern. Selbst die Gegenwart zieht so schnell an uns vorbei, dass wir manchmal nur flüchtige Momente wahrnehmen. Also müssen wir die Zukunft so gestalten, wie sie uns vorschwebt.«

»Für mich geht alles ineinander über. Ohne meine Vergangenheit zu kennen, kann ich nicht an meine Zukunft denken.«

Diese Erklärung missfiel ihm, aber er akzeptierte sie. Briannas Zukunft stand ohnehin fest, obwohl sie das nicht wusste. Bald würde sie es erfahren und ihr Schicksal auf sich nehmen. Dafür wollte er sorgen – und vorerst einfach nur ihre Angst lindern. Er zeigte auf das Meer. »Wie viele Farben siehst du da?«

»Farben? Die Wellen sind grau.«

»Tatsächlich? Und der Schaum des Kielwassers?«

Sie reckte den Hals und spähte zum Heck der Schaluppe. »Weiß – an einigen Stellen hellgrün – und dunkelblau, fast schwarz. Und in der Schwärze schimmert ein bisschen Grün.«

»Wo die Sonne hinscheint, leuchtet das Wasser golden.«

»Möchtest du mir die Schönheit des Meeres vor Augen führen?«

»Du sollst es so sehen, wie es ist, nicht so, wie es in deiner Erinnerung erscheint – wie du es fürchtest.«

Eine Zeit lang schaute sie ihn schweigend an, und er glaubte schon, sie würde nicht antworten. Doch dann fragte sie: »Meißelst du nicht nur Statuen? Malst du auch?«

»In meiner Jugend habe ich's versucht.«

»Oh, in deiner Jugend?« Ihr Lächeln neckte ihn. »Bist du schon so alt?«

Er war sechs, fast sieben Jahre älter als sie. Dank ihrer Intelligenz und ihres Mutes bestand kein allzu großer Unterschied zwischen ihnen. Und weil er sein Leben mit Brianna teilen würde, gewährte er ihr einen Einblick in seine Seele. »Die Jahre, bevor ich zum Vanax gewählt wurde, scheinen in weiter Ferne zu liegen – als würden sie einem anderen Leben angehören. So vieles ließ ich hinter mir zurück. Trotzdem gibt es etwas, an dem ich immer festhielt, das mir stets besonders wichtig war.«

»Und was ist es?«, flüsterte sie.

»Meine Familie und meine Liebe zu diesen Menschen, die mir am nächsten stehen, die Werte, die ich schützen will ...« Behutsam umfasste er eine ihrer roten Locken, die unter der Kapuze hervorschaute, und wickelte sie um seine kraftvollen, von Hammer und Meißel schwieligen Finger – auch vom

Schwertgriff, denn er war hauptsächlich ein Krieger. »Und Stein und Marmor. Darauf konnte ich nicht verzichten.«

Ihre Hand über seiner, löste sie seine Finger ganz sanft aus ihrem Haar. Das erlaubte er ihr.

Statt ihn loszulassen, drehte sie seine Hand in ihrer um, studierte die feinen hellen Linien, die sich von der gebräunten Haut abzeichneten. Ihr Daumen strich über die Schwielen seiner Handfläche. Nach einem tiefen Atemzug wurde ihm bewusst, dass sie nicht allein waren. Doch er spürte das Echo der zarten Liebkosung im Zentrum seines Wesens.

Unentwegt wehte der Wind. Über dem Boot kreisten die Möwen. Die Gegenwart, von der Atreus gesprochen hatte, die so schnell vorbeiflog, schien sich zu verlangsamen, fast stillzustehen. Und schließlich, irgendwann im launischen Zeitenlauf, ragten die stolzen Türme des Schlosses Hawkforte empor.

Zum ersten Mal, seit der Vanax in England angekommen war, sah er ein so altes Gebäude. Vom kleinen Hafen, wo die Schaluppe angelegt hatte, führte eine Straße nach oben, direkt durch das weit geöffnete hohe Tor zwischen den grauen, mit Moos, Flechten und dunkelrotem Winter-Efeu bewachsenen Mauern. Davor entdeckte er die Umrisse eines Erdwalls, der noch älter sein musste.

Ein großer Hof lag innerhalb der Mauern, mit präzise zurechtgehauenen Steinen gepflastert, die Schlamm fern und Staub in Grenzen hielten. An allen Seiten erhoben sich zumeist sehr große Bauten. Atreus' besonderes Interesse galt den riesigen Stallungen. Darin würden mindestens hundert Pferde Platz finden, zusammen mit allem, was sie brauchten – Futtervorräte, Zaumzeug, eine Schmiede und dergleichen. Genauso fasziniert musterte er ein Arsenal, das die kühnsten Feinde verscheuchen mochte.

»Imposant«, meinte er lächelnd. »Erwartest du die Franzosen?«

»Nur wenn Napoleon wirklich übergeschnappt ist«, erwiderte Royce. »Und daran zweifle ich. Sagen wir mal, hier auf Hawkforte respektiere ich die *alte* Lebensart.«

»Wie akoranisch von dir.« Vor ihnen lag eine schöne Säulenhalle mit einem hohen Turm verbunden. »Die ursprünglichen Gebäude?«, fragte der Vanax.

Royce nickte. »Sorgsam in Stand gehalten und oft restauriert, größtenteils aber immer noch so wie vor neunhundert Jahren. Natürlich wurden die Seitenflügel später angebaut. Aber auch die sind sehr alt.«

Nun betraten sie die große Schlosshalle, wo Atreus bewundernd stehen blieb. An den hohen Wänden hingen verschiedene Banner, Waffen und Schilde, die sogar nach akoranischen Maßstäben sehr eindrucksvoll aussahen. Vor dem gigantischen Kamin befanden sich komfortable Sitzgruppen, und der Tisch, der die Gäste erwartete, verriet den Einfluss einer Frau.

Die Halle roch nach Kiefern und anderen holzigen Aromen, dank der grünen Girlanden, die überall hingen und das Weihnachtsfest ankündigten. Lächelnd nickten die zahlreichen geschäftigen Dienstboten den Neuankömmlingen zu, und einige starrten Atreus mit unverhohlener Neugier an. Hier beobachtete er nichts von der kriecherischen Unterwürfigkeit, die ihm beim Personal im Carlton House aufgefallen war. Stattdessen begegneten ihm stolze Männer und Frauen. Wieder einmal fühlte er sich an Akora erinnert, wo niemand nur wegen seiner Herkunft und seines Reichtums Privilegien genoss.

»In diesen Mauern bist du zu Hause, meine Schwester«, wandte er sich an Kassandra.

»Oh ja«, bestätigte sie und wechselte einen liebevollen Blick mit ihrem Ehemann, der seinen Arm um ihre Schultern gelegt hatte. Neben den beiden standen Joanna und Alex. Amelia lag in den Armen des Vaters. Fast während der ganzen Reise hatte sie geschlafen. Aber jetzt erwachte sie, schaute sich um, und nach scheinbar kurzer Überlegung stieß sie einen ohrenbetäubenden Schrei aus.

»Sie ist hungrig«, bemerkte Joanna.

»Wenn du nichts dagegen unternimmst, werden bald die Deckenbalken herunterfallen«, ergänzte Royce grinsend. »Beim Dinner sehen wir uns alle wieder.«

Und so gingen sie getrennte Wege. Brianna half Kassandra, die Dienstboten zu beaufsichtigen, die die vielen Koffer, Truhen und Bündel aus dem Laderaum der Schaluppe holten. Inzwischen zeigte Royce dem Vanax die Gästesuite im Westflügel, große Räume mit schöner Aussicht auf das Meer. Der Kammerdiener Castor war bereits eingetroffen und packte Atreus' Sachen aus. Bevor er den beiden Männern höflich zunickte, stellte er die kleine hölzerne Kassette, in der die Statue lag, auf die Marmorplatte eines Tischchens neben dem breiten Bett.

»Ich glaube, hier hast du's recht bequem«, sagte Royce.

»Ganz bestimmt. Herzlichen Dank für die Einladung.«

»War mir ein Vergnügen. Hoffentlich besuchst du uns noch sehr oft. Hawkforte ist jetzt Kassandras Heim. Natürlich vermisst sie dich. Und wenn du's mit Brianna wirklich ernst meinst...«

»*Wenn?*«, unterbrach Atreus den Hausherrn und hob die Brauen.

Ironisch lächelte der hoch gewachsene, goldblonde Mann.

»Also hast du tatsächlich vor, eine Frau zu heiraten, die du kaum kennst – einfach nur, weil du es für deine Pflicht hältst.«

An einen Fensterrahmen gelehnt, verschränkte Atreus die Arme vor der Brust und musterte seinen Schwager, in dem er auch einen Freund sah. »Was wäre denn besser? Sie *nicht* zu heiraten, *obwohl* ich es für meine Pflicht halte?«

Wie üblich nahm Royce kein Blatt vor den Mund. »Solltet ihr euch nicht besser kennen lernen – und vielleicht sogar ineinander verlieben?«

Atreus gestand sich ein, dass Royce über solche Emotionen viel besser Bescheid wusste als er selber. Trotzdem entgegnete er: »Und wenn wir uns *nicht* verlieben? Was dann? Sollen wir nicht heiraten? Brianna wurde zu meiner künftigen Gemahlin ausgewählt. Hätte ich früher gewusst, wer sie ist, wären wir bereits ein Ehepaar. Warum sollte ich noch länger warten? Damit würde ich nur sinnlos Zeit vergeuden.«

»Nach *deiner* Ansicht«, betonte Royce. »Und Brianna? Erst jetzt beginnt sie, ihre Identität zu entdecken. Vielleicht möchte sie das Leben führen, das ihr in England geboten wird.«

Atreus antwortete nicht sofort. Über dieses Problem zerbrach er sich den Kopf, seit Hollister auf der Bildfläche erschienen war. Und es gab nur eine einzige Lösung. »In den wenigen Stunden, die ich bisher mit Brianna verbracht habe, bewies sie mir immer wieder ihr Ehrgefühl und ihren Mut. Den Entschluss, den du soeben erwähnt hast, wird sie wohl kaum fassen.«

In Royces Blick zeigte sich tief empfundene Anteilnahme, aber auch Sorge. »Falls du Recht hast, wirst du es bald herausfinden. Mittlerweile muss Hollister erfahren haben, dass wir aus London abgereist sind, und er wird nicht zögern, unserem Beispiel zu folgen.«

Diese Prophezeiung traf zu. Schon am nächsten Morgen erhielten sie eine Einladung aus Holyhood.

»Seltsam«, seufzte Brianna, »so lange habe ich auf diesen Moment gewartet und davon geträumt. Und jetzt, wo sich meine Hoffnungen erfüllen sollen, bin ich mir nicht mehr sicher.«

»Du stehst vor einem wichtigen Einschnitt in deinem Leben«, meinte Joanna besänftigend. »Deshalb ist deine Sorge nur zu verständlich – weil du dich fragst, wohin dein Weg führen wird.«

»Nicht nur das ... Ich glaubte zu wissen, was ich wollte – in England mehr über mich selbst zu erfahren, möglicherweise eine Spur meiner Eltern zu finden. Und nun, wo das alles tatsächlich geschieht, sollte ich mich freuen.«

»Ich erinnere mich an Zeiten, wo ich mich – oh, so furchtbar verwirrt fühlte«, gestand Kassandra. »Völlig durcheinander.«

»Oh ja, ich auch«, warf Joanna ein. »So lange ist das noch gar nicht her.«

Die Damen frühstückten im hohen Turm, jenem Teil von Hawkforte, den der Lord und seine Lady zu ihrem Privatquartier erkoren hatten. Von hier aus genossen sie eine atemberaubende Aussicht. Doch die nahmen sie kaum zur Kenntnis, mit Tee, Toast, Marmelade und vertraulichen Gesprächen beschäftigt.

»Leider provozieren die Männer immer wieder verwirrende Situationen«, bemerkte Kassandra. »So wie ein starker Wind überall welke Blätter verstreut, die man dann zusammenfegen muss.«

Brianna knabberte an ihrem Toast und schaute von einer Freundin zur anderen. »Was hat das mit Männern zu tun?«

Viel sagend wechselten die verheirateten Frauen einen Blick.

»Was glaubst du denn, warum du so verstört bist?«, fragte Joanna.

»Weil ich meine Familie auf Akora liebe und mir ernsthaft überlege, ob es richtig ist, Verbindung mit meinen englischen Verwandten aufzunehmen.«

Nun konnte sich Kassandra nicht länger zurückhalten. »Meine liebe Brianna, es geht um Atreus. Wie wir alle wissen, ist er ...«

Achselzuckend wandte sie sich zu Joanna, die prompt ergänzte: »Ein Mann. Sogar ein sehr männlicher Mann. Und ihr zwei – nun, das ist offensichtlich genug ...«

»Also – ihr beide fühlt euch zueinander hingezogen«, ergriff wieder Kassandra das Wort. »Daran gibt es nichts auszusetzen, überhaupt nichts. Aber sei versichert, Joanna und ich haben festgestellt, wie – schrecklich solche Männer uns Frauen beunruhigen können. Atreus, Royce und Alex gehören nicht zu der gewöhnlichen Sorte des stärkeren Geschlechts. Weit gefehlt! Alle drei drohen unsereins zu überwältigen. Das haben sie gemein. Und wir ...« Erneut schaute sie Joanna an, die ihr zunickte. »Wir verstehen das. Auch du wirst es einsehen, Brianna. Wenn du nur willst.«

In Briannas akoranischer Familie gab es Brüder, und einem stand sie besonders nahe. Bedauerlicherweise war sie ohne Schwestern aufgewachsen, mit denen sie über solche Dinge hätte reden können. Aber ihre akoranische Mutter, eine warmherzige, liebevolle Frau, lachte gern und viel, und sie pflegte ihre Gedanken freimütig auszusprechen.

»Er hat mich geküsst«, platzte sie heraus und verbesserte sich sofort. »Nein, das stimmt nicht ganz. Zwei Mal küsste er mich – und das nächste Mal küsste ich ihn.«

»Was, du hast ihn geküsst?« Interessiert beugte sich Kassandra vor. »Sehr gut. Und wie hat er reagiert?«

»Er schob mich weg.«

»Wundervoll!«, kicherte Joanna. »Wenn ich Atreus auch vergöttere – er kam mir immer so beherrscht vor. Höchste Zeit, dass ihn jemand aus der Reserve lockt!«

»Das tue ich doch gar nicht«, protestierte Brianna erstaunt. Warum zog ihre Freundin völlig falsche Schlüsse? »Bestenfalls amüsiert er sich.«

»Nicht Atreus!«, widersprach seine Schwester energisch. »Er weiß, wie er sich entspannen muss, wenn er seine Arbeit erledigt und die Pflichten des Tages erfüllt hat. Aber eine kleine Affäre, inmitten heikler Verhandlungen mit den Briten? Daran zweifle ich.«

»Ich auch.« Belustigt ergriff Joanna ein Band, das vergessen zwischen Briannas Fingern baumelte, und schlang es der Freundin geschickt ins Haar. »So, jetzt siehst du bezaubernd aus.«

»Genau richtig für Holyhood«, fügte Kassandra hinzu, und Joanna nickte.

»Und für alles andere.«

Obwohl Brianna den Trost ihrer Freundinnen zu würdigen wusste, schwieg sie und versuchte zu bewältigen, was ihr durch den Sinn ging. *Ich und Atreus... Atreus und ich...* Allein schon diese Vorstellung schockierte sie. Absurd – unmöglich – einfach *falsch*. Diesen Gedanken musste sie verbannen.

Und das würde sie auch tun – sofort, wenn ihr klarer Verstand zurückkehrte.

Während sie wartete, bis das geschehen würde – allzu lange dürfte es nicht dauern –, stieg sie die Wendeltreppe des Turms hinab, durchquerte die Halle und trat in den kalten Wintertag hinaus, wo ihre Vergangenheit wartete.

»Oh, meine Liebe!« Die Arme weit ausgebreitet, eilte Lady Constance ihren Gästen entgegen. Den anderen, die aus der Kutsche stiegen, schenkte sie nur ein flüchtiges Lächeln. Dann richtete sie ihre ungeteilte Aufmerksamkeit auf Brianna. »William hat mir erzählt, wie sehr du deiner Mutter gleichst. Aber er hat geradezu untertrieben – du bist Delphines Ebenbild.«

»Wirklich?«, brachte Brianna etwas mühsam hervor, halb erstickt von Lady Constances Umarmung.

Die gute Frau trat ein wenig zurück, musterte sie etwas genauer und nickte emphatisch. »Vielleicht hast du die Augenbrauen deines Vaters geerbt. Ansonsten bist du Delphine wie aus dem Gesicht geschnitten. So ein schönes Mädchen, stets ein Lächeln auf den Lippen, und eine süße Stimme, die alle Vögel beschämte! Sicher singst du auch, nehme ich an?«

»Nur wenn ich die Menschen in meiner Nähe bestrafen möchte«, erwiderte Brianna wehmütig. Nachdem sie den ersten Moment ihrer aufregenden Begegnung mit Lady Constance überstanden hatte, betrachtete sie die Gastgeberin etwas genauer. Was sie sah, gefiel ihr. Die Countess personifizierte das gerade Gegenteil des sanftmütigen, zurückhaltenden Earl of Hollister. Aufgeschlossen, temperamentvoll und ehrlich, zeigte sie nichts von jener Arroganz, die der Londoner Hautevolee anhaftete, und die feinen Fältchen um ihre Augen und Lippen schienen nicht von griesgrämigen Stimmungen herzurühren, sondern von häufigem Gelächter.

»Sicher bist du viel zu bescheiden«, mahnte Ihre Ladyschaft und hängte sich bei Brianna ein. Als sie das Mädchen an sich gekettet hatte, wandte sie sich zu den anderen Gästen. »Liebe Lady Joanna, liebe Lady Kassandra, wie nett, Sie beide zu begrüßen! Auch die beiden Lordschaften sind mir herzlich willkommen.« Ohne die geringste Scheu oder Ehrfurcht inspizierte sie Atreus. »Verzeihen Sie, Hoheit, wenn ich auf ein förmliches Zeremoniell verzichte. Jedenfalls ist es mir eine große Ehre, Sie auf Holyhood zu empfangen.«

Wie er ihr zubilligen musste, schien sie tatsächlich zu meinen, was sie sagte. Die Anwesenheit des Vanax von Akora war tatsächlich eine Ehre, außerdem der gesellschaftliche Triumph einer Saison, in der die vornehmsten Londoner Kreise mit allen Zähnen geknirscht hatten, weil ihnen der illustre königliche Besucher meistens ausgewichen war. Doch das schien für die Countess keine Rolle zu spielen.

»Bleiben wir doch nicht vor der Tür stehen, Liebes«, mahnte der Earl gutmütig. Nach einem toleranten Blick auf seine Frau führte er die Gäste in die Halle von Holyhood.

Krampfhaft schluckte Brianna und zwang sich zur Ruhe. So oft hatte sie das Buch geöffnet, das sie in Alex' und Joannas Londoner Bibliothek gefunden hatte, die Zeichnung von Holyhood studiert, und deshalb war ihr die Fassade vertraut. Aber wenn sie die Schwelle überquerte und das Haus betrat – was würde sie entdecken?

Atreus wich nicht von ihrer Seite. Wie er Lady Constance einschätzte, wusste sie nicht. Aber seine Nähe wirkte tröstlich.

Während die Hawkfortes im Lauf der Jahrhunderte stets bestrebt gewesen waren, die ursprüngliche Architektur ihres Schlosses sorgsam zu erhalten, mussten die Hollisters ihren Landsitz mehrmals umgebaut haben, zuletzt vermutlich vor wenigen Jahrzehnten. Über der Eingangshalle, einer geräumigen Rotunde, wölbte sich eine hohe Kuppel. Das Mosaik des Marmorbodens stellte einen Stern dar. An den Wänden reihten sich Nischen mit Statuen im griechischen und römischen Stil aneinander, und das üppig bemalte Deckengewölbe ähnelte einem nächtlichen Himmel. Anmutige Marmorsäulen flankierten die beiden Treppen, die sich nach oben schwangen und irgendwo aus dem Blickfeld verschwanden.

»Dieses Haus hat mein verstorbener Onkel errichtet«, erklärte Hollister, »und ein Gebäude ersetzt, das der Tudor-Ära entstammte.«

»Sehr eindrucksvoll«, sagte Atreus und schaute Brianna an, die bleich und angespannt wirkte. Das hatte er nicht erwartet. Instinktiv ergriff er ihre Hand. Sogar durch den Lederhandschuh, den sie trug, spürte er ihre kalten Finger. »Stimmt irgendwas nicht?«, fragte er leise.

»Alles in Ordnung.« Lächelnd erwiderte sie Lady Constances neugierigen Blick. »Ich würde so gern etwas mehr über meine Mutter erfahren.«

»Oh, selbstverständlich, Liebes! Aber noch besser – wir haben eine wundervolle Überraschung für dich. Nicht wahr, William?«

»Allerdings«, bestätigte der Earl. Auch er beobachtete Brianna, die Stirn leicht gerunzelt.

»Bitte, kommen Sie alle mit mir!«, trällerte die Countess und eilte in den Salon voraus, wo ein flackerndes Feuer die Winterkälte vertrieb. Einige Dienstboten deckten den Teetisch, was Brianna kaum wahrnahm. Über dem Kamin hing ein Frauenporträt, das ihre Aufmerksamkeit fesselte, sobald sie den Raum betreten hatte.

Ihr Atem stockte, denn sie starrte – sich selbst an? Nein, nicht ganz, denn nach ein paar Sekunden entdeckte sie kleine Unterschiede, die auf eine andere Person hinwiesen. Doch die frappierende Ähnlichkeit ließ keinen Zweifel an der Identität der Frau, die ihr aus dem Bilderrahmen entgegenblickte. »Meine Mutter«, flüsterte sie.

»Ja, meine Liebe«, bestätigte der Earl. »Dieses Gemälde entstand in dem Jahr, in dem sie deinen Vater kennen lernte.

Nachdem die beiden durchgebrannt waren, verschwand es, und wir nahmen an, dein Großvater hätte es vernichten lassen. Aber als Constance und ich hierher zogen, fanden wir das Bild auf dem Dachboden. Und so kehrte es an seinen angestammten Platz zurück.«

»Wie lieb von euch…« Brianna fürchtete, in Tränen auszubrechen. Dann wurde sie von heißer Freude erfüllt. Mit ihrer Mutter – der Frau, die sie zur Welt gebracht und in den nächsten acht Jahren betreut hatte – verband sich plötzlich viel mehr als vage Erinnerungen und das Wispern einer entschwundenen Stimme. Sie hatte wirklich gelebt. In diesem Haus. Jetzt lächelte sie die Tochter an und schien sie zu ermutigen.

»Nun, das war nur recht und billig«, betonte Lady Constance. »Dein Großvater hat sich sehr grausam verhalten. Wenn ich mir diese Bemerkung erlauben darf… Dies war immerhin Delphines Zuhause. Hier hätte sie jederzeit willkommen sein müssen.«

Stattdessen hatte ihr Vater sie verstoßen. Und trotzdem war sie einmal hier gewesen, mit ihrem Mann und ihrem Kind.

Ein langer Flur voller Schatten… Am Ende ein Licht… Der Duft von Zimt…

»Was für ein reizendes Kind… Das Ebenbild der Mutter… Oh, dieser schreckliche alte Mann…«

»Still, Bridie, halt den Mund…«

»Setz dich, meine Liebe«, bat die Countess mit sanfter Stimme.

Aber Atreus führte sie bereits zu einem Sofa, und sie nahmen nebeneinander Platz. Erst nach einer Weile merkte sie, dass sie seine Hand umklammerte, und ließ sie errötend los. Ihr Blick fiel auf den niedrigen Tisch und die Platten, mit diversen Köstlichkeiten gefüllt. Froh über die Ablenkung meinte sie:

»Allem Anschein nach habt ihr eine ganz ausgezeichnete Köchin.«

»Oh ja.« Lady Constance schenkte den Tee ein. »Vielleicht sollte ich die Gelegenheit nutzen und erwähnen, wie gern die älteren Dienstboten dich sehen würden. Sie kannten deine Mutter, musst du wissen. Und sie freuen sich so, dass du hier bist.«

»Ich begrüße sie natürlich sehr gern«, beteuerte Brianna leise.

»Wunderbar! Nach dem Tee?«

Brianna nickte. Nur mit halbem Ohr lauschte sie der Konversation. Der Earl interessierte sich für die Eindrücke, die Atreus in London gewonnen hatte, und stellte ihm mehrere Fragen, die eher unverbindlich beantwortet wurden. Bald wurden die beiden Stimmen von anderen übertönt.

»Edward, wir müssen versuchen …«

»Gewiss, ich stimme dir zu. Aber ich möchte nicht, dass du verletzt wirst …«

»Für Brianna, ihr Erbe …«

»Der Sohn einer französischen Hure – wagt es – meine Tochter …«

»Vater!«

»Wilcox ist kein französischer Name.« Unwillkürlich hatte Brianna diesen Gedanken ausgesprochen, und der Klang ihrer eigenen Stimme verwirrte sie.

»Was hast du gesagt?«, fragte Kassandra.

Widerstrebend wiederholte Brianna: »Wilcox ist kein französischer Name.« Zu ihren Gastgebern gewandt, fuhr sie fort: »Tut mir Leid, das muss seltsam erscheinen. Ich sollte erklären, dass ich als Kind schon einmal in diesem Haus war. Jetzt weckt die Rückkehr einige Erinnerungen, dir mir bisher verborgen blieben.«

»Heiliger Himmel!«, rief die Countess. »Hast du nichts davon geahnt, William?«

»Gar nichts«, entgegnete ihr Ehemann. Mit schmalen Augen musterte er Brianna. »Heißt das – Delphine und Edward sind irgendwann hierher zurückgekommen und haben dich mitgebracht?«

»Ja, sie sprachen mit meinem Großvater. Diese Unterredung verlief sehr – unangenehm.« In einer kurzen Pause bekämpfte sie den Kummer, der ihr Herz erfüllte. »Sie schrien … Und ich glaube, ich hörte die Stimme meines Großvaters, der den Sohn einer französischen Hure erwähnte.«

Die Hollisters wechselten einen betroffenen Blick. Unbehaglich rutschte William auf seinem Stuhl umher. »Ich hatte gehofft, wir müssten dieses Thema nicht anschneiden. Aber vielleicht ist es besser, die Wahrheit zu erzählen. Edward Wilcox war der Sohn eines irischen Soldaten und einer Französin. Leider neigte dein Großvater zu einer ziemlich beklagenswerten Wortwahl, wenn er sich aufregte. Was er damals sagte, bedeutet keineswegs, das Verhalten jener Dame wäre ungehörig gewesen. Wie dem auch sei – Edward wuchs in Frankreich auf und stand eine Zeit lang in den Diensten der französischen Regierung. Da der alte Earl die Franzosen hasste, fand er es verwerflich, dass seine Tochter einen Mann heiratete, dessen Loyalität ihm suspekt erschien.«

»War sein Misstrauen berechtigt?«, erkundigte sich Brianna, obwohl sie die Antwort fürchtete.

»Zu dieser Vermutung sehe ich keinen Grund«, versicherte William Hollister. »Wie ich bereits sagte, ich kannte deinen Vater nicht. Aber Delphine wäre wohl kaum seine Frau geworden, hätte sie an seinem Charakter gezweifelt.«

»Weißt du, wie alt du warst, als du mit deinen Eltern nach Holyhood kamst, Brianna?«, fragte Atreus.

»Noch nicht acht – denn so alt war ich bei meiner Ankunft auf Akora. Jedenfalls war ich alt genug, um jenes Gespräch zu verstehen und in meinem Unterbewusstsein zu bewahren. Erst jetzt erinnere ich mich daran.«

Von Sehnsucht überwältigt, betrachtete sie das Porträt ihrer Mutter. Was würde sie dafür geben, zu wissen, was Delphine empfunden und gedacht, erhofft und erträumt hatte, was sie ihre Tochter gelehrt hätte, wäre sie nicht viel zu früh dem Leben entrissen worden …

»Wo waren wir, bevor wie in dieses Haus kamen?«, dachte sie laut. Würde das Kind, das sie damals gewesen war, darauf antworten? »Und wohin zogen wir dann?«

»Vielleicht nach Frankreich«, meinte Joanna. »Da dein Vater ein halber Franzose war und dort aufwuchs, fühlte er sich möglicherweise in jenem Land heimischer als hier.«

»Wäre er mit seiner Familie in England geblieben, hätte der alte Earl ihnen wahrscheinlich noch größere Schwierigkeiten gemacht«, gab William zu bedenken. »Einflussreich genug war er ja. Und wie sehr ihn die Heirat erzürnt hat, steht zweifelsfrei fest.«

»Nach Frankreich?« Brianna überlegte, ob dieser Gedanke irgendetwas in ihrer Erinnerung heraufbeschwor. Hatte sie ihre Eltern dorthin begleitet?

»Parles-tu français, Brianna?«, fragte Royce.

»Das weiß ich nicht«, erwiderte sie prompt. »Auf Akora fließt in den Adern einiger Menschen französisches Blut. Aber keiner lebt in der Nähe meines Heims. Und bis vor kurzem unternahm ich keine Reisen. Also habe ich keine Ahnung, ob ich diese Sprache beherrsche.«

Dieser Erklärung folgte allgemeines Schweigen, das Atreus schließlich brach. »Brianna, soeben hat Royce dir eine Frage auf Französisch gestellt. Und du hast sie verstanden.«

»Peut-être tu as parlé anglais avec tes parents«, fuhr Royce fort. *»Mais tu as parlé français avec d'autres.«*

»Das verstehe ich«, sagte Brianna langsam. Verblüfft runzelte sie die Stirn. *»Je comprends …«* Gewiss, sie war nach Holyhood gekommen, um etwas über ihre Vergangenheit herauszufinden. Aber weil sich so viel auf einmal offenbarte, wurde ihr fast schwindelig. »Ja, vielleicht lebten wir in Frankreich, und ich sprach mit anderen Leuten französisch, wie du es vermutest, Royce. Zumindest oft genug, um die Sprache einigermaßen zu erlernen. Bemerkenswert … Davon habe ich bisher nichts gewusst.«

»Da siehst du's!«, triumphierte Lady Constance. »Der Aufenthalt in unserem Haus hilft dir wohl am allerbesten, dein Gedächtnis aufzufrischen.«

»Ganz meine Meinung«, stimmte William seiner Frau zu. »Nachdem du die Dienstboten begrüßt hast – möchtest du das Anwesen besichtigen?« Mit einem Lächeln nickte er den anderen zu. »Natürlich sind Sie alle zu diesem Rundgang eingeladen.«

»Das ist sehr freundlich von Ihnen«, entgegnete Kassandra. »Aber ich muss auf Hawkforte noch so viel für das Weihnachtsfest vorbereiten …«

»Und Amelia laboriert immer noch an einem lästigen Husten«, ergänzte Joanna. Angesichts des sorgenvollen Blicks, den Alex ihr zuwarf, schränkte sie ein. »Oder ich gewann zumindest diesen Eindruck.«

»Jedenfalls hat Brianna keinen Grund, *nicht* hier zu bleiben«, sagte Kassandra. »Die Dunkelheit wird erst in ein paar Stunden hereinbrechen. Würden Sie unsere Freundin nach Hause bringen, Sir William?«

»Selbstverständlich!«, beteuerte der Earl dankbar. »Wie nett von Ihnen, das vorzuschlagen!«

Gut gemacht, dachte Atreus. Etwas zu offenkundig, aber wirksam... Nun könnte er verkünden, auch er würde das Landgut Holyhood gern besichtigen. Die Launen eines königlichen Besuchers würde man über alle anderen Erwägungen stellen. Doch so verlockend ihm der Gedanke auch erschien, er widerstand der Versuchung. Zweifellos hatten seine Schwester und seine Schwägerin diese Entwicklung der Dinge vorhergesehen und entsprechende Arrangements beschlossen. Mochte er auch wünschen, sie würden weniger unfehlbare Instinkte besitzen – an ihrer Sorge um Brianna gab es nichts zu bemängeln. Beide hatten sie lieb gewonnen. Und sie wollten nur ihr Bestes.

Ebenso wie er selbst... In der Tat, dieses Bestreben fand er mit jedem Tag wichtiger.

An wie viel erinnerte sie sich?

Und seine eigenen Erinnerungen?

»Atreus – die Franzosen! Zum Teufel mit ihnen!«

»Haltet den Kurs, Männer! Der Wind begünstigt uns!«

»Näher – immer näher! Weicht nicht zurück, Krieger von Akora!«

»Feuer!«

Nur Jungen – damals waren sie halbe Kinder gewesen. Aber nach jenem Tag nicht mehr. Nie wieder.

»Atreus?«

Lächelnd begegnete er Briannas Blick, ergriff die gefüllte Teetasse, die Lady Constance ihm reichte, und nippte sogar daran. Obwohl er sich an der Konversation beteiligte, nahm er kaum wahr, was erörtert wurde. Schließlich verließ er Holyhood gemeinsam mit den beiden Ehepaaren.

Doch die Erinnerung, diese gnadenlose Gefährtin, verfolgte ihn, und unheilvolle Schatten verdüsterten den Tag.

8

Durch die kristallklare Luft des Wintermorgens wehte der Klang von Kirchenglocken heran, die zu Ehren des Feiertags läuteten. Brianna hörte sie und seufzte, noch nicht bereit, aus ihrem warmen, komfortablen Bett zu steigen. Trotzdem empfand sie freudige Erregung.

Weihnachten...

An diesem Tag! Plötzlich fühlte sie sich wieder wie ein Kind, schlug die Decke zurück und stand lachend auf. In der Kälte erschauerte sie, dann zog sie hastig ihren Morgenmantel und die Pantoffeln an. Nachdem sie das Kaminfeuer geschürt hatte, lief sie zu einem Fenster.

In der Nacht hatte es geschneit. Frisches Weiß erhellte die alten Mauern. Rings um die hohen Türme tanzten kleine Flockenwirbel. Rauch quoll aus den Schornsteinen. Amüsiert beobachtete Brianna eine Katze, die den Hof überquerte und mit einer Pfote nach schwebenden Schneeflocken schlug, bis sie sich auf ihre Würde besann und weiterstolzierte.

Und die Glocken läuteten immer noch.

So schnell wie möglich wusch sie sich mit warmem Wasser, von der tüchtigen Sarah lautlos bereitgestellt, und schlüpfte in ihre Kleider. Ohne ihr Haar zu bürsten, steckte sie es einfach mit den Elfenbeinkämmen hoch, die ihr die akoranischen Eltern geschenkt hatten. Während sie ihr Zimmer verließ, dachte sie an die beiden, ihre anderen Verwandten und ihre Freunde, ihr Heim jenseits der Herkulessäulen. Sie vermisste Akora. Aber Holyhood faszinierte sie genauso – und das Leben, das sie führen würde, wenn sie in England bliebe.

In den drei Tagen seit ihrem ersten Besuch in Holyhood hatte sie viele Stunden mit dem Earl und seiner Countess verbracht. Onkel William war sehr stolz auf sein Landgut, und es bereitete ihm große Freude, Brianna überall herumzuführen. Und Lady Constance erzählte bereitwillig von Delphine, die ihre liebste Freundin gewesen war.

»Als wir uns kennen lernten, war ich fünf Jahre alt«, hatte sie berichtet. »Weil Delphine schon sieben war, schaute ich natürlich zu ihr auf. Sie las sehr gern. Nur ganz selten sah man sie ohne ein Buch.«

»Auch ich bin eine richtige Leseratte. Nur weil ich Joannas und Alex' Bibliothek in ihrem Londoner Haus erforschte, stieß ich auf die Zeichnung von Holyhood.«

»Was für ein Schock muss das für dich gewesen sein! Und welch ein Glück, dass du wenigstens einen Teil deiner Erinnerungen wecken konntest!«

Gewiss, deshalb musste sie sich glücklich schätzen. Doch – was damals geschehen war, erschien ihr jetzt nicht mehr so wichtig, verdrängt von der herzerwärmenden Weihnachtsfreude, die im Lauf des Tages wuchs.

Atreus ging mit Alex und Royce in die Kälte hinaus, um Kiefernzweige für den Schmuck des Erdgeschosses zu sammeln. Stunden später kehrten sie fröhlich zurück und rochen nach dem Wald, den sie durchstreift hatten. Brianna kam gerade aus der Küche in die Halle. Abrupt hielt sie inne, gefesselt vom Anblick des Mannes, an den sie nicht mehr so unpersönlich zu denken vermochte wie früher – in jener Zeit, wo sie nur den Vanax in ihm gesehen hatte.

In diesem Moment drehte er sich um und schaute sie an. Schnee bestäubte seine Schultern und die Brust, die Winterluft hatte seine Wangen gerötet, der Wind das dichte schwarze Haar aus der Stirn geweht. Plötzlich wirkte er viel jünger, so als hätte er alle politischen Probleme in London zurückgelassen.

Aber sobald er sie entdeckte, nahmen sein Augen einen ernsten Ausdruck an. Er legte die gebündelten Zweige, die er mitgebracht hatte, auf den Boden und nickte ihr zu. »Frohe Weihnachten, Brianna.«

»Das wünsche ich dir ebenfalls, Atreus – frohe Weihnachten.«

Unverwandt starrte er sie an, und sie fühlte sich schrecklich verlegen – umso mehr, weil seine Mundwinkel zuckten. »An deiner Nase klebt Mehl.« Ehe sie wusste, wie ihr geschah, ging er zu ihr. Ganz vorsichtig wischte er mit einem Zeigefinger das Mehl von ihrer Nasenspitze.

»Wir haben Kekse gebacken«, murmelte sie und versuchte, das Entzücken zu ignorieren, das die Berührung hervorrief.

»Ja, ich dachte mir schon, ich hätte Zimt gerochen.« Nach einem tiefen Atemzug fuhr er fort: »Und Mandeln – und Schokolade.«

»Hier würden wir Hilfe brauchen!«, rief Alex. Er stand auf einer Leiter, Royce auf einer anderen. Zwischen den beiden hing ein langer Zweig. »Das heißt«, fügte Alex gutmütig hinzu, »wenn ihr nicht lieber über Rezepte diskutieren wollt.«

Ganz leise, nur für Briannas Ohren bestimmt, bemerkte Atreus: »Wenn deine Kekse so gut duften wie du, werde ich sie ganz bestimmt kosten.«

Danach fiel es ihr noch schwerer, ihre Pflichten zu erfüllen. Trotzdem bemühte sie sich, Joanna und Kassandra bei all den Vorbereitungen für den Abend zu unterstützen, bevor sie in ihr Zimmer hinaufeilte, wo sie ein Bad nahm und ein festliches Kleid anzog.

Als sie die Treppe hinabstieg, traf sie nur Atreus in der Halle an. Er stand vor dem Feuer, einen Arm auf dem Kaminsims, anscheinend in Gedanken verloren. Doch er musste ihre Schritte gehört haben, denn er wandte sich zu ihr.

»Wo sind die anderen?«, fragte sie. Inständig hoffte sie, er würde ihr nicht ansehen, wie tief er sie beeindruckte. Dem Anlass entsprechend war er formell gekleidet, in jenem englischen Stil, der zur Jahreszeit passte. Nur die goldene Stickerei auf der Weste milderte die strenge Eleganz ein wenig. Sogar in einem so weitläufigen Raum wie der Halle von Hawkforte wirkte er sehr groß – und sehr gebieterisch.

So wie sie ihn, musterte er auch sie. Nun könnte er erzählen, im Geist männlicher Solidarität hätten Alex und Royce versprochen, ihre Ehefrauen zu beschäftigen. Dadurch würde er möglichst viel Zeit allein mit Brianna verbringen, die er neuerdings ständig vergeblich gesucht hatte, weil sie bei den Hollisters gewesen war. Und er könnte ergänzen, solche Intrigen seien überflüssig, da die Damen ohnehin zu Hinterlist und Tücke neigen würden.

Stattdessen sagte er: »Du bist so schön.«

Normalerweise milchweiß, färbte sich ihr Gesicht rosig. Sie trug ein Kleid aus blauer Seide. Um die Taille hatte sie eine weiße Satinschärpe geschlungen, mit Stechpalmenzweigen bestickt. Das Haar fiel offen auf ihre Schultern. Weder am Hals noch an den Ohren oder Handgelenken sah er Juwelen funkeln.

»Danke«, antwortete sie und schaute zur Treppe. Als noch immer niemand erschien, lächelte sie unsicher. »Sind die Dekorationen nicht wunderschön?«

»Sehr festlich. Komm zu mir.«

»Wie bitte?«

»Komm zu mir.« Doch sie zögerte immer noch, und er verkündete in sanftem Ton: »Ich habe etwas für dich.«

»Oh – ich dachte, wir würden die Geschenke erst nach dem Dinner austauschen.«

»Ja, aber das hier möchte ich dir geben, solange wir allein sind.« Er griff in die Tasche seines Gehrocks und zog eine flache hölzerne Kassette mit Perlenintarsien hervor. »Wenn du das heute Abend anlegst, würde ich mich sehr freuen.«

Immer noch zögernd trat sie langsam näher und nahm das Kästchen entgegen. Bevor sie den Deckel öffnete, begegnete sie Atreus' Blick. Und dann starrte sie das Geschenk an. »Oh…«

In der Kassette offenbarte sich der Himmel, oder zumindest ein Teil davon, um die Mittagsstunde auf die Erde herabgeholt, zum Zeitpunkt der intensivsten Farbe. Das Schmuckstück schien von innen heraus zu glühen, wie von eigenem Leben erfüllt, umkränzt von gewellten, sonnengoldenen Strahlen…

»Die Träne des Himmels«, wisperte Brianna – unfähig, ihr Staunen zu verbergen. Davon hatte sie natürlich gehört. Der kostbare Anhänger, ein Saphir in Gold gefasst, war berühmt auf Akora. Einer Legende zufolge hatte jemand den Edelstein vor vielen Jahrhunderten in den Höhlen unter dem königlichen Palast gefunden. Von Meisterhand zu einem prachtvollen Juwel geformt, pflegte ihn eine Atreidengeneration an die nächste weiterzugeben.

Was dachte sich Atreus dabei? Wie konnte er ihr einen solchen Schatz überreichen? »Nein – das darf ich nicht annehmen«, stammelte Brianna und legte das Kästchen in seine Hand zurück.

Und doch – sie wusste es. Irgendwo in ihrem Herzen verwahrte sie bereits die Erkenntnis, die alles ändern würde.

»Warum nicht?«, fragte er unbeirrt. »Nur eins bedauere ich – der Saphir passt nicht zu deinen Augen, aber immerhin zu deinem Kleid.«

Offensichtlich neckte er sie – typisch für einen Mann, der eine Frau beruhigen will. Oder versuchte er sie von einem ernsthafteren Thema abzulenken?

»Niemals würdest du mir dieses Geschenk aus so frivolen Gründen geben«, erwiderte sie energisch. »Das wissen wir beide.«

»Frivol? Dieses Wort höre ich nur selten. Und schon gar nicht, wenn es mich betrifft.«

»Nun, ich nannte nicht *dich* frivol...«

»Und wenn ich's wäre? Würde dich das dermaßen erschrecken? Irgendwie finde ich den Gedanken sogar verlockend.«

Sie würde nicht lächeln. Ganz sicher nicht. Er betrachtete sie mit so unverhohlenem Amüsement, dass ihre Verwirrung wuchs. »Bitte, Atreus, mach dich nicht lustig über mich! Der Saphir gehört deiner Familie. Also kann ich ihn unmöglich annehmen.«

»Da irrst du dich. Meine Mutter und meine Schwestern besitzen ihre eigenen Juwelen, die Träne des Himmels ist *mein* Eigentum. Leider steht sie mir nicht zu Gesicht. An deinem Hals käme sie viel besser zur Geltung.«

Was für ein unerträglicher Mann – und so unwiderstehlich!

»Wenn du zu scherzen beliebst...« Sie verstummte, denn er ergriff ihre Hände und zog sie an sich.

»Glaub mir, Brianna, ich scherze nur, weil mir dies alles sehr schwer fällt. Darauf war ich nicht gefasst. Ich dachte, ich hätte mich so gut vorbereitet. Und wann immer ich dich anschaue...«

Jedes Mal erblickte er eine Frau von wahrer Schönheit, die sich nicht nur in ihrem Gesicht und ihrer Gestalt zeigte, sondern auch in der Stärke und dem Mut ihres Wesens. Ihre Reize übertrafen seine kühnsten Träume. Natürlich beglückte ihn das – sonst wäre er kein Mann. Doch sie stellte ihn vor gewisse Komplikationen, auf die er lieber verzichtet hätte.

»Vielleicht solltest du mich *nicht* ansehen«, schlug sie leise vor. Dann gab sie freimütig zu: »Und ich dich ebenso wenig…«

»Oder vielleicht müssen wir einfach akzeptieren, dass wir uns zueinander hingezogen fühlen.« Er hauchte einen Kuss auf die Finger, die seine umschlossen, und bemerkte, wie sie die Luft anhielt. Noch ehe sie ausatmete, nutzte er den Vorteil, den ihm ihre Verblüffung bot. »Brianna, das Schicksal hat dich zu meiner Ehefrau bestimmt. Davon bin ich fest überzeugt.« Obwohl sie erblasste, fuhr er entschlossen fort: »Ich weiß, das alles stürmt etwas zu schnell auf dich ein. Aber die Zeit läuft mir davon. Ich muss nach Akora zurückkehren und mein Augenmerk auf Probleme richten, die einer Lösung bedürfen. Dabei wirst du mir zur Seite stehen.«

Endlich hatte er die Worte gefunden, auf die es ankam, und alle entsprachen der Wahrheit. Sie fühlten sich zueinander hingezogen. Daran ließen die wenigen heißen Küsse, die sie getauscht hatten, keinen Zweifel. Zudem hielt er es tatsächlich für ihre Bestimmung, ihn zu heiraten. Die Quelle seiner Erkenntnis wollte er ihr nicht verraten, sonst würde er sie noch mehr verwirren. Für sie war es ohnehin schon schwierig genug, seine Enthüllungen zu verkraften.

»Nein – das ist zu viel«, brachte sie so mühsam hervor, dass sie seine Sorge damit bestätigte. »Damit bin ich völlig überfordert… Ich kam nach England, um herauszufinden, wer ich bin. Und jetzt willst du mich in einen ganz anderen Menschen verwandeln?«

»Keineswegs«, beteuerte er und meinte es ernst, denn sie

sollte so bleiben, wie sie war. Brianna – immer nur Brianna. Diese absolute Gewissheit brachte ihn fast aus dem Konzept. Doch er klammerte sich an seinen Entschluss, ihr Verständnis zu erwirken. Eindringlich schaute er sie an. »Deine Vergangenheit entscheidet nicht, wer du bist – ebenso wenig, wie das von deiner Position als meine Gemahlin beeinflusst wird. Nur du allein wählst deine Zukunft. Und nun sag mir – was findest du in England oder anderswo, das wichtiger wäre als alles, was dich auf Akora erwartet?«

»Die Ehe mit dir?« Briannas Augen verengten sich. »Vielleicht glaubst *du*, das wäre das höchste aller Ziele, aber …«

»Nein, ich meine – was es für dich bedeuten würde, mein Leben zu teilen. In den Jahren seit deiner Ankunft auf Akora gab es keine Gefährtin des Vanax. Deshalb verstehst du vermutlich nicht, welche Macht sich mit diesem Status verbindet.«

»Nach Macht strebe ich nicht.«

Das glaubte er ihr. Dann betonte er, was ihr wohl kaum bewusst war. »Ich genauso wenig. Und wer die Macht *nicht* sucht, eignet sich vermutlich am besten dafür, sie auszuüben.«

Während sie seine Worte überdachte, ergriff er den Saphir und legte ihn um ihren Hals, ehe sie protestieren konnte. Das Juwel, das an einer kurzen, feingliedrigen Kette hing, schmiegte sich in Briannas Halsgrube. Zaudernd berührte sie es. »Dieses Geschenk habe ich nicht angenommen.«

Er bekämpfte den Impuls, ihr seinen Willen einfach aufzuzwingen. Das würde er dieser Frau nicht antun. Sie verdiente – und verlangte – etwas Besseres.

»Überleg es dir wenigstens.« Um ihr dabei zu helfen, neigte er den Kopf hinab und küsste die empfindsame Stelle, wo ihr Hals in die Schulter überging. Es war ein hinterhältiger Angriff auf ihre Sinne, das wusste er. Doch in diesem Moment schien eine edlere Gesinnung keine große Rolle zu spielen. Er begehrte sie. Nicht die namenlose Frau seiner Vision, nicht die exquisite Statue, die von Samt umhüllt in einer hölzernen Kassette lag. Sondern *Brianna*, die unter der Liebkosung erbebte, obwohl der Widerstand in ihrem Blick nicht erlosch.

Sobald sie wieder atmen konnte, warnte sie ihn: »Wenn deine Familie mich mit dem Atreiden-Saphir sieht, wird sie die Situation missverstehen.«

»Nein, meine Geschwister werden erkennen, dass ich dich um deine Hand gebeten habe, und dass du meinen Antrag erwägst.«

»Oh Atreus, ich weiß nicht einmal, ob ich darüber nachdenken *darf*. Da gibt es etwas, das ich dir erzählen muss…«

Das Schicksal hatte sie zu seiner Frau bestimmt. Selbst wenn es anders wäre , würde seine heiße Leidenschaft trotzdem genügen, um sie zu erobern. Welche Zweifel sie auch hegte, was immer sie glaubte, sagen zu müssen, es würde die Dinge nur komplizieren.

»Still!«, mahnte er im altwürdigen, traditionellen Befehlston Akoras, wo die Krieger herrschten und die Frauen dienten – und wo das Verbot, eine Frau zu verletzen, das wichtigste Gesetz im Leben eines jeden Mannes darstellte. Dank dieser Regel lernten alle Akoraner die Kunst betörender Verführung.

Besitzergreifend küsste er Brianna, seine Hände umfassten ihre Hüften, seine Zunge spielte mit ihrer. Ein Instinkt drängte ihn, alle Sanftmut zu vergessen, seinem Verlangen nachzugeben, wenn auch nur für wenige Sekunden. Dafür würde er später mit Gewissensqualen büßen. Doch es würde sich lohnen, denn sie sollte die Freuden ahnen, die sie im Ehebett erwarteten.

Schließlich richtete er sich auf, drückte sie aber immer

noch fest an seine Brust. »Fühle es, Brianna. Hör zu denken auf, *fühle* es einfach nur.«

Heiliger Himmel! Sie war ohnehin unfähig, einen klaren Gedanken zu fassen. Die Kraft seines Körpers und seines Willens, seine innige Umarmung, der Geschmack seines Mundes, dies alles überwältigte sie. Inständig sehnte sie sich nach noch intimerer Nähe, jedes Hindernis erschien ihr unerträglich. Plötzlich existierte nichts mehr außer dem glühenden, hungrigen Wunsch, ihn tief in sich aufzunehmen, vollends mit diesem Mann zu verschmelzen, die Essenz des Lebens von ihm zu empfangen.

»Atreus …« Sein Name auf ihren Lippen war ein halbes Gebet, ein halbes Flehen. Als sie ihre Finger in seine Schultern grub, spürte sie, wie das Feuer ihrer Begierde immer heller loderte. Ihr Rücken lehnte an der Wand, vage nahm sie kühle Luft an den Beinen wahr. Und seine Lippen – seine warmen, verlockenden Lippen – zogen sich zurück? Nein, das würde sie nicht dulden, er durfte nicht aufhören …

»Das ist Wahnsinn«, stöhnte er, und es tröstete sie ein wenig, dass sie nicht allein war im Wirbelsturm sinnlicher Gelüste.

Abrupt ließ er sie los, trat zurück und starrte sie an. Mit allen Fingern strich er durch sein schwarzes Haar und rang nach Atem. »Barmherzige Götter, schickt uns einen starken Wind, der uns möglichst schnell nach Akora weht!«

Diesen Worten entnahm sie, wie ungeduldig er der Heirat – und der Hochzeitsnacht – entgegenstrebte. Einerseits war sie ehrlich genug, um sich einzugestehen, dass sie dasselbe wollte. Nur *wollte*? Welch ein blasser Ausdruck … Und andererseits kehrten die Bedenken zurück.

»Atreus, ich muss …«

Mischte sich reiner Zufall in diesem Augenblick ein? Oder

ein launisches Schicksal? Jedenfalls waren sie nicht mehr allein. Kassandra und Joanna kamen in die Halle. Zum Glück schwatzten sie laut genug, so dass sie ihr Erscheinen rechtzeitig ankündigten. Royce und Alex folgten ihnen auf den Fersen. Offensichtlich befanden sich beide Paare in bester Stimmung und konnten es kaum erwarten, die Festivitäten des Abends zu beginnen.

Brianna kehrte ihnen den Rücken und kämpfte um ihre Selbstbeherrschung. Natürlich durfte sie nicht hoffen, vollends verbergen zu können, was zwischen Atreus und ihr geschehen war. Aber ihrem Stolz zuliebe musste sie wenigstens den äußeren Schein wahren und ihre Fassung wiedergewinnen. Dafür nahm sie sich so viel Zeit, wie sie es wagte, ohne noch mehr Aufmerksamkeit zu erregen.

Mit einem erzwungenen Lächeln drehte sie sich um und winkte den zwei Ehepaaren zu.

Kaum war sie ihnen entgegengegangen, schnappten Joanna und Kassandra auch schon nach Luft. Alex und Royce reagierten etwas verhaltener. Aber auch sie waren überrascht.

»Oh Brianna!«, rief Kassandra freudestrahlend. »Die Träne des Himmels!«

»Steht sie ihr nicht ausgezeichnet?«, unterbrach Atreus seine Schwester, bevor sie ihre Beobachtung etwas genauer zu deuten vermochte. »Würde sie das Geschenk ablehnen, wäre ich zutiefst betrübt.«

»Ablehnen …?« Sichtlich bestürzt schaute Joanna von einem zum anderen. Doch sie hatte sich sofort wieder in der Gewalt. »Oh – nun ja – also wünschen wir uns alle …«

Selbstverständlich musste eine so wichtige Entscheidung gründlich überdacht werden. Nur mühsam unterdrückte Alex ein Grinsen, das seinem Bruder gegolten hätte. War Atreus nicht der Meinung gewesen, der Wille eines Mannes würde das Herz einer Frau besiegen?

»Erst wägen, dann wagen – so lautet ein passendes Sprichwort«, warf Royce belustigt ein. »Sehr empfehlenswert …«

»Das finde ich auch.« Atreus hatte sich eines Besseren belehren lassen, was seine Anmaßung betraf. Gewiss, die Dinge entwickelten sich nicht wie erhofft oder sogar erwartet. Trotzdem würde er sein Ziel erreichen. Daran zweifelte er keine Sekunde lang. War Brianna nicht die Frau, die ihm seine Vision gezeigt hatte? Entbrannte sie nicht, wann immer er sie umarmte? Also bestand kein Grund zur Sorge.

Seiner Sache völlig sicher, würde er sich gedulden. Wenn Brianna ein bisschen Zeit brauchte, um ihre Zukunft zu akzeptieren, diese Gunst wollte er ihr großzügig gewähren.

Nur ein *bisschen* Zeit.

An den Sprossenfenstern glitten Schneeflocken vorbei, die unablässig herabfielen. Helle Flammen flackerten im wuchtigen steinernen Kamin, der die Nordseite der Halle beherrschte, und die Tafel, mit weißem Leinen und Goldgeschirr gedeckt, wurde von hohen Kandelabern beleuchtet. In die Düfte von Kiefern und Holzrauch mischten sich die Aromen der festlichen Mahlzeit. Zur knusprig gebratenen Gans gab es verschiedene Beilagen – ein eher bescheidenes Dinner, verglichen mit den verschwenderischen Ansprüchen des Prinzregenten, aber ein Luxus für Menschen, die an schlichtere Kost gewöhnt waren.

Obwohl die Speisen ausgezeichnet schmeckten, nahm Brianna nur wenig zu sich. Nicht, dass es ihr an Appetit mangelte. Doch sie vergaß einfach zu essen, denn die Gedanken an Atreus – an ihre aufwühlende Beziehung – lenkten sie ab. Sie musste ihn nur beobachten, um erneut jene süße, heiße Sehnsucht zu verspüren, die sie nie zuvor gekannt hatte. Wie sie sich eingestand, war es nicht einmal nötig, ihn anzuschauen. Allein schon die Erinnerung an ihn genügte.

Sie hob ihr Glas, betrachtete geistesabwesend die strohfarbene Flüssigkeit und nippte daran. Auf der anderen Seite des Tisches lachte Atreus über eine Bemerkung seines Schwagers Royce. Der Mann, den sie für gnadenlos streng, ernsthaft und unnahbar gehalten hatte, wirkte entspannt und zugänglich.

Und so verführerisch... Er war stark und entschlossen, ein Jäger und Krieger, seit Jahren daran gewöhnt, seinen Willen durchzusetzen. Trotzdem zeigte er sich manchmal erstaunlich sanft, heiter und geduldig. Er hatte ihr eine ehrenwerte Heirat angeboten, das Versprechen glühender Leidenschaft – und noch mehr.

Was mochte es bedeuten, nicht nur Atreus' Ehefrau, sondern auch die Gefährtin des Vanax von Akora zu werden? Was könnte sie in dieser Position erzielen?

Der Wein kühlte ihre Kehle und war viel leichter zu schlucken als die Erkenntnis des Einflusses, den ihr diese Heirat einbringen würde. Welch eine erschreckende Vorstellung... Aber wenn sie dem Ruf ihres Herzens gehorchte und ungebeten an die Macht gelangte...

Was würde sie damit anfangen?

Seufzend drehte sie den Stiel des Weinglases zwischen ihren Fingern umher und betrachtete die zahlreichen Gesichter der Versuchung.

Weihnachtskekse, Birnenkompott und ein Obstkuchen mit Marzipanglasur beendeten die Mahlzeit. Dazu wurde ein süßer Wein serviert – der vierte oder vielleicht schon der fünfte der exquisiten Tropfen, die das Dinner begleiteten. Die meisten hatte Brianna abgelehnt. Trotzdem fühlte sie sich heiter und beschwingt.

Im Lauf des Abends hatte sich ihre Stimmung zusehends

gebessert, und sie verstand gar nicht mehr, warum sie so angespannt gewesen war. Nun wurde der Tisch abgeräumt, und sie nahmen in der Nähe des Kamins Platz, vor dem sich die Geschenke stapelten, einige von schönem Papier umhüllt, andere in edlen Schatullen.

»Das größte Päckchen zuerst!«, entschied Royce, hob einen geheimnisvollen Gegenstand vom Boden auf und legte ihn seiner Frau zu Füßen. »Für dich, Kassandra.«

Vorsichtig entfernte sie das Papier und schrie entzückt auf, als das schimmernde Leder eines Sattels zum Vorschein kam.

»Für den Tag nach deiner Niederkunft, an dem du wieder so reiten kannst, wie du's vorziehst.« Etwas schmerzlich fügte er hinzu: »Also schnell wie der Wind. Versprich mir nur, dass du dich niemals allzu weit von mir entfernen wirst.«

»Oh Royce«, flüsterte seine Prinzessin. Den Tränen nahe, umarmte sie ihn.

Wenig später überraschte sie ihn ihrerseits mit einem völlig unerwarteten Geschenk. Verwundert überlegte Brianna, was das sein mochte. Es war etwa so groß wie eines der in England so beliebten tragbaren Schreibpulte. Anscheinend bestand es aus unzähligen beweglichen, zumeist stählernen Teilen.

»Kannst du erraten, was das ist?«, fragte Kassandra ihren Ehemann.

Royce drehte das eigenartige Gebilde hin und her. Nach einer Weile ging ihm ein Licht auf, und seine Augen strahlten. »Eine Dampfmaschine, nicht wahr? Das Modell einer Dampfmaschine!«

»In der Tat!« Kassandra lachte voller Genugtuung. »Und der Hersteller hat mir geschworen, dieses Ding würde funktionieren. Vielleicht wird sie dir wertvolle Anregungen geben, wenn du deine eigene Dampfmaschine konstruierst.«

»Hast du das wirklich vor, Royce?«, erkundigte sich Atreus.

»Oh ja. Die Dampfkraft wird eine technische Revolution bewirken. Davon bin ich fest überzeugt.«

»Verzeih mir, Liebster.« Lächelnd überreichte Joanna ihrem Gemahl ein Kästchen aus Elfenbein, mit einem purpurroten Band umwunden. »Ein so modernes Präsent habe ich nicht für dich.«

Das störte Alex kein bisschen, denn die Schachfiguren, kunstvoll aus Jade und Onyx geschnitzt, gefielen ihm ausgezeichnet. Vor allem das zusammenklappbare Schachbrett, als das sich die Kassette entpuppt hatte, faszinierte ihn.

Was er seiner Frau schenkte, verblüffte sie alle, am meisten sie selbst. Teils verlegen, teils beglückt nahm sie den Holzkasten entgegen. »Ich hatte keine Ahnung, dass du es wusstest.«

Belustigt küsste er ihre Stirn. »Was denn? Warum meine zauberhafte Frau in den letzten Monaten immer wieder davonschlich? Oder warum sie gelegentlich mit einem dunklen Fleck auf der Wange ins Bett stieg, der eindeutig von einem Kohlestift stammte?«

»Oh Gott, ist mir das wirklich passiert?« Errötend gestand sie den anderen: »Ich habe gezeichnet. Daran bist du schuld, Atreus.«

»Tatsächlich?« Ihr Schwager, dem sie längst ans Herz gewachsen war, lachte laut auf. »Und was habe ich verbrochen?«

»Mit deiner Hilfe gewann ich eine wichtige Erkenntnis – die Kunst ist kein amüsanter Zeitvertreib. In einem Menschenleben kann sie genauso viel bedeuten wie die Luft, die wir einatmen.« Hingerissen spähte sie in den Kasten, den Alex ihr geschenkt hatte – gefüllt mit Kohlestiften in allen Farben,

Wasserfarben, Pinsel und Papier. »Herzlichen Dank, Liebster! Nun werde ich mich bemühen, lauter nutzloses Zeug zu fabrizieren.«

Nachdem das Gelächter verstummt war, wurde Brianna beschenkt. Von Royce und Kassandra bekam sie eine Kopie des Buches, das die Zeichnung von Holyhood enthielt, außerdem einige andere Bände über die Geschichte ihrer englischen Familie. Darüber freute sie sich ebenso wie ihr die gut ausgewählten historischen Werke gefielen, die ihr Joanna und Alex überreichten.

»Der ehrwürdige Edward Gibbon«, erklärte Alex. »Und der ebenso ehrenwerte Sir Thomas More. Aber kein Byron.«

Beglückt über die Aufmerksamkeit ihrer Freunde, drückte Brianna die Bücher an sich. Dann gab sie beiden Ehepaaren ihre Geschenke und wandte sich zu Atreus, der sie unentwegt beobachtete. So schaute ein Mann eine Frau an, die er für sich beanspruchte.

Trotz ihrer heiteren Stimmung empfand sie einen gewissen Groll – allerdings nur eine schwache Regung. Sollte er sie doch anstarren, so lange er wollte – über ihr Schicksal würde sie selbst entscheiden.

Aber sie teilte seine Freude über die Geschenke, die seine Familie für ihn ausgesucht hatte. Dazu gehörte eine kostbare Sammlung von Landkarten, einige mehrere hundert Jahre alt, die völlig falsche, irritierende und oft geradezu lächerliche Mutmaßungen über Akora bekundeten. Offenbar entstammten sie der Fantasie von Leuten, die es unerträglich fanden, nichts über das befestigte Königreich zu wissen.

»Seht doch!« Atreus zeigte auf eine der älteren Karten. »Anscheinend werden unsere Inseln von Drachen bevölkert.«

»Meine Lieblingskarte ist diese hier«, sagte Alex, »auf der Akora von Feuerringen umgeben wird.« Jetzt brachen sie wieder in Gelächter aus, das in Jubelrufe überging, als der Vanax die Geschenke auspackte, die er aus Akora mitgebracht hatte. Joanna und Kassandra erhielten exquisite Glasfläschchen, von Silber- und Goldfiligran umrankt, gefüllt mit den seltensten, kostbarsten Düften, die berühmte akoranische Parfümeure komponiert hatten. Ebenso begeistert zeigten sich Alex und Royce von edlen Schwertern mit perfekt geformten, scharf geschliffenen Klingen. In die hölzernen Griffe waren uralte Symbole eingraviert, die den Besitzer verpflichteten, stets ehrbar zu fechten. Nachdem die Geschenke verteilt und ausgiebig bewundert worden waren, erhob sich Brianna. Mit einem scheuen Lächeln erklärte sie: »Nun muss ich euch alle um Nachsicht bitten – mein Geschenk für Atreus ist draußen.«

Erstaunt und neugierig bestürmten sie Brianna mit Fragen, die nicht beantwortet wurden. In warme Mäntel gehüllt, verließen sie das Haus und stapften durch den wirbelnden Schnee zu den Stallungen.

»Wo ich's sonst verwahren sollte, wusste ich nicht.« Brianna führte sie alle in einen Stall und nahm Alex die Lampe, die er mitgenommen hatte, aus der Hand. »Vor Weihnachten durfte es niemand finden.« Im gelblichen Licht zeigte sich eine gewöhnliche Box, sauber gefegt und leer – bis auf einen mannsgroßen Steinblock.

Langsam trat Atreus vor und streckte eine Hand aus. In seinen Augen erschien ein eigenartiger Glanz. »Was ist das?«, flüsterte er.

»Quarz«, erwiderte Brianna. »Rosenquarz, wie mir Onkel William erklärt hat. Bei einer unserer Besichtigungstouren kamen wir zu einer Klippe in der Nähe des Hauses, die an einem felsigen Strand emporragt. Und am Fuß dieser Klippe befindet sich ein weiches Gestein in einer bemerkenswerten rötlichen Farbe. Daraus stellen die Leute Töpfe her. Darüber erhebt sich ein Quarzwall.«

»Wie ist dieser Block hierher gelangt?« Ehrfürchtig strich Atreus über die schimmernde Fläche.

»Im Lauf der Jahre haben sich einige Quarzstücke gelöst. Als ich meinen Onkel fragte, ob ich dir eines schenken dürfte, bestand er darauf, mir dieses hier zu überlassen, das allergrößte, und seine Dienstboten trugen es eines Nachts in den Stall von Hawkforte.«

»Einfach wundervoll... Mit Marmor habe ich gearbeitet, mit Gneis, Granit und Alabaster, mit vielen verschiedenen Gesteinsarten – aber noch nie mit einem so reinen Quarz.« Atreus Hände liebkosten den Block, als würde er in Gedanken bereits die Gestalt formen, die er ihm entlocken wollte. »Danke, Brianna. Welch ein außergewöhnliches Geschenk.«

Glücklich über den Erfolg ihrer Wahl, beobachtete sie, wie er den Quarz abtastete, mit dem sicheren Geschick eines Künstlers. Auf dem rosigen Gestein wirkten seine Hände goldrichtig – als wären sie untrennbar damit verbunden. So ähnlich hatte er sie berührt. War auch das richtig?

Sie griff nach dem Saphir an ihrer Halsgrube, der sich schwer und kalt anfühlte. Aber unter ihren Fingern erwärmte er sich. Die Träne des Himmels, ein Name, der bitteres Leid ausdrückte... Würde sie das Juwel behalten, mit allem, was es ihr bringen mochte? War ihr ein leidvolles Schicksal bestimmt?

Oder würde sie Freudentränen weinen?

»Morgen erwarten wir das Schiff.« Royce musterte den Quarz. »Diesen Stein müssen die Männer so vorsichtig wie nur möglich an Bord tragen.«

Atreus nickte, und die Männer besprachen, auf welche Weise

das geschehen sollte. Nur mit halbem Ohr hörte Brianna zu. Sie dachte an das Schiff, das der Vanax besteigen würde, um nach Akora zurückzukehren.

Würde sie ihn begleiten?

9

Der Tag nach Weihnachten war angebrochen. Doch das Tageslicht würde Briannas Zimmer erst in einigen Stunden erhellen. So dringend brauchte sie ihren Schlaf. Ihre trockenen Augen brannten. Trotz der schwelenden Asche des Kaminfeuers und der dicken Decken, die sie einhüllten, zitterte sie vor Kälte und fror bis auf die Knochen. Die Träne des Himmels schmiegte sich nicht mehr an ihren Hals. Jetzt lag der Saphir in der mit Intarsien verzierten Kassette, die Atreus ihr überreicht hatte.

Bevor sie zu Bett gegangen war, hatte sie die Schatulle auf ihren Toilettentisch gestellt. Würde sie das Juwel jemals wieder tragen? *Sollte* sie es anlegen?

Beklommen seufzte sie, und der leise Laut mischte sich mit gedämpften nächtlichen Geräuschen. In plötzlicher Ungeduld sprang sie auf und schlüpfte in ihren Morgenmantel. Noch länger ertrug sie es nicht, unter dem Deckenberg auszuharren. Ganz egal, wie spät es war – irgendwie musste sie sich beschäftigen.

Eine Kerze in der Hand, verließ sie ihr Zimmer, folgte den Fluren und stieg die Treppe zur Schlosshalle von Hawkforte hinab. Dort wandte sie sich zum Ostflügel, wo die Bibliothekstür offen stand. Brianna spähte hindurch, bis zu einem hohen Fenster, das einen tief am Himmel glänzenden Vollmond umrahmte. In seinem silbernen Licht sah sie einen Mann an einem der Tische sitzen.

Atreus – schlaflos wie sie selbst.

Hastig wich sie zurück und wollte sich entfernen. Doch da erhob er sich und entdeckte sie. In seiner Stimme schwang gutmütiger Spott mit. »Du hast deine Pantoffeln vergessen.«

Als sie ihre nackten Zehen anstarrte, ging er mit langen, lautlosen Schritten auf sie zu. Dicht vor ihr blieb er stehen.

»Ich konnte nicht schlafen«, erklärte sie.

»Und ich auch nicht. Komm mit mir zum Kamin.«

»Aber darin brennt kein Feuer ...«

»... was sich leicht ändern lässt.« Er nahm ihr die Kerze aus der Hand und stellte sie beiseite. »Übrigens, Royce besitzt eine ausgezeichnete, umfangreiche Bibliothek. Hast du sie schon erforscht?«

»Teilweise.« Brianna beobachtete, wie er seine Aufmerksamkeit auf den Kamin lenkte und sich mit dem lässigen Selbstvertrauen eines Mannes bewegte, der an solche Tätigkeiten gewöhnt war. Wo mochte er gelernt haben, ein Feuer zu entfachen? Vielleicht auf den Bergen hinter der königlichen Stadt Ilius, wo die kriegerische Ausbildung der jungen Akoraner begann – und wo in manchen Nächten eisige Kälte herrschte?

An seinem breiten Rücken zeichnete sich die Bewegung starker Muskeln ab, während er die Glut langsam mit Anmachholz nährte. Sobald die Flammen lebhaft flackerten, richtete er sich auf, wischte seine Hände mit einem Tuch ab und schlenderte zu dem Tisch, an dem er vorhin gesessen hatte. »Soll ich dir etwas zeigen?«

Weil sie ihrer Stimme misstraute, nickte sie nur. Allein mit ihm in einer so intimen Szenerie, fiel es ihr viel zu leicht, sich ein Leben als seine Ehefrau auszumalen ... Nein, daran wollte sie nicht denken. Stattdessen betrachtete sie die Gegenstände, die er studiert hatte. »Was sind das für Sachen?«

»Schau genauer hin.« Atreus reichte ihr einen schmalen Zylinder aus Elfenbein, an beiden Enden vergoldet.

Langsam drehte sie die Röhre hin und her. In die Vergoldung waren akoranische Schriftzeichen eingraviert, die seit Jahrhunderten nicht mehr benutzt wurden. »Hast du den Zylinder aus deiner Heimat mitgebracht?«

Der Vanax schüttelte den Kopf. »Seit siebenhundert Jahren wird er auf Hawkforte verwahrt, zusammen mit dem Brief, den er enthielt, und diesen anderen Gegenständen.« Sein Blick glitt zu der Sammlung, die auf dem Tisch lag.

Fasziniert musterte Brianna die kleine Bronzefigur eines Pferdes, eine kurze Stahlklinge, eine Flasche aus verziertem Alabaster, früher vielleicht mit duftendem Öl gefüllt, und eine vergoldete Schatulle, mit Perlen besetzt, groß genug, um die übrigen Dinge zu bergen. »Wurde dies alles von dem Lord Hawkforte hierher geschickt, der vor so langer Zeit nach Akora gesegelt war?«

»Ja. Der Brief, der in dem Zylinder steckte, existiert noch. Mittlerweile ist er so stark vergilbt und fragil, dass man ihn nicht mehr berühren darf. Jener Mann, ein gewisser Falconer, schrieb seiner Familie, er würde nie wieder nach England zurückkehren.«

»Wie schrecklich für seine Verwandten ...«

»Trotzdem müssen sie froh gewesen sein, weil er noch lebte. Royce erzählte mir, in seiner Kindheit hätte er zusammen mit Joanna diese Sachen stundenlang inspiziert. Dabei erwachte das Interesse der Geschwister an Akora. Schließlich fuhr Royce zu unserem befestigten Königreich, und nachdem Joanna monatelang nichts von ihm gehört hatte, folgte sie ihm. Was ein Mann vor siebenhundert Jahren tat, bestimmte das Leben seiner Nachkommen – auf eine Weise, die er sich niemals hätte vorstellen können.«

In Briannas Hand fühlte sich das Bronzepferd kühl und glatt an. Wer immer es geschaffen hatte, es war ihm gelungen, die Bewegung des Tieres mitten im Galopp einzufangen. Es erinnerte sie an die Pferde, die ihre akoranischen Eltern auf Leois züchteten, einer Insel voller grüner Weiden.

Plötzlich empfand sie eine heiße, drängende Sehnsucht, stellte die Figur auf den Tisch zurück und schaute Atreus an. »Überlegst du dir, wie sich dein Verhalten auf künftige Generationen auswirken wird?«

»Gelegentlich. Aber meistens versuche ich, zum Wohl des Volks zu handeln, das mir anvertraut wurde.«

»Und zu deinem eigenen Besten?«

»Auch das.«

Das Kaminfeuer brannte, und ihr Körper erwärmte sich. Die Flammen warfen einen rötlichen Lichtkreis in den Raum. Nun sollte sie ein Buch auswählen und die Bibliothek verlassen. Doch die Einsamkeit ihres Zimmers missfiel ihr. Andererseits wäre es töricht und leichtfertig, noch länger zu bleiben.

Und so staunte sie über sich selbst, weil sie Sekunden später auf dem Teppich vor dem Kamin saß und ins Feuer starrte. »Da gibt es etwas – das ich dir sagen muss.«

Atreus ließ sich neben ihr nieder und warf noch ein Holzscheit ins Feuer. Wieder einmal erinnerte ihn sein Gewissen an das Gebot der Ehre. Sie war eine junge, unerfahrene Frau – und sehr sinnlich, was sie allerdings noch nicht zu verstehen schien. Mühelos würde er ihre Hingabe erreichen. Auf diesen Gedanken reagierte sein Körper geradezu enthusiastisch. Kein Wunder … Aber sein Verantwortungsbewusstsein forderte überzeugende Argumente.

Natürlich würde er sie nicht verletzen. Dafür wollte er sorgen. Wenn alles gesagt und getan war, würde sie zufrieden und ohne weitere Bedenken ihrem vorgezeichneten Lebensweg folgen. Von dieser Erkenntnis beflügelt und ehe er sich anders besinnen konnte, stand er auf und schloss die Bibliothekstür.

Als er zu Brianna zurückkehrte, fragte sie: »Hast du mir zugehört?«

Ach ja – sie wollte ihm irgendetwas erzählen. Was …? Der Instinkt des Kriegers, der ihn stets auf Gefahren hinwies, ließ seine Haut im Nacken prickeln. Aber er verbarg sein plötzliches Unbehagen und setzte sich wieder zu ihr. Lächelnd strich er ihr das Haar aus der Stirn. »Findest du es nicht manchmal verlockend, sich einfach nur zu entspannen und die Freuden dieser Welt zu genießen?«

Ganz sanft und leichten Herzens, wie es seine Art war, berührte er sie. Umso ernsthaftere Gefühle stiegen in ihr auf. Sie konnte den Blick nicht von Atreus abwenden, vermochte kaum zu atmen, und ihr Körper schien einen eigenen Willen zu entwickeln.

Davor war sie gewarnt worden. Ihre akoranische Mutter und andere Frauen hatten ihr erklärt: Männer besaßen die Gabe, die Vernunft einer Frau zu besiegen, ihre Selbstbeherrschung zu zerstören und klare Gedanken zu verscheuchen. Und es gab einen ganz bestimmten Grund, warum sie sich vor alldem hüten musste. Wenn sie sich bloß daran erinnern würde … Stattdessen schmiegte sie ihre Wange in Atreus Hand und hieß die Liebkosung willkommen. Was vor wenigen Minuten noch so wichtig gewesen war, drohte ihr jetzt zu entgleiten. Bevor das geschehen würde, zwang sie sich, von ihm wegzurücken. Der Verlust seiner Nähe wirkte fast schmerzlich, ein weiterer Schock für ihre ohnehin schon überforderten Nerven. Doch sie wappnete sich gegen die Qual. »Ich habe dir etwas zu sagen.«

In seinen goldbraunen Augen glühte ein heißes, verführerisches Licht, und seine Mundwinkel zuckten ein wenig. »Hängt es mit Erdbeeren zusammen?«

»Wie bitte?« Sie wusste, wie seine Lippen schmeckten, welch süßes Entzücken sie erregten. »Erdbeeren?«

»Dagegen bist du allergisch. Aber *dagegen* nicht…« Atreus ergriff ihre Hand. Sein Daumen glitt über die empfindsame Handfläche. Dann spürte sie seinen Mund – und rang nach Luft, denn er küsste das weiche Fleisch zwischen ihrem Daumen und dem Zeigefinger. »Oder dagegen…« Jetzt zog seine Zunge eine feuchte Spur über ihre Haut.

Zitternd merkte sie, wie heiß ihr wurde. Viel zu heiß. »Atreus…«

»Früher dachte ich, du würdest mich immer nur Vanax nennen oder – noch schlimmer – Hoheit.«

»Das bist du…«

Sein Arm umschlang ihre Taille, machtvoll und bezwingend und trotzdem seltsam sanft. Mit der anderen Hand schob er ihren Morgenmantel von der Schulter. Und sein Mund, sein viel zu verzehrender Mund, wanderte zu der Stelle an ihrem Hals hinab, wo die Träne des Himmels geruht hatte.

Wo sie wieder funkeln würde, wenn er seinen Willen durchsetzte. »Du bist der Vanax.« So schwach und atemlos klang ihre Stimme. »Der Erwählte, Akoras absoluter Herrscher. Alles entscheidest du – *oh! Das fühlt sich wunderbar an…*«

»Bald werde ich dich noch glücklicher machen«, versprach er, was er sofort bewies. Der Morgenmantel rutschte noch tiefer hinab. Behutsam streichelte Atreus eine ihrer Brüste, ein feuriger Kuss verschloss ihr den Mund.

Plötzlich lag sie auf dem Rücken, ohne sich zu entsinnen, wie es dazu gekommen war, und der Morgenmantel verschwand. Viel bedenklicher – nun fand sie ihr dünnes Nachthemd unerträglich, das einzige Gewand, das ihre Blößen noch verhüllte. Sie wollte es ausziehen und ins Feuer werfen, dann mit Atreus' Hemd und seinen Breeches genauso kurzen Prozess machen. Während sie sich vorstellte, wie ihre Kleidung in Flammen aufging, begann sie zu lachen.

Verblüfft hob er den Kopf. »Amüsiere ich dich?«

»Nein – ja … Oh heiliger Himmel, ich kann gar nicht mehr denken …«

»Sehr gut«, meinte er und neigte sich wieder hinab.

Nur wenige Sekunden lang überlegte sie, nicht nur die Frauen von Akora würden in gewisser Hinsicht hervorragend ausgebildet, und dann steigerte sich das heiße Verlangen in ihrem Innern zu süßer Qual. Sie wand sich unter Atreus' Körper, vage wurde ihr bewusst, dass ihr Nachthemd bis zu den Hüften hinaufgeglitten war, stöhnend spürte sie etwas Hartes, Pulsierendes zwischen seinen Schenkeln.

Aber es gab immer noch etwas, das sie ihm mitteilen musste. Etwas Wichtiges …

Und sie durfte es nicht länger hinauszögern, sie *musste* es aussprechen, ohne Rücksicht auf die Freuden, die er ihr bot, und die Verheißung einer traumhaften Zukunft. Oh ja, sie ersehnte ein Leben an seiner Seite, wünschte sich dieses Glück so inbrünstig, dass sie alles andere vergessen wollte.

Sag es ihm, mahnte eine innere Stimme.

»Atreus …«

»Ganz ruhig, mein Liebes, du wirst alles bekommen, was du brauchst, das schwöre ich dir.«

Sein Hemd war am Boden gelandet, seine Brust nackt. An ihrem Busen spürte sie das Kraushaar, das sich zwischen seinen harten Brustwarzen über den flachen Bauch hinabzog und im Hosenbund verschwand. Oh, so verlockend …

Was sie brauchte – was sie wollte – was sie *war*…

Sag es ihm!

»Helios…«

Ganz leise hingehaucht, drang das Wort erst nach einer kleinen Weile durch die rasende Hitze seiner Lust. Aber er war ein Mann, und sein Beschützerinstinkt bewog ihn, Brianna zu trösten.

»Mach dir deshalb keine Sorgen, meine Süße, darum solltest du dich nicht kümmern. Von diesen Leuten hast du nichts zu befürchten…«

»Nein, du verstehst nicht…«

»Nur von wenigen Mitgliedern dieser Gruppe geht eine nennenswerte Gefahr aus. Die meisten sind einfach nur töricht, von falschen Vorstellungen in die Irre geleitet. Zerbrich dir nicht den Kopf darüber…«

»Das sind sie nicht! Sie haben Recht, wenn sie mehr Offenheit verlangen, mehr Freiheit…«

So weich war ihre Haut, so glatt, so reizvoll – und Brianna unter seinen Händen zur Hingabe bereit, kurz davor, sich vollends in der Leidenschaft zu verlieren. Und er selbst? Besessen von dem Drang, mit ihr zu verschmelzen, ganz tief in ihr zu versinken… Nur noch ein kurzer Moment…

»Was? Sie haben Recht?« Abrupt richtete er sich auf und starrte sie an. »Das kannst du unmöglich glauben!«

Ihr ganzer Körper versteifte sich, und er musterte die dunkle Röte in ihren Wangen, beobachtete die heftigen Atemzüge, die ihren inneren Kampf bezeugten.

Da wusste er es. Irgendwo in seinem Herzen hatte er die Erkenntnis bereits gewonnen.

»Doch, daran glaube ich«, flüsterte sie und riss sich von ihm los.

Er sah, wie sich ihre Lippen bewegten, hörte die Worte,

verstand sie sogar, erriet zumindest ihre oberflächliche Bedeutung. Aber was hinter den Worten lag, die Wahrheit, die sie enthüllten, ergab keinen Sinn. Sie *konnte* nicht zu den Rebellen gehören, die Akora bis zur Unkenntlichkeit verändern wollten, und gleichzeitig die Frau seines Lebens sein, vom Schicksal für ihn bestimmt. Unvorstellbar. Oder?

»Brianna …?«

Während sie ihren Morgenmantel anzog, kehrte sie ihm den Rücken. Auf einen Stuhl gestützt, erhob sie sich schwankend, dann seufzte sie und schaute ihn an. »Ich bin ein Mitglied von Helios.«

Auch er stand auf, ohne sie aus den Augen zu lassen. Schweren Herzens beobachtete er, wie sie Atem schöpfte und sekundenlang die Augen schloss, wie ihre Entschlusskraft wuchs. Und da wusste er endgültig, was er längst hätte erkennen müssen. Sie war nicht nur die Vision, die er in der Höhle gesehen hatte, nicht nur die exquisite Statue, von seinen Händen geformt, sondern Brianna, eine mutige Frau mit einem komplexen Charakter.

»Vielleicht haben sich einige deiner Freunde verschworen, um mich zu töten«, warf er ihr vor.

»Kein Helios-Anhänger würde jemals so etwas tun!«

»Bist du dir wirklich sicher? Zu viele Beweise sprechen für das Gegenteil.«

Im Feuerschein verdunkelten sich ihre Augen vor Kummer, und er musste den Impuls bekämpfen, sie wieder zu umarmen. Stattdessen stieß er hervor: »Wie konntest du nur, Brianna? *Warum?* Helios verachtet die akoranischen Traditionen, die Werte, die im Lauf der Jahrhunderte für unser Wohl gesorgt haben. Dies alles wollen diese Menschen wegwerfen. Und wofür? Weil sie das kindische Ziel einer Freiheit ohne Verantwortung anstreben?«

»Nein – sondern weil sie die Zukunft unseres Landes mitgestalten möchten«, konterte Brianna. »*Das* ist es, was uns vorschwebt. Zu viel, was auf Akora geschieht, wird rigoros geheim gehalten. Angefangen mit der Wahl des Vanax.«

»Diese Wahl ist ein zutiefst spiritueller Prozess, eng verbunden mit dem innersten Wesen Akoras.« Entsetzt, ungläubig und bitter enttäuscht senkte Atreus den Kopf. Sein Körper bebte vor unterdrückter Leidenschaft. Und sein Herz? Daran wollte er nicht denken. »Du hast keine Ahnung, wovon du redest, Brianna. Wüsstest du Bescheid…«

»Und warum weiß ich nichts?«, unterbrach sie ihn und hielt den Kragen ihres Morgenmantels fest zusammen. »Wieso erfahren so wenige Akoraner, was hinter einer Wahl steckt, die uns alle betrifft? Du beschuldigst die Helios-Anhänger, sie würden kindische Ziele verfolgen. Wann erlauben uns die Eingeweihten, wahrhaft erwachsen zu werden? Du kontrollierst unser Leben…«

»Unsinn – ich *diene* Akora und allen Akoranern. Wenn du das bestreitest, verstehst du gar nichts!«

»Da hast du sicher Recht, denn das Ritual, bei dem du deine absolute Macht erlangt hast, wird schon viel zu lange von dunklen Geheimnissen umwölkt!«

Atreus ergriff sein Hemd und zog es an, aber er schloss es nicht, viel zu sehr damit beschäftigt, Brianna entgeistert anzustarren. »Darf ich dich daran erinnern, dass unsere Traditionen Akora seit über dreitausend Jahren beschützen?«, fragte er kühl. »Während andere Nationen emporstiegen und untergingen und ganze Völker in den Gräbern der Geschichte versanken? Viel zu oft regierte das Chaos in aller Welt. Ist das die Zukunft, die du dir für unser Königreich wünschst? Sollen auch wir, geschwächt und verletzlich, einer unentrinnbaren Vergänglichkeit zum Opfer fallen?«

»Natürlich nicht! Ich liebe unser Land und will nur sein Bestes!«

»Tatsächlich? Und wer entscheidet, was das Beste ist? Du? Deine Helios-Freunde? Dieselben Leute, die sich einbildeten, sie würden Akoras Zukunft retten, wenn sie sich mit einem Verrückten verschwören? Deilos versuchte, mich zu ermorden und die Macht zu übernehmen.«

»Für ein solches Komplott gibt es keine Beweise! Wie du selbst sagtest, soll den gefangenen Helios-Mitgliedern erst einmal der Prozess gemacht werden. Diesem Gericht wirst *du* vorsitzen. *Du* wirst ihr Schicksal bestimmen. Und was du zu beschließen gedenkst, steht bereits fest, nicht wahr? Nennst du das Gerechtigkeit?«

»Sei versichert – ich stelle meine persönlichen Gefühle hintan. Darin liegt die oberste Pflicht eines Vanax. Diese Leute werden in einem *gerechten* Verfahren zu Wort kommen. Falls sie unschuldig sind, lasse ich sie frei. Sonst müssen sie ihre Strafe verbüßen. Was stört dich daran?«

»Nichts – wenn du die Wahrheit sagst.«

»*Wenn*? Bezichtigst du mich der Lüge, Brianna?«

»Keineswegs, ich bezweifle nur, dass ein Mann nach einem Anschlag auf sein Leben unvoreingenommen urteilen kann.«

»Ich bin nicht irgendein Mann, sondern der *Vanax*.«

Nur das Knistern des Feuers durchbrach die Stille. Plötzlich schlugen die Flammen hoch empor, angefacht von einem Windstoß, der an den Fensterläden rüttelte und heulend um die Türme fegte.

Ein Wind, der zuvor nicht geweht hatte – ein Wind, aus dem Schweigen geboren – ein Wind, der wie ein schrilles Klagelied klang …

»Oh nein!« Brianna erblasste. Gepeinigt presste sie die

Hände auf ihre Ohren, als wollte sie sich vor dem Geräusch schützen.

»Was zum Teufel…« Atreus eilte zu einem Fenster, das aufgeschwungen war, schloss es, und der Wind schien zu verebben. Langsam ließ Brianna die Hände sinken. Aber sie war immer noch bleich und sichtlich verstört.

Unter anderen Umständen hätte er sie sofort umarmt und getröstet. Doch nach allem, was zwischen ihnen geschehen war, blieb er unbewegt stehen. Aufmerksam, in wachsender Verblüffung, betrachtete er ihr Gesicht. Was empfand sie? Furcht? Fassungsloses Staunen? Vielleicht beides? Warum? Wegen einer harmlosen Bö?

»Was bedrückt dich?«, fragte er.

»Nichts! Alles – du – ich – Helios…«, stammelte sie und schüttelte den Kopf. Versuchte sie Nebelwolken aus ihrem Gehirn zu vertreiben? »Nicht so wichtig. Entschuldige mich bitte, ich möchte wieder ins Bett…« Die Hand am Knauf der Bibliothekstür, drehte sie sich noch einmal zu Atreus um. »Soll ich dir die Träne des Himmels jetzt gleich oder morgen zurückgeben?«

»Überhaupt nicht, weil du sie tragen wirst – zum Zeichen unserer Verlobung.«

Er sah sie erschauern, ihre grünen Augen verdunkelten sich. »Unmöglich – nach unserem Streit…«

»Müsste ich deshalb auf unsere Heirat verzichten? Ja, vielleicht wäre das ratsam.« Und dann begann er zu lachen, was Brianna und ihn selbst gleichermaßen überraschte. »Offenbar bin ich nicht so vernünftig, wie ich dachte.«

Obwohl sie die Tür geöffnet hatte, zögerte sie, die Schwelle zu überqueren. »Hast du wirklich geglaubt, du wärst vernünftig? Du – ein Künstler…«

»…der von Leidenschaften beherrscht wird? Ich bin ein

Mann. Und ich ordne die Leidenschaft dem Verstand unter. Zumindest gelingt mir das *fast* immer.« Durch den Schatten außerhalb des Feuerscheins ging er auf sie zu, ließ ihr keine Zeit für klare Gedanken. »Legen wir den Streit bei, in einem *vernünftigen* Gespräch.«

Abwehrend hob sie eine Hand. »Fass mich nicht an.«

»Warum nicht? Habe ich dir wehgetan?«

»Nein, niemals. Aber – wenn du mich berührst, kann ich nicht denken.«

»Ist das ein Versuch, mich zu entmutigen? Begleite mich nach Akora.«

»Zu welchem Zweck?«

»Du hast gesagt, du liebst dieses Land. Dort werden deine Freunde vor Gericht gestellt. Willst du nicht mit eigenen Augen beobachten, wie ihnen Gerechtigkeit widerfährt?« Er trat noch näher, und die Wärme seines Körpers beschwor erneut jene Gefühle herauf, die er in ihr zu entfesseln vermochte. »Komm mit mir, Brianna. Sei mein Gewissen, falls du es nötig findest.«

»Das brauchst du nicht.«

»Wirklich nicht? Weißt du, welche Erinnerungen mich verfolgen? An die heftigen Schmerzen, die mich verzehrten – die Sehnsucht nach dem Tod, um die Pein zu beenden – das lockende Jenseits, die Mühsal meiner Rückkehr in die irdische Welt… Und die Angst, vergiss nicht die Angst, denn ich werde mich stets darauf besinnen. Diese Befürchtung, nicht zu genesen, kein Mann mehr zu sein, belastet von einem Gehirnschaden oder Gedächtnislücken… In manchen Nächten erwache ich immer noch aus solchen Albträumen.«

»Oh Atreus…« Ihre Stimme drohte zu brechen. Blindlings tastete sie nach seiner Hand. »Ich war dabei. Was du erlitten hast, weiß ich.«

»Trotzdem muss ich ohne Rücksicht auf persönliche Verluste über die Menschen zu Gericht sitzen, die *vielleicht* eine Mitschuld an meinen Qualen tragen. Komm mit mir.«

»Ich gehöre zu Helios.«

»Nein, du gehörst dir selbst und Akora und möglicherweise – zu mir.« Behutsam, aber entschlossen, zog er sie an sich. »Was bekümmert dich? Warum hat dich der Wind so sehr erschreckt?«

Ohne zu überlegen, hatte er die Frage ausgesprochen. Die Wangen aschfahl, erschauerte Brianna – nicht nur *erschrocken*, sondern unter dem Einfluss eines panischen Entsetzens.

»Brianna …«

Hastig ließ sie seine Hand los und wandte sich zur offenen Tür. Wie in einer verlangsamten Szene sah er ihr seidiges Haar hinter ihr her flattern, als sie die Flucht ergriff.

»Halt, Brianna!«

Er war ein Krieger – wenn es sein musste, ein Jäger, zu beiden Aktivitäten hervorragend ausgebildet, in beiden geübt. Und er war ein Mann, erfüllt von seiner heißen Begierde nach dieser Frau, getrieben von uralten Instinkten.

Am Fuß der Treppe holte er sie ein. Unverhohlenes Grauen flackerte in ihren weit aufgerissenen Augen. Falls sie erwog, sich zu wehren, bot er ihr keine Gelegenheit dazu. Stattdessen hob er sie hoch, presste sie an seine Brust und nahm immer zwei Stufen auf einmal.

Kein Mann darf eine Frau jemals verletzen.

Verdammt noch mal, er würde ihr nicht wehtun.

Er würde sie besitzen – und sie ihn. Mit vereinten Kräften würden sie über die Dämonen triumphieren, die sie beide bedrängten.

Wo ihr Zimmer lag, wusste er. Eines Tages war er daran

vorbeigegangen, zusammen mit Royce, auf einer Besichtigungstour durch das Schloss Hawkforte. An einem jener endlosen Tage, die Brianna in Holyhood verbracht hatte…

Mit einer Fußspitze stieß er die Tür auf, sah das Bett, in Mondlicht getaucht, die zerwühlten Decken zurückgeschlagen. Anscheinend war sie in aller Eile aufgestanden.

Er schloss die Tür und trug Brianna zum Bett. In seinen Armen sank sie auf die Matratze. Einen stahlharten Schenkel zwischen ihren Beinen, flüsterte er: »Sag Nein. Wenn es dir dein Herz befiehlt, sag es *jetzt*.«

Die Wangen rosig gefärbt, schaute sie ihn an. Nun wurde ihr Blick nicht mehr von Schatten verdunkelt. »Was soll ich sagen? Dass ich mich genauso nach dir sehne, wie du mich begehrst? Dass mir gleichgültig ist, was morgen oder in einer Stunde geschehen wird? Dass nur das Hier und Jetzt zählt?«

Ihre Hände glitten unter sein Hemd und streichelten seine muskulöse Brust, ihre Hüften hoben sich und liebkosten den harten Beweis seines Verlangens. Für ein paar Sekunden schloss er die Augen.

Stöhnend kämpfte er um seine Selbstbeherrschung. Die würde er brauchen, denn Brianna wand sich erwartungsvoll unter ihm. Mit jeder Bewegung, jedem Atemzug, jedem leisen, drängenden Seufzen drohte sie, seine Willenskraft zu besiegen. Er war an eiserne Disziplin gewöhnt. Tagelang hatte er ohne Schlaf ausgeharrt, bittere Kälte, sengende Hitze, Hunger und Durst ertragen. Und nach solchen schweren Prüfungen war es ihm stets gelungen, jene gnadenlosen Kämpfe Mann gegen Mann zu gewinnen – jene Duelle, die zur Ausbildung aller akoranischen Krieger gehörten. Mit komplizierten Problemen konfrontiert, hatte er die jeweiligen Situationen gründlich durchdacht und immer eine Lösung gefunden. In scheinbar endlosen Besprechungen mit seinen Beratern und all den Leuten, die ihm Vorschläge zu machen pflegten, hatte er sich zur Geduld erzogen. Also würde er auch *diese* Herausforderung meistern.

»Ganz ruhig, Brianna, meine Süße – nehmen wir uns Zeit.«

»Nein! Das halte ich nicht mehr aus. Bitte, Atreus!«

Ihr Nachthemd war verschwunden. Wer es entfernt hatte, sie oder er selbst – das wusste er nicht. Und es spielte auch gar keine Rolle. Splitternackt schmiegte sie sich an ihn, ihre Haut glatter als der Alabaster, den er gemeißelt hatte, alle Kurven und Vertiefungen voller Leben, bebendes Fleisch und Blut – so reizvoll, dass seine Lust ihn beinahe überwältigte. Doch er musste stark bleiben. Das schuldete er seinem männlichen Stolz und seiner Sorge um Brianna.

Ein schierer Selbsterhaltungstrieb zwang ihn, sie zu küssen, mit seiner heißen Zunge ihren Mund zu erforschen, während seine Hand zwischen ihre seidigen Schenkel wanderte.

Zielstrebig fand er, was er suchte, und liebkoste sie intim, im begierigen Rhythmus seiner Zungenspitze. Ihr Körper erhitzte sich an seinem. Fordernd bewegte sie die Hüften, und plötzlich entlud sich ihre innere Anspannung, erschauernd überquerte sie die Schwelle zur Ekstase.

Das genügte nicht, gewiss nicht ihm – und ihr ebenso wenig, wie er sofort erkannte. Entschlossen umklammerte er ihre Handgelenke und drückte sie langsam nach unten. Dabei kostete er alle exquisiten Einzelheiten ihres Körpers. Sein Mund bewies, wie erfahren er in Liebeskünsten war. Unbarmherzig reizte er Brianna und erzielte die gewünschte Wirkung. Hilflos schrie sie auf, versuchte sich von seinem Griff zu befreien und nach ihm zu tasten. Doch er wollte das Risiko ihrer Berührung nicht eingehen.

Nach einer Weile ließ er ihre Arme los, drehte sie auf den

Bauch und hielt lange genug inne, um die Grübchen über ihren Hinterbacken zu bewundern. In Wirklichkeit bezauberten sie ihn noch viel mehr als in seiner Fantasie. Ganz leicht und aufreizend hauchte er ihren Rücken an. Ein neuer leiser Schrei belohnte ihn. Wieder einmal hob sie ihm die Hüften entgegen, und er öffnete seine Breeches.

Obwohl er die Grenze seiner Geduld längst erreicht hatte, beherrschte er sich. Nur ein winziger kristallklarer Tropfen an der runden Spitze seines harten Organs verriet das Ausmaß seines Verlangens. Vorsichtig rieb er sich am weichen Zentrum ihrer Weiblichkeit und drang nur so weit in sie ein, bis er die Kontraktionen ihrer inneren Muskeln spürte, die ihn vollends aufzunehmen suchten.

Ein zweites Mal schenkte er ihr einen Höhepunkt und wartete ein paar Sekunden. Dann drehte er sie auf den Rücken, flüsterte ihr zu, wie schön sie sei und wie hinreißend ihre Leidenschaft, wie heiß er sie begehre. Schluchzend rief sie seinen Namen. Da sank er endlich zwischen Briannas Schenkel und begann, in sie einzudringen, immer noch langsam, mit äußerstem Zartgefühl, trotz seiner rasenden Herzschläge und der verzweifelten Sehnsucht seines Körpers.

Dies alles vergaß er, sobald er die Barriere ihrer Jungfräulichkeit bezwang und mit ihr verschmolz. So tief wie nur möglich wagte er sich vor. Sie war heiß und eng und feucht vor Lust. Hingebungsvoll umschlang sie seinen Hals, ihre Lippen formten seinen Namen, und sie vereinnahmte ihn rückhaltlos, entzog ihm die Essenz seines Lebens, so intensiv mit ihm vereint, dass schwarze Nebel den Rand seines Bewusstseins verdunkelten.

Als er nach dem Gipfel des Entzückens wieder zur Besinnung kam, lag er neben Brianna und hielt sie im Arm. Mit der anderen Hand streichelte er ihren Körper, um ihn noch besser kennen zu lernen, um sie zu beruhigen. »Mein Gott«, flüsterte er.

Lächelnd presste sie ihre Lippen an seine erhitzte Haut. »Mhm…«

»So etwas habe ich noch nie erlebt«, erklärte er wahrheitsgemäß, »nicht einmal annähernd.«

Da richtete sie sich ein wenig auf. »Wie du sicher weißt – ich auch nicht. Und ich muss gestehen – was ich für einen ausreichenden theoretischen Unterricht hielt, lässt sich mit der überwältigenden Praxis gar nicht vergleichen.«

»Vielleicht sollten wir neue Lehrbücher schreiben.«

»Keine schlechte Idee, das müssen wir uns überlegen.«

Atreus lachte und drückte sie noch fester an sich. An ihrer Seite zu liegen, sie zu spüren – das fühlte sich so gut und richtig an, wie er es bisher nur ein einziges Mal in seinem Leben empfunden hatte.

In jenen Höhlen, die er aufgesucht hatte, um sein Schicksal zu erkennen. Das Gesicht am Boden, war er erwacht, mit der unumstößlichen Gewissheit, er hätte es gefunden.

Nun schaute er Brianna wieder an. Den Kopf an seiner Schulter, war sie plötzlich eingeschlafen – zwischen einem Atemzug und dem nächsten. Diesem Beispiel sollte er folgen, wohlig ermattet von einer perfekten Erfüllung seiner männlichen Wünsche. Und das wäre auch geschehen, hätte sich sein Gewissen nicht verspätet geregt.

Er hatte getan, was nötig gewesen war, und Brianna nicht verletzt. Trotzdem konnte er eine wichtigere Tatsache nicht bestreiten. Er hatte ihr die Unschuld genommen – und dadurch die einzige Frau auf Erden an sich gebunden, die inständig wünschen müsste, sie wäre ihm niemals begegnet.

Was sonst sollte ihr Herz bewegen, wenn der Tod der Eltern sie immer noch so schmerzlich belastete? Die Tragödie,

die er vor so langer Zeit verursacht hatte – an jenem Tag, wo der Junge zum Mann geworden war …

»Atreus – die Franzosen! Zum Teufel mit ihnen!«

»Haltet den Kurs, Männer! Der Wind begünstigt uns!«

»Näher – immer näher! Weicht nicht zurück, Krieger von Akora!«

»Polynx ist tot! Menelos ebenso! Was sollen wir tun, Atreus?«

Blut befleckte die Kanonen. An der Seitenwand des Schiffs klaffte ein gewaltiges Loch. Männer, die er gekannt und respektiert, zu denen er aufgeblickt hatte, lagen tot zu seinen Füßen.

Während er über sie hinwegstieg, sah er Verwirrung in den Gesichtern, so jung wie sein eigenes, hörte seine harte Stimme, die den Schlachtenlärm übertönte.

»Ladet nach! Zögert nicht! Wir sind in guter Position, und wir werden nicht wanken!«

Es war sein Auge, das die Entfernung maß, seine Hand, die den Kanonenlauf bewegte. Nur ganz leicht. Gerade so, wie es genügte.

Sein Befehl, sein Wille.

»Feuer!«

Jetzt lag er im Dunkel, umarmte Brianna und dachte an den Verlust seiner eigenen Unschuld. Nicht in süßer, schwindelerregender Leidenschaft entschwunden, sondern eingebüßt im Blut und Schweiß und dem Grauen einer Schlacht. Unwiederbringlich entschwunden, obwohl er sich in Briannas Nähe rein gewaschen und erneuert fühlte, wie er es nie zu hoffen gewagt hatte.

Er wandte den Kopf zur Seite. Ganz sanft berührten seine Lippen ihre Stirn, und in seinem Kuss schmeckte er das Salz seiner eigenen Tränen, viel zu lange unvergossen.

10

Erstaunt und bestürzt hoben sie die Brauen, über die Augen senkten sich düstere Schatten. Von wachsenden Gewissensqualen erfüllt, schaute Brianna von ihrer Tante Constance zu Onkel William. »Bitte, versucht mich doch zu verstehen. Ich weiß, es kommt etwas plötzlich. Aber ich muss wirklich nach Akora zurückkehren.«

Da der Countess ausnahmsweise die Worte fehlten, wandte sie sich zu ihrem Gemahl.

»Wir wünschen uns natürlich nur das Allerbeste für dich, Brianna«, erwiderte der Earl und musterte seine Nichte aufmerksam. »Aber – hat dich ein besonders dringendes Anliegen zu diesem Entschluss bewogen?«

Unternahm sie einen unwiderruflichen Schritt, der ihre ganze Zukunft bestimmen würde? Fühlte sie sich hin und her gerissen zwischen der heißen Sehnsucht nach dem Mann, an den sie bei jedem Atemzug dachte, und der Furcht, ihre Ideale zu verraten? Wurde sie von alten Erinnerungen verfolgt, die immer näher rückten?

Schließlich antwortete sie: »Ich vermisse meine akoranische Familie.«

»Oh, meine Liebe!«, rief Lady Constance und griff nach ihrer Hand.

Sie saßen im Salon von Holyhood. Draußen begann sich der Wintertag zu verdunkeln. Vor einer Weile hatte Brianna die jüngeren Hollister-Generationen kennen gelernt, darunter den jüngsten Spross, einen übermütigen Knirps, zu Ehren seines Großvaters William genannt. Von allen war sie herzlich begrüßt worden, und sie mochte jeden Einzelnen. Mühelos gelang es ihr, sie für liebe Freunde zu halten, vielleicht sogar für eine richtige Familie.

Ein gemütliches Kaminfeuer loderte, ein Teetablett stand bereit. In Holyhood gab es nichts, was zu einem behaglichen Heim fehlte. Das Zuhause ihrer Mutter… Und ihr eigenes, hätte das Schicksal sie auf diesen Weg geführt…

»Das verstehen wir sehr gut«, beteuerte die Countess. »In letzter Zeit hast du so viel über deine Herkunft und deine frühe Kindheit erfahren. Vielleicht brauchst du ein bisschen, um über alles nachzudenken.«

»Oh ja… Bitte, glaubt mir, ich weiß zu schätzen, was ihr für mich getan und mir geboten habt. Euch beide kennen zu lernen und Holyhood zu entdecken – das war für mich so wichtig und wundervoll.«

»Die Tür von Holyhood wird dir stets offen stehen«, versicherte William. »So wie sie sich deiner Mutter und deinem Vater hätte öffnen müssen.« Er stand auf und breitete die Arme aus. Bereitwillig und dankbar für sein Verständnis, sank sie an seine Brust.

Auch Lady Constance erhob sich. »Allzu lange liegt meine Jugend noch nicht zurück. Ich weiß, wie es ist, wenn uns brennende Wünsche in verschiedene Richtungen ziehen.« Zärtlich berührte sie Briannas Wange. »In solchen Konflikten lässt du dich am besten von deinem Herzen leiten.« Nach einem wehmütigen Blick auf das Porträt, das über dem Kamin hing, fügte sie nachdenklich hinzu: »Das hätte dir deine liebe Mutter auch gesagt.«

Plötzlich kämpfte Brianna mit den Tränen. Den ganzen Tag hatte sie zwischen ruhiger Entschlossenheit und überschwänglichen Gefühlen geschwankt. Hatte sich wirklich ereignet, was ihr die Erinnerung und die süße Zufriedenheit ihres Körpers verrieten? War sie in einem Bett erwacht, das immer noch Atreus' Wärme und seinen Geruch verströmte? Hatte sie sich tatsächlich instinktiv zu ihm gewandt – nur um zu entdecken, dass sie allein gewesen war? Ja, allem Anschein nach. Denn die Träne des Himmels hatte neben ihrem Kopf gelegen, ein stummer Hinweis auf die Zukunft, die ihr bevorstand.

Sie bereute nichts. Ganz im Gegenteil, trotz aller Sorgen … Er war der Vanax, sie eine Helios-Anhängerin; er ein Akoraner und sie, zumindest infolge ihrer Geburt, eine Engländerin; er ein Mann, sie eine Frau. Und mochten sie auch in heißer, beglückender Leidenschaft zueinander gefunden haben – Brianna fürchtete, sie könnte ihm vollends verfallen. Aber sie bereute nichts, keine einzige Sekunde dieser letzten Nacht. Und sie musste sich sogar zusammenreißen, um nicht unentwegt zu lächeln.

Ohne jeden Zweifel war der Vanax von Akora ein großartiger Liebhaber. Was das betraf, hatte sie die Leute im Palast von Ilius oft genug tuscheln hören. Doch die Frauen, die ihn intim gekannt hatten, bewiesen eine geradezu mustergültige Diskretion. Hätten sie sich während der dunklen Tage nach dem Mordanschlag auf den Vanax nicht schluchzend im Flur versammelt, wäre ihr niemals die Gelegenheit geboten worden, vertrauliche Geständnisse zu belauschen.

Mittlerweile genesen, strotzte er vor Kraft. Und er begehrte sie. Das überraschte sie immer noch. Aber sie musste diese unbestreitbare Tatsache akzeptieren – und bewältigen, um ihrer beider willen.

»Meine Liebe, nun sollten wir einige praktische Dinge besprechen«, schlug ihr Onkel vor.

Da sie an Atreus dachte, hörte sie ihm nur mit halbem Ohr zu.

»Bevor dein Großvater starb, entschloss er sich zu einem Sinneswandel«, fuhr der Earl fort.

Lady Constance nickte. »Vielleicht geschah es schon einige Jahre früher – das möchte ich erwähnen, weil ich ihm gerecht werden möchte. Leider war es trotzdem zu spät, um ihn mit seiner verlorenen Tochter zu versöhnen. Jedenfalls hat er Vorsorge für dich getroffen.«

»Vorsorge?«, wiederholte Brianna verständnislos.

»Der alte Earl hinterließ dir eine hohe Summe«, erklärte William. »Die sollst du erhalten, wenn du heiratest. Natürlich würde dein Ehemann darüber verfügen. Aber dein Großvater ergänzte das Legat durch einen ungewöhnlichen Zusatz. Falls du mit fünfundzwanzig immer noch ledig bist, wird dir das Geld bedingungslos ausgehändigt.«

»Wie konnte er denn wissen, dass ich dann noch leben würde?«

»Darauf hoffte er. Zumindest glaube ich das. Er weihte mich nicht ein. Hätte er jene Vorsorge nicht getroffen, würde ich dir dein Erbe übergeben, was nur recht und billig wäre.«

»Das ist sehr freundlich von dir. Und was bedeutet es? Ich habe wirklich keine Ahnung.«

Jetzt meldete sich die Countess wieder zu Wort. »Solltest du nach England zurückkehren, könntest du eine gute Partie machen oder – wenn du lieber unverheiratet bleibst – ein sehr komfortables, unabhängiges Leben führen.«

»Und«, setzte der Earl in entschiedenem Ton hinzu, »deine englische Familie würde dich in *beiden* Fällen unterstützen.«

Da verstand Brianna die Situation, und dieser Erkenntnis folgte tiefer Kummer. »Wäre so etwas meiner Mutter angeboten worden…«

»... würden Delphine und Edward wohl noch leben«, vollendete Lady Constance den Satz, »denn sie hätten nicht ins Ausland flüchten müssen. Mein liebes Kind, es ist völlig sinnlos, unabänderlichen Ereignissen nachzutrauern. Stattdessen müssen wir aus den Fehlern der Vergangenheit lernen.«

Brianna bekämpfte ihre Tränen und sammelte innere Kräfte. »Nun muss ich mich verabschieden. Vielen Dank für euer Verständnis.«

»Bald wird es dunkel«, bemerkte die Countess. »Willst du nicht bei uns übernachten? Dann könnten wir noch etwas mehr Zeit miteinander verbringen. Selbstverständlich würden wir eine Nachricht nach Hawkforte schicken, damit sich niemand Sorgen um dich macht.«

Einerseits klang die Einladung verlockend, andererseits drängte es Brianna, Atreus wiederzusehen – obwohl sie fürchtete, was sie bei seinem Anblick empfinden würde. Ihr Stolz befahl ihr, ihm gegenüberzutreten. Aber letzten Endes gab die Güte ihres Onkels und der Tante den Ausschlag. Außerdem wollte auch sie noch länger mit ihnen zusammen sein, bevor sie England verlassen würde. »Ja, danke, ich bleibe sehr gern hier.«

Der Earl beauftragte einen Boten, nach Hawkforte zu reiten. Wenig später gesellten sich die jüngeren Hollisters wieder zu ihnen, und der Abend verlief in heiterer Atmosphäre.

Ungehalten zerknüllte Atreus den Brief und starrte über die Türme von Hawkforte hinweg nach Westen, wo die Sonne in rötlichem Glanz unterging.

»Kein Grund zur Sorge«, meinte Royce an seiner Seite. »Die Hollisters werden sich liebevoll um Brianna kümmern. Und diese Lösung ist besser, als wenn sie in der Abenddämmerung hierher zurückkehren würde.«

»Aber ich würde es vorziehen, sie wäre längst wieder da – oder gar nicht erst nach Holyhood gefahren, lediglich von einem Kutscher begleitet.«

»Soll ich dir ein Pferd leihen?«

Nur beinahe wäre Atreus der Versuchung erlegen. »Nein, danke.« *Niemals werde ich an die Tür der Hollisters klopfen, um...* Genau, so lautete die Frage. Zu welchem Zweck? Wollte er sie daran hindern, Brianna zu umgarnen und an sich zu binden – mit dem Versprechen eines himmlischen Lebens, das sie bei ihnen führen würde? Zweifellos würden der Earl und seine Countess alle Register ziehen... »Wann wird meine Flotte hier eintreffen?«

»Morgen Mittag, mit der Flut.«

»Ich hätte deine Gastfreundschaft sehr gern noch etwas länger genossen. Hoffentlich verstehst du, dass die Zeit drängt.«

Mitfühlend lächelte Royce. »Ja, gewiss. Übrigens, ich habe mit Kassandra geredet, und sie würde unser Kind gern auf Akora zur Welt bringen.«

Atreus verhehlte seine Überraschung nicht. »Eigentlich dachte ich, das Baby soll auf Hawkforte geboren werden. Briannas Tante Elena will hierher kommen und meiner Schwester beistehen, so wie sie es bei Amelias Geburt gemacht hat.«

»So war es geplant«, bestätigte Royce. »Aber nun möchte sie ihre Niederkunft lieber auf Akora erleben. Und ich ziehe es vor, wenn sie die Reise sofort antritt – nicht erst kurz vor dem Ende der Schwangerschaft.«

Atreus nickte. Also stellte Royce seine eigenen Wünsche hintan, um seiner Frau einen Gefallen zu erweisen, eine Entscheidung, die dem Vanax gefiel. »Kannst du sie begleiten?«

»Selbstverständlich«, entgegnete Royce im Ton eines Mannes, der jedes Hindernis überwinden würde. »Aber ich muss ein paar Tage in London verbringen, um noch einiges zu erledigen. Vermutlich willst du deinen Aufenthalt nicht verlängern…«

»So eilig habe ich es nicht, dass ich meinem Gastgeber Unannehmlichkeiten bereiten oder meine Pflicht gegenüber meiner Schwester vernachlässigen würde. Nimm dir so viel Zeit, wie du brauchst.«

»Morgen früh fahre ich nach London. Prinny muss einfach begreifen…«

»… wie dringend der Vanax dich für weitere Diskussionen über intensivere Handelsbeziehungen zwischen Großbritannien und Akora braucht. Das werde ich in einem Brief betonen, den ich dir mitgebe.«

Royce lachte. »Was für eine ausgezeichnete Idee! Vielen Dank, das wird mir helfen, dieses Problem zu lösen.«

Nach dem Dinner schrieb Atreus den Brief, dann zog er sich zurück. Er fand keinen Schlaf, und er verschwendete auch keine Zeit damit, ihn zu suchen. Stattdessen trat er an ein Fenster seines Gemachs und betrachtete das Mondlicht, das sich im weiß gefleckten Wasser spiegelte. Kurz entschlossen wandte er sich ab. In einen Umhang aus schwarzer Wolle gehüllt, trat er in die Nacht hinaus. Vom Meer her wehte ein kalter, frischer Wind herüber – eher belebend als unangenehm. Er überquerte den Rasen an der Seite des Hauses, wanderte vorbei an den Gärten, die bis zum Frühling schlummerten, zu den alten steinernen Wällen, die einen Ausblick zur kleinen Stadt und zum Hafen boten. Doch er schaute nicht in diese Richtung, sondern drehte sich zu Hawkforte um. Das Schloss schien über den dunklen Hügeln zu schweben und gleichzeitig mit ihnen zu verschmelzen.

Nach akoranischen Maßstäben war Hawkforte jung. Erst seit neun Jahrhunderten erhob es sich an dieser Küste, während Atreus in Räumen lebte und arbeitete, die seine Ahnen jahrtausendelang benutzt hatten. Trotzdem strahlte Hawkforte die ungebrochene Kontinuität eines Heims und seiner Bewohner aus, die niemals gewankt, Schwäche gezeigt oder sich irgendjemandem unterworfen hätten. Ringsum war die Welt immer wieder erschüttert oder in Schutt und Asche gelegt worden. Und Hawkforte hatte die Stellung gehalten. In dieser Hinsicht glich es Akora.

Solche Mauern schienen das Echo der Vergangenheit zu bewahren. Trotz seiner Erfahrungen bei der Wahl zum Vanax war Atreus kein Mystiker – und ganz sicher nicht abergläubisch. Und doch, manchmal war er durch den Palast von Ilius gewandert, um eine Ecke gebogen, oder er hatte einen Raum betreten und etwas ganz Gewöhnliches getan – und auf einmal den Eindruck gewonnen, er wäre nicht allein. Deutlich spürte er die Gegenwart anderer Personen, die unsichtbar dieselben Dinge erledigten, aus denselben Gründen.

Auf Hawkforte hatte er nichts dergleichen erlebt und das auch gar nicht erwartet. Andererseits, auch hier empfand er – irgendetwas. Vielleicht war das nicht erstaunlich. Immerhin gehörte er dieser Familie an, nicht nur durch die ehelichen Bande seiner Geschwister, sondern auch durch den Hawkforte-Ahnherrn, der sein Schicksal auf Akora gefunden hatte.

Plötzlich frischte der Wind auf, holte ihn in die Gegenwart zurück und erinnerte ihn …

Brianna fürchtete den Wind.

Vor seinem geistigen Auge sah er sie in der Hawkforte-Bibliothek stehen, ihre Hände auf die Ohren gepresst, voller Angst vor dem Windstoß, der scheinbar aus dem Nirgendwo gekommen und heulend um die Türme gestrichen war.

Sie glaubte, ein schrecklicher Sturm hätte ihren Eltern das

Leben gekostet. Vielleicht fürchtete sie den Wind nur deshalb. Nein, sogar ganz sicher, denn einen anderen Grund gab es nicht. Und diese Erinnerung vermischte sich mit allen anderen Gedanken, die ihr galten.

Nachdem er sie für sich beansprucht hatte, missfiel ihm jeder Augenblick, den er getrennt von ihr verbrachte. Sie sollte bei ihm sein, er wollte sie schützen, für sie sorgen, ihr ein Lächeln entlocken und ihr Gelächter hören.

Und er sehnte sich in heißer Begierde nach ihrem Körper.

Immer lauter toste der Wind, und Atreus seufzte. Er war müde genug, um sich vollends mit seiner Umgebung verbunden zu fühlen – so als würde ein Teil seines Ichs woandershin gleiten. Jenseits der alten steinernen Wälle, zur Küste hin, hörte er etwas, das wie ein Stimmengewirr klang. Aber als er in diese Richtung spähte, sah er niemanden. Oder war da eine Gestalt? Nur sekundenlang glaubte er, im Mondschein eine Frau zu erblicken – und neben ihr einen hochgewachsenen, breitschultrigen Mann, der sich zu ihr neigte, um ihren Worten zu lauschen.

Dann verschwand die Illusion. Sicher war es nur ein Fantasiebild gewesen. Der Mond verbarg sich hinter einer Wolke, und Atreus blieb noch eine Weile stehen, betrachtete die Nacht, bevor er über den breiten Rasen zu dem alten Schloss zurückkehrte.

Durch das Fenster eines der vielen Gästezimmer auf Holyhood beobachtete Brianna die Wolkenfront, die aus Westen aufzog. Es war schon sehr spät. Im ganzen Haus herrschte tiefe Stille, und draußen rührte sich nichts außer der Katze, die auf der Terrassenmauer saß. Während sie ihre Barthaare säuberte, hielt sie plötzlich inne, schaute zum Meer und schien irgendetwas zu beobachten, das vorbeiglitt. Aber da war nichts zu sehen, nur die Wellen, die ein Wasserwirbel in der steigenden Flut verursacht haben musste.

Brianna ließ den Vorhang fallen und wandte sich vom Fenster ab. Im Kamin flackerte immer noch ein Feuer, auf einem Tisch stand ein Tablett mit einer Tasse heißer Schokolade, einer Silberschüssel voller Schlagsahne und einem Kristallstreuer, der gemahlenen Zimt enthielt. Ein wuchtiger Sessel lud vor dem Kamin zum Verweilen ein.

Am Vierpfostenbett hingen seidene Gardinen. Die Matratze, mit Kissen überhäuft, sah so dick aus, dass Brianna glaubte, sie würde darin versinken. Über dem Toilettentisch glänzte ein silbern gerahmter Spiegel, ein exquisiter Aubusson-Teppich prangte in zarten Farbtönen – Elfenbein, Rosa und Frühlingsgrün. Eine schöne, mit verschlungenen Reben bemalte Vitrine war mit Büchern gefüllt.

Was für ein wunderbares Zimmer, dachte Brianna, warm und feminin und sehr komfortabel. Hier lauerten keine Schatten.

Es war Delphines Zimmer gewesen, wie Tante Constance erklärt hatte, als sie hereingekommen war, um ihr eine gute Nacht zu wünschen. »Wenn du einen anderen Raum vorziehen würdest …«

Lächelnd hatte Brianna das Angebot abgelehnt. Sie wollte in diesem Zimmer schlafen, umgeben von Dingen, die zu Delphines Leben gehört hatten, und durch das Fenster dieselbe Landschaft sehen wie damals ihre Mutter. Noch näher würde sie sich ihr niemals fühlen.

Es sei denn, ich bliebe in England, inmitten der Menschen, die sie gekannt und geliebt haben. Für mich ist sie nur eine vage Erinnerung …

Das glatte Leinen der Bettwäsche war kühl. Aber zu Briannas Füßen lag eine Porzellanflasche, mit heißem Wasser gefüllt.

In den wenigen kalten Nächten, die das Heim ihrer akoranischen Familie auf Leois jemals heimsuchten, füllte die Mutter Leoni ähnliche Flaschen und legte sie in jedes Bett. Das Gesicht dieser Frau war das Erste gewesen, das Brianna gesehen hatte – nach dem Schiffbruch wieder bei Bewusstsein. Wochenlang saß Leoni an der Seite des kleinen Mädchens, das gegen die Lockung des Todes kämpfte. Wenn das Kind weinte, nahm es Leoni in die Arme, tröstete es auf tausenderlei Arten und half ihm bei den zögernden Schritten in ein neues Leben. Und Vater Marcus, dieser starke, ruhige, gute Mann hatte die kleine Waise sofort in seinem Heim und seinem Herzen willkommen geheißen.

Wie sie die beiden vermisste… Während der langen Monate in England hatte der verzweifelte Wunsch, sich selbst zu finden und ihre Identität zu entdecken, alle anderen Gefühle verdrängt. Jetzt nicht mehr, denn sie wusste Bescheid – sie war Lady Brianna Wilcox. Und sie besaß einen Namen, ein Erbe, eine Vergangenheit, die sie nicht verleugnen durfte.

»Delphine… Der Wind…«

»Sie ist doch noch ein Baby, Edward…«

»Wenn sie weint – und sich aufregt…«

»Sag das nicht…«

»Papa, schau, Papa! Ich lasse das Boot treiben…«

»Sei nicht böse, Momma…«

Der Baum da vorn, Ma'am, gefällt…«

»Dieses Kind…«

»Die ganze Wäsche an der Leine…«

»Oh, die Fensterläden, einfach weggerissen…«

»Edward, wir müssen fort von hier…«

»Schon wieder …«

»Schon wieder …«

»Dieses Kind …«

Von einem Ort waren sie zum anderen gezogen, nirgendwo länger als ein paar Monate geblieben. Flüchtige Bilder kehrten in die Erinnerung zurück – ein Raum, ein Haus, eine Straße – und verblassten, bevor sie Einzelheiten heraufbeschwören konnte.

»Meine Familie … Geschichten … Seltsame Ereignisse …«

»Nicht deine Schuld, Delphine, das darfst du niemals glauben, meine Süße …«

Stimmen, im Dunkeln vernommen, wenn sie geglaubt hatten, sie würde schlafen. Stimmen voller Liebe und Sorge.

Längst entschwundene Stimmen.

Offenbar weinte sie schon eine ganze Weile. Ihre Tränen fielen auf das weiche Kissen im Bett ihrer Mutter, im Zimmer ihrer Mutter, im Heim ihrer Mutter. Zum Gedenken an die Eltern schluchzte Brianna, trauerte um alles, was die beiden und sie selbst verloren hatten. Jahrelang hatte sie diese ganz besonderen Tränen ersehnt, und als sie versiegten, schlief sie ein. Zunächst tief und fest, dann wanderte sie durch Träume, und schließlich erwachte sie, weil jemand am frühen Morgen an ihre Tür klopfte.

»Noch mehr Kaffee, Hoheit?«, fragte Lady Constance und hob die Kanne. Dabei lächelte sie völlig unbefangen, so als würde sie jeden Tag eine Majestät in ihrem Salon empfangen, noch bevor die Sonne die Wipfel der Bäume überstrahlte. Glücklicherweise war sie eine Frühaufsteherin. Darin glich sie ihrem Mann, der den unerwarteten Besucher nur mäßig überrascht betrachtete.

»Ja, bitte«, antwortete Atreus. »Nochmals herzlichen Dank

für Ihre Gastfreundschaft. Eigentlich wollte ich zu einer zivilisierten Stunde hier eintreffen.«

Aber ein rasanter Galopp auf einem von Royces temperamentvollen Pferden hatte die Meilen viel zu schnell überwunden.

»Oh, das stört uns kein bisschen, Sire«, beteuerte der Earl liebenswürdig. »Wie Sie sich vielleicht entsinnen, bevorzuge ich ebenfalls Besuche zu unchristlicher Stunde.«

Atreus' Gelächter verstummte abrupt, als Brianna den Frühstücksraum betrat.

Nicht überstürzt, eher geistesabwesend hatte sie sich angekleidet, von einem aufgeregten Dienstmädchen informiert, »Seine Hoheit, der Borax von Akora«, sei angekommen. Offenbar war den Dienstboten Atreus' Bedeutung bewusst, wenn sie seinen Titel auch falsch aussprachen.

Während er mit ihrem Onkel und der Tante plauderte, wirkte er entspannt und unbeschwert. Wie imposant er aussah – und so verführerisch… Diese breiten Schultern unter dem Reitjackett – viel zu deutlich entsann sie sich, wie ihre tastenden Hände darüber geglitten waren. Frisch rasiert saß er am Tisch. Doch sie erinnerte sich an die rauen, mit Bartstoppeln bedeckten Wangen, die sie in den geheimen Stunden jener Nacht liebkost hatte. Und sein Mund… Nein, es war besser, nicht daran zu denken. Aber wie sollte sie sich gegen die verwirrenden Fantasiebilder wehren?

Nun stand er auf und ging zu ihr. Wie fest gewurzelt stand sie da und starrte ihn an. »Brianna…« In seiner tiefen, liebkosenden Stimme schwang ernsthafte Besorgnis mit. »Wir haben dich vermisst.«

Wir? Spricht er im Pluralis Majestatis, überlegte jener Teil ihres Gehirns, der immer noch zu denken vermochte. »Lady Constance und Lord William waren so gütig, mir ein Frühstück anzubieten. Weil ich dachte, du hättest keine Gesellschaft auf dem Rückweg nach Hawkforte, kam ich hierher.« Sollte das heißen, sie müsste Holyhood sofort verlassen? Das war *ihre* Entscheidung. Nicht in *allen* Dingen wollte sie sich seinem Willen beugen. »Ich habe William versprochen, noch etwas länger hier zu bleiben.«

»William?« Atreus schaute den Earl an, erstaunt über die formlose Anrede.

In einem vergeblichen Versuch, ein Lächeln zu unterdrücken, presste der Hausherr die Lippen zusammen. »Sicher meint Brianna meinen kleinen Enkel. Gestern haben sich die beiden kennen gelernt, und er ist ganz begeistert von ihr.«

»Und ich von ihm«, ergänzte sie. »Wir haben vereinbart, Frösche zu suchen.«

»Um diese Jahreszeit halten alle Frösche ihren Winterschlaf«, warf Lady Constance ein.

»Natürlich habe ich an unserem Erfolg gezweifelt«, gestand Brianna achselzuckend.

»Auch ich würde gern Frösche suchen«, verkündete Atreus.

Beide Hollisters musterten ihn, und der Earl fragte: »Sind Sie sicher, Hoheit?«

»Völlig. Ich wüsste nicht, was ich an diesem Morgen lieber täte.«

»Nun, wenn das so ist… Gewiss wird sich William über Ihre Begleitung freuen, Hoheit. Da fällt mir ein – warum gehen wir nicht alle auf Froschsuche?«

»Was für eine großartige Idee, mein Lieber!«, rief Constance und erwies sich wieder einmal als bewundernswerte Ehefrau. »Ich werde dem Personal Bescheid geben. An diesem sonnigen Tag wäre ein Winterpicknick genau das Richtige.«

Kurz bevor sie aufbrachen, wandte sich Atreus zu Brianna. »Fühlst du dich stark genug für diesen Ausflug? Deine Augen sind gerötet.«

Den Kopf gesenkt, schloss sie den Kragen ihres Umhangs. »Solltest du nicht eher sagen, meine Augen wären kristallklar? Oder so etwas Ähnliches…«

»Kristallklar? So sehen deine Augen nun wirklich nicht aus. Hast du geweint?«

»Ich habe mich erinnert.«

»Woran?«

Ein einziges Wort, im Befehlston geäußert. Gebieterisch verlangte er eine Antwort. Aber fürchtete er sich davor? Nicht Atreus, dem die Angst fremd war.

»An meine Eltern, an Gespräche.« Den Wind würde sie nicht erwähnen, sie ertrug es nicht einmal, daran zu denken.

»In diesem Haus hättest du nicht übernachten sollen.«

»Ganz im Gegenteil. Zu wissen, wer meine Mutter war, wo sie lebte – danach habe ich mich in all den Jahren gesehnt. Für mich war der Aufenthalt in ihrem Zimmer eine wichtige Erfahrung.«

»Und jetzt, wo du die Wahrheit kennst? Sehnst du dich immer noch nach der Vergangenheit?«

Brianna kehrte ihm den Rücken und warf ihm einen Blick über die Schulter zu. »Nein«, erwiderte sie und trat in den winterlichen Sonnenschein hinaus.

11

Drei Tage später sah Brianna die Türme von Hawkforte im morgendlichen Dunst verschwinden. Für die Jahreszeit war das Wetter erstaunlich mild. Auf den Felsen, die aus dem Wasser ragten, lagen Seelöwen. Die meisten schliefen. Nur wenige hoben die Köpfe, als die akoranische Flotte vorbeiglitt.

Natürlich segelte der Vanax nicht allein. Zwei Kriegsschiffe fuhren voraus, zwei bildeten die Nachhut. Nicht einmal in so schwierigen Zeiten würde es irgendjemand wagen, die erfolgreichsten Krieger der Welt herauszufordern. Trotzdem erfüllte diese Demonstration akoranischer Macht einen nützlichen Zweck. Davon würden alle Kapitäne berichten, die in Sichtweite gerieten. In den Quartieren der Besatzungen würde man genauso darüber sprechen wie in den Hauptstädten. Und immer wieder würde man vom tragischen Ende all jener erzählen, die töricht genug gewesen waren, die Akoraner anzugreifen.

Das fünfte Schiff der Flotte war größer und komfortabler, aber ebenfalls mit Kanonen bestückt und mit Kriegern bemannt. Brianna stand an Deck und blickte zur königlichen Standarte hinauf, die an der Spitze des Großmasts wehte und die Anwesenheit des Vanax bekundete. Jetzt befand er sich in der Takelage, dreißig Fuß hoch über den Planken, und half seinen Leuten, die Segel zu setzen.

Nein, sie wollte nicht schon wieder hinschauen. Erst einmal musste der Schock verebben, den sie bei Atreus' Anblick in einer so gefährlichen Position erlitten hatte. Doch sie hörte seine Stimme und sein Gelächter – sein *Gelächter!* –, als er mit den Männern scherzte.

Trotz ihres festen Entschlusses spähte sie erneut nach oben. Sein schwarzes Haar, von der Brise zerzaust, glänzte im Sonnenschein. Bei diesem Wetter, typisch für den englischen Dezember, trugen der Vanax und die Besatzung Wollhosen und -hemden. Alle waren groß, kräftig gebaut und in bester Verfassung. Aber sie sah nur ihn. Selbst wenn er mit den Männern lachte und mit ihnen zusammenarbeitete, strahlte er eine gebieterische Aura aus.

Das Schiff sank in ein Wellental. Krampfhaft umklammerte Brianna die Reling, und über ihr neigte sich der Großmast. In ihrer Kehle stieg ein Schrei auf, den sie nur unterdrückte, weil sie wusste, ihr Entsetzen würde albern und peinlich wirken. Atreus und seine Leute schienen die Bewegung des Schiffs kaum zu bemerken. Ungerührt setzten sie die restlichen Segel, und sie gewann den Eindruck, sie würden sogar länger als nötig da oben in der Takelage bleiben, um die Aussicht zu genießen.

Endlich – nach ihrer Meinung viel zu spät – kletterte Atreus herunter, sprang auf das Deck und landete direkt vor ihr. Die körperliche Anstrengung machte ihm offenbar nichts aus, denn er besaß die Kraft und das Durchhaltevermögen eines Mannes auf dem Gipfel seiner Vitalität. Sie folgte einem Instinkt, den sie selber nicht ganz verstand, und zog ihr Cape enger um die Schultern. Eine Kapuze bedeckte ihren Kopf, weicher weißer Pelz umrahmte ihr Gesicht. Diesen Umhang hatte Madame Duprès geschneidert und behauptet, das Waldgrün würde genau zu Briannas Augen passen.

So reizend und feminin sieht sie aus, dachte Atreus, bildschön und stark und stolz. Und sehr verletzlich. Darin erkannte er ein Beispiel für die Behauptung, warum ein Mann nicht mit einer Jungfrau schlafen sollte – es sei denn, er wollte sie für alle Zeiten ehren und beschützen. Das hatte er vor, und Brianna akzeptierte es nicht – zumindest vorerst noch nicht. Und wegen dieser mangelnden Einsicht fühlte sie sich unglücklich. Wusste sie es?

Jedenfalls war sie freiwillig an Bord gegangen. Dazu hatte er sie nicht, wie zunächst befürchtet, zwingen müssen. Hätte er es getan? Auf der Fahrt nach England war er gar nicht auf den Gedanken gekommen, sie könnte nicht mit ihm nach Akora zurückkehren. Jetzt kannte er sie besser – das Wesen einer eigenständigen Frau – und staunte über seine einstige Arroganz. Hatte Alex ihn nicht zu warnen versucht? *Wenn ich bloß auf ihn gehört hätte, denn mein Bruder kennt den Unterschied zwischen einer Frau, die ein Mann zu begehren glaubt, und jener, die er lieben lernt…*

Plötzliches Gelächter erregte seine Aufmerksamkeit. Etwas entfernt standen auch Joanna und ihr Ehemann an Deck. Alex hielt Amelia fest, die sich mit bewundernswerter Energie aus ihrer Babydecke wand. Einen Arm hatte sie bereits befreit und schwenkte ihn vor dem Gesicht ihres Vaters. In der Nähe beobachteten Royce und Kassandra die Possen des kleinen Mädchens.

Die Gegenwart seiner Familie war dem Vanax stets willkommen. Sie alle liebte er von Herzen. Er wünschte nur, er fände eine Gelegenheit, etwas Zeit mit Brianna allein zu verbringen. Sehr viel Zeit…

In diesem Moment wandte sie den Kopf zur Seite, und er sah das winterliche Sonnenlicht auf ihrer glatten Wange schimmern. Ungeachtet der makellosen Statue in seiner Kabine – Marmor war nicht das richtige Material für Brianna,

Lehm ebenso wenig. Nichts dergleichen vermochte ihren Zauber vollkommen einzufangen.

»Rieche ich *Marinos?*«, fragte sie.

Grinsend schnüffelte Atreus. »Ja, allerdings. Und keine Minute zu früh. Wann hast du zum letzten Mal *Marinos* gegessen?«

»Oh, das ist schon viel zu lange her!«, rief sie über die Schulter, bereits unterwegs in die Richtung des köstlichen Dufts.

Ein eiserner, von Steinplatten umgebener Herd hatte das Interesse mehrerer Krieger erregt. Während sich einige kraftvolle, von unzähligen Schlachten gezeichnete Veteranen um die Zubereitung der Mahlzeit kümmerten, wehrten sie die Anregungen ihrer Kameraden verächtlich ab.

Höflich machten sie Brianna Platz, und sie dankte ihnen mit einem Lächeln. Dann schnupperte sie anerkennend.

Mit dem verlockenden Aroma kehrte eine Flut von Erinnerungen zurück, die sich geradezu überstürzten. Ihre Mutter vor dem Herd im Freien neben dem Haus, wo stets gekocht wurde, außer an Regentagen… Gutmütig stritt sie mit dem Vater über die richtige Dosis der Gewürze. Die Brüder saßen unter der gestreiften Markise am großen, grob gezimmerten Tisch aus Teakholz. Mit flinken Fingern lösten sie die kleinen Krabben und die Langusten aus. Die hatten sie erst vor etwa einer Stunde mit Netzen im Binnenmeer gefangen und in Säcken, von Seetang befeuchtet, nach Hause gebracht. Und Brianna glaubte sich selbst zu sehen, wie sie die gierigen Katzen verscheuchte… Eifrig kämpften sie um Leckerbissen von den saftigen Felchen, die – sorgsam geschuppt, filetiert und zu mundgerechten Stücken geschnitten – im simmernden Topf garen sollten.

Wieder einmal empfand sie brennende Sehnsucht nach

ihrer Familie und wandte sich rasch ab – jedoch nicht schnell genug, um dem prüfenden Blick des Vanax zu entrinnen.

Als sie an die Reling trat, folgte er ihr und legte behutsam eine Hand auf ihren Arm. »Geht es dir gut, Brianna?«

Irgendwie gelang es ihr, leise zu lachen. »Es ist so seltsam … Obwohl ich jetzt nach Hause fahre, verspüre ich tieferes Heimweh denn je.«

»Bald sind wir am Ziel«, versprach er leichthin und widerstand dem Impuls, sie zu umarmen. Die mangelnde Privatsphäre störte ihn. »Aber ich wünschte, wir wären noch schneller da.«

Wie er das meinte, wusste sie, weil sie seine Gefühle teilte. »Atreus, was zwischen uns geschah …«

»Was geschehen *musste*. Wenn du es bereust, würde ich's bedauern. Mit der Zeit wirst du …«

»Nein, ich bereue nichts«, unterbrach sie ihn. »Ich finde nur – damit ist nicht alles geregelt.«

Im Grunde war er ein Verstandesmensch, bei persönlichen und politischen Konflikten gleichermaßen. Und so zügelte er seine Emotionen. Trotzdem hatte er vor vier Tagen, in Briannas Bett, seine Selbstbeherrschung verloren – und inzwischen anscheinend nicht zurückgewonnen.

»Verdammt noch mal – alles ist geregelt!« Bevor sie Atem holen konnte, um zu protestieren, trat er näher zu ihr, schützte sie vor den Blicken der anderen an Deck und umfasste ihre Schultern. »Rückhaltlos und voller Glut hast du dich mir hingegeben. Keine Zeremonie könnte uns enger verbinden. Versuch es nicht zu bestreiten. Dass ich Recht habe, weißt du sehr gut.«

In sanfterem Ton, aber ebenso entschieden, erwiderte sie: »So viel steht zwischen uns. Das darfst *du* nicht leugnen.«

Viel mehr, als sie auch nur ahnte … Doch daran wollte er

jetzt nicht denken. »Nichts wird uns trennen. Dafür will ich sorgen.«

»Nicht alles unterliegt deiner Kontrolle, Vanax von Akora. Und ich schon gar nicht.« Die Hände gegen seine Brust gestemmt, wollte sie ihn wegschieben. Bevor die Absicht zur Tat wurde, verebbte die Kraft ihrer Geste.

Mit dem Instinkt eines Kriegers nutzte Atreus den Vorteil. Doch er attackierte die Zitadelle nicht mit dem Ungestüm eines erbitterten Feindes. Stattdessen zeigte er das Geschick eines meisterhaften Strategen, berührte Briannas Mund ganz leicht mit seinem. Überrascht rang sie nach Luft. Nur für ein paar Sekunden hob er den Kopf, dann küsste er sie leidenschaftlich und umschlang sie mit unbesiegbaren Armen.

»Gib nach, Brianna«, flüsterte er. Aufreizend spielte seine Zunge mit ihrer und zog sich wieder zurück. »In der Kapitulation feierst du einen Triumph.«

»Jetzt verstehe ich, warum du bei allen Ratssitzungen so überzeugend erscheinst«, erklärte sie unsicher. »Du weißt, wie man die Menschen verwirrt.«

»Noch nie empfand ich das Bedürfnis, einen meiner Ratsherren zu küssen. Wieso bist du verwirrt? Dazu hast du keinen Grund.«

Seufzend legte sie den Kopf auf seine Brust, ein rührender Ausdruck ihres inneren Aufruhrs. »Aber ich bin verwirrt. Sogar sehr.«

»Darüber wirst du hinwegkommen«, beteuerte er und strich besänftigend über ihren Rücken. »Sobald wir Akora erreichen.«

Immer noch bedrückt, blickte sie auf und schaute in seine Augen. »Woran du glaubst, kann ich nicht gutheißen. Wir beide wollen nur das Beste für Akora. Das bezweifle ich nicht. Aber wir wollen verschiedene Wege gehen.«

»Schenk mir einfach dein Vertrauen, denn ich werde tun, was richtig ist.«

»Ein Kind vertraut seinen Eltern, denn es weiß, sie werden die richtigen Entscheidungen fällen. Irgendwann sollten wir die Kindheit hinter uns lassen.«

»Natürlich behandle ich die Akoraner nicht wie Kinder. Andererseits möchte ich ihnen keine Verantwortung aufbürden, die ich von Rechts wegen selber tragen muss.«

»Verstehst du denn nicht? Genau das ist es...«

Plötzlich verstummte sie, und beide wandten sich zum Herd. Die Krieger, die sich darum versammelt hatten, waren verschwunden – offensichtlich im gut gemeinten Bestreben, dem Vanax und Brianna die Privatsphäre zu gönnen, die sie anscheinend so dringend brauchten. Und weil niemand für die *Marinos* sorgte, begannen sie anzubrennen.

Leidenschaft und Politik waren schön und gut. Aber auch der Magen zählte. »Um Himmels willen«, murmelte Brianna, rannte zum Herd und rührte in der Pfanne.

Ein frischer Wind blähte die Segel, und die englische Küste war nur mehr eine Erinnerung. Kurz nachdem sie aus dem Kanal nach Süden bogen, entdeckten sie einen Konvoi französischer Kriegsschiffe. Sie kamen nahe heran, so dass Atreus das gespiegelte Sonnenlicht in den Ferngläsern sah, die man an Bord benutzte, um die Akoraner zu beobachten. Doch sie wahrten sichere Distanz. Die Franzosen wussten es besser, als das Emblem der Stierhörner herauszufordern oder ihre Fahrt zu verzögern.

Etwas wagemutiger zeigten sich bretonische Fischer. Sie steuerten ihre Skiffs bis auf Rufweite heran und tauschten Grüße mit den Akoranern aus, bevor sie zu den Kabeljaufanggebieten im Norden weitersegelten.

Während die Flotte des Vanax entlang der französischen Küste südwärts reiste, begegnete sie verschiedenen Schiffen – nicht nur französischen, auch einigen mit amerikanischer Flagge, wie Royce unbehaglich feststellte. Furchtlos durchbrachen ihre Kapitäne die Blockade, die England in seiner doppelten Bedrängnis verhängt hatte.

»Allzu gut läuft es nicht für die Amerikaner«, bemerkte Alex, während sie ein amerikanisches Schiff in der Ferne verschwinden sahen. »Es fehlt ihnen an Männern, Material und Geld, um einen längeren Krieg zu führen.«

»Aber nicht an Entschlossenheit«, erwiderte Atreus. »Und sie kämpfen jenseits des Atlantiks, auf ihrem eigenen Gebiet. Also muss man mit ihrem Sieg rechnen.«

Welches Schicksal die Amerikaner auch immer erwartete – es beschäftigte den Vanax und seine Begleiter nur kurzfristig. An diesem Abend besprachen sie beim Dinner, was auf Akora geschah.

»Leider stellt sich Deilos immer noch quer«, berichtete Atreus. »Er weigert sich beharrlich, mit den Ermittlern zusammenzuarbeiten oder seine Verbrechen einzugestehen.«

»Einfach lächerlich!«, rief Kassandra und schaute ihren Mann an, der neben ihr am Tisch saß. »Wie wir alle wissen, versuchte er, eine britische Invasion auf Akora zu provozieren, das Volk gegen den Vanax aufzuhetzen und selber die Macht zu übernehmen. Als Deilos das nicht nur zugab, sondern auch noch damit prahlte, war Royce dabei.«

Grinsend musterte Atreus seinen Schwager. »Über dich hat Deilos einiges zu sagen, Royce. An eure letzte Begegnung erinnert er sich sehr gut.«

»Was ist damals passiert?«, fragte Brianna. Obwohl sie die Geschichte kannte, vermutete sie, dass es viel mehr zu erzählen gab.

»Ich habe ihn nicht getötet«, antwortete Royce.

»Was vernünftig war«, meinte Atreus. »Durch diese Gerichtsverhandlung werden die Akoraner an eine wichtige Tatsache erinnert – unsere Errungenschaften sind nicht unangreifbar.«

»Und die Helios-Anhänger?« Interessiert beugte sich Joanna vor. »Soviel ich weiß, wurden nach dem Anschlag auf dein Leben einige verhaftet. Inzwischen sind die meisten wieder auf freiem Fuß, nicht wahr?«

Atreus nickte. »Alle bis auf vier, die wir der Verschwörung mit Deilos verdächtigen.«

Beinahe hätte Brianna eingewandt, zu einer Verschwörung sei es nie gekommen. In letzter Sekunde besann sie sich eines Besseren. Immer wieder überlegte sie seit ihrem Geständnis, ob er seiner Familie erzählt hatte, dass sie zu den Helios-Mitgliedern gehörte. So eisern sie auch an ihren Grundsätzen festhielt – sie fürchtete, damit würde sie ihre Freunde schockieren. Offenbar wussten sie noch nichts davon. Doch das erleichterte sie keineswegs, denn allzu lange konnte die Wahrheit nicht verborgen bleiben.

»Natürlich wäre die Unschuld dieser Leute denkbar«, fuhr Atreus fort und schaute sie an.

»Ich dachte, es würde stichhaltige Beweise gegen sie geben«, bemerkte Kassandra.

»Diesen Schluss haben die Ermittler gezogen«, antwortete Atreus. »Trotzdem gilt vorerst die Unschuldsvermutung.«

»Warum sitzen sie dann im Gefängnis?«, fragte Brianna zögernd. »Sie könnten bei ihren Familien leben, statt hinter Gittern auf den Prozess zu warten.«

»Aufgrund der Beweislage besteht die Gefahr, sie könnten Deilos' Wünsche erfüllen, falls sie freigelassen werden. Deshalb habe ich gemeinsam mit den Richtern beschlossen, sie weiterhin gefangen zu halten.«

»Irgendjemand hat mit Deilos konspiriert«, sagte Royce. »Davon bin ich überzeugt. Und damit meine ich nicht die Männer, die dumm genug waren, für ihn zu kämpfen.«

»Was bedeutet das?«, fragte Alex leise.

»Um die Helios-Gruppe so zu benutzen, wie er es tat, musste er einen Verbindungsmann in ihren Reihen haben.«

»Nicht unbedingt«, widersprach Brianna. »Deilos missbrauchte das Anliegen von Helios zu seinem eigenen Zweck. Aber das war nicht geheim, jeder hätte es auf seine Fahnen schreiben können.«

»Dein Gerechtigkeitssinn ist lobenswert.« Lächelnd nippte Joanna an ihrem Wein. Allerdings nehme ich an, du lässt dein gutes Herz sprechen. Immer willst du nur das Beste von den Menschen glauben.«

Entschieden schüttelte Brianna den Kopf. »Da irrst du dich, denn es ist nun einmal Tatsache…«

»Ich stimme Brianna zu«, fiel Atreus ihr ins Wort. »Vielleicht gibt es eine andere Erklärung für die Ereignisse. Sollte das zutreffen, wird es die Gerichtsverhandlung ans Licht bringen. Und weil ich den Vorsitz führen muss, versteht ihr hoffentlich, dass ich nicht mehr darüber reden möchte.«

Sie nickten und wechselten das Gesprächsthema. An der weiteren Konversation beteiligte sich Brianna nicht. Atreus' Unterstützung beglückte sie, obwohl er sie daran gehindert hatte, ihre Meinung zu äußern. Doch die so genannte Unschuldsvermutung bereitete ihr Sorgen. Durften die Helios-Anhänger wirklich eine gerechte Behandlung von ihrem Vanax erwarten? Das hoffte sie inbrünstig. So viel stand für sie alle auf dem Spiel. Auch für sie selbst.

Am nächsten Tag gelangten sie weit genug nach Süden, um den nordischen Winter hinter sich zu lassen. Entzückt legten Kassandra und Joanna die englische Kleidung ab und wechselten zum komfortableren akoranischen Stil über. Darauf freute sich auch Brianna, bis sie ihre Lieblingstunika aus der Truhe nahm und das weiße Leinen sah.

Die Farbe der Jungfrauen.

Nach einem kurzen Kampf mit ihrem Gewissen sagte sie sich, die Täuschung sei notwendig. Mit jeder anderen Farbe würde sie verkünden, was zwischen Atreus und ihr geschehen war. Und das widerstrebte ihr. Sollte er doch bei ihrem Anblick die Brauen heben …

Das tat er nicht. Stattdessen musterte er sie lächelnd von Kopf bis Fuß. »Was immer du anziehst – du siehst wunderschön aus. Aber die akoranische Mode steht dir am besten.«

»Sie ist bequemer«, erwiderte sie kurz angebunden. Ohne Erfolg versuchte sie, ihn *nicht* anzustarren. Auch er hatte seine Kleidung geändert. Jetzt trug er einen kurzen Faltenrock aus Leinen und Sandalen. Anscheinend benutzte er das schlichte lederne Stirnband, das sein Haar aus dem Gesicht hielt, schon seit Jahren. Der einzige Hinweis auf seinen Rang war ein goldener Reif, der die ausgeprägten Muskeln seines linken Oberarms umgab. Seiner attraktiven, maskulinen Wirkung konnte sie sich unmöglich entziehen – und es fiel ihr schwer, sich darauf zu besinnen, warum sie es sollte.

Wäre er nicht der Vanax …

Entschlossen verdrängte sie den törichten Gedanken und schnitt ein anderes Thema an. »Du hast deinen Verwandten nichts von mir erzählt.«

Achselzuckend lenkte er ihren Blick auf seine breiten Schultern. »Weil es nur uns beide betrifft.«

»Danke. Irgendwann werden sie's erfahren – ihr Wohlwollen bedeutet mir sehr viel.«

An die Reling gelehnt, verschränkte er die Arme vor der kraftvollen Brust. »Ist dir auch *mein* Wohlwollen wichtig?«

»Natürlich.« Viel wichtiger, als sie zugeben würde …

»Trotzdem strebst du mit dem Rest der Helios-Gruppe – was genau an? Mich aus dem Amt zu entfernen? Einen Regenten aus dem Volk zu wählen, der euch das Blaue vom Himmel herunter verspricht und schnelle Lösungen aller Probleme ankündigt? Ist es das, was ihr wollt?«

»Kein Helios-Anhänger, den ich kenne, hat jemals behauptet, du dürftest *nicht* über Akora herrschen«, entgegnete sie kühl.

»Offenbar war Deilos anderer Meinung, denn er versuchte, mich zu töten und die Macht zu übernehmen.«

»Deilos hat Helios niemals angehört.«

»Aber vielleicht wollte er die Gruppe benutzen. Verrate mir doch, wie du in Kontakt mit ihr gekommen bist.«

Eine Zeit lang zögerte sie, hin und her gerissen zwischen ihrer Loyalität den Freunden gegenüber, die durch ihre Schuld keinen Schaden erleiden durften, und dem Wunsch, dem Vanax die Helios-Ziele zu erläutern. »Ich lernte ein paar Mitglieder kennen, und wir diskutierten – über gewisse Dinge. Wahrscheinlich wollten sie herausfinden, ob ich mit ihnen sympathisiere. Schließlich wurde ich zu einer Versammlung eingeladen.«

»Oh … Versammeln sie sich oft?«

»Je nachdem. Dabei geht es ziemlich ungezwungen zu. Deshalb bezweifle ich, dass Deilos etwas mit Helios zu tun hatte.«

»Weil es nicht zu ihm passen würde, in später Nacht an einem Lagerfeuer zu sitzen, Wein zu trinken und in grandiosen Visionen zu schwelgen?«

Erstaunt sah sie ihn an. »Wieso wusstest du …? Schon gut, sagen wir einfach, er würde nicht mit diesen Leuten harmonieren.«

»Mit manchen womöglich doch. Die meisten Helios-Anhänger sind jung, nicht wahr? Einige könnten sich nach größerer Disziplin und Autorität sehnen. Genau das würde Deilos ihnen bieten.«

»Nur weil sie jung und idealistisch sind, heißt das keineswegs, sie würden sich hinters Licht führen lassen. In erster Linie tritt Helios für den Frieden ein. Viele Männer wollen nicht einmal an der üblichen kriegerischen Ausbildung teilnehmen, weil sie fürchten, dadurch würde sich unsere Kultur zu sehr auf gewalttätige Aspekte konzentrieren.«

Erstaunt runzelte Atreus die Stirn. »Diese Ausbildung dient ausschließlich der Selbstverteidigung. Was ist denn falsch daran?«

»Nach meiner Ansicht nichts. Aber gewisse Helios-Mitglieder sehen es anders, und darauf kommt es an: Den Akoranern müsste es gestattet werden, Meinungen zu vertreten, die vom allgemeinen Standpunkt abweichen.«

»Das dürfen sie ohnehin. Ein Mann, der *nicht* zum Krieger ausgebildet werden möchte, muss das nur sagen, und keine Schwadron würde ihn rekrutieren.«

»Darin liegt das Problem. Wer sich dazu entschließt, wird schief angeschaut.«

»Sollte man ihn etwa bewundern, weil er sich weigert, sein Heim und seine Familie zu schützen?«

»Warum wird *überhaupt* etwas bewundert oder verdammt?«, konterte Brianna. »Wieso werden verschiedene Denkweisen nicht einfach respektiert?«

»Weil ein solcher Respekt keine Feinde abschrecken würde, weder Außenseiter noch Gegner in unseren eigenen Reihen.

Zweifellos dachte Deilos, die Götter würden ihn begünstigen, als er Helios aufspürte.«

»*Dass* er uns aufgespürt oder was er sich davon versprochen hat, weißt du nicht.«

»Das stimmt«, gab er wehmütig zu. »Von Zeit zu Zeit musst du mich daran erinnern.«

Mit diesem Geständnis nahm er ihr vorerst den Wind aus den Segeln. Wie vernünftig er doch sein kann, dachte Brianna erfreut.

Und dann fügte er hinzu: »Gehören diesem Verein auch Männer an, die tatsächlich *Männer* sind?«

»Atreus!«, rief sie empört.

»Beruhige dich«, bat er lächelnd. »Wenn ich mich bemühe, erkenne sogar *ich*, dass es eines gewissen Mutes bedarf, anders zu denken und zu handeln, als es die meisten Akoraner für normal und nötig halten. Wenn ein Mann in seiner Überzeugung aufrichtig ist und seine Prinzipien nicht nur aus Feigheit wählt, kann er Akora auf andere Weise dienen.«

»Das glaubst du wirklich?«

»Nein – aber vielleicht besteht diese Möglichkeit. Das akzeptiere ich. Jedenfalls würde sich's lohnen, es näher zu ergründen.«

»Warum verkündest du das nicht in aller Öffentlichkeit? Warum erscheinst du als starrer Monolith, fest entschlossen, die akoranischen Traditionen zu bewahren und nur Veränderungen zu erlauben, die *du* richtig findest?«

»Ein Monolith?«, wiederholte er amüsiert. »Tatsächlich?«

»Bitte, Atreus, ich scherze nicht. Damit wirst du nun mal verglichen.«

»Von Helios?«

Brianna nickte. »In deiner grenzenlosen Macht bist du so weit entfernt von uns allen.«

»Hast du dir jemals überlegt, dass ich gar nicht so sein *möchte*?«

»Nein«, antwortete sie ehrlich. »Niemals. Du hast den Eindruck erweckt, die gewöhnlichen Sorgen der Menschen wären dir völlig fremd. In meinen Augen bist du unverwundbar gewesen, zumindest, bis du verletzt wurdest.«

»Und was hast du damals gedacht?«

»Wie schrecklich es wäre, wenn du sterben würdest.« Ihre Stimme klang gepresst. Viel zu frisch war die Erinnerung an die eigene Angst um sein Leben, obwohl der Mordanschlag schon so viele Monate zurücklag. »Dein Tod hätte nicht nur deine Familie in tiefste Verzweiflung gestürzt, wir alle wären ärmer geworden.«

»Besten Dank, das weiß ich zu würdigen«, erwiderte er trocken.

»Glaub mir, Atreus – Helios ist nicht dein Feind.«

»Nicht unbedingt, das weiß ich. Aber Ideale sind zweischneidige Schwerter. Manchmal bewegen sie die Menschen zu großen Taten, oder sie verleiten sie dazu, gefährliche Lügen für bare Münze zu nehmen.«

»Behauptest du etwa, du selbst würdest dich nicht von großen Idealen lenken lassen?«

Nur kurzfristig brachte sie ihn zum Schweigen. »Jetzt argumentierst du wie einer meiner Ratgeber.«

»Offen gestanden – die Ratsherren machen einen Teil des Problems aus. Jeder entstammt einer steinreichen Familie von Großgrundbesitzern, fast alle befinden sich in ehrwürdigem Alter. Als Deilos dem Kronrat angehörte, war er der Jüngste.«

»Was daraus geworden ist, haben wir ja erlebt.«

Ermutigt von seiner unerwarteten Bereitschaft, mit ihr zu diskutieren, fragte sie: »Warum willst du den Rat nicht vergrößern und Leute aus verschiedenen Bevölkerungskreisen aufnehmen? Jüngere Männer von niedriger Herkunft, sogar Frauen?«

»Ah, die Frauen! Danach wollte ich dich fragen. Erinnerst du dich an die akoranische Geschichte? Vor Jahrtausenden wurde eine Einigung zwischen den Priesterinnen, die alte Traditionen hüteten, und der neuen Kriegerschicht erzielt. Danach sollten die Krieger herrschen und die Frauen dienen. Aber keine Frau durfte verletzt werden. Klingt das nicht alles vertraut?«

Mit einem Lächeln, das tolerante Geduld bekundete, nickte Brianna.

Eindringlich fuhr er fort: »Das Gebot, Frauen niemals zu verletzen, bildet das Zentrum der akoranischen Lebensart. Für einen Mann gibt es keine größere Schande, als einer Frau zu schaden. Und wann soll, aus diesem Blickwinkel betrachtet, das Gesetz der herrschenden Krieger und der dienenden Frauen angewendet werden?«

Briannas Mundwinkel zuckten, und sie verbarg ihre Belustigung nicht, bevor sie dem Vanax die sprichwörtliche scherzhafte Antwort gab, die alle Akoraner kannten. »Jeden Moment! Wir brauchen nur noch ein bisschen Zeit, um uns daran zu gewöhnen.«

»Länger als dreitausend Jahre?«

Einerseits drückte ihr Achselzucken eine Entschuldigung aus, andererseits bezeugte es, sie würde die Natur aller Dinge mit philosophischem Gleichmut hinnehmen. »Die Umstellung ist nicht einfach.«

»Also würde dir das Eingeständnis schwer fallen, dass die Frauen genug Zeit hatten, um sich damit abzufinden?«

»Leider ja.«

»Das dachte ich mir. Trotzdem würde es euch nicht allzu empfindlich schaden, es wenigstens zu versuchen. Oder?«

»Wohl kaum. Und was die Erweiterung des Kronrats betrifft…«

Jeden, der in dieser Minute an Deck gekommen wäre, hätte der Anblick des Vanax von Akora ziemlich verwirrt. Lachend umarmte er die Frau, die – ohne jeden Zweifel – seine *Amora* sein musste, die Frau seines Herzens.

Einige Tage verstrichen. Allmählich wurde die Luft heißer und raubte den Schiffsreisenden ihren Schlaf. Während Brianna eines Nachts in ihrer Kabine lag, zählte sie die gemalten Sterne auf der Decke über ihrem Bett und dachte an Atreus. Der Mann und der Vanax – Liebhaber und Regent.

Um sein Leben hatte sie gekämpft, aus Angst vor seinem Tod geweint und gegen seine vermeintliche Tyrannei rebelliert. Doch er war nicht so, wie sie vermutet hatte. Er lachte mit ihr, er neckte sie. Und manchmal glaubte sie, sein schmerzliches Verlangen nach einem Leben zu fühlen, das er vorziehen würde, eine überraschende Abneigung gegen seine Regentschaft. Und am erstaunlichsten – er hörte ihr interessiert zu. Große Reformen versprach er ihr nicht, und das erwartete sie auch gar nicht. Aber er *hörte sich an*, was sie zu sagen hatte. Mehr noch, er gab ihr zu verstehen, als seine Gefährtin würde auch sie eine gewisse Macht ausüben. Welch eine lockende Verheißung aus dem Mund eines Mannes, der ohnehin schon viel zu verführerisch wirkte!

Sinnliche Leidenschaft und Macht…

Nie zuvor hatte sie solche Gedanken mit einer Ehe verknüpft, und es schockierte sie, wie oft sie jetzt in so betörenden Zukunftsträumen schwelgte. Mochte sie sich auch dagegen wehren – sie beherrschten ihre Fantasie unausweichlich. Atreus zu heiraten. Sein Bett zu teilen. Seine Macht zu teilen. Was konnte sich eine Frau sonst noch wünschen?

Liebe.

Sie hatte die Liebe beobachtet, die ihre akoranischen Eltern verband. Und es gab Zeiten in später Nacht, wenn ihr Geist das geheimnisvolle Reich zwischen Schlaf und Wachen durchstreifte, das Erinnerungen bereitwilliger und sanfter heraufbeschwor. Dann glaubte sie sich zu entsinnen, wie innig Delphine und Edward einander geliebt hatten.

Oh ja, sie würde Atreus lieben. Bei dieser Erkenntnis öffnete sie die Augen. Dass sie sich geschlossen hatten, dass sie fast eingeschlafen war, hatte sie nicht bemerkt. Atreus zu lieben – so einfach wäre es. Halb und halb liebte sie ihn schon jetzt. Aber daran wollte sie nicht denken – keinesfalls …

Am frühen Morgen stieg sie müde und steifbeinig aus dem Bett, nicht in der Stimmung für Gesellschaft. Sie ging an Deck, gerade noch rechtzeitig, um die letzten Sterne verblassen zu sehen. Dunkel und bedrohlich schien das Meer immer noch die fernen Regionen ihrer Erinnerungen zu überfluten. Doch in Wirklichkeit zeigte es nur kleine, von einem stetigen Wind entfachte Wellen. Ein paar Besatzungsmitglieder schliefen an Deck, andere versammelten sich um die erste Kaffeekanne des Tages. Voller Sehnsucht atmete sie das verlockende Aroma ein, gesellte sich jedoch nicht zu ihnen. Stattdessen wurde ihr Blick magnetisch von der einsamen Gestalt angezogen, die im Heck saß, eine Hand auf dem Ruder. Atreus.

Langsam wanderte sie zu ihm. Sein schwarzes Haar hing lose herab und berührte die nackten Schultern. Noch hatte er sich nicht rasiert, und seine Bartstoppeln erinnerten Brianna viel zu lebhaft an die geheimen Stunden in seinen Armen. Je näher sie zu ihm kam, desto deutlicher glaubte sie, seine rauen Wangen zu spüren, seine glatte Haut, die warmen Lippen …

Unter den anmutigen Falten ihrer Tunika erhärteten sich die Knospen ihrer Brüste, und sie holte tief Luft, um den Ansturm der heftigen Emotionen zu bekämpfen, der sie beinahe überwältigte.

»Hast du gut geschlafen?«, fragte Atreus. Forschend betrachtete er ihr Gesicht.

»Nicht besonders. Und du?«

Er lächelte schwach. »Fast gar nicht.« Der Glanz in seinen Augen ließ keinen Zweifel am Grund seiner Unrast. »Setz dich«, bat er leise, rückte auf der Bank beiseite und machte ihr Platz.

Nur weil sie es wollte, gehorchte sie – und nicht, weil ihre Knie weich wurden. Ihr Schenkel streifte seinen. Hastig rutschte sie von ihm weg, als hätte sie sich verbrannt.

Atreus seufzte, doch er protestierte nicht gegen ihre Reaktion. »Schau nach Steuerbord, neben dem Bug.«

Zunächst entdeckte sie nichts, dann erahnte sie eine nebelhafte Erhebung, die sie kaum erblickte, eher fühlte – eine weiche Kurve am Horizont. Was dem Auge entging, erkannte ihr Herz sofort.

»Akora«, flüsterte sie, und heiße Freude verdrängte ihre Verwirrung.

12

Über hundert Fuß hoch ragten die Klippen empor, boten weder Händen noch Füßen Halt, konnten unmöglich erklommen werden. Nur wenige, kaum verwurzelte Büsche wuchsen aus dem Gestein, trotzten zwar dem Wind, würden sich aber unter dem Gewicht eines Kletterers sofort aus dem Boden lösen. Am Fuß der Klippen schlug eine gewaltige Brandung gegen die Felsblöcke. Nirgends gestatteten Strände eine sichere Landung, keine Buchten dienten als Häfen.

Und so war es nicht verwunderlich, das Akora den Namen »befestigtes Königreich« trug. Obwohl sich Brianna der Küste an Bord eines akoranischen Schiffs mit der königlichen Flagge näherte, verstand sie die Ehrfurcht und Verblüffung aller *Xenos* – der Fremden, die in törichtem Leichtsinn zu dicht heransegelten.

Vor über dreitausend Jahren hatte ein Vulkanausbruch die Insel auseinander gerissen. Ein Lavastrom war ins Meer gestürzt, rasch abgekühlt und hatte den Wall gebildet, hinter dem sich die Akoraner vor der restlichen Menschheit verbargen. Nun wurde die Barriere von einer Welt bedroht, die sich rapide änderte, mit neuen Waffen und neuen Ideen gerüstet. Dagegen behauptete sich das Inselreich nach wie vor, dank des Mutes und der Entschlossenheit seiner Bewohner.

Würde dies genügen? Die Frage bewegte Brianna, während das königliche Schiff seine Heimat ansteuerte. Direkt vor dem Bug sah sie die Lücke zwischen den Klippen, die zur südlichen Meerenge führte. Die Öffnung wirkte schmal und keineswegs einladend. Doch der äußere Schein trog. Sogar größere Schiffe als jene, die der Flotte des Vanax angehörten, konnten hindurchsegeln, unsichtbar für etwaige vor der Küste lauernde Beobachter der Kurve des Meeresarms folgen und das Binnenmeer erreichen.

Dort schimmerte das Wasser über dem ertrunkenen Herzen von Akora dunkel im schwindenden Tageslicht. Seevögel suchten ihre Nester, ihre klagenden Schreie mischten sich mit dem Wispern des Windes, mit dem Ächzen der Takelage. In der Ferne erkannte Brianna die verschwommenen Umrisse dreier niedriger Buckel, der kleinen Inseln, die zusammen mit dem königlichen Eiland Kallimos und Leios, ihrem Zuhause, Akora bildeten. Instinktiv wandte sie sich westwärts und hielt nach Leios Ausschau, aber es lag zu weit weg. Trotzdem pochte ihr Puls schneller. Ihre Mutter würde vielleicht gerade das Abendessen vorbereiten. Oder die Eltern waren bei Freunden eingeladen, dann würde Leoni irgendwelche köstlichen Speisen mitbringen. Dachten die beiden an ihre Ziehtochter? Monatelang hatte sie in England gewohnt, fast ein halbes Jahr. Zahlreiche Briefe waren hin und her geschickt worden, ein unzureichender Ersatz für den beglückenden Alltag, den sie so viele Jahre lang mit ihrer akoranischen Familie geteilt hatte.

Und was machten die Brüder? Insbesondere Polonus galten ihre Gedanken, der ihrer Altersstufe am nächsten war und ihr so große Sorgen bereitete. Vor ihrer Abreise hatte sie ihn zur Vorsicht ermahnt, aber die passte wohl nicht zu seinem Wesen.

Im Osten erblickte sie Kallimos, allerdings nur die südliche Spitze, wo der Wachtturm bereits sein Licht durch die Abenddämmerung sandte. Immer wieder flammte es auf und erlosch. Dieser Rhythmus variierte entsprechend dem Signalcode, den die Akoraner seit Jahrhunderten benutzten. An Deck des königlichen Schiffs, dicht neben Brianna, öffnete ein Besatzungsmitglied eine metallene Feuerbuchse, in der blank polierte Spiegel die Flammen vergrößerten, und beantwortete den stummen Ruf. Hell, dunkel, dunkel, hell, dunkel… Einige Minuten lang wurden die Signale ausgetauscht, bis der Wachtturm aus der Sichtweite geriet.

Plötzlich trat Atreus an ihre Seite, und sie fragte: »Was haben sie einander erzählt?«

»Das Übliche«, erwiderte er, eine Hand auf der Reling. »Wir gaben uns zu erkennen und nannten unseren Hafen Ilius. Jetzt leitet der Wachtturm, den wir soeben passiert haben, die Neuigkeit an den nächsten in der Kette weiter, der verständigt den dritten, und so fort. In einer halben Stunde müsste Ilius die Nachricht erhalten.«

»So schnell?« Bevor der Wind und die Flut die Flotte zur königlichen Stadt brachten, würden noch mehrere Stunden vergehen.

»Dieses System wurde entwickelt, um uns rechtzeitig vor allen Feinden zu warnen, die auf dieser Meeresstraße oder der anderen im Norden heransegeln könnten.«

Als sie ihn betrachtete, schluckte sie mühsam, so wie jedes Mal, wenn sie ihn sah. Allein schon seine Nähe beschleunigte ihre Atemzüge. Und die kleinen Einzelheiten – der Schwung seiner Brauen, die sie mit einem Finger nachgezeichnet hatte, das Grübchen am Kinn, die weiße Narbe auf der Stirn, diese zärtlich geküsste Erinnerung an den Mordversuch.… All die winzigen Zeugnisse der Intimität in jener Nacht übten eine betörende Wirkung aus.

»Ist das oft geschehen, Atreus?«

»Was?« Offenbar verwirrte sie ihn ebenso wie er sie.

Immerhin eine gewisse Genugtuung...

»Dass irgendwelche Feinde bis zum Binnenmeer vorgedrungen sind.«

Ein paar Sekunden lang dachte er nach. »Viermal, wenn ich mich recht entsinne. Zuletzt vor fünfhundertzehn – nein, vor fünfhundertzwölf Jahren.«

»Tatsächlich?« Wie gut er das wusste, überraschte sie nicht. Dieser Mann schien das Herz und die Seele Akoras zu verkörpern. Natürlich kannte er die Geschichte seiner Heimat in- und auswendig. »Was ist damals passiert?«

»Oh, das ist eine lange Geschichte.« Atreus lenkte ihre Aufmerksamkeit auf die Lichter, die plötzlich an Land flackerten. Inzwischen hatte sich die Nachricht verbreitet, die königliche Flotte sei gesichtet worden. An der ganzen Kallimos-Küste – der Inselname bedeutete »schön« – feierten die Bewohner die Rückkehr ihres Vanax und begrüßten ihn mit lodernden Fackeln.

»Welch ein enthusiastischer Empfang – obwohl du nur für wenige Wochen verreist warst...«, meinte sie beim Anblick der unzähligen orangeroten Flammen.

»Nie zuvor hatte ich Akora verlassen«, betonte er. »Und wer weiß – vielleicht werde ich nie wieder wegfahren.«

Brianna, die viel öfter weite Reisen unternommen hatte, musterte ihn erstaunt. »Ach ja, das stimmt... Und du bist nur wegen der diplomatischen Probleme nach Großbritannien gesegelt.«

»Nicht nur deshalb – auch aus anderen Gründen.«

»Weil ein Teil deiner Familie in England lebt?«

»Nein, eigentlich hing es eher mit dir zusammen.« An die Reling gelehnt, lächelte er ihr zu. »Ich suchte London auf, um alle törichten Pläne zu vereiteln, die eine britische Invasion Akoras betrafen. Und um dich nach Hause zu holen.«

Sie hatte sich nicht verhört. Da war sie ganz sicher. Aber seine Erklärung ergab keinen Sinn. »Das begreife ich nicht. Vor deiner Ankunft in England kannten wir uns kaum. Gewiss, nach deiner schweren Verletzung half ich meiner Tante Elena, dich zu pflegen. Aber nachdem du dein Bewusstsein endlich wiedererlangt hattest, wechselten wir nur wenige Worte …« Plötzlich ging ihr ein neuer Gedanke durch den Sinn. »Haben meine Eltern dich gebeten, mich heimzubringen? Wie ich ihren Briefen entnahm, hatten sie Verständnis für meinen sehnlichsten Wunsch – einen längeren Aufenthalt in England. Sind sie ungeduldig geworden?«

»Vielleicht. Wenn ja, haben sie sich nicht an mich gewandt. Du meinst, wir hätten uns kaum gekannt. Aber ich kannte dich schon seit Jahren.«

Entlang der Inselküsten brannten immer neue Fackeln. Brianna starrte sie an und stellte sich den Jubel der Leute vor, die Atreus willkommen hießen. Nach der Überzeugung des akoranischen Volkes besaß er einzigartige Kräfte, beim mysteriösen Ritual der Wahl zum Vanax erworben. Natürlich reiner Aberglaube, dachte sie. Trotzdem konnte sie einen kalten Schauer nicht unterdrücken.

»Unmöglich«, widersprach sie entschieden, obwohl ihr ganz anders zumute war.

»Was fürchtest du, Brianna? Dass es auf dieser Welt und Akora – und in der Beziehung zwischen uns beiden etwas gibt, wovon du nichts wissen willst?«

»Gar nichts fürchte ich. Warum sagst du das?«

»Weil ich damals in der Bibliothek deine Angst gespürt habe.«

Hastig wandte sie sich ab – aber nicht, bevor er plötzlich Schatten in ihren Augen gesehen hatte. Ein Impuls drängte ihn, sie zu umarmen, zu verlangen, sie solle ihm den

Grund ihrer Angst gestehen, damit er ihn verbannen konnte. Aber seine Vorsicht und ein wachsendes Verständnis für ihr Seelenleben hielten ihn zurück. Sie war keine Frau, die sich so einfach beeinflussen ließ. Dagegen würden sich ihr Stolz und ihre Tapferkeit wehren. Deshalb berührte er nur ihren Arm. »Komm mit mir, Brianna, ich möchte dir etwas zeigen.«

Er sprach keinen Befehl aus, obwohl sie ahnte, er hätte sie am liebsten gezwungen, ihn zu begleiten. Verwunderung und eine Dankbarkeit, die ihr fast gefährlich erschien, besiegten ihr Zögern. Was mochte ihr schon drohen, solange er ihre Angst nicht mehr erwähnte?

»Was ist es, Atreus?«

»Das ist schwer zu beschreiben. Sieh's dir an.« Seine Hand glitt an ihrem Arm hinab, seine Finger schlangen sich in ihre. Mit einem Lächeln, das ihr wieder einmal den Atem nahm, führte er sie über das Deck, die schmale Treppe hinab und durch den Korridor zu seiner Kabine. Bevor sie eintrat, zauderte sie kurz und fühlte sich albern. Doch die Intimität des Raums weckte viel zu glutvolle Erinnerungen.

Da die Ankunft im Hafen immer näher rückte, waren Atreus' Sachen bereits gepackt, ebenso wie ihre eigenen. Doch eine der Truhen stand geöffnet da. Darin befand sich eine kleine Kassette, die er ihr reichte. »Schau hinein.«

Entschlossen schüttelte sie den Kopf. »Noch mehr Geschenke nehme ich nicht an.«

»Das ist kein Geschenk. Niemals würde ich es weggeben. Du sollst es nur betrachten.«

Erleichtert und neugierig hob sie den Deckel. Das Innere des Kästchens mit Samt ausgekleidet, enthielt eine rosa Marmorstatue.

Die Gestalt einer Frau – von Meisterhand geformt, das erkannte Brianna sofort. Fasziniert nahm sie die Figur aus der Kassette und blickte zu Atreus auf. »Deine Arbeit?«

»Ja, vor acht Jahren habe ich sie gemeißelt. Schau sie dir genauer an.«

Dazu bedurfte es keiner Aufforderung. Welch eine exquisite Statue – so lebensecht, dass sie über die Kälte des Marmors staunte ... Das Modell musste er sehr gut gekannt haben, um jede Einzelheit so naturgetreu einzufangen. Jedes winzige akribisch geformte Detail ...

Nein, es konnte nicht sein – völlig unmöglich. Trotzdem musste sie glauben, was ihr die eigenen Augen bewiesen – sie hielt ihr Ebenbild in der Hand – eine erschreckend präzise steinerne Kopie ihres Gesichts und ihrer Gestalt. So wie sie jetzt aussah, nicht vor acht Jahren, als die Statue entstanden war.

»Ein Zufall ...« In ihrer Verwirrung brachte sie die Worte nur mühsam hervor und klammerte sich daran, als wären sie ein Rettungsanker ...

... den Atreus ihr sofort entriss. »Daran glaubst du nicht. Falls du tatsächlich zweifelst, dreh die Figur um.«

Das tat sie, was sie zutiefst bedauerte, sobald sie die beiden Grübchen entdeckte, die sich an der gleichen Stelle zeigten wie ihre eigenen.

Plötzlich schien der eben noch kalte Marmor in ihrer Hand zu brennen. So schnell wie möglich legte sie die Statue in das Kästchen zurück, drückte es in Atreus' Hände und starrte ihn an. »Das ist gar nicht komisch. Diese Statue hast du in den letzten Wochen geschaffen!«

Behutsam stellte er die Kassette beiseite, ehe er erwiderte: »Da irrst du dich. Vor acht Jahren. Willst du wirklich behaupten, ich würde dich belügen?«

»Nein«, gab sie fast unhörbar zu. Trotz aller Meinungsverschiedenheiten hielt sie ihn für aufrichtig. Nichts anderes würde sein Ehrgefühl gestatten.

»Ich sah dich«, beantwortete er die Frage in ihren Augen. »Vor acht Jahren, als ich mich dem Ritus der Wahl unterzog.«

»Damals hast du mich gesehen?«

»Setz dich«, bat er sanft und rückte ihr einen Stuhl neben dem Tisch zurecht, von dem die zahlreichen Bücher und Schriftrollen verschwunden waren. Sorgsam hatte sein Kammerdiener Castor alle eingepackt. Atreus schob einen zweiten Stuhl heran, nahm Brianna gegenüber Platz und ergriff ihre Hände. »Bei dieser Zeremonie sammelt jeder zukünftige Vanax andere Erfahrungen. Das wissen wir dank der Berichte, die alle Regenten ihren Nachfolgern vererben. Trotzdem gibt es gemeinsame Elemente. Wir – sehen etwas. Anders kann ich es nicht bezeichnen, obwohl wir es aus einem Blickwinkel außerhalb unseres normalen Bewusstseins gewahren. Die Visionen, die vor uns auftauchen, unterscheiden sich. In meinem Fall sah ich die Frau, mit der ich mein Leben teilen werde – dich.«

»Also glaubtest du eine Frau zu sehen, die mir glich.«

»Bis aufs Haar – bis zum präzisen Schwung deiner Brauen, der leichten Asymmetrie zwischen der rechten und der linken Seite deines Gesichts, der exakten Kurve deines Kinns. Und diese beiden zauberhaften Grübchen ...« Als sie errötete, fuhr er in sanftem Ton fort: »*Dich* sah ich, Brianna. Daran besteht kein Zweifel. In jenem Moment wusste ich, wer meine Gemahlin werden sollte. Zum Vanax erwählt, vermutete ich, nun würde ich dich bald finden und heiraten. Darauf freute ich mich. Nur ein einziges Problem stellte sich ein, ich kannte deinen Namen nicht.«

»Meinen Namen ...«

»Eine Zeit lang forschte ich vergeblich danach. Doch das

bereitete mir keine allzu großen Sorgen, denn ich dachte an das alte akoranische Sprichwort – wenn man jemanden treffen will, muss man ihn im Palasthof suchen, denn früher oder später kreuzt jeder dort auf.«

Jetzt begann sie die Zusammenhänge zu verstehen, das Unfassbare zu glauben, wenn auch widerstrebend und immer noch verwirrt. »Nur ich nicht…«

»Nein, du bist auf Leios geblieben.« Wehmütig lächelte er. »Mehrere Jahre verstrichen. Ab und zu sah ich eine rothaarige Frau und glaubte sekundenlang, es wäre die Richtige. Jedes Mal irrte ich mich.«

»Bis du verletzt wurdest…«

»Als ich aus der langen Ohnmacht erwachte, sah ich die Frau, die ich die ganze Zeit gesucht hatte. Und ich erkannte, dass es mein Schicksal gewesen war, dich erst in jenem Moment zu finden.«

»Wie konntest du das wissen?«

»Weil du genauso aussahst wie in meiner Vision. Acht Jahre zuvor warst du erst sechzehn gewesen. Zweifellos schon damals wunderschön – allerdings nicht die Frau, die mir während des Rituals erschien, zu der du dich später entwickelt hattest.« Was er sagte, ergab einen Sinn und barg eine verblüffende Logik. Und falls er sich Illusionen hingab, wirkten sie erstaunlich folgerichtig. »Warum hast du mir nichts davon erzählt?«

»Ich erfuhr von deinem Wunsch, nach England zurückzukehren. Einerseits wollte ich dich nicht gehen lassen, andererseits brauchte ich Zeit, um vollends zu genesen. Wie ich gestehen muss, hatte ich nicht erwartet, du würdest so lange in dieser fernen Welt bleiben.«

»Und du konntest nicht ahnen, dass ich meiner englischen Familie begegnen würde.«

»Natürlich nicht, und ich verdanke dem Earl of Hollister und seiner Countess ein gewisses Unbehagen. Wenn sie dich dazu überredet hätten, bei ihnen zu leben, wäre eine ziemlich schwierige Situation entstanden.«

Briannas Gedanken überschlugen sich. Was zwischen ihnen geschehen war, jeder einzelne Moment, hatte mit einem Ritual begonnen, von dem sie fast nichts wusste, das ihr immer noch fragwürdig vorkam. *Alles.* »Und meine Verbindung zur Helios-Gruppe? Wie bringst du sie in Einklang mit jener Vision?«

»Das gelingt mir nicht«, gestand Atreus. »Ich muss deiner und meiner Bestimmung einfach vertrauen.«

»Willst du dein Leben wirklich auf blindem Glauben aufbauen?«

»Blind?« Sie hatte befürchtet, ihre Worte würden ihn kränken. Stattdessen lächelte er belustigt. Sei versichert, Brianna, mein Glaube ist nicht blind. Überleg doch – vielleicht eignest du dich gerade wegen deiner Freundschaft mit den Helios-Mitgliedern zu meiner Gemahlin.«

Entgeistert starrte sie ihn an, und es dauerte eine Weile, bis ihr die Stimme wieder gehorchte. »Aber – du bist gegen Helios.«

»Ich bin gegen unbedachte Veränderungen, die Akoras Sicherheit bedrohen. Inzwischen habe ich gründlich nachgedacht. Da du unwiderlegbar zu meiner Ehefrau bestimmt wurdest, muss deine Begeisterung für Helios irgendeinen Zweck erfüllen. Vielleicht soll ich meinen Horizont erweitern und Möglichkeiten erwägen, die ich bisher nicht beachtet habe.«

»Meinst du etwa – du würdest die Welt mit den Augen der Helios-Leute sehen?« Unvorstellbar, dachte sie. Oder doch nicht?

»Nein«, belehrte er sie sofort eines Besseren. »Helios hat nichts weiter proklamiert als den Wunsch nach größerer Transparenz. Mit solchen verschwommenen politischen Thesen kann man keine Nation regieren. Aber vielleicht enthält die allgemeine Idee einer Öffnung gewisse Aspekte, die es zu erforschen gilt. Und ich nehme an, es würde sich lohnen.«

Schon nach wenigen Sekunden verflog Briannas Enttäuschung, denn sie hatte nicht ernsthaft vermutet, er würde so leicht kapitulieren. Und wie sie sich eingestand, wollte sie das auch gar nicht. Zu Atreus' Wesen gehörte zweifellos seine felsenfeste Überzeugung von seiner Fähigkeit, stets die richtigen Entscheidungen zu treffen, von der Rechtmäßigkeit seines Amtes.

Aber allem Anschein nach war er nicht unzugänglich, was neue Sichtweisen betraf. »Gewisse Aspekte«, wiederholte sie. »Heißt das, du würdest Kompromisse schließen?«

Da lächelte er wieder, erhob sich und zog sie auf die Beine. »Verhandeln wir?«

»Ist es das nicht, was Männer und Frauen ständig tun?«

»Manchmal … In letzter Zeit war ich wirklich sehr geduldig, Brianna.« Seine Arme umschlangen sie, und sie spürte die Wärme – eher die Hitze – seines starken Körpers, der ihr nicht mehr fremd war. So nahe, so nahe … Nun könnte sie versuchen, sich loszureißen, wahrscheinlich sogar mit Erfolg. Doch sie sehnte sich nach seinen Küssen, wollte seine Leidenschaft mit ihm teilen …

Seine Lippen streiften ihre Halsgrube. Verwirrt und voller Verlangen rang sie nach Luft. Statt seinen Mund auf ihren zu pressen, hob er den Kopf und schaute sie an. »Dies ist die Stelle, wo die Träne des Himmels hingehört. Lass mich nicht zu lange warten, bis ich sie dort sehe.«

Sie konnte nicht atmen, nicht antworten. Natürlich nicht.

Welch ein absurder Gedanke, es wäre sofort möglich … Nun brauchte sie erst einmal ein bisschen Zeit.

Glücklicherweise wurde sie ihr gewährt, denn in diesem Moment erklang ein Schrei, gefolgt von einem zweiten. Es dauerte eine Weile, bis sie den Grund der Aufregung erkannte. Und dann schlug ihr eigenes Herz höher.

Über den Bergen ging der Mond auf und beleuchtete die königliche Stadt Ilius.

Viel zu langsam näherte sich das Ende der Reise. Die Flut erfasste die Flotte und trug sie pfeilschnell zum Hafen, die Schiffe flogen geradezu über das Wasser. Und doch zu langsam, jede Minute dehnte sich zu einer Ewigkeit. Brianna stand mit den anderen an Deck und beobachtete, wie die Stadt heranrückte – Ilius, die Stadt der Träume. So wurde sie genannt, denn sie war dank eines Traums errichtet worden, der eine verkohlte, zerstörte, grausige Landschaft in einen Ort voller Schönheit und Hoffnung verwandelt hatte.

Die Stadt erhob sich hinter dem Hafen. Über Straßen mit weißem Kopfsteinpflaster, zwischen blumengeschmückten Häusern und Geschäften, stieg sie höher und höher empor, bis zum flachen Gipfel des Hügels, auf dem der Palast emporragte. Im Mondschein wirkten die massiven blauen und roten Säulen, die wuchtige Dächer stützten, wie versilbert.

Im Wechsel der Generationen hatte man mehrere Anbauten hinzugefügt, aber die ursprüngliche Architektur sorgsam erhalten. Atreus dachte immer wieder, der Palast würde wie ein Lebewesen wachsen, vom Wandel der Zeiten genährt.

Unwiderstehlich zog das Bauwerk ihn an, das Heim seines Herzens. Dort hatte er seinen ersten Atemzug getan, dort würde er eines Tages sein Leben aushauchen – am einzigen Ort, wo er sein wollte.

»So schön…« Brianna, die an seiner Seite stand, ergriff seine Hand. Gemeinsam sahen sie die Stadt herangleiten.

Obwohl sie zu einer Stunde ankamen, in der die meisten Leute normalerweise schliefen, entstand der Eindruck, alle Akoraner und Akoranerinnen und zahlreiche Kinder wären wach geblieben, um ihren Vanax zu begrüßen. Flackernde Fackeln erhellten die Nacht, Trommelschläge und Lautenklänge vereinten sich mit dem fröhlichen Stimmengewirr, das der Flotte entgegendrang.

Kurz bevor das Schiff den steinernen Kai berührte, stieß Brianna einen Jubelschrei aus. Inmitten der Menschenmenge hatte sie ihre geliebten Eltern entdeckt, Leoni und Marcus, neben der Schwester ihrer Mutter, der berühmten Heilkundigen Elena. Ihr erster Gedanke war heiße Wiedersehensfreude, gefolgt von banger Sorge. Hastig wandte sie sich zu Atreus.

»Wissen sie…?«

Was sie meinte, verstand er sofort. »Über uns? Nein. Aber da sich auf ganz Akora herumsprach, ich würde bald heimkehren, hoffte deine Familie vielleicht, du wärst an Bord meines Schiffs.«

Wenig später bewahrheitete sich seine Vermutung. Kaum hatte Brianna einen Fuß auf den Kai gesetzt, lag sie auch schon in Leonis Armen, und Marcus stand strahlend daneben.

»Oh, mein Liebes!«, rief ihre Mutter und drückte sie noch fester an sich. »Elena hat uns zu dieser Reise nach Ilius überredet, weil sie dachte, möglicherweise würdest du mit dem Vanax nach Hause kommen. Das wagte ich gar nicht zu glauben. Polonus hat uns begleitet. Aber jetzt ist er irgendwohin gegangen. Die anderen sind daheim. So schmerzlich haben wir dich vermisst! Und wie gut du aussiehst! Sieht sie nicht großartig aus, Marcus?«

»Oh ja«, bestätigte der Vater. Seine Stimme klang heiser, und Brianna glaubte, Tränen in seinen Augen zu sehen.

»Liebster Papa!« Lachend und weinend umarmte sie ihn. Während ihrer monatelangen Abwesenheit hatte sie sich niemals das ganze Ausmaß ihrer Sehnsucht nach diesen wundervollen Menschen gestattet. So bereitwillig hatten sie das kleine Waisenmädchen damals in ihrem Herzen willkommen geheißen... Und jetzt, wohlbehalten in den Schoß der Familie zurückgekehrt, konnte sie ihre Emotionen nicht länger bezwingen. Eigentlich hätten sie sich gekränkt fühlen müssen, weil sie beschlossen hatte, ihre Vergangenheit zu erforschen, statt das Leben, das sie ihr boten, einfach zu akzeptieren. Insgeheim hatte sie das befürchtet. Aber sie brachten ihr nach wie vor bedingungslose Liebe entgegen. Und sie ihnen ebenfalls.

»Heiliger Himmel...« Sie trat ein wenig zurück und erklärte mit bebender Stimme: »Normalerweise breche ich nicht so leicht in Tränen aus.«

»Das ist doch nicht so schlimm«, meinte Elena und lächelte ihre Nichte an. »Wie schön, dich wiederzusehen, Brianna. Willkommen daheim.«

»Den Vanax heißen wir ebenso willkommen«, lenkte Marcus die Aufmerksamkeit seiner Ziehtochter auf die glückliche Menge, die Atreus umringte. Hätte er nicht alle Köpfe überragt, wäre er unsichtbar gewesen. In seiner Nähe erblickte sie Alex und Royce, und sie nahm an, die beiden würden Kassandra, Joanna und Amelia sicher an ihrer Seite wissen, vor dem Ansturm der übermütigen Akoraner geschützt. Im Gedränge entdeckte sie auch einige Ratsherren, die sie kannte, und Mitglieder der Palastwache.

Gutmütig versuchten die Krieger, für ein Mindestmaß an Ordnung zu sorgen, kämpften aber auf verlorenem Posten.

Das störte Atreus nicht. In bester Stimmung überließ er sich der Begeisterung der Schar, die den Heimkehrern auf der steilen, gewundenen Straße zum Tor des Palastes folgte.

Dort schimmerten die riesigen Statuen der beiden Löwinnen, die den Eingang zum Hof flankierten, im zuckenden Fackelschein. Inzwischen war Brianna nahe genug an Atreus herangekommen, um zu beobachten, wie er die Hinterpfote einer Löwin berührte. Diese Geste war vielen Akoranern vertraut, die sich genauso verhielten, wann immer sie aus einem Teil des Königreichs nach Ilius zurückkehrten.

Als sie den Hof betraten, verteilte sich die Menge und füllte jeden Winkel. Dienstboten eilten aus dem Palast, brachten noch mehr Fackeln und stellten mehrere Tische auf. Belustigt schaute sich Brianna um. Das war typisch akoranisch – jede Gelegenheit für ein improvisiertes Fest zu nutzen. Zu den Musikern, die am Hafen gespielt hatten, gesellten sich weitere. Viele Leute begannen zu tanzen. In aller Eile wurden Weinfässer aus dem Keller geholt und angezapft. Wie durch Zauberei erschienen Platten voller köstlicher Speisen auf den Tischen, die natürlich aus dem Palast stammten, aber ebenso aus Küchen und Speisekammern in ganz Ilius. Anscheinend hatte jeder etwas mitgebracht. Und bald bogen sich die Tische unter Brot und Käse, Schmorbraten und Hühnern, frischen Fischen, Suppen, Salaten und – am allerwichtigsten – verschieden zubereiteten Marinos, die ausnahmslos köstlich mundeten. Zum Nachtisch gab es, von Brianna ganz besonders gewürdigt, himmlische Mandelkekse, mit Zimt oder Puderzucker bestreut.

Wann hatte es zuletzt in diesem Hof ein solches Fest gegeben, überlegte sie und leckte ihre Finger ab. Der strohgelbe Wein, der in Strömen floss, schmeckte teils herb, teils süß auf ihrer Zunge. Schwindelerregend stieg er ihr zu Kopf – oder vielleicht lag es an der hellen Freude über ihre Heimkehr. Ihre Eltern tanzten und sahen wie ein junges Liebespaar aus. In Briannas Nähe sprach Atreus mit einigen Ratsherren. Über ihren Kopf hinweg suchte er ihren Blick, und sein zärtliches Lächeln ließ sie den Tumult im Palasthof vergessen.

Welch ein wundervoller Mann – so vital, sichtlich beglückt in seiner schönen Residenz und sehr gebieterisch …

Vor einem halben Jahr hätte er beinahe den Tod gefunden, und sobald seine Genesung begonnen hatte, waren auf ganz Akora Dankesgebete erklungen. Doch das Entsetzen hatte angedauert und die Erleichterung gedämpft. Jetzt nicht mehr. Rings um Brianna wurde das Überleben des Vanax und – gewissermaßen auch im übertragenen Sinn – seine Rückkehr zu seinem Volk ausgelassen gefeiert.

Plötzlich unterbrach ein zischendes Geräusch ihre Gedanken, und sie sah einen Lichtstrom zum Nachthimmel emporschnellen, sekundenlang verharren und in einem Regen aus glühender Asche explodieren. Ein Feuerwerk … Noch eine Rakete zerbarst am Firmament, von dem Sterne in allen Farben herabrieselten. Dazwischen drehten sich gigantische Feuerräder. Weiß glühende Blumen breiteten sich aus und erloschen langsam im Dunkeln.

Entzückt schaute Brianna nach oben, so hingerissen, dass sie den jungen Mann an ihrer Seite erst bemerkte, als er ihren Arm berührte. »Komm auf die Erde zurück, Bri«, bat er amüsiert.

»Was? Oh, Polonus!« Lachend umarmte sie ihren jüngsten Bruder, einen schlanken Mann mit sanften braunen Augen und seelenvollem Blick.

Obwohl sie zwei Jahre jünger war, hatte sie sich stets wie die Ältere gefühlt, zumindest verantwortungsbewusster, denn seine guten Absichten schienen ihn stets in die Irre zu führen.

Während ihres Aufenthalts in England hatte ihr die ganze Familie gefehlt. Aber Polonus nahm einen ganz besonderen Platz in ihrem Herzen ein.

»Mutter hat mir erzählt, du seist im Hafen gewesen und dann verschwunden«, fügte sie hinzu. »Wie geht es dir?«

»Gut. Und dir?« Bevor sie antworten konnte, fuhr er fort: »So sehr haben wir dich vermisst, Bri. Ohne dich war's nicht dasselbe.«

»Auch für mich war die Trennung von euch sehr schmerzlich. Das hätte ich nie für möglich gehalten.«

»Warum bist du dann weggefahren? Hat sich die Reise gelohnt?«

»Ja«, erwiderte sie leise, »ich fand, was ich suchte.«

Da erhellte sich seine Miene. »Tatsächlich? Das freut mich. Ich dachte mir gleich, du würdest erfolgreichere Nachforschungen anstellen als die Behörden. Vorausgesetzt, sie haben es überhaupt versucht.«

Verärgert, weil er dieses alte, leidige Thema wieder einmal anschnitt, entgegnete sie: »Hör mal, Polonus, es gibt wirklich keinen Grund zu glauben, man hätte zu wenig unternommen, um meine englische Familie aufzuspüren. Wie ich inzwischen herausfand, wurden diese Bemühungen durch gewisse Umstände vereitelt.«

»Falls das stimmt – schön und gut. Aber ich fürchte, du bist zu vertrauensselig. Hier hat sich die Lage nicht gebessert – unsere Freunde sitzen immer noch im Gefängnis.«

Mit einem raschen Blick vergewisserte sie sich, dass die Leute in ihrer Nähe zu beschäftigt waren, um das Gespräch zu belauschen. »Das weiß ich. Bald wird die Gerichtsverhandlung beginnen, und mir wurde versichert, dabei würde es mit rechten Dingen zugehen.«

Erbost trat ihr Bruder einen Schritt zurück und starrte sie

an. »Wer dir das versichert hat, kann ich mir denken. In England bist du der Atreiden-Familie noch näher gekommen, nicht wahr? Davor habe ich dich gewarnt.«

Diese Warnung hatte sie überrascht und bekümmert. Wie sie sich jetzt entsann, schien Polonus seit etwa einem Jahr zu glauben, er wüsste alles am besten. Früher hatte er ihre Meinung geschätzt. Doch in letzter Zeit widersprach er ihr immer wieder. Sie hatte gehofft, inzwischen wäre das anders geworden. Offensichtlich nicht... »Die Atreiden sind nicht unsere Feinde, Polonus. Weit gefehlt. Sie sind gute, ehrenwerte Menschen, die nur das Beste für Akora wollen. Genau wie wir.«

»Wenn das so ist – warum wurden dann alle weiteren Helios-Aktivitäten verboten?«

»Verboten? Wovon redest du? Vor meiner Abreise wurde nichts dergleichen untersagt. Im Gegenteil, fast alle, die man nach dem Mordanschlag auf Atreus verhaftet hatte, wurden freigelassen.«

Achselzuckend tat er ihren Einwand ab. »Nun, vielleicht hat man unseren Aktionen keinen *offiziellen* Riegel vorgeschoben. Aber was meinst du, wie viele Leute einer Organisation angehören wollen, die der Mitschuld am Attentat auf den Vanax verdächtigt wird? Soeben war ich bei einer Versammlung. Nicht einmal ein Dutzend unserer Mitglieder nahm daran teil. Ein Jahr zuvor wären es mindestens hundert gewesen. Und jetzt...« Abrupt verstummte er und runzelte die Stirn. »Atreus?« Seine Miene nahm einen harten Zug an. »Bisher hast du ihn immer nur Vanax genannt.«

So innig sie Polonus auch liebte – manchmal gewann sie den Eindruck, sie würde ihn gar nicht kennen. Wo war der Junge geblieben, der ihr so oft sein Herz ausgeschüttet und gestanden hatte, er würde allein schon den Gedanken an eine

Ausbildung zum Krieger hassen und fürchten und sich nach einer friedlicheren Lebensart sehnen? Wo war der Mann, der die verabscheute Ausbildung absolviert hatte, immer noch überzeugt, sie wäre falsch, und eifrig bestrebt, seinen eigenen Weg zu gehen? Wann war er in seinen Ansichten so radikal geworden? Warum verurteilte er alle Mitmenschen, die einen anderen Standpunkt vertraten?

»Ja, ich nenne ihn Atreus«, betonte sie. »Er ist ein menschliches Wesen wie wir alle. Würden die Helios-Anhänger ihn besser kennen ...«

»So wie du ihn kennen gelernt hast?«

Ihre Augen verengten sich. Aber ihre Stimme blieb sanft. »Allerdings, nun kenne ich ihn besser. Er ist weder engstirnig noch despotisch. Stattdessen ist er bereit, allen Leuten zuzuhören und Alternativen zu erwägen, selbst wenn sie ihm missfallen.«

»Und dann tut er verdammt noch mal, was er will.«

»Da irrst du dich. Er hat mir versichert, das Wohl unseres Volkes würde stets vor seinen eigenen Wünschen stehen.«

»Um Himmels willen, Bri, natürlich behauptet er das! Wie Helios festgestellt hat, ist das nur ein Täuschungsmanöver, das die Akoraner ruhig halten soll, damit sie nicht verlangen, ihr Leben selbst zu bestimmen.«

»So dachten wir, das weiß ich. Aber wenn es nicht stimmt? Wenn er wirklich meint, was er sagt? Wenn er es Tag für Tag beweist, in allem, was er tut?«

»Bald wirst du verkünden, dieses absurde Theater der Vanax-Wahl sei gut und richtig.«

»Das habe ich früher abgelehnt«, gab sie zu und dachte an die Statue, an Atreus, seinen Anstand, seine Ehrlichkeit. »Nun bin ich mir nicht mehr so sicher.«

»Nie hätte ich vermutet, du würdest dich so leicht von unseren Prinzipien abbringen lassen. Leider bist du schwach – weil du den Verstand einer Frau hast.«

Unfähig, ihr Entsetzen zu verbergen, schüttelte sie den Kopf. »Wie kannst du so etwas sagen?«

»Ich will dir nicht wehtun«, beteuerte er und gehorchte dem traditionellen Gesetz, das es jedem Akoraner verbot, eine Frau zu verletzen. »Aber ich möchte dich belehren. Es ist allgemein bekannt, dass Frauen nicht logisch denken, sondern ihren Gefühlen vertrauen. Deshalb werden sie viel leichter als Männer in die Irre geführt.«

»Allgemein bekannt? Welch ein Unsinn! Wer hat dir das eingeredet?«

»Mir muss man nichts einreden. Wenn ein Mann Augen im Kopf hat, wenn er klar sehen und denken kann, zieht er solche Schlüsse von selbst.«

»Dann sollte sich dieser Mann die Augen reiben und die Nebel aus seinem Gehirn verscheuchen, bevor er einem falschen Weg folgt.«

»Solche Äußerungen stehen dir nicht zu.«

»Tatsächlich nicht?«

»Keiner Frau. Und ich empfehle dir zu bedenken, welchen Platz du im Leben einnimmst.«

Mit diesen Worten kehrte ihr der Bruder, den sie liebte und zu kennen glaubte, abrupt den Rücken und tauchte in der Menschenmenge unter.

Brianna starrte ihm verwirrt nach, bis jemand mit einem voll beladenen Tablett an ihr vorbeieilte und ihr ein Weinglas in die Hand drückte. Geistesabwesend nippte sie daran und seufzte erleichtert, als sie von einem neuen Feuerwerk abgelenkt wurde.

Irgendwann im Morgengrauen – so spät musste es schon sein, denn Brianna sah nur mehr wenige Sterne am Himmel – saß sie mit Leoni auf den Stufen des Palasts. Nur wenige Festgäste waren im Hof geblieben, ein paar hatten sich sogar am Boden ausgestreckt und schliefen. Marcus half einigen Männern, die Tische wegzuräumen. In einer Ecke sangen immer noch ein paar unermüdliche Zecher. Doch ansonsten war es viel ruhiger geworden.

Leoni, ihre stets praktische und fürsorgliche Mutter, hatte einen Krug mit dem allseits beliebten süßen Wein sichergestellt. Nun füllte sie zwei Gläser. »Welch eine wunderbare Feier! Genau das haben wir alle gebraucht.«

»Ja«, stimmte Brianna zu, »die Leute sind so glücklich.«

»Glücklicher als ich kann niemand sein.« Leoni beugte sich vor und tätschelte die Hand ihrer Tochter. »An manchen Tagen hatte ich Angst, du würdest nie mehr zurückkommen.«

»Oh Mutter…« Tränen schnürten Briannas Kehle zu.

»Bitte, hör zu weinen auf, Liebes. Das soll kein Vorwurf sein. Wärst du in England geblieben, würde ich im Grunde meines Herzens wissen, dass es gut und richtig für dich ist. Und doch – ich war so froh, als ich dich an Bord des königlichen Schiffes sah.«

»Wäre ich bloß früher zurückgekommen…«

»Den Zeitpunkt deiner Heimkehr hast du nach eigenem Gutdünken bestimmt. Und wenn du glaubst, du müsstest noch einmal wegfahren…«

»Was ich gesucht hatte, fand ich.«

»Tatsächlich?« Leonis Finger umschlossen Briannas Hand. »Deine Eltern…?«

»Ihr beide seid meine Eltern, Marcus und du«, versicherte Brianna leise. »Nur Eltern, die mich aufrichtig lieben, konnten meinen Wunsch verstehen, die Vergangenheit zu erforschen.«

Über Leonis Lippen drang ein schwacher Laut, halb ein Seufzen, halb ein Schluchzen. Eine Zeit lang schwieg sie, um sich zu fassen. »Selbstverständlich wolltest du wissen, wer du bist. So wie alle Menschen.«

»Ich heiße Lady Brianna Wilcox. Zumindest werde ich in England so genannt.«

»Das hast du erfahren? Erzähl mir, wie es dazu kam.«

»Diese Erkenntnis verdanke ich einem rothaarigen Mann.«

Brianna lachte über die Verblüffung ihrer Mutter. Während sich der Inhalt des Weinkrugs allmählich verringerte, schilderte sie die Ereignisse in England. Aber nicht alle – ihre Beziehung zu Atreus erwähnte sie nicht.

Aber er erfüllte ihre Gedanken in jedem Moment, bei jedem Atemzug.

Nach einer Weile kam Marcus zurück. Lächelnd führte er eine gut gelaunte Leoni davon. Brianna versprach den beiden, bald würde sie ins Bett gehen. Ein paar Minuten lang blieb sie noch auf den Stufen sitzen. Die letzten Sterne waren verblasst. Im Osten zogen Wolken auf. Von einem frischen Wind getrieben, wehten sie heran. Froh und zufrieden, nahm Brianna das drohende Unwetter kaum wahr.

Und dann beschloss sie, Atreus zu suchen und ihm zu sagen, das Fest sei wundervoll gewesen. Sie erhob sich und schwankte nur ganz leicht, bevor sie die Palaststufen hinauflief.

13

In seiner Suite traf sie ihn nicht an. Sie blieb auf der Schwelle der Doppeltür stehen, die vom Mittelkorridor des Privatflügels zu den Zimmern des Vanax führte. Diese Räume kannte Brianna sehr gut. Hier hatte sie viele Tage verbracht und ihrer Tante Elena geholfen, Atreus vom drohenden Tod ins Leben zurückzuholen. Nach akoranischer Sitte waren die weitläufigen Gemächer mit Wandgemälden geschmückt und eher schlicht, aber komfortabel eingerichtet. Dieser Stil entsprach dem persönlichen Geschmack des Bewohners – der sich nirgends blicken ließ. Nur seinen Kammerdiener Castor sah sie, den sie in den letzten Wochen kennen gelernt hatte, und der gerade die letzten Truhen seines Herrn auspackte.

»Haben Sie einen Wunsch, Lady?«, fragte er und schaute von seiner Tätigkeit auf.

Plötzlich geriet sie in Verlegenheit. »Ich – ich hätte nicht herkommen dürfen«, stammelte sie. »Keine Ahnung, was ich mir dabei dachte …«

Wie Castors sanftes Lächeln andeutete, fand er ihre Gedanken nicht besonders rätselhaft. »Bisweilen fällt es dem Vanax schwer, einzuschlafen, und dann sucht er meistens sein Studio auf.«

»Sein Studio …?«

»Wissen Sie, wo es liegt?«

»Nein … Moment mal – ja, doch. Ich müsste es finden … Aber vielleicht sollte ich ihn nicht stören.«

»Das haben Sie wahrscheinlich längst getan, Lady.«

Dankbar für seine verständnisvolle und seltsam tröstliche Antwort, nickte sie ihm zu. Wieder im Korridor, hielt sie inne und versuchte, sich zu entsinnen, welche Richtung sie einschlagen musste. Viele Akoraner behaupteten, der Palast sei ein Labyrinth, und sie gab ihnen Recht.

Da dieses Gebäude im Lauf von Jahrtausenden gewachsen war, musste man manchmal langen, gewundenen Fluren folgen, um ein Ziel zu erreichen. Beinahe glaubte Brianna, sie wäre durch fast alle geeilt, bis sie endlich zu dem abgeschiedenen Raum kam, den Atreus als sein Studio benutzte. Es befand sich im ältesten Teil des Palastes. Zur Mitte hin neigte sich der Steinboden hinab, während der Jahrtausende von unzähligen Schritten gesenkt. Unterhalb des hohen Deckengewölbes waren große Bogenfenster in die Außenmauer eingelassen, und Brianna sah die Sturmwolken stetig nach Westen ziehen, immer dichter und dunkler.

Aber ihre Aufmerksamkeit galt dem Mann im Zentrum des Raumes.

Nur mit dem weißen Faltenrock eines akoranischen Kriegers bekleidet, mit nacktem Oberkörper, wandte Atreus ihr den Rücken zu. Das Morgenlicht, von den Gewitterwolken getrübt, fiel auf die kraftvolle Muskulatur seiner Schultern, die bei jeder Bewegung vibrierte. Mit leicht gespreizten Beinen stand er vor einem niedrigen Tisch. In äußerster Konzentration schien er Briannas Ankunft nicht zu bemerken.

Lautlos schloss sie die Tür hinter sich und ging auf ihn zu. Die Luft roch nach Steinstaub und Lehm, nach Regen und den blühenden Weinreben, die einige Spaliere unter den Fenstern umrankten. Am anderen Ende des Studios ragte ein massiver steinerner Block empor, aus dem sich der Kopf und die Arme eines Mannes herauskristallisierten. Daneben stand die kleinere, fast vollendete Figur eines Pferdes, etwa fünf Fuß hoch, so exquisit und detailliert gestaltet, dass sie glaubte, es würde jeden Moment davongaloppieren.

Wohin immer sie schaute, überall entdeckte sie Skulpturen von atemberaubender Schönheit, jede einzelne mit der ganzen Leidenschaft eines geborenen Künstlers geformt. Von dieser Seite seines Wesens hatte sie gewusst, aber die Bedeutung seines Talents nicht einmal annähernd verstanden. Nun fühlte sie sich wie ein unbefugter Eindringling – in einer Privatsphäre, die sie nicht betreten durfte.

Ein Instinkt befahl ihr, sich leise zurückzuziehen. Vielleicht hätte sie diesem Impuls gehorcht. Doch da drehte sich Atreus plötzlich um. Eine Zeit lang beobachtete er sie schweigend. »Ist das Fest vorbei?«, fragte er schließlich. Über seine nackte Brust zog sich ein Lehmstreifen.

»Ja, schon seit einer ganzen Weile«, erwiderte sie und wies mit dem Kinn auf die Statue einer Tänzerin, die sich in die Luft zu erheben schien. »Sehr schön.«

»Gefällt sie dir? Immer wieder versuche ich, kraftvolle Bewegungen und konzentrierte Energie möglichst graziös darzustellen.«

»Was dir offensichtlich gelingt.«

Lachend ergriff er ein Tuch, mit dem er seine Brust und die Hände abwischte. »Besten Dank. Heute lasse ich den Quarz aus Holyhood hierher bringen. Bevor ich spüre, was er in sich birgt, muss ich ihn gründlich studieren. Ich möchte ein Werk meißeln, das dem edlen Material angemessen ist.«

»Nun, das wird dir sicher nicht schwer fallen.« Brianna schlenderte zur Lehmgestalt der Tänzerin. »Hast du sie nicht in einem Steinblock gesehen?«

»Nein, sie soll aus Bronze bestehen«, erklärte er und trat an ihre Seite. »Die Lehmfigur ist nur der erste Schritt. Wenn sie in Wachs gepresst wird, entsteht eine hohle Form, in die ich geschmolzene Bronze gieße. Um eine solche Statue zu erschaffen, gibt es noch andere Methoden. Aber ich ziehe diese hier vor, weil sie zu einem einzigartigen Ergebnis führt. Kopien sind unmöglich.«

»Was erfordert größere Geduld? Bronze oder Stein?«

»Für beides braucht man eine gewisse Ausdauer, so wie für alles, was kostbar ist.« Er legte das Tuch über die Statue und schaute Brianna vielsagend an.

»Hast du Geduld mit mir?« Woher nahm sie die Kühnheit, so zu reden? Das lag sicher am Wein...

»Zumindest bemühe ich mich darum. Hast du dich auf unserem Fest amüsiert?«

»Oh ja, danke.« Verdammt, sie war eine wohlerzogene junge Frau – nun müsste sie eine ganz bestimmte Frage stellen. Ach ja... »Hast du dich auch amüsiert?« Immerhin war die Feier ihm zu Ehren veranstaltet worden.

»Gewiss«, erwiderte er ernsthaft, schien aber sonderbarerweise ein Lächeln zu unterdrücken.

»Du solltest öfter lächeln. Weil du ein wundervolles Lächeln hast... Leider ringst du dich zu selten dazu durch.«

»Wie nachlässig von mir!«

»Ah, jetzt lächelst du. So gefällst du mir viel besser.«

»Möchtest du dich setzen?« Atreus umfasste ihren Ellbogen.

»Wahrscheinlich wäre das eine gute Idee. Ich bin so müde.«

»Nach diesem aufregenden Tag ist das verständlich. Die Heimkehr, der ganze Tumult... Wie geht es deiner Familie?«

»Mutter und Vater sind so freundlich und liebevoll wie eh und je. Darüber bin ich sehr froh. Und Polonus – ist Polonus.« Irgendetwas an dem Gespräch mit ihrem Bruder hatte sie gestört. Da gab es einen Grund, warum sie Atreus nichts über ihn erzählen durfte… Doch darüber wollte sie sich vorerst keine Sorgen machen.

Ehe sie wusste, wie ihr geschah, sank sie auf ein schmales Bett, eigentlich nur ein Sofa.

»Schläfst du manchmal hier?«, erkundigte sie sich.

Ganz nah saß er neben ihr, und sie spürte seinen warmen Körper, seine Stärke, so verlockend…

»Wären wir verheiratet, hätte ich etwas dagegen, dass du hier schläfst, Atreus.«

»Gut, dann haben wir das geklärt.«

»Sei doch ernst!«

»Das könnte ich sein.« Einen Arm um ihre Schultern geschlungen, legte er einen Finger unter ihr Kinn und drehte ihr Gesicht zu sich herum. »Nun sollte ich mich edel und ehrbar verhalten. Vermutlich hast du etwas mehr Wein getrunken, als du gewöhnt bist. Das müsste ich berücksichtigen und dich in dein Zimmer geleiten.«

Brianna starrte seinen Mund an und erinnerte sich an seine Küsse. »Nein, der Wein hat nichts zu bedeuten.«

»Bist du sicher?«

»Vielleicht macht er mir Mut.«

Mit sanften Fingern streichelte er ihre Wangen, ihre vollen Lippen – so aufreizend und erregend. »Dass es dir jemals an Mut mangelt, bezweifle ich.«

»Du wärst überrascht…«

»Das *bin* ich – weil ich dich so heiß begehre, weil du alle meine Gedanken und Träume erfüllst. Eine Zukunft ohne dich kann ich mir gar nicht mehr vorstellen.«

Brianna nahm die Spitze seines Zeigefingers zwischen die Zähne. Behutsam biss sie hinein. »Wie du eingestehen musst, gibt es Komplikationen.«

Über sein Gesicht glitt ein Schatten – ein Gesicht, das sie

für den Inbegriff männlicher Schönheit hielt. »Die solltest du vergessen.«

»Unmöglich …« Aber nach ein paar Sekunden wusste sie nicht einmal mehr, worin die Probleme lagen. Nichts war wichtig – nichts außer Atreus und der Sehnsucht, die in ihr wuchs, so wie der Wind anschwoll, der durch die Bogenfenster hereinwehte.

Nun stand Atreus auf, zog sie mit sich hoch, und seine Hände strichen über ihre Schultern. Starke, geschickte Hände, schwielig vom Schwertgriff, vom Meißel – imstande, aus Stein und Lehm reine Schönheit zu erschaffen.

Und fähig, die Bänder blitzschnell zu lösen, die ihre Tunika zusammenhielten … Briannas Atem stockte, als das Gewand nach unten glitt und ihren Oberkörper entblößte. Sofort wurde der leise Laut, der sich aus ihrer Kehle rang, von einem verzehrenden Kuss erstickt. Atreus presste sie fest an seine Brust. Diesmal erlebte sie keine sanfte Verführung, sondern die hungrige Begierde eines Mannes, der die Grenze seiner Selbstbeherrschung fast erreicht hatte.

Seine feurigen Lippen wanderten an ihrem Hals hinab, über die Wölbung ihres Busens, umschlossen erst die eine, dann die andere Knospe und saugten daran.

Da schrie sie auf und stemmte sich gegen seine Schultern. »Bitte, Atreus …«

Unbeirrt ging er in die Knie. Während seine Zunge eine heiße Spur bis zu ihrer Taille zog, streifte er ihr Kleid noch weiter hinab, über die anmutig geschwungenen Hüften, und schließlich landete es zu ihren Füßen. Nur ein winziges Dreieck aus dünnem Stoff verhüllte ihre intimste Zone, kaum genug, um ihre Sittsamkeit zu retten.

Und keineswegs genug, um Atreus zurückzuhalten … Einen Finger unter dem schmalen Band, wollte er es hinunterschieben. Aber es zerriss in seinem kraftvollen Griff. Stöhnend umschlang er Brianna und drückte sie an sich.

Die Welt schien zu versinken. Unfähig, aus eigener Kraft stehen zu bleiben, von Atreus festgehalten, genoss sie die süße Qual seiner Zungenspitze, die ihre Weiblichkeit erforschte, zielstrebig die empfindsamste Stelle fand und ihr höchstes Entzücken schenkte.

Bald führte er sie zur Schwelle der Erfüllung und darüber hinweg. Ohne Vorwarnung trieb er sie in ein Reich dunkler Ekstase, aus dem sie nur langsam wieder auftauchte und vage erkannte, dass der Liebesakt noch gar nicht begonnen hatte.

»Zu lange musste ich warten«, flüsterte er heiser und erhob sich, trug sie zum Sofa und bettete sie darauf. Rasch ließ er seinen Faltenrock fallen, dann bedeckte er sie mit seinem Körper und legte ihre Beine um seine Hüften. Zwischen zwei Herzschlägen drang er in sie ein.

Zunächst erschrak sie, denn er war sehr kräftig gebaut. Doch sie war für ihn bereit, und ihr Schoß nahm ihn willig auf. Durch den Schleier ihrer eigenen Lust beobachtete sie, wie die Leidenschaft ihn übermannte. Schließlich warf er seinen Kopf in den Nacken. An seinem Hals spannten sich die Adern an, und er stieß Briannas Namen hervor.

Minuten reihten sich aneinander. Wie viele, wusste sie nicht. Eng umschlungen lagen sie beisammen, vom Wind gekühlt, der immer heftiger ins Zimmer blies. Tiefe Zufriedenheit erfüllte Brianna. Zärtlich streichelten ihre Finger Atreus' dichtes Haar. Seine Wange ruhte auf ihrer Brust, und sie spürte sein Lächeln.

Irgendwann hob er den Kopf und schaute sie an. »Ich habe das Gefühl, erst jetzt bin ich *wirklich* nach Hause gekommen«, erklärte er und stand auf. Nachdem er ihren Bauch geküsst hatte, direkt oberhalb der feuchten rötlichen Löckchen zwischen ihren Schenkeln, ging er zu einem Wandtisch. Zwei Kelche in den Händen, kehrte er zurück.

»Ich glaube, ich habe schon genug Wein getrunken«, seufzte sie.

Von seinem Anblick fasziniert, hörte sie kaum, was er sagte. »Das ist Orangensaft mit ein bisschen Honig.«

Ohne ihn aus den Augen zu lassen, trank sie durstig, und er folgte ihrem Beispiel. Gab es an seinem perfekten Körper eine Stelle, die *nicht* erstaunlich schön war? Ahnte er auch nur, wie sehr sie ihn bewunderte?

Sie stellte den Kelch neben dem Sofa ab und stützte sich auf einen Ellbogen. »Gibt es Statuen von dir?«

Überrascht runzelte er die Stirn. »Von *mir*? Noch bin ich nicht tot.«

»Wie meinst du das?«

Er leerte seinen Kelch und setzte sich zu ihr. »Warst du schon einmal in den Höhlen unter dem Palast?«

»Nein, aber ich habe davon gehört.«

»Bald müssen wie zusammen hinabgehen. Da gibt es so viel, was ich dir zeigen möchte.« Mit sanften Fingern berührte er ihre Schulter, eine Brust, die aufgerichtete Knospe. Hilflos erschauerte sie. »Jetzt noch nicht«, fuhr er fort und setzte sie auf seinen Schoß, so dass sie ihm das Gesicht zuwandte, die Beine gespreizt.

Welch eine schockierende Position, dachte sie. Umso mehr, weil seine harte Männlichkeit die weiche Haut ihrer Intimzone erkundete.

»Ist es zu viel?«, fragte er leise.

»Oh nein!« Niemals würde sie genug von ihm bekommen. Ihre Sehnsucht nach ihm war zu groß und drohte sie zu verschlingen. Langsam verschmolz er mit ihr und hielt sie fest.

Gegen seinen Willen konnte sie sich nicht bewegen. Süßer, drängender Zorn stieg in ihr auf. Irgendetwas *musste* sie tun… Ihre inneren Muskeln umschlossen ihn, spannten sich an, zogen ihn noch tiefer in ihren Unterleib. Da rang er nach Luft. Nur kurzfristig glaubte sie, er würde ihr die Kontrolle überlassen. Er war Atreus – kein Mann, der so leicht kapitulierte.

Zu ihrer Verblüffung stand er plötzlich auf, immer noch mit ihr vereint, und durchquerte das Studio. An ihrem Rücken spürte sie etwas Glattes, Hartes, Kaltes, spähte über ihre Schulter und sah den Torso der Männergestalt, die aus dem Stein zu wachsen begann. Atreus bewegte sich in ihr, der Wind frischte auf, füllte den Raum, füllte ihre Seele.

Tief in ihrem Innern, dieser Wind – unerbittlich, unbesiegbar, stärker und stärker, bis sie nichts mehr hörte außer ihren eigenen mühsamen Atemzügen, ihren rasenden Herzschlägen und dem gnadenlosen, wilden Sturm…

»Nein!«, schrie sie, während ihr ganzer Körper erschüttert wurde. Atreus hörte ihre Stimme und erstarrte, aber nur für einen kurzen Moment. Dann jagte ihn Briannas Erlösung zu seinem eigenen Höhepunkt empor, der kein Ende zu nehmen schien.

Als er wieder etwas klarer denken konnte, waren sie vor der unvollständigen Statue zu Boden gesunken. Zitternd und zusammengekrümmt lag Brianna neben ihm, die Knie fast bis ans Kinn gezogen, die Augen geschlossen.

Er fluchte leise, umarmte sie, presste sie ganz fest an sich. »Bitte, Brianna, mein Liebes – sag mir, was dich quält. Um Himmels willen, wenn ich dir wehgetan habe…«

Nur zögernd öffnete sie die Augen und schaute ihn blicklos an, wie einen Fremden. Da sprang er auf und trug sie zum Sofa, wickelte sie in eine Decke und setzte sich, ihre bebende Gestalt in den Armen.

In sanftem Ton sprach er auf sie ein und liebkoste ihr Gesicht. »Sag mir doch, was dich bedrückt.«

Nun brach das Unwetter los, das sich in den letzten Stunden angekündigt hatte. Durch die Fenster strömte prasselnder, vom Wind gepeitschter Regen ins Studio. Atreus stand auf und ließ Brianna kurzfristig allein, um alle Läden zu schließen. Tief unten im Hafen sah er weißen Schaum auf den Wellen, die tosend gegen den Kai schlugen, Staubwolken ballten sich auf der Straße, die vom Palast hinabführte, von kreischenden Windstößen davongetrieben.

Schwere Gewitter, die aus westlicher Richtung über den Atlantik zogen, hatte Atreus oft genug erlebt. Aber dieses hatte sich im Osten zusammengebraut und erschien ihm viel gefährlicher, ein machtvoller Wirbelsturm, der alles auf seinem Weg niederzuwalzen drohte. Meistens – und darin lag der einzige barmherzige Vorteil solcher Naturgewalten – kündigten sie sich tagelang vorher an. Das war diesmal nicht geschehen, und ein Großteil der akoranischen Flotte befand sich auf hoher See. Nun mussten die Besatzungen möglichst schnell sichere Häfen ansteuern. Oder sie wären den tobenden Elementen auf dem offenen Meer ausgesetzt.

Brianna stöhnte leise. Sofort eilte er zu ihr und zog sie wieder auf seinen Schoß. In die Decke gehüllt, schmiegte sie sich an ihn. Die geschlossenen Fensterläden dämpften das Heulen des Windes. Allmählich beruhigte sie sich. Mit klaren Augen erwiderte sie seinen Blick und wusste wieder, wer er war. »Atreus …«, begann sie. »Oh Gott, es tut mir so Leid …«

Was um alles in der Welt bereute sie? Ganz vorsichtig, um sie nicht erneut zu erschrecken, nahm er ihr Gesicht in beide Hände. »Hör mir zu, Brianna, du hast dir nichts vorzuwerfen. Es war *mein* Fehler, *mein* Ungestüm. Hätte ich mich bloß besser beherrscht!«

Ausdruckslos sah sie ihn an. Dann schüttelte sie den Kopf, und ihr Blick schweifte zu den geschlossenen Fenstern. »Du verstehst es nicht. Da draußen – es ist meine Schuld.«

Was mochte das bedeuten? Ihre Worte ergaben keinen Sinn. »An diesem Gewitter – bist du schuld?«

Der Wind – sie fürchtete den Wind. Das hatte er auf Hawkforte bemerkt und versucht, mit ihr darüber zu reden. Doch sie war ihm ausgewichen. Jetzt musste sie ihm alles erzählen, und danach würde er sie beruhigen und von ihrer Angst befreien.

»Sicher wirst du mir nicht glauben.« Unglücklich senkte Brianna die Wimpern und schien sich an ein altes Leid zu erinnern.

»Warte es doch ab!« Er rückte sie auf seinem Schoß zurecht, legte ihren Kopf an seine Schulter und fügte in ruhigem Ton hinzu: »Um das Unwetter geht es nicht, sondern um den Wind. Habe ich Recht?«

Schweigend nickte sie.

»Du fürchtest dich vor dem Wind.«

»Nicht immer. Normalerweise gehört er einfach zur Natur. Aber manchmal weht ein böser Wind.«

»Ein böser Wind, der Schaden anrichten kann?«

»Ja. Hin und wieder bläst er nur die Wäsche von der Leine, oder er regt die Kühe auf. Aber an gewissen Tagen...« Krampfhaft schluckte sie. »In meiner Kindheit fing es an. Deshalb sind wir so oft umgezogen.«

»Weil du Angst vor dem Wind hattest?«

Verzweifelt schüttelte sie den Kopf. »Weil ich ihn heraufbeschwor.«

Atreus misstraute seinen Ohren. »Unmöglich!«

»Doch, es ist wahr.«

»Brianna, du warst ein Kind. Für die zahlreichen Übersiedlungen deiner Familie muss es andere Gründe geben, die du nicht kennst.«

»Darüber hörte ich meine Eltern reden. Auch sie wollten es nicht glauben. Aber es geschah so oft, und schließlich gab es keinen Zweifel mehr.«

Das muss sie missverstanden haben, dachte Atreus. Damals war sie noch so klein, und sie erinnert sich nur ganz vage an die ersten Lebensjahre...

»Und später, Brianna? Als du nach Akora kamst? Leoni und Marcus glauben das alles sicher nicht, oder?«

Schaudernd befreite sie sich aus seinen Armen und sprang auf. In die Decke gewickelt, stand sie da – eine seltsam trostlose Gestalt – und starrte den Mann an, der aus dem Stein auftauchte. »Während der Fahrt nach Akora... Kurz bevor die Wellen über meinem Vater zusammenschlugen, hob er seinen Arm. Wahrscheinlich versuchte er mir etwas zu sagen.«

Das Grauen dieser Vision, die unauslöschlich in ihrer Seele haftete, erschütterte Atreus zutiefst. Gerade dieses Thema, der Tod ihrer Eltern, hätte jetzt *nicht* zur Sprache kommen dürfen. »Tut mir Leid, wenn dich diese Statue daran erinnert...«

Offenbar hörte sie ihm nicht zu. »An jenem Tag war ich so aufgeregt. Ich hasste das Schiff und wollte nach Hause – zu dem letzten Ort zurückkehren, wo wir gewohnt hatten. Dort hatte ich trotz unseres kurzen Aufenthalts eine nette Freundin gefunden. Ich glaube, sie hieß Emmeline.«

»Also erinnerst du dich an die Ereignisse des Unglückstags?« Unmöglich... Das hätte er bereits bemerkt.

»Nur bruchstückhaft. Ich entsinne mich, wie traurig ich war, und ich weiß, dass der Wind aufkam.«

Der Wind... Der Erkenntnis, die er allmählich gewann, folgte fassungsloses Staunen. Er trat vor sie hin, umfasste ihre

Schultern, zwang sie, ihn anzuschauen. »Bildest du dir etwa ein, du hättest etwas mit dem Schiffbruch zu tun?«

Nun wurde ihr dumpfes Leid von schmerzlicher Resignation verdrängt. »Da gab es andere Stürme, andere Zeiten. Eines Tages umzingelten mich irgendwelche Dorfkinder und nannten mich eine Hexe. Der Wind, der aus heiterem Himmel zu toben begann, schleuderte Bäume zu Boden. Ein anderes Mal wehte ein Dach davon.«

»Reiner Zufall. Mehr nicht.«

Wehmütig lächelte sie. »Leoni und Marcus wissen es. Nicht alles, damit würde ich sie niemals belasten. Aber sie sahen es oft genug mit an.«

»Das alles nimmst du tatsächlich ernst.« Damit die Worte einen Bezug zur Wirklichkeit herstellten, musste er sie laut aussprechen. Jahrelang hatte sie mit dieser Bürde gelebt, unentwegt von seelischen Qualen verfolgt.

Im Lauf seiner kriegerischen Ausbildung hatte ihm ein Lehrer erklärt, ein Mann könne ein so überwältigendes Entsetzen empfinden, dass alle anderen Gefühle ersterben würden. Das hatte er ein einziges Mal erlebt, vor langer Zeit, in einem Moment, den er so gern vergessen würde. Auch er wusste, was es hieß, wenn man böse Erinnerungen und Gewissensnöte verkraften musste. Aber in seinem Fall war die Schuld real, denn er hatte Briannas Eltern getötet – in ehrbarer Absicht, um Akora zu retten. Doch das änderte nichts an seiner Verzweiflung.

Und die Selbstvorwürfe, die Brianna plagten? Würde er sie von einer so unsinnigen Last befreien können?

»Wohin gehst du?«, fragte sie, während er sie aus dem Studio und in das Labyrinth der Korridore trug. Er hatte sich nur Zeit genommen, um seinen Faltenrock anzuziehen, aber keine

Schuhe. Immer noch in die Decke gewickelt, lag sie an seiner Brust.

»Du brauchst Ruhe.«

Vielleicht schlief sie schon, denn als Nächstes wurde ihr bewusst, dass er die Tür zu seiner Suite im Privatflügel des Palasts aufstieß. Hier herrschte Grabesstille. Castor war verschwunden, kein anderer Diener zeigte sich. Nach dem langen, rauschenden Fest schienen das ganze Gebäude und die Stadt zu schlummern.

»In deine Gemächer darfst du mich nicht bringen«, flüsterte sie, aber Atreus beachtete ihren Einwand nicht. Er schlug sein Bett auf, wickelte Brianna aus der Decke und legte sie behutsam hin. An ihrer erhitzten Haut fühlte sich das Leinen kühl an. Sie erschauerte, dann wurde sie von starken Armen umfangen, und das Zittern verebbte.

Seufzend entspannte sie sich und glitt ins Reich der Träume hinüber. Aber Atreus fand keinen Schlaf. Hellwach lag er neben ihr. Der Morgen ging in den Nachmittag über, der Regen versiegte. Nur sein Geruch hing immer noch in der Luft. Vereinzelte Geräusche drangen zu ihm, zumeist die Stimmen der Palastwache. So müde die Krieger auch sein mochten, niemals würden sie ihre Pflicht verletzen. Gelegentlich bellten Hunde, oder ein Hahn krähte zur Unzeit. Ansonsten lag immer noch Stille über der Stadt.

Dafür war er dankbar, denn das Schweigen half ihm, klarer zu denken.

Er musste Brianna die Wahrheit gestehen. Die Informationen über ihre Herkunft, von William Hollister erhalten, hatte er ihr nicht verheimlichen können. Genauso wenig durfte er sie im Glauben an ihre eigene Schuld lassen. Sie dachte, sie wäre verantwortlich für den Tod ihrer Eltern.

Welch eine bittere Ironie … Freudlos lächelte er vor sich hin.

Wenn sie die Wahrheit erfuhr – und das musste geschehen – was dann? Das Schicksal hatte sie zu seiner Ehefrau bestimmt. Das wusste er seit acht Jahren, und dass sie zusammengehörten, stand für ihn fest, eindeutiger denn je. Aber während ihm die Verbindung bisher unausweichlich erschienen war, fühlte er sich jetzt nicht mehr so sicher.

Seine Schwester hieß Kassandra, nach der Prophetin von Troja, deren Warnung vor dem Unheil nicht beachtet worden war. So wie jene Seherin hatte auch Kassandra in die Zukunft geschaut. Diese »Gabe«, oft eher ein Fluch, war mittlerweile entschwunden, nachdem sie ihren Zweck erfüllt hatte. Aber der Zeit, in der Kassandra die Fähigkeit besessen hatte – oder von ihr besessen worden war, um es genauer auszudrücken –, verdankte sie eine wichtige Erkenntnis: Viele verschiedene Wege führten in die Zukunft, die entweder Wirklichkeit wurden oder auch nicht – je nachdem, wie sich die Menschen entschieden.

War Atreus' Leben mit Brianna ein Weg, dem er besser nicht folgen sollte?

Sobald ihm dieser Gedanke durch den Sinn ging, nahm er sie noch fester in die Arme. Er hatte sie gesucht, um seine Pflicht als *Vanax* zu erfüllen. Und als ein *Mann* hatte er sie gefunden – ein Mann, der sie liebte.

Liebte er sie innig genug, um sie gehen zu lassen? Wenn es sein musste? Wenn es keinen anderen Weg gab?

Plötzlich bewegte sie sich ein wenig. Störten die Fragen, die ihn peinigten, ihre Träume? Er flüsterte ihr Koseworte zu, und sie beruhigte sich. Ohne zu erwachen, tastete sie nach seinem Handgelenk, und ihre Finger berührten den Puls seines Lebens.

14

Als der Abend dämmerte, brachte ihnen die Dienerin Sida eine Mahlzeit. Sie betrat nur das Vorzimmer. Leise rief sie ihnen einen Gruß zu und entfernte sich diskret, nachdem sie das Tablett abgestellt hatte. Atreus holte es und trug es ins Schlafgemach.

Verwundert hob er die Brauen. »Sida glaubt anscheinend, wir hätten einen unbändigen Appetit.«

»Da hat sie völlig Recht«, erwiderte Brianna und begutachtete das üppig beladene Tablett. »Ich sterbe vor Hunger.« Nur leicht verlegen setzte sie sich auf und zog ein Laken um ihre Schultern. Über ihr Geständnis staunte sie selber.

Nicht nur darüber… Sie hatte Atreus die Wahrheit erzählt – jetzt kannte er ihr schreckliches Geheimnis. Trotzdem blieb er bei ihr und schaute sie an, als würde ihn ihr Anblick entzücken.

»Atreus…«

»Später.« Er stellte das Tablett auf das Bett und setzte sich zu ihr. »Was möchtest du essen?«

Mochte es auch feige sein – für eine kleine Weile verdrängte sie ihre dunklen Sorgen nur zu gern. Außerdem verströmte das Tablett köstliche Düfte, die ihr in die Nase stiegen, und ihr Magen begann zu knurren. Sie entdeckte Hühnerbrüstchen in Senfsahne, frischen grünen Salat, mit Weinessig und Kümmel angemacht, knusprige Brötchen mit Walnüssen und Rosinen, gebratene Süßkartoffeln und eisgekühlten Vanillepudding in hohen Bechergläsern, mit frisch geriebenem Muskat bestreut. »Das – und das da – etwas von dem… Oh, einfach alles!«

Lachend füllte er zwei Teller und goss leichten Weißwein, den Brianna misstrauisch musterte, in Kristallkelche. Eine Karaffe enthielt Wasser mit Eiswürfeln. Während sie sich ein Glas einschenkte, wurde sie von Atreus abgelenkt. Seine Nähe, sein nackter Körper, sein Lächeln, die betörenden Erinnerungen, die er weckte…

»*Oh*…« Ein bisschen Wasser rieselte über ihre Hand auf das Bett. Hastig ergriff sie eine Serviette und betupfte das feuchte Leintuch, was Atreus ebenfalls tat. Dabei streiften seine Finger ihre Hand, und sie schauten sich an.

»Schon gut«, sagte er sanft.

»Gar nichts ist gut. Sobald du mir unsere Heirat angekündigt hast, wäre ich verpflichtet gewesen, mein Geheimnis zu verraten.«

»Du bist und bleibst die Frau, die mir bestimmt ist. Davon bin ich nach wie vor überzeugt, und das wird sich auch nicht ändern.«

»Oh Atreus…« Seine Güte trieb ihr Tränen in die Augen, die er behutsam von ihren Lidern wischte.

An der Spitze seines Zeigefingers hingen glänzende Tropfen. »Iss jetzt«, schlug er mit belegter Stimme vor. »Danach will ich dir etwas zeigen.« Ohne eine nähere Erklärung abzugeben, erhob er sich, ging zu einer Truhe und nahm eine Tunika heraus.

Kurze Zeit später folgte sie ihm aus seiner Suite, mit einem Hemd bekleidet, das er in England getragen hatte und das ihr bis zu den Knien reichte. Sie gingen den Korridor im Privatflügel des Palastes entlang bis zu einer schmalen Tür, die Atreus öffnete. Auf der obersten Stufe einer Wendeltreppe ließ er Briannas Hand nur lange genug los, um mit Flint und Zunder eine Laterne in Brand zu stecken, die an einem Wandhaken hing.

Die Lampe in der einen Hand, Briannas Finger in der anderen, wandte er sich zur Treppe.

»Wohin führst du mich?«, fragte Brianna.

»In die Höhlen unter dem Palast. Neulich sagtest du, davon hättest du gehört.«

Ja, sie hatte von mysteriösen Ritualen munkeln hören, wozu auch die Vanax-Wahl zählte. Niemandem war es verboten, die Höhlen aufzusuchen, und soviel sie wusste, hatten sich schon einige Leute hinabgewagt. Auch sie hatte mit diesem Gedanken gespielt, ihn aber niemals in die Tat umgesetzt. Nun fragte sie sich, was sie daran gehindert hatte. Fürchtete sie, in der unterirdischen Welt irgendetwas zu entdecken, mit dem sie nicht konfrontiert werden wollte? Etwas, das ihre Sicht der Dinge, die wirklich oder unwirklich waren, vielleicht ändern würde?

Vor dem Dunkel bangte ihr normalerweise nicht, und in beengten Räumen hatte sie noch nie Platzangst verspürt. Trotzdem war sie froh über Atreus' Laterne und noch dankbarer für seine warme Hand, die ihre umschloss. Während sie hinabstiegen und – wie Brianna vermutete – das Erdgeschoss des Palastes passierten, wurde die Luft feuchter und kühler.

Schließlich erreichten sie den Fuß der Treppe und, soweit sie es jenseits des Lichtes feststellen konnte, einen großen Raum. Sekunden später hielt sie den Atem an, taumelte einen Schritt zurück und starrte ins Gesicht einer Statue, so lebensnah gemeißelt, dass sie zunächst geglaubt hatte, ein lebendiger Mann würde vor ihr stehen.

»Darf ich dir Thaddeus vorstellen?« Lächelnd wandte sich

Atreus zu ihr. »Vor etwa sechshundert Jahren war er der Vanax von Akora.«

Ein strenges und zugleich barmherziges Gesicht, dachte sie. »Wie hat er das Land regiert?«

»Ganz gut, obwohl er das Amt nicht übernehmen wollte und anscheinend niemals vollends akzeptierte.«

»Wie wäre das möglich? Ist nicht jeder Vanax ein Erwählter?«

»Gewiss, aber wir gleichen uns nicht. Manche finden sich mit ihrer Position leichter zurecht als andere.« Atreus hob die Laterne und beleuchtete eine weitere Statue. »Zum Beispiel genoss Praxis, der Vanax vor ungefähr zweitausend Jahren, den Thron in vollen Zügen. Kein Zögern, keine Zweifel, kein Bedauern. So war Praxis.«

»Kennst du sie alle?«, fragte Brianna und betrachtete ein heiteres steinernes Gesicht.

»Jeden Einzelnen. Wir hinterlassen unseren Nachfolgern private Berichte. In den ersten beiden Jahren, nachdem ich Vanax geworden war, las ich sie mit Begeisterung.«

»Weil du den Rat deiner Vorgänger suchtest«, meinte sie verständnisvoll, und Atreus nickte.

»Und weil ich mich plötzlich einsam fühlte, das überraschte mich.« Langsam drehte er sich im Kreis und beleuchtete andere Statuen. »Ein Künstler ist oft allein, dies fördert seine Schaffenskraft. Vorher hatte mich das nie gestört. Aber als Vanax – erlebt man eine andere Art von Einsamkeit, und es fiel mir schwer, mich daran zu gewöhnen.«

Die Vorstellung, welches Unbehagen ihm die neue Position bereitet hatte, bewegte Briannas Herz. Wenige Wochen zuvor hätte sie sich gesagt, es sei sein freier Wille gewesen, den Ritus der Wahl auf sich zu nehmen. Aber wie sie jetzt erkannte, machte es keinen Unterschied. Was immer er beschlossen hatte, es änderte nichts an den Forderungen, die er erfüllen musste.

Während sie darüber nachdachte, erregte eine andere Statue ihre Aufmerksamkeit. »Ist das eine Frau?«

»Ja, sie hieß Demetre.«

»Die Gemahlin eines Vanax?« Das würde erklären, warum ihr Denkmal in einem Raum stand, der alle einstigen Herrscher von Akora ehren sollte.

»Nein, sie war eine Priesterin und anerkannte Lehrerin. Auch deine Tante Elena wird man eines Tages mit einer Statue würdigen.«

»Wundervoll, sie ist eine außergewöhnliche Heilerin.«

»Sie will gar nicht verewigt werden. Vielleicht kannst du sie umstimmen.«

Langsam wanderten sie durch den Raum. Am anderen Ende spürte Brianna, wie der Steinboden unter ihren Sandalen in Erdreich überging. Überrascht blickte sie in eine riesige Höhle, die vom Lampenlicht nur schwach erhellt wurde. Aus dem Boden wuchsen kristalline Kegel, andere hingen vom Gewölbe herab, in schimmerndem Weiß, Rosa, Grün und Blau. Anscheinend teilten sie den Raum in mehrere Passagen, und alle führten zum massiven Felsblock im Zentrum. Darauf glaubte sie, einen großen roten Kristall zu erkennen, der einem Rubin glich. Aber – gab es so große Rubine?

Danach konnte sie nicht fragen, denn sie durchwanderten die Höhle und betraten einen Korridor mit Felswänden. An seinem Ende sah sie einen eigenartigen Glanz. Als sie näher kamen, leuchtete er immer heller, und die Laterne war überflüssig.

»Hier leben winzige Geschöpfe«, erklärte Atreus und stellte die Lampe beiseite. »Die klammern sich an den Fels, und ihre Körper produzieren dieses Licht.«

»Wo sind wir?« Brianna sah den Widerschein von Wasser und seltsamerweise – einen Strand. Sie ging darauf zu, und die Luft erwärmte sich, Dampfwolken wehten ihnen entgegen. Verwundert schnupperte sie, denn der Dampf roch salzig.

»Dieser Fluss ist mineralisch angereichert, und er wird von einer unterirdischen heißen Quelle erhitzt«, sagte Atreus. »Da das Wasser trinkbar ist, nehmen wir an, es hat die Menschen am Leben erhalten, die nach dem Vulkanausbruch hierher geflohen sind. Aber es gibt noch eine andere Wasserquelle.« Er zeigte auf ein kleines Gebäude, eine Säulenreihe, die ein Spitzdach stützte. Unheimlich schimmerte es im seltsamen Licht.

»Ist das ein Tempel?«, fragte Brianna.

Atreus nickte. »So unglaublich es auch erscheinen mag – dies alles befand sich auf der Erdoberfläche, in Küstennähe. Es war ein heiliger Ort. Hier versammelten sich die Menschen, um Schutz vor den Lavaströmen zu suchen. Vielleicht wollten sie ihnen auch an Bord mehrerer Schiffe entrinnen. Dazu fanden sie keine Gelegenheit. Der Chronik zufolge explodierte der Vulkan immer wieder, wühlte den Boden bis in ungeahnte Tiefen auf und zerriss die Insel. Dieser Ort wurde buchstäblich in die Erde hineingeschoben – zweifellos ein grausiges Erlebnis für alle, die sich zufällig hier aufhielten. Doch es rettete ihr Leben.«

»Kaum zu fassen, dass irgendjemand die Katastrophe überstanden hat…« Was mussten diese Menschen durchgemacht haben? Und wie hatten sie sich danach in ihrer völlig zerstörten Welt zurechtgefunden?

»Das dachte ich auch, bis ich vor acht Jahren hierher kam.«

»Vor acht Jahren?«, wiederholte sie, und ihre Augen verengten sich. »Zum Zeitpunkt deiner Wahl.«

»Ja, an dieser Stelle.«

»Aber …«

Warum führte er sie hierher? Noch erstaunlicher – wieso durften alle Akoraner diesen legendären Ort aufsuchen?

Offenbar erriet Atreus den Grund ihrer Verwirrung. »Ich möchte, dass du es verstehst«, sagte er leise und zog ihre Hand, die er immer noch festhielt, an seine Lippen. Ein federleichter Kuss streifte ihre Finger.

»Über das Ritual sollst du so viel erfahren, wie es einem Menschen gestattet ist, der ihm nicht unterzogen wird.«

Auch sie hatte ihm ihr Geheimnis anvertraut. Und jetzt wollte er mit ihr teilen, was ihn von allen Akoranern unterschied. Gerührt trat sie näher zu ihm. »Ich will mein Bestes tun, um all diese Dinge zu verstehen, Atreus, um meine Skepsis zu überwinden und in deinem Glauben eine Religion zu erkennen.«

Vielleicht lag es am eigentümlichen Licht – jedenfalls schien er belustigt zu lächeln. »Das weiß ich zu schätzen. Natürlich hängt es mit unseren Mythen zusammen, mit dem spirituellen Leben von Akora. Das wusste ich, als ich mich bereit erklärte, die Prozedur auf mich zu nehmen. Aber in Wirklichkeit hatte ich keine Ahnung von der Vielfalt, die sich damit verbindet.«

»Hat dir dein Großvater vor seinem Tod gar nichts erzählt?«

»Kein Wort«, erwiderte er, setzte sich an den Strand und zog Brianna mit sich hinab. Weil sich der Sand erstaunlich warm anfühlte, schlüpfte sie aus ihren Sandalen und krümmte die Zehen. »Am Abend des großen Tages verabschiedete ich mich von meinen Eltern, Geschwistern und einigen guten Freunden. Wie du dir vielleicht denken kannst, wusste keiner von uns, ob ich lebend zurückkehren würde. Jene Nacht sollte ich in den Höhlen verbringen. Also kam ich hier herab.«

»Was geschah?«

»Nichts.«

»Heißt das etwa – kein Ritus …?« Würde Atreus den Verdacht bestätigen, den sie stets gehegt hatte? Wenn ja, würde sie keine Genugtuung, sondern Enttäuschung empfinden. Unglaublich – wann hatten sich ihre Anschauungen so grundlegend geändert? Während der Stunden, die sie in seinen Armen gelegen hatte, erwärmt von seiner Kraft und seinem Lächeln?

»Gar nichts geschah«, fuhr er fort, »eine halbe Ewigkeit lang. Ich wanderte umher, und schließlich gelangte ich zu diesem Strand. Nach all meinen hochgespannten Erwartungen war ich beunruhigt, weil sich nichts ereignete. Ich war verwirrt und fürchtete, ich hätte irgendetwas falsch gemacht.« In seinem Gelächter schwangen die Erinnerungen an jenen idealistischen, unsicheren jungen Mann mit. »Vielleicht war ich so unwichtig, dass ich nicht einmal getötet wurde. Ich würde in den Palast zurückkehren und irgendwie erklären, warum ich immer noch am Leben, aber nicht der Erwählte sei.«

»Wie unangenehm für dich«, murmelte Brianna.

»So sah es aus. Noch mehr Zeit verstrich, nichts passierte, und ich begann mich zu ärgern. Da ich schon einmal hier war, beschloss ich, die Gelegenheit zu nutzen.« Atreus zeigte auf den mineralischen Strom. »Ein oder zwei Mal badete ich darin, und das fand ich sehr erfrischend. Willst du's versuchen?«

»Jetzt?«

»Warum nicht? Damals tat ich es, und dieses Erlebnis sollst du mit mir teilen, so intensiv wie möglich.«

Doch er zwang sie zu nichts und überließ ihr die Entscheidung, stand auf und legte seinen Faltenrock ab. Als er ins Wasser watete, gewährte er ihr den verführerischen Anblick seines breiten, muskulösen Rückens und der schmalen Hüften. Vor allem seine festen Hinterbacken fand sie sehr verlockend. Auch sie erhob sich, zog das Hemd über den Kopf und folgte ihm. Da drehte er sich um. Voller Bewunderung ließ er seinen Blick über ihren nackten Körper wandern. Den Kopf hoch erhoben versuchte sie, nicht auf die Wellen zu starren, die direkt unterhalb seines Nabels plätscherten.

»Oh – ist das heiß…«

»*Zu* heiß?« Atreus umschlang ihre Taille und streichelte ihre zarte Haut.

»Nein – sehr angenehm. Nur anfangs hat's mich ein bisschen erschreckt.« Wie so vieles in letzter Zeit…

»Entspann dich, diese heiße Quelle wirkt angeblich beruhigend.«

Während sie ihn zweifelnd anschaute, entfernte er das Lederband aus seinem Haar. Dann hob er ihre seidigen Locken hoch. Geschickt band er sie auf ihrem Oberkopf zusammen. Die plötzliche Kälte an ihrem Nacken erzeugte eine seltsame Erregung, winzige Härchen sträubten sich, und sie erschauerte wohlig. Und dann hatte sie das beklemmende Gefühl, unsichtbare Augen würden sie beobachten. »Ist da jemand?«

»Wieso glaubst du das?«

»Keine Ahnung…« Natürlich war da niemand, kein Geräusch, keine Bewegung, und sie kam sich ziemlich albern vor. »Ich dachte nur… Nicht so wichtig.«

Jedenfalls war der flüchtige Eindruck verflogen, und sie fühlte sich wieder allein mit Atreus. In dieser unterirdischen Welt schienen nur sie beide zu existieren. Einerseits fand sie das himmlisch, andererseits geriet sie in Verlegenheit.

»Wie lange blieben die Menschen nach dem Vulkanausbruch hier?«, erkundigte sie sich.

»Etwa zwei Wochen. Als sie sich nach oben wagten, war ihre Heimat völlig verwüstet.«

»Nichts blieb übrig?«

»Gar nichts, kein landschaftliches Merkmal, kein Gebäude, kein Feld – nichts, was irgendwie vertraut aussah. Keine Vegetation, kein einziger Baum oder Busch. Einige ihrer Tiere hatten sie gerettet, alle anderen waren verschwunden.«

»Was müssen sie gedacht haben?«, murmelte Brianna. In ihrer Kindheit hatten die Schullehrer stets betont, jene Überlebenden seien legendäre Helden gewesen, von unermesslicher Tapferkeit und Kraft erfüllt. Aber davor mussten sie einfach nur Männer und Frauen gewesen sein, so wie die Akoraner und Akoranerinnen der Gegenwart. Die abgrundtiefe Verzweiflung, die sie nach der Katastrophe empfunden haben mussten, konnte sie sich kaum ausmalen.

»Sie glaubten, sie wären verlassen worden«, antwortete Atreus. »Da irrten sie sich. Aber es dauerte eine Weile, bis sie das herausfanden.«

Davon hatte sie noch nie gehört. »Was meinst du?«

»Später. Darf ich dich um einen Gefallen bitten?«

Im gespenstischen Höhlenlicht glich er einem jungen Gott, auf magische Weise dem Wasser entstiegen. Das dunkle Haar, das die starken, breiten Schultern streifte, umrahmte Züge von einzigartiger männlicher Schönheit. Während sein Blick langsam über ihre Gestalt wanderte, verzogen sich seine sinnlichen Lippen zu einem Lächeln und beschworen Erinnerungen herauf, die Briannas Blut erhitzten.

Gewiss, diese Bitte durfte er aussprechen. Die Frage lautete nur – bestand auch nur die geringste Hoffnung, dass sie Nein sagen könnte?

»Um einen Gefallen?«, wiederholte sie.

»Hilf mir, einen Traum zu verwirklichen, etwas, was ich mir in meiner Fantasie oft vorgestellt habe.«

»Was für eine rege Fantasie du hast …«, hauchte Brianna.

Ihre Arme lagen auf einem Felsen am Wasserrand. Ringsum plätscherten Wellen, von den rhythmischen Bewegungen der beiden Körper aufgewühlt. Die Hinterbacken an Atreus Hüften geschmiegt, fühlte sie, wie intensiv er sich mit ihr vereinte.

Gebieterisch und aufreizend brachte er sie immer wieder zum Höhepunkt. Danach hielt er jedes Mal kurz inne, um dann erneut zu beginnen. Sie versuchte, auch ihn auf den Gipfel der Lust zu führen, und spannte ihre inneren Muskeln an. Darüber lachte er nur und biss behutsam in ihren Nacken. Mit dieser Liebkosung entfachte er exquisite Emotionen. Durch ihre Adern schien flüssiges Feuer zu strömen.

Ihr Schrei hallte von den Höhlenwänden wider. »Genug, Atreus, genug!«

»Niemals. Nicht mit dir.« Entschlossen umfasste er ihre Hüften und zwang sie, sich weiter nach vorn zu neigen, damit er noch tiefer in sie eindringen konnte.

Vor ihren Augen tanzten gleißende Punkte – von den leuchtenden Lebewesen oder von fiebrigen Explosionen in ihrem Gehirn erzeugt? Doch das war unwichtig. Nichts zählte außer der wilden Ekstase, die sie verzehrte und zugleich erlöste, und sie glaubte in ein Paradies zu schweben.

Halb benommen, ganz langsam, kehrte sie in die Wirklichkeit zurück, dankbar für die Kraft der Arme, die sie festhielten. Von seiner eigenen Erfüllung überwältigt, rang er nach Luft, bevor er sie aus dem Wasser trug. Ermattet sanken sie in den Sand.

Obwohl er noch immer kaum Luft bekam, lachte er. »Dass

die Wirklichkeit meine Fantasie übertrumpfen würde, hätte ich nie vermutet.«

Zu erschöpft, um zu sprechen, lächelte sie nur und schmiegte sich an ihn.

Irgendwann – wie viel Zeit verstrichen war, wusste sie nicht – wurde sie von murmelnden Stimmen geweckt. Hastig setzte sie sich auf, suchte Atreus' Faltenrock und ihr Hemd. Bevor sie beides entdeckte, verstummten die Stimmen so abrupt, als wären sie niemals erklungen.

Verwundert streckte sie sich wieder im Sand aus. Doch sie fand keinen Schlaf mehr. Neben ihr lag Atreus auf dem Rücken, eine Hand berührte seine Brust, die seine tiefen, gleichmäßigen Atemzüge hoben und senkten. Vorerst würde er nicht erwachen. Die Gelegenheit, seinen faszinierenden Körper in aller Ruhe zu betrachten, war eine unwiderstehliche Versuchung. So gründlich er sich auch von ihr unterschied – sie schienen einander vollkommen zu ergänzen.

Mit einer federleichten Berührung ihres Fingers strich sie über eine seiner Schultern. Direkt unter der straffen Haut ertastete sie die Konturen von Sehnen und Knochen. Lange Muskelstränge prägten seine Arme und Beine. Hier und da erblickte sie Narben, die sie im Aufruhr der Liebesakte noch nicht bemerkt hatte. Manche sahen ziemlich alt aus. Sicher die Spuren seiner kriegerischen Ausbildung, dachte sie.

Zwischen den Brustwarzen wuchs dunkles Kraushaar, das auch den Bauch bedeckte und sich darunter verdichtete. In diesem Moment war er nicht erregt – kein Wunder nach den leidenschaftlichen Aktivitäten. Aber dieser Körperteil interessierte Brianna nach wie vor, denn er repräsentierte männliche Macht – und gleichzeitig die Verwundbarkeit des Vanax.

In London hatte sie den Tower besichtigt, eine Sammlung mittelalterlicher Rüstungen, mit kunstvoll verzierten Hosenbeuteln ausgestattet, um zu schützen, was die Männer angeblich am höchsten schätzten. Einige dieser Beutel waren ungeheuer groß, so als hätten sie prahlerisch die Potenz jener Krieger bezeugt. Darüber hatten sich Kassandra und Joanna kichernd amüsiert, sehr zum Unmut eines Museumswärters, der in der Nähe umhergeschlendert war. Offenbar hatte er die Anwesenheit der jungen Damen unschicklich gefunden.

Bei dieser Erinnerung begann Brianna leise zu lachen. Sofort presste sie eine Hand auf den Mund und hoffte, sie hätte Atreus' Schlummer nicht gestört. Doch er bewegte sich nicht, und sie atmete erleichtert auf.

Ihre Faszination ließ nicht nach. Im Gegenteil, mit jeder Minute steigerte sich ihr Entzücken. Und so war es unvermeidlich, dass ihr die leichte Berührung ihrer Fingerspitzen bald nicht mehr genügte. Atreus schlief tief und fest. Also würde er es gar nicht wahrnehmen, wenn sie …

Vorsichtig neigte sie sich über ihn. Seine Haut duftete nach der mineralhaltigen Quelle, salzig und angenehm, vermischt mit dem Moschusgeruch des Liebesspiels. Als sie neben seiner Hand ihre eigene auf seine Brust legte, fühlte sie kraftvolle Herzschläge.

Vor nicht allzu langer Zeit hatte sie gedacht, wie einfach es wäre, ihn zu lieben. Und wie die Realität bewies, fiel ihr das noch viel leichter. Ja, sie liebte diesen Mann – den *Mann*, nicht den Vanax, liebte sein Fleisch und sein Blut, die Muskeln und Sehnen, seinen Stolz und Mut, seine Leidenschaft und Zärtlichkeit, liebte ihn in einem schwindelerregenden Ausmaß, das ihre Selbstbeherrschung besiegte.

Nur ein Kuss – mehr nicht. Den würde er gar nicht spüren. Aufmerksam beobachtete sie ihn, hielt Ausschau nach winzigen Regungen, die sein Erwachen ankündigen würden. Dann näherte sie ihre Lippen einem markanten Wangenknochen. So warm und glatt war seine Haut – so verlockend…

Bestürzt richtete sie sich auf, erkannte plötzlich, wie nahe sie daran war, die Beherrschung zu verlieren. Nein, das durfte nicht geschehen – oder? Wäre Atreus wach gewesen, würde *er* die Kontrolle übernehmen, so wie jedes Mal, wenn sie sich liebten.

Und wenn es anders wäre? Diesem reizvollen Gedanken konnte sie beim besten Willen nicht widerstehen. Während sie Atreus' Gesicht musterte, rückte sie noch näher zu ihm. Bald würde er erwachen. Ein Krieger mit geschärften Instinkten – stets bereit, auf drohende Gefahren zu reagieren – würde wohl kaum so lange schlafen, hätte er sich in seiner Leidenschaft nicht restlos verausgabt. Trotzdem würde ihr nur wenig Zeit bleiben.

Wie sollte sie diese Minuten nutzen? Wie groß wäre die Kühnheit, die sie beweisen würde?

Anscheinend *sehr* groß. Sie wollte ihn berühren, so wie er sie berührte, und ihn ganz genau kennen lernen. Bevor sie der Mut verlassen konnte, beugte sie sich hinab und blies behutsam auf den Körperteil, der sie am meisten interessierte. Dann folgte ihre Zungenspitze dem Atem. Das genügte ihr nicht, denn sie wünschte sich viel mehr. Langsam strich ihre Zunge an seiner Männlichkeit hinab, kehrte zur glatten, runden Spitze zurück und flackerte über der empfindsamen Haut. Ganz sacht nahm sie die Kuppe zwischen die Zähne.

Da stöhnte er, sie schaute zu ihm auf, und er begegnete ihrem Blick – gefangen in einer höchst delikaten, aber auch beglückenden Situation. Eindeutig Herrin der Lage, ließ sie ihm keine Wahl und setzte die intimen Zärtlichkeiten unbeirrt fort. Erst als sie die ersten salzigen Tropfen des Tributes schmeckte, den er ihr zollte, fand er Gnade. Lächelnd setzte sie sich auf seine Hüften, die Beine gespreizt.

»Du steckst voller Überraschungen«, keuchte er und umfasste ihre Taille.

»Vielleicht solltest du in Zukunft daran denken.« Brianna zog das Lederband aus ihrem Haar, die feurigen Locken umrankten die Schultern. Lustvoll begann sie auf ihrem Liebsten zu reiten.

»Bist du wach?«, fragte sie.

Mittlerweile war es viel später. Wie spät, wusste er nicht. In den Höhlen folgte die Zeit anderen Gesetzen.

Seufzend umschlang er Brianna noch fester. »Ja, trotz meiner Entkräftung.«

»Erzählst du mir etwas mehr über das Ritual?«, bat sie ungeduldig. An Schlaf war nicht mehr zu denken, weil sie das Geheimnis endlich ergründen wollte.

»Ach – das…« Dieses wichtigste Ereignis seines Lebens hatte er völlig vergessen. Offensichtlich konnte man den Einfluss einer begehrenswerten Frau gar nicht überschätzen. »Es widerstrebte mir immer noch, in den Palast zurückzukehren. Und so ging ich dort hinein.« Er zeigte auf den kleinen Tempel.

»Was ist da drin?«

Atreus stand auf – erstaunlicherweise, ohne zu schwanken – und reichte ihr eine Hand. »Komm, ich zeige es dir.«

Seite an Seite betraten sie den Tempel, den zahllose winzige leuchtende Kreaturen bevölkerten. Das einzige Geräusch, das die Stille durchbrach, war das Rieseln des Wassers.

»Schau doch!« Atreus zog Brianna näher zu einer Wand.

So wie in dem Raum voller Statuen betrachtete sie ein Gesicht. Aber dieses war von Moos überwachsen, unermesslich alt, mit einem kaum erkennbaren Ausdruck, der trotz seiner Milde auch Stärke erahnen ließ. Aus dem Fels rings um die abgeschliffenen Züge floss Wasser in stetigem Strom.

»Davon hast du sicher gehört«, meinte Atreus.

»Tatsächlich? Was …?« Statt die Frage zu vollenden, bückte sie sich, schöpfte eine Hand voll Wasser und kostete es. Da erinnerte sie sich und lächelte. »Das Wasser der Vereinigung?«

Der Vanax nickte. »Von unzähligen Paaren in der Hochzeitsnacht genossen. Angeblich übt es eine bemerkenswerte, ermutigende Wirkung aus.«

»Dann sollten wir es nicht trinken.« Brianna ließ ihre Hand sinken.

Verwundert hob er die Brauen. »Warum nicht?«

»Wenn wir noch mehr *ermutigt* werden, könnte uns das umbringen.«

Atreus' Gelächter füllte den kleinen Tempel. »Wahrscheinlich ist es nur eine Legende. Dieses Wasser habe ich getrunken, ohne besondere sinnliche Leidenschaft zu verspüren.«

»Am Tag deiner Wahl warst du also hier?«

»Ja, nicht zum ersten Mal. Dies war – und ist – einer meiner Lieblingsplätze. Da drüben setzte ich mich hin.«

»Und dann?«

Er zögerte. Doch nun waren die Würfel gefallen, und es gab kein Zurück. »Ich lehnte mich an die Wand, die sich warm anfühlte.«

Das probierte auch Brianna aus. »Jetzt ist sie kalt.«

»Erwartungsgemäß. Aber an jenem Tag erwärmte sie sich. Nach einer Weile fragte ich mich, warum? Der ganze Tempel war warm, sogar heiß. Natürlich dachte ich, irgendetwas würde nicht stimmen und ich müsste gehen. Ich versuchte aufzustehen, was mir nicht gelang. Und da explodierte der Vulkan.«

»Was? Der Vulkan?«

»Ich fühlte, wie es geschah – wie sich die Erde öffnete, wie ein gewaltiger Lavastrom herausquoll. Tosend schoss er in die Luft, riss die Erde noch weiter entzwei, und ich hörte berstendes Gestein schreien, Wasser kreischen, sah Tempel in sich zusammenstürzen und Menschen sterben. So etwas Grausiges hatte ich nie zuvor erlebt.« Er sprach in ruhigem, sogar beiläufigem Ton. In den Jahren nach dem außergewöhnlichen Ereignis hatte er sich damit abgefunden und sein Schicksal akzeptiert.

Aber für Brianna war es anders. »Offenbar hattest du eine Halluzination.«

»Nein. Eine *wirkliche* Erfahrung war es nicht, sondern etwas anderes – jenseits meines Bewusstseins. Ich war nur ein winziger Punkt, der daneben saß.«

Zögernd fragte sie: »Bedeutet das – an diesem Ort werden Erinnerungen an die Vergangenheit festgehalten?«

Atreus nickte. »Aber nicht so, wie an manchen Orten die Echos früherer Zeiten umhergeistern. Hier existieren *lebendige* Erinnerungen.«

Das verstand Brianna nicht, und er beobachtete, wie sie sich um eine klare Erkenntnis bemühte. Sie war klug, und sie hatte eine akoranische Ausbildung genossen. Einige Minuten lang wartete er, und als er den Augenblick für richtig hielt, ergriff er ihre Hand. Dann legte er seine anderen Finger gespreizt auf die Tempelwand neben dem steinernen Gesicht. »Fürchte dich nicht.«

Er holte tief Luft und folgte dem Atem in sein Inneres, suchte die Stimme, die er dort finden würde. Das wusste er. Ebenso, wie er wusste, was er dahinter entdecken würde, hier an diesem Ort. Die unendliche Größe, die er nur ganz leicht streifte, die Berührung einer unfassbaren Macht, grenzenlose

Freude und Stolz, das Gefühl, die Einsamkeit wäre beendet, sein Lebensziel erreicht – und in alldem lag die Sanftmut, Wärme und Güte einer mütterlichen Umarmung.

Erschüttert zuckte Brianna zusammen, ihre Hand bebte in seiner. Doch sie versuchte nicht, sich loszureißen. Während er sie gegen die Wirkung der übergroßen Kraft abschirmte, wagte er ein wenig weiter vorzudringen – ließ sie noch ein bisschen mehr spüren, bevor er sich langsam aus der inneren Welt zurückzog.

Brianna seufzte tief auf. Die Augen voller Ehrfurcht, schaute sie ihn an. »Was war – was ist das?«

»Manche Leute nennen es den Geist von Akora.«

»Manche Leute …«

»Nach meiner Ansicht ist es viel mehr. Überall auf der Welt gibt es Orte, die den Menschen heilig erscheinen, wo wir uns einer höheren Macht besonders nahe fühlen. Zu solchen Stätten zählt auch Akora, doch es ist nicht die einzige, obwohl wir dem göttlichen Wesen vielleicht enger verbunden sind als andere Völker.«

»Erstaunlich … Du hast es gespürt, richtig *erlebt*.«

»Für mich war es eine großartige Erfahrung, die mein Leben entschieden hat. Trotzdem verstehe ich, dass jemand, der nicht dafür geschaffen ist, die Berührung mit einer so gewaltigen Macht nicht überlebt.« Atreus betrachtete seine Hände. »Nachdem ich in den Palast zurückgekehrt war, sah ich Brandwunden an meinen Fingern – die diese Wand berührt hatten. Seltsamerweise schmerzten sie nicht. Ein paar Tage später verblassten sie. Wie ich der Chronik entnahm, wies jeder Vanax solche Wundmale auf.«

Während er Briannas Antwort abwartete, fasste er sich in Geduld, schöpfte Hoffnung. Schließlich hob sie den Kopf und hielt seinem Blick stand. »In der Tat, Atreus, du bist der

Erwählte. Das alles ist wirklich wahr.« In ihre Überraschung mischte sich ein klares Verständnis, das alle Zweifel ausschloss, und sogar Freude.

»Ja, es *ist* wahr«, bestätigte er. »So wie es die reine Wahrheit ist, dass wir beide füreinander bestimmt sind.«

»Daran glaubst du immer noch? Obwohl du jetzt viel mehr über mich weißt?«

»Oh Brianna …« Bevor er weitersprach, musste er sie berühren, und so ergriff er ihre Schultern. »Deine Schuldgefühle sind nicht berechtigt.«

»Nicht berechtigt? Wenn du die bösen Kräfte in mir noch immer nicht akzeptierst …«

»Sei versichert – sie sind nicht böse. In meiner Familie gab es viele Frauen mit seltsamen Fähigkeiten. Sie blickten in die Zukunft, und manche konnten sogar die Elemente der Natur heraufbeschwören. Dass auch du eine solche Gabe besitzt, will ich nicht ausschließen. Insbesondere wegen deiner Verwandtschaft mit der Hawkforte-Dynastie. Aber du hast den Tod deiner Eltern nicht verursacht.«

»Was damals geschah, weißt du nicht. Du warst nicht dabei.«

»Doch.« Seine Hände umschlossen ihre Schultern noch fester. Was er sagen würde, hatte er genau geplant. Aber jetzt drohten ihn die Worte zu ersticken, so wie die Erinnerungen. »Ich war fünfzehn Jahre alt. Während meiner kriegerischen Ausbildung gehörte ich einer Marine-Kompanie an, die Manöver im Gewässer nahe der südlichen Meeresstraße durchführte. Eines Tages sichteten wir französische Schiffe, die sich unserer Küste näherten – was nicht zum ersten und auch nicht zum letzen Mal geschah. Wir signalisierten ihnen, abzudrehen. Doch der Admiral weigerte sich, unseren Wunsch zu erfüllen. Wie wir erst später erfuhren, war die Flotte vom Kurs abgekommen. Der Admiral fürchtete Napoleons Zorn und entschloss sich zu einem Angriff auf das sagenumwobene Akora in der Hoffnung, die Gunst seines obersten Kommandanten zurückzugewinnen. Damit beging er einen folgenschweren Fehler.«

»Und das Unwetter…«

»Nur ein starker Wind – kein Unwetter. Die französischen Schiffe wurden in einer Schlacht versenkt.«

Unter seinen Händen fühlten sich ihre Schultern eiskalt an. Alle Farbe wich aus ihrem Gesicht. Die Augen groß und dunkel, schaute sie zu ihm auf. »Meine Eltern…«

»Dass Zivilisten an Bord gewesen waren, wussten wir erst, nachdem wir dich gefunden hatten.«

»Oh Gott…« Sie schwankte, und weil er fürchtete, sie würde stürzen, versuchte er, sie an sich zu ziehen. Aber sie riss sich los, entsetzt starrte sie ihn an. »Erzählst du mir, meine Eltern seien von Akoranern getötet worden?«

Von dem Volk, das sie so warmherzig aufgenommen hatte – von Menschen, die sie liebte?

»Wir mussten uns verteidigen, Brianna.«

Auf dieses Argument ging sie nicht ein. Stattdessen schien sie laut zu denken. »Über eine solche Schlacht müssten die Akoraner Bescheid wissen. Auch Leoni und Marcus. Alle wussten Bescheid. Und niemand – *niemand* – erzählte mir davon.«

»Neulich sagtest du, Leoni und Marcus würden nichts von deinen Schuldgefühlen ahnen.«

»Trotzdem – sie verschwiegen mir die Wahrheit über den Tod meiner Eltern und wie es dazu kam, dass ich bei ihnen aufwuchs.«

»Wäre es sinnvoll gewesen, dir das alles zu sagen – wo du doch dein Leben *hier* verbringen würdest? Insbesondere, nachdem du in England nicht vermisst wurdest. Zumindest nahmen wir das an.«

»Aber ich *habe* eine englische Familie. Nicht einmal das hätte ich herausgefunden, wäre ich nicht so fest entschlossen gewesen.« Sie wich vor ihm zurück und streckte die Arme aus, um ihn abzuwehren. »Zu viele Lügen.«

»Keine Lügen.«

»Oh, doch! Lügen des Schweigens. Dies alles hätte man mir mitteilen müssen. So viele Jahre lang liebte ich Akora. Und wie ich jetzt höre, starben meine Eltern, weil... Mein Vater versank im Wasser, suchte verzweifelt nach meiner Mutter und fand sie nicht – dann entdeckte er mich und... Oh Himmel, wie er mich ansah, bevor die Wellen ihn verschlangen...« Der Albtraum jenes grausigen Tages stieg erneut in ihr auf, begleitet von einer beklemmenden, unausweichlichen Wahrheit. »Von Anfang an hättest du ehrlich zu mir sein müssen, Atreus. Und stattdessen...« Sie senkte den Kopf, ließ ihren Blick über die beiden nackten Körper wandern – einander so vertraut nach den langen Stunden voller Leidenschaft. »Stattdessen wolltest du mich an dich binden, um zu erfüllen, was du für unser Schicksal hältst, weil nichts anderes zählt, nicht wahr? Nichts außer den Forderungen Akoras.« Schmerzlich verzerrten sich ihre Lippen. »Oh ja, du bist der Erwählte. Daran zweifle ich nicht mehr. Aber vielleicht solltest du dich fragen, ob du immer noch ein Mensch bist.«

Dann ergriff sie die Flucht, und Atreus war allein im Tempel so wie vor acht Jahren. Aber diesmal hatte er die Prüfung nicht bestanden, sondern schmählich versagt.

15

Aus einem Traum erwacht, geriet sie in einen Albtraum. Atreus war tatsächlich der Erwählte, die Legenden und Mythen der akoranischen Religion entsprachen der Wirklichkeit. Auf den Inseln herrschte eine spirituelle Macht, die über alle Bewohner wachte. Im Tempel hatte auch Brianna diese Kraft gespürt, durch den Vanax. Wäre die erstaunliche Offenbarung nicht von einer grauenhaften Erkenntnis überschattet worden, hätte sie ihr ein reines Glück geschenkt.

Aber jener übergroßen Macht waren ihre Eltern zum Opfer gefallen.

Obwohl sie instinktiv davor zurückschreckte, einen so furchtbaren Schluss zu ziehen – es ließ sich nicht vermeiden. Der Leben spendende Geist von Akora, was immer er sein mochte, befähigte und erkühnte die Einheimischen, ihr befestigtes Königreich gegen alle Eindringlinge zu verteidigen.

Briannas Augen brannten, und sie hielt ihr Gesicht in den Wind. Vielleicht würde er die Tränen trocknen, die unentwegt flossen, die sie nicht bekämpfen konnte.

Zum ersten Mal, seit sie vor sechzehn Jahren erwacht war und Leoni an ihrem Bett gesehen hatte, fühlte sie sich einsam, hoffnungslos verloren. Akora, ihre geliebte Heimat, hatte Delphine und Edward ins Verderben gelockt. Und von den Menschen, die sie so vertrauensvoll geliebt hatte, war sie in all den Jahren belogen worden. Die Wahrheit über den Tod ihrer Eltern hatten Leoni und Marcus beharrlich verschwiegen. Solche Schicksalsschläge erschienen ihr unerträglich. Trotzdem musste sie den Schmerz hinnehmen, weil es keinen Ausweg gab.

Natürlich konnte sie Akora verlassen, nicht sofort oder problemlos. Aber sie *würde* abreisen. In England wartete ein neues Leben. Das wusste sie, aber der Gedanke tröstete sie nicht. Wohin immer sie ging, Leid und Trauer würden ihr folgen.

Sich selbst konnte sie hier nicht zurücklassen. Und der wichtigste Teil ihres Ichs war die Erkenntnis einer übermächtigen Liebe zu Atreus. Aber gerade wegen dieser Liebe konnte sie unmöglich in einer Welt voller Lügen bleiben. Er wollte nicht die Frau heiraten, die sie war, sondern die Frau, die das Schicksal für ihn bestimmte. Zumindest glaubte er das, von einer Vision beeinflusst. Mit Leidenschaft und Überzeugungskraft hatte er sie erobert. Viel zu empfänglich war sie gewesen, viel zu bereitwillig hatte sie sich hingegeben. Wäre sie kein Mitglied von Helios, das unbequeme Fragen stellte, hätte er sie vielleicht schon geheiratet.

In ihren Schläfen dröhnte es schmerzhaft. Den Kopf in die Hände gestützt, schloss sie die Augen, fand aber keine Linderung. Nachdem sie aus den Höhlen getaumelt war, hatte sie geradewegs ihr Zimmer aufgesucht, um zu baden und saubere Kleidung anzuziehen. Daran erinnerte sie sich kaum. Jetzt saß sie auf der obersten Stufe der steinernen Reihen, die das leere Stadion umgaben. Vor einem halben Jahr hatte sie, fast vom selben Platz aus, aufgeregt und begeistert die olympischen Spiele beobachtet, das faszinierende Wagenrennen.

Atreus war einem überlegenen Sieg entgegengerast. Mit klopfendem Herzen sprang sie auf und jubelte ihm zu.

Wenige Sekunden später zerriss eine gewaltige Explosion,

die eine Mauer direkt neben dem Vanax einstürzen ließ, die Arena – und scheinbar die ganze Welt.

Dafür sei der Verräter Deilos verantwortlich, hatte man behauptet. Weil er die Reformen ablehnte, die der Vanax plante, und den Thron selbst besteigen wollte …

Und manche Leute glaubten, Helios-Anhänger hätten ihm geholfen, den Mordanschlag auf Atreus zu verüben.

Noch mehr Lügen? Das wusste sie nicht, und es fiel ihr schwer, klar zu denken. Zu grell schien die Sonne, und der Wind frischte auf.

Verdammter Wind … Von Kindesbeinen an, seit ihr jene seltsame Gabe vage bewusst geworden war, hatte sie ihn gefürchtet. Jetzt erschien er ihr nur mehr wie ein sinnloses Ärgernis. Wie Atreus betont hatte, würden die Frauen in seiner Familie und in der Hawkforte-Dynastie immer wieder *andere* Fähigkeiten besitzen. Zum Beispiel beschworen sie Naturgewalten herauf. Oder sie schauten in die Zukunft. Doch das alles diente einem Zweck und bewirkte etwas, das über ein Ärgernis hinausging.

Für *sie* galt das nicht – oh nein. Falls ihr ein gewisses Talent gegeben war, brachte es irgendeinen Nutzen? Und wenn sie einen Mann liebte, musste er …?

Erbost bezwang sie ihr Selbstmitleid, sprang auf und verließ die Arena. Ohne eine bestimmte Richtung einzuschlagen, wanderte sie durch die Stadt. Bald gesellte sie sich zu dem Menschenstrom, der ernsthaft und zielstrebig den Palast ansteuerte. Was mochte das bedeuten? Allzu lange musste sie nicht auf eine Erklärung warten.

»Bri, ich hätte nicht gedacht, dich hier zu treffen!«, rief Polonus und bahnte sich durch das dichte Gedränge einen Weg zu ihr.

Mühsam unterdrückte sie ein Seufzen und suchte ihre Verzweiflung zu verbergen. Selbst wenn sie jenes beunruhigende Gespräch auf dem Fest nicht geführt hätten, könnte sie sich ihrem Bruder unmöglich anvertrauen. So eng die Bande zwischen ihnen auch gewesen waren – er zählte zu den Menschen, die sie bewogen hatten, einer Lüge zu glauben.

Aber obwohl sie nichts sagte, kannte er sie gut genug und merkte sofort, dass sie irgendetwas bedrückte. »Was stimmt denn nicht mit dir?«, fragte er. Für einen kurzen Moment schien er seinen Egoismus zu vergessen und seine Schwester in echter Besorgnis zu mustern.

Davon ließ sie sich nicht beeindrucken, und sie wünschte, sie wäre mit ihren Gedanken allein. »Alles in Ordnung.«

»Du bist so blass.«

Ohne ihn anzuschauen, ging sie weiter. »Ich bin eben erst aus England zurückgekehrt. Dort scheint die Sonne um diese Jahreszeit nur selten.«

»Trotzdem hast du vorgestern besser ausgesehen. Hör mal – tut mir Leid, wenn ich irgendwas gesagt habe, das dich bekümmert.«

»Du hast dich nicht so verhalten wie der Polonus, den ich zu kennen glaubte. *Deswegen* war ich irritiert. Was du *gesagt* hast, war blanker Unsinn.«

Mit dieser Anklage trieb sie ihm das Blut in die Wangen. Aber er protestierte nicht. Stattdessen versuchte er, sich zu entschuldigen. »Die letzten Monate waren sehr schwierig für mich. Jetzt fängt wenigstens der Prozess an …«

»Der Prozess? Heute?«

Verwirrt runzelte er die Stirn. »Ja, natürlich. Deshalb gehen sie alle zum Palast hinauf. Du etwa nicht?«

»Doch.« Die Helios-Anhänger, die sich vor Gericht verantworten mussten, waren nicht nur seine Freunde, sondern auch ihre. Unter anderem hatte Atreus dieses bevorstehende Verfahren benutzt, um sie nach Akora zurückzulocken. Vielleicht nahm er an, sie würde dem Prozess fernbleiben. Nun, dann würde sie ihm eine Überraschung bereiten.

Hoch erhobenen Hauptes würde sie die Ereignisse beobachten und feststellen, ob es auf Akora tatsächlich so etwas wie Gerechtigkeit gab.

Von der Menschenmenge getrieben, erreichten Brianna und ihr Bruder den großen Hof vor dem Palast, den Schauplatz der Feier, die erst vor zwei Tagen stattgefunden hatte. Alle Spuren der rauschenden Festlichkeit waren verschwunden. Wahrscheinlich hatte man mit einem gewaltigen Andrang gerechnet und beschlossen, den Gerichtsprozess in den Hof zu verlegen. An keinem anderen Ort auf Akora würde man so viele Leute unterbringen.

Die geistesgegenwärtigsten Besucher erkannten sofort, wo sich die beste Aussicht bieten würde. Und so stürmten sie die Stufen, die zum Palasttor führten, und setzten sich. Auch Polonus steuerte dieses Ziel an und ergriff Briannas Hand, zog sie mit sich und fand günstige Plätze in der Nähe eines Podests, das an einem Ende des Hofs errichtet worden war. Darauf standen ein Tisch und ein schlichter Stuhl mit hoher Lehne.

»Kein Thron?«, murmelte er.

»Den braucht er nicht«, erwiderte sie, während sie sich auf die Treppe setzten. »Atreus' Macht hängt nicht von Symbolen ab.« Das hatte sie inzwischen deutlich genug erkannt.

Ehe Polonus antwortete, spähte er rasch nach allen Seiten, um herauszufinden, wer sich in der Nähe postiert hatte. »Eher von der Unwissenheit seines Volkes.«

Wenn sie es auch besser wusste – sie wollte nicht mit ihm streiten. Ein paar Stufen weiter unten entdeckte sie Kassandra und Joanna mit ihren Ehemännern. Die vier bemerkten sie nicht. Dafür dankte sie dem Himmel.

Das Publikum musste nur ein paar Minuten warten. Ohne Fanfarenklänge oder eine andere Ankündigung kam Atreus aus dem Palast und nahm seinen Platz auf dem Podest ein. Davor ließen sich die Ratsherren nieder, seine Beisitzer. An seiner einfachen weißen Tunika trug der Vanax kein einziges Emblem seines Amtes. Er sieht müde aus, dachte Brianna, und gedankenverloren. Nachdem er sich gesetzt hatte, schweifte sein Blick über die Menschenmassen hinweg und blieb an ihr hängen.

Wie sie es beabsichtigt hatte, hob sie stolz den Kopf und starrte ihn an. Obwohl sie ihre ganze innere Kraft aufbieten musste, hielt sie seiner Musterung stand. Schließlich schaute er weg – aber nicht, bevor sie den Kummer in seinen Augen gelesen hatte. Falls sie bei der stummen Konfrontation eine gewisse Genugtuung empfunden hatte – jetzt schmeckte dieses Gefühl wie Asche auf ihrer trockenen Zunge.

Nun wurden die Gefangenen in den Hof geführt, und alle Leute reckten die Hälse. Die vier Männer waren blutjung. In erster Linie zog Helios die Jugend an. Brianna kannte die Angeklagten, denn sie hatten gemeinsam mehrere Versammlungen besucht. Von geteilten Hoffnungen und Träumen beflügelt, hatte sie sämtliche Mitglieder der Rebellenorganisation als ihre Freunde betrachtet, und es war schmerzlich, diese vier in einer so beklagenswerten Situation wiederzusehen.

Nun trat der Friedensrichter Marcellus vor das Podest, eine Tafel in der Hand, von der er die erstaunlich kurze Anklageschrift ablas. »Jeder dieser Männer wird der Beschaffung des Materials beschuldigt, das zur Bombardierung des Stadions diente. Wozu es benutzt werden sollte, wussten sie. Die Explosion tötete acht Männer und verwundete ein paar Dutzend, darunter den Vanax von Akora.«

»Der genug Anstand beweisen müsste, um hier *nicht* den Vorsitz zu führen«, fauchte Polonus. »Immerhin ist er persönlich in den Fall verwickelt.«

»Atreus erfüllt nur seine Pflicht«, entgegnete Brianna. »Die würde er niemals verletzen.« Was sie aus eigener bitterer Erfahrung wusste...

In schneller Folge wurde das Beweismaterial dargelegt. Einige Zeugen schilderten ihre Begegnung mit einem oder mehreren Angeklagten in der Nähe eines Wagens, den man später als gestohlen gemeldet hatte. Dieses Fahrzeug habe dem Wagen geglichen, der bei dem Attentat benutzt worden sei. In anderen Aussagen wurden die Angeklagten mit den Sprengstofffässern in Verbindung gebracht. Besonders belastend wirkte die Behauptung, jeder der vier Männer hätte sich Material angeeignet, das man für die Herstellung von Schießpulver benötigen würde.

Schon lange vor dem Ende der Zeugenvernehmung fühlte sich Brianna zutiefst erschüttert. Ein Teil der Indizien mochte auf Zufällen beruhen. Aber alles in allem bestanden nur geringe Hoffnungen, die Unschuld der vier Angeklagten würde sich herausstellen.

»Das verstehe ich nicht«, sagte sie leise zu ihrem Bruder. »Helios ist eine *friedliche* Bewegung. Warum sollten sich Gewalttäter dafür interessieren?«

»Vielleicht neigten sie noch nicht zur Gewalt, als sie unserer Organisation beitraten. Und dann änderte sich ihre Gesinnung, weil sie merkten, auf die sanfte Tour würden sie nichts ändern.«

»Wir alle waren enttäuscht, Polonus, und wir wünschten uns schnellere Reformen. Aber das ist keine Entschuldigung für das Verbrechen dieser Leute. Großer Gott, sie haben mitgeholfen, Menschen zu *töten*!«

»Hätte der Vanax nicht so halsstarrig auf seinem Standpunkt beharrt, wäre das nie passiert. Den Tod der acht Männer hat er genauso verschuldet wie unsere Freunde.«

Durfte sie ihren Ohren trauen? Entgeistert wandte sie sich zu ihrem Bruder. »Das meinst du nicht ernst, oder?«

»Aber es stimmt. Siehst du das nicht ein? Hätte Atreus die Forderungen der Helios-Mitglieder erfüllt, wäre niemand zu so verzweifelten Maßnahmen getrieben worden.«

»Und weil sie nicht warten konnten, mussten sie ihre Mitbürger ermorden? Glauben sie, Atreus hätte *sofort* auf ihre Vorschläge eingehen müssen? Und weil er sich ihrem Ansinnen widersetzte, war es ihr gutes Recht, Blut zu vergießen?«

»Natürlich nicht, das habe ich keineswegs behauptet. Selbst wenn einige der getöteten Männer zu den Anhängern des Vanax zählten, war es falsch, sie umzubringen.«

Hatte sich eine Wolke vor die Sonne geschoben? Plötzlich fröstelte Brianna. »Und der Versuch, *Atreus* zu ermorden? Begreifst du, wie falsch *das* war, Polonus?«

»Jedenfalls ist mir eins klar – er steht allen Hoffnungen auf Reformen im Weg.«

In den nächsten Minuten kannte Brianna nur einen einzigen Gedanken. Was hatte Polonus soeben gesagt? Welche ungeheuerliche Andeutung ... Atreus sollte sterben. Zumindest war sein Tod akzeptabel.

Daran glaubte ihr Bruder. Ihr eigener Bruder ...

Wie aus weiter Ferne hörte sie Atreus verkünden, die Beweisaufnahme sei abgeschlossen und die Verhandlung auf den nächsten Morgen vertagt. Die vier Angeklagten wurden abgeführt, langsam begann sich die Menge zu zerstreuen. Polonus stand auf und erwartete, sie würde seinem Beispiel folgen. Doch sie konnte sich nicht dazu durchringen, ihn zu begleiten.

»Ich bleibe noch hier.«

»Tu das lieber nicht, Bri. Sonst sieht es so aus, als würdest du dich auf die Seite unserer Gegner schlagen. Komm mit mir. Heute Abend findet eine Versammlung statt.«

»Ein Helios-Treffen?«

»Ja. Daran solltest du teilnehmen.«

Brianna schaute zu ihm auf. Sekundenlang sah sie ihn so, wie er gewesen war – der sanftmütige Junge, ihr geliebter Bruder. Jede Art von Gewalt hatte er verabscheut. Und jetzt sprach er scheinbar ungerührt von *Mord*.

So begeistert hatte sie die Helios-Ideen aufgenommen, und in gewisser Weise fand sie die Forderungen immer noch berechtigt. Aber hinter ihr lag ein unheilvoller Tag, und sie musste die Ereignisse ungestört überdenken.

»Geh nur«, flüsterte sie, und irgendwie – in Erinnerung an gemeinsame Zeiten – gelang ihr ein Lächeln.

Während sie allein auf der Treppe saß, wartete sie, bis ein Großteil der Menschenmenge den Hof verlassen hatte. Dann betrat sie den Palast, um in ihr Zimmer zu gehen. Wachsende Erschöpfung erschwerte jeden einzelnen Schritt. Letzte Nacht hatte sie schlecht geschlafen – viel zu beschäftigt auf eine Art und Weise, an die sie nicht denken wollte. Und in der vorangegangenen Nacht hatte das Fest stattgefunden. Halb benommen, erkannte sie kaum, *wie* müde sie war.

Endlich erreichte sie ihr Zimmer. Mit letzter Kraft schlüpfte sie aus den Sandalen und sank auf ihr Bett, ohne sich zu entkleiden oder die Decke zurückzuschlagen. Sekunden später schlief sie tief und fest.

Mondschein erhellte den Raum, als Atreus eintrat. So lange wie möglich hatte er sich geduldet und überlegt, ob er hierher kommen sollte. Unschlüssigkeit war ihm völlig fremd und missfiel ihm. Ganz vorsichtig hatte er die Tür einen Spaltbreit geöffnet, hindurchgespäht und die Schwelle erst dann überquert.

Wie erwartet schlief Brianna. Bei der Gerichtsverhandlung hatte er sich mühsam beherrschen müssen, um sie *nicht* aufzusuchen. Ihre Anwesenheit hatte ihn überrascht und neue Hoffnung geweckt. Nun erfüllte ihn ihre sichtliche Erschöpfung und Sorge mit qualvollem Bedauern.

Er hatte ihr wehgetan. Ausgerechnet *er*, der Herrscher von Akora, den Gesetzen und Wertmaßstäben verpflichtet wie kein anderer, hatte eine Frau verletzt – noch dazu die Frau, die er liebte.

Hätte er doch – *was* getan? Hätte er ihr eine andere oder gar keine Geschichte erzählen sollen? Oder wäre es besser gewesen, vorher *nicht* alles zu tun, um sie an sich zu binden? Nun erschien ihm jede dieser Möglichkeiten besser als der Entschluss, den er letzten Endes gefasst hatte.

Briannas vernichtender Blick …

Oh ja, du bist der Erwählte. Daran zweifle ich nicht mehr. Aber vielleicht solltest du dich fragen, ob du immer noch ein Mensch bist.

Wie schrecklich Recht sie hatte, wusste sie nicht einmal.

In Stein, Lehm und Metall hatte er versucht, seine Menschlichkeit zu wahren, trotz eines Erlebnisses, das – mochte es auch heilig und mystisch gewesen sein – ihn von allen seinen Mitbürgern trennte. Seine Menschlichkeit hatte er erst in den Armen einer Frau wiedergefunden, die jetzt schlief, ohne seine Gegenwart zu ahnen.

Er kniete neben dem Bett nieder und betrachtete sie. Das

Gesicht ihm zugewandt, die Lippen leicht geöffnet, atmete sie langsam und tief. Am liebsten hätte er sie an sich gezogen und getröstet. Doch er war ohnehin schon ein unbefugter Eindringling. Noch weiter durfte er nicht gehen, solange jene drückende Barriere zwischen ihnen stand.

Trotzdem war die Versuchung, Brianna zu berühren, unwiderstehlich. Er streckte eine Hand aus. Behutsam strich er eine rötliche Haarsträhne aus dem Gesicht.

Sie zeigte keine Regung. Offenbar spürte sie seine Anwesenheit nicht.

Gut, dachte er und blieb noch eine Weile bei ihr, bevor er aufstand. Lautlos verließ er das Zimmer, nachdem er sie zugedeckt und sich vergewissert hatte, dass die Fensterläden geschlossen waren.

Für die Jahreszeit war die Nacht zu kalt. Zudem kam ein frischer Wind auf.

Müde, mit schwerfälligen Schritten, folgte er dem Korridor. Als er um eine Ecke bog, sah er seine Schwester auf ihn zukommen.

»Ich hatte gehofft, dich zu finden.« Liebevoll strich Kassandra über seinen Arm und küsste seine Wange. »Du siehst grässlich aus.«

»Ehrlich wie eh und je«, seufzte er und lächelte gequält. »Ich brauche nur ein paar Stunden Schlaf. Dann bin ich wieder ganz der Alte.«

Ohne ihre Skepsis zu verhehlen, musterte sie ihn. »Wirklich? Ich fürchte, das wird nicht genügen. Wie geht es Brianna?«

»Sie schläft.« Entschlossen ging er weiter, und sie blieb an seiner Seite. »Wo ist Royce?«, fragte er. »Eigentlich dachte ich, er würde dir nicht erlauben, in deinem Zustand allein umherzuwandern.«

Die Stirn gerunzelt, blickte sie auf ihren gewölbten Bauch hinab. »Mein Gemahl glaubt, ich würde jeden Moment platzen. Sosehr ich ihn auch liebe – manchmal treibt er mich zum Wahnsinn.«

»Alles würde er für dich tun.«

Dann nahmen ihre Augen einen sanfteren Ausdruck an. »Ja, das weiß ich. Und ich bin die glücklichste Frau auf Erden. Trotzdem wollte ich dich sehen. Dieser Tag war schwierig. Daran wird sich in nächster Zeit nichts ändern.«

»Morgen wird Deilos vernommen, vor zahlreichen Prozessbesuchern.«

Endlich würde der Mann, der ihn beinahe getötet und mehrere andere Verbrechen begangen hatte, vor Gericht stehen. Atreus rechnete mit Problemen. Doch das Verfahren war unumgänglich, weil es dem Wohl Akoras diente. Erst wenn die Gerechtigkeit gesiegt hatte, würde sich das Volk wieder sicher fühlen.

»An alles, was geschehen ist, wirst du dich morgen erinnern«, meinte Kassandra leise, »und einiges in Gedanken sogar noch einmal erleben. Selbstverständlich werden wir dir beistehen. Aber letzten Endes musst du das alles allein ertragen.«

»Inzwischen habe ich mich mit meiner Einsamkeit abgefunden.«

Sie seufzte, aber sie widersprach ihm nicht. In der Atreiden-Familie wurde von jeher das Gesetz befolgt, ein Vanax müsste ein gesondertes Leben führen. Doch dann *musste* sie ganz einfach in Worte fassen, was sie dachte. »Eigentlich hatte – nein, wir hatten gehofft, das würde sich jetzt ändern.«

Abrupt blieb Atreus stehen. Ein plötzlicher Verdacht beunruhigte ihn. »Hat Mutter dich zu mir geschickt?«

»Nein«, beteuerte Kassandra hastig und lachte. »Sie ist mit

Amelia und heißer Freude auf ihr neues Enkelkind beschäftigt. Allerdings darfst du nicht erwarten, dass sie damit für immer ausgelastet wird.«

Nein, wirklich nicht. Sosehr er seine Mutter auch liebte – es irritierte ihn, wie hartnäckig sie ihn seit Jahren zu einer Heirat drängte. Seit seine Geschwister im Ehehafen gelandet waren, verstärkte Phaedra ihre Bemühungen. Und falls sie irgendwie herausgefunden hatte, die Frau, vom Schicksal zur Braut des Vanax erkoren, würde ihm ihr Jawort verweigern…

»Wenn du mir deine Diskretion versprechen würdest, wäre ich sehr dankbar, Kassandra.«

»Natürlich gebe ich dir mein Wort. Was immer ich für dich tun kann…« Mitten im Satz verstummte sie und berührte ihren Bauch.

»Alles in Ordnung?«, fragte Atreus.

»Ja, es ist nur – seit wir hier sind, strampelt mein Baby viel kräftiger.«

Erleichtert, weil sie nicht in Gefahr war, atmete Atreus auf. »Das wollte ich dich schon die ganze Zeit fragen, willst du dein erstes Kind auf Akora zur Welt bringen?«

»Das weiß ich nicht genau. Zunächst dachte ich, er müsste auf Hawkforte geboren werden. Übrigens, es ist ein Junge, da bin ich mir ganz sicher. Und weil Hawkforte sein Heim und sein Erbe ist, wollte ich die Niederkunft in diesen alten Mauern abwarten. Aber dann, vor etwa einem Monat, hatte ich plötzlich das Gefühl, er müsste *hier* das Licht der Welt erblicken.«

Verständnisvoll nickte Atreus. »Ich habe über deine Worte nachgedacht – über die zahlreichen Wege, die in die Zukunft führen, und dass es an uns ist, eine Wahl zu treffen. Vielleicht wird sich auch dieses Kind für irgendetwas entscheiden müssen.«

»Vermutlich...« Seine geliebte Schwester schaute zu ihm auf. Unter ihrem Herzen trug sie ein Kind, das er bereits kannte. »Versuchst du mir irgendetwas zu sagen, Atreus?«

Er dachte an die Höhlen, an den Tempel. Und was ihm einst so klar erschienen war, hüllte sich jetzt in dunkle Schleier. »Nur eins – es gibt unendlich viele Wege. Komm jetzt, gehen wir zu Royce, bevor er sich Sorgen um dich macht.«

Widerstandslos folgte sie ihm. Doch sie warf einen prüfenden Blick in seine Richtung, den er ignorierte. Resignierend setzte er seinen Weg fort – nicht den erwählten, sondern einen aufgezwungenen, unausweichlichen Weg.

Am nächsten Morgen lockte die Gerichtsverhandlung eine noch größere Menschenmenge in den Palasthof als am Vortag. Gespannt warteten die Leute auf die Vernehmung des Mannes, der angeblich so grausige Verbrechen begangen hatte, dass man nur hinter vorgehaltener Hand darüber munkelte. Davon wusste Brianna nicht viel, wenn auch genug, um rechtzeitig einen Platz am Fuß der Treppe zu ergattern.

Polonus tauchte nirgendwo auf. Nach Leoni und Marcus, die den Prozess zweifellos verfolgen würden, hielt sie nicht Ausschau. Irgendwann musste sie mit ihnen reden – wenn der Schmerz über den Verrat, den sie an ihr begangen hatten, einigermaßen abgeklungen war.

Als Atreus erschien, sah sie ihn an und sofort wieder weg, um seinem Blick auszuweichen. Diesmal wirkte er nicht so müde wie am Vortag. Aber seine versteinerte Miene erweckte den Eindruck, er hätte alle menschlichen Gefühle in seinem Innern verschlossen, um sich gegen den Auftritt seines schlimmsten Feindes zu wappnen.

Wie Stein – genauso unnachgiebig sah er aus. Brianna wusste, dass er ein gerechtes Urteil anstrebte. Trotzdem fragte sie sich unwillkürlich, ob er überhaupt fähig war, Barmherzigkeit zu empfinden.

Sobald er sich setzte, wuchs die fast greifbare Spannung im Publikum. Von Wachtposten umzingelt, durchquerte ein Mann den Hof. So wie alle Zuschauer stand auch Brianna auf, um ihn genauer zu betrachten. Konnte das Deilos sein? Eher unscheinbar, stellte sie fest, kleiner als die meisten Akoraner und spindeldürr. Die scharf gezeichneten Züge zeigten keine Angst. Unentwegt schweifte sein Blick hin und her, glitt über die dicht gedrängte Menschenmenge hinweg. Als er sich dem Podium näherte, grinste er verächtlich und hob seine Hände.

Nein, eine Hand... Der rechte Arm endete in einem Stumpf.

Also stimmte die Geschichte, die Brianna gehört hatte. Während Atreus bewusstlos gewesen war, an der Grenze zwischen Leben und Tod, hatte Royce, den die Akoraner »Lord Hawk« nannten, Jagd auf Deilos gemacht. Diesen Mann wollte er töten, denn er gefährdete Prinzessin Kassandra und hatte ihn selbst in grausamer Gefangenschaft gehalten. Aber im letzten Moment, von Kassandra beschworen, ließ er Deilos leben, um ihn vor Gericht zu bringen. Nur die rechte Hand und die Freiheit hatte Royce ihm genommen.

Und jetzt lag es an Atreus, ob Deilos auch sein Leben verlieren würde.

»Heil dir, Vanax!«, rief der Angeklagte höhnisch. »Sei gegrüßt, erwählter Herrscher von Akora. In tiefer Demut stehe ich vor dir.«

Atreus schwieg eine Zeit lang. Auf seinem Stuhl zurückgelehnt, musterte er seinen Feind ausdruckslos. Schließlich begann er zu sprechen. »Du stehst vor Gericht, um zu hören, was man dir vorwirft, um die Beweise gegen dich zu entkräften, wenn du es kannst, und ein gerechtes Urteil zu vernehmen. Marcellus…« Mit einer knappen Geste winkte er den Friedensrichter zu sich, der sofort vortrat.

Diesmal musste er seine Tafel nicht zu Rate ziehen. »Deilos aus dem Hause Deimatos, gegen Sie werden folgende Beschuldigungen erhoben: Sie haben Royce, den Earl of Hawkforte, damals noch ein *Xenos*, unrechtmäßig und brutal festgenommen. Jene Gefangenschaft wollten Sie nutzen, um das Königreich Großbritannien zu einer Invasion Akoras zu provozieren. Mit Hilfe der Engländer planten Sie das Haus der Atreiden zu stürzen und den Thron des Vanax zu besteigen. Als dies fehlschlug, verschworen Sie sich mit Gesinnungsgenossen. Während der olympischen Spiele versuchten Sie, den rechtmäßigen Vanax von Akora mittels einer Sprengstoffexplosion in der Nähe des Stadions zu ermorden. Dies führte zu acht Todesfällen und zahlreichen Verletzungen. So lauten die Anklagen.«

Noch bevor er die Rede beendete, musste er seine Stimme erheben, um den Aufschrei des empörten Publikums zu übertönen. Vieles, was Deilos zur Last gelegt wurde, hatten nur die Atreiden und ihre engsten Berater gewusst. Von Royces Gefangenschaft hatte Brianna nur wegen ihrer Freundschaft mit den beiden Ehepaaren erfahren.

Allein schon Deilos' Versuch, eine fremde Macht zum Einmarsch in Akora zu bewegen, hatte zahlreiche Zuhörer entrüstet. Als ein Raunen durch die Menge gegangen war, hatte Atreus eine Hand gehoben und um Ruhe gebeten, mit geringem Erfolg.

Und nun hatte Marcellus auch noch den Mordanschlag auf den Vanax erwähnt. Sobald er verstummte, gab es kein Halten mehr. Wütende Männer und Frauen sprangen auf und schrien Deilos an.

»Verräter!«

»Mörder!«

»Verbrecher!«

Mehrere Wachtposten versuchten die Leute zurückzudrängen, die sich auf den Angeklagten stürzen wollten. Doch es war Atreus, der sie schließlich besänftigte, indem er aufstand.

In sanftem Ton, als würde er zu Freunden sprechen, erklärte er: »Ich möchte Deilos ein gerechtes Verfahren zusichern. Da es euch alle betrifft, soll es in eurer Gegenwart stattfinden. Aber wenn ihr den Verlauf des Prozesses weiterhin stört, wird er in den Palast verlegt, dort können ihn nur wenige Besucher verfolgen.«

Als er sich setzte, schwiegen die Leute, und Marcellus ergriff wieder das Wort. »Wenn das Gericht einverstanden ist, wird der erste Zeuge aufgerufen.«

Royce trat vor und schilderte emotionslos, was Deilos ihm angetan hatte. »So wie andere Schiffbrüchige landete ich an der akoranischen Küste. Deilos und seine Männer fanden mich. Statt mich den Behörden zu übergeben, nahmen sie mich gefangen. Neun Monate lang wurde ich festgehalten und dann, bereits dem Tod nahe, von meiner Schwester und Prinz Alexandros gerettet. Wie wir später herausfanden, wollte Deilos die Gefangenschaft und den Tod eines britischen Adeligen benutzen, um Großbritannien zu einer Attacke auf Akora zu veranlassen. Deshalb reiste er sogar nach England und traf sich mit einem einflussreichen Aristokraten, der damals irrigerweise glaubte, das britische Königreich könnte Akora erobern.«

Danach machte Joanna ihre Aussage. »Deilos holte meinen Bruder aus der Zelle, in der er monatelang geschmachtet hatte, und beschloss, ihn zu töten. Das verhinderte Prinz Alexandros, und er befreite auch mich. Dann versuchte Deilos, uns zu ermorden, indem er uns in den Höhlen der Insel Deimatos einschloss.«

»Deilos erklärte mir«, berichtete Kassandra, »eine britische Attacke auf Akora würde unser Volk gegen den Vanax einnehmen. Er war felsenfest davon überzeugt, die Akoraner würden ihn als ihren Herrscher akzeptieren. Als das fehlschlug, plante er Atreus zu ermorden. Wie wir alle wissen, wäre es ihm beinahe gelungen.«

Unbehaglich tuschelten die Leute, die in atemloser Spannung an den Lippen der Zeugen gehangen hatten. Zum Teil waren die Tatsachen schon bekannt gewesen. Aber dies alles klar und deutlich zu hören, erschütterte die Menge zutiefst.

Ein halbes Dutzend anderer Zeugen bestätigte Deilos' Aktivitäten und Absichten. Nachdem der letzte seine Aussagen beendet hatte, war es Mittag. Atreus unterbrach den Prozess und schickte Händler mit ihren Waren zu den hungrigen, durstigen Menschen. Um sich vor der grellen Sonne zu schützen, hatten zahlreiche Besucher große Schirme mitgebracht. Niemand verließ den Hof, alle interessierten sich brennend für die weiteren Vorgänge.

Diese Faszination teilte Brianna nicht ganz. Aber diesmal wollte sie nicht mit ihren Gedanken allein bleiben, und so blieb sie sitzen und wartete auf das Ende der Pause.

»Ist das nicht ein grandioses Theater?«, fragte Polonus und nahm neben ihr Platz.

Sie warf ihm einen kurzen Blick zu. Was sie sah, bereitete ihr Sorgen. Offenbar hatte er nicht geschlafen, seine Wangen waren unrasiert, die Augen rot gerändert und voller Zorn. »Nach meiner Ansicht ist der Prozess gerecht«, erwiderte sie.

»Gerecht? Wie kannst du das behaupten, wenn fast alle Zeugenaussagen von Atreiden stammen?«

»Da sie direkt in den Fall verwickelt sind, *müssen* sie ihre Erlebnisse schildern.«

»Und du glaubst, sie sagen die Wahrheit?«

»Warum sollten sie lügen? Deilos war ein Mitglied des Kronrats, also nahm er eine respektable Position ein. Es war *sein* Entschluss, alles zu verraten, was er in Ehren halten sollte.«

»Heilige Götter im Himmel, du verstehst gar nichts! Merkst du denn nicht, dass die Atreiden jeden vernichten wollen, der von ihren Traditionen abweicht? Deilos war mutig genug, sich gegen den Vanax zu stellen. Und das ist jetzt sein Lohn.«

Beinahe wurde ihr übel. Bedrückt starrte sie ihren Bruder an. »Erzähl mir doch, wie Deilos in Verbindung mit Helios getreten ist. Was hat zwei so unterschiedliche Gruppierungen zusammengeführt?«

Polonus' Gesicht färbte sich dunkelrot. »Warum glaubst du, ich würde das wissen?«

»Weil du ein Helios-Mitglied bist und anscheinend mit Deilos sympathisierst.«

»Ich bemühe mich nur um Gerechtigkeit. Und du solltest meinem Beispiel folgen. Öffne deine Augen!«

Das hatte sie getan, und was sie erblickte, krampfte ihr Herz schmerzhaft zusammen. Am Vortag hatten die Indizien gegen die vier Helios-Anhänger nur geringe Zweifel an ihrer Schuld gelassen. Noch stichhaltiger fand sie die Beweise gegen Deilos. Wenn Polonus der Komplize eines so gemeinen Verbrechers gewesen war …

»Wirst du bald mit Mutter und Vater nach Leios zurückkehren?«, fragte sie.

Darauf gab er ihr keine Antwort. Doch das durfte sie auch nicht erwarten, denn in diesem Moment kehrten Atreus, Marcellus und die Beisitzer in den Palasthof zurück. Der Prozess wurde fortgesetzt.

16

Hört mich an, Akoraner und Akoranerinnen!«, rief Deilos. Die Anklage hatte ihren Fall vorgebracht. Nun verteidigte sich der Beschuldigte. Er hatte es abgelehnt, Zeugen aufzurufen. Selbstbewusst verzichtete er auf entlastende Aussagen. Den Kopf hoch erhoben, wandte er sich an das Gericht und die Prozessbesucher.

Er stand in der Mitte des Hofs und reckte den verstümmelten Arm empor, als wollte er alle Blicke darauf lenken. Nicht einmal Brianna vermochte sich seiner tiefen, sonoren Stimme zu entziehen. Lag darin das Geheimnis seiner Anziehungskraft, die er auf gewisse Leute ausübte?

Interessiert beugte sich Polonus vor. Auf Atreus' Bitte hin waren alle Zuhörer verstummt, und Deilos genoss ihre ungeteilte Aufmerksamkeit.

»Vor euch steht ein schändlich diffamierter Mann. Keine Anschuldigung, keine Verleumdung würde mich schmerzlicher treffen. Von ganzem Herzen liebe ich Akora, und ich habe immer nur versucht, meine Heimat zu schützen.«

Ein paar Leute jubelten ihm zu, doch die meisten schwiegen.

»Voller Stolz verfolgt meine Familie ihr Erbe bis zu den Anfängen Akoras zurück, zu jener Zeit, wo die Atreiden die Macht übernahmen. Seither sitzen sie auf dem Thron, während wir stets, eine Generation nach der anderen, gewissenhaft und getreulich dem akoranischen Volk dienten, ohne irgendetwas für uns selbst zu verlangen.«

Diesmal erklangen weniger Jubelrufe, die schnell verhallten.

»In der Vergangenheit beobachteten meine Vorfahren immer wieder voller Sorge, in welche Richtung uns die Atreiden zu führen schienen. Bedrückt fragten sie sich, warum unsere ehrwürdigen Traditionen nicht respektiert wurden; warum sich die angemessene Rolle der Frauen in unserer Gesellschaft zu einem Scherz entwickelte, der eine heilige Übereinkunft ins Lächerliche zog. Und warum sich die Welt da draußen, die ich bereiste und wertlos fand – meinem Urteil dürft ihr rückhaltlos glauben –, immer stärker in unsere einmischte. Trotzdem hielten wir den Mund. Niemals vergaßen wir *zu dienen*. Und ich sage euch, diese Pflicht erfüllen die Atreiden schon sehr lange nicht mehr. Statt sich für Akora einzusetzen, wollen sie nur *herrschen*!«

Mit den letzten Worten löste er einen Tumult aus. Die meisten Zuhörer widersprachen ihm entrüstet. Aber vereinzelte, darunter Polonus, stimmten ihm lauthals zu.

»Jetzt stehe ich vor euch, ein Angeklagter«, fuhr Deilos fort. »Und vor euch – meinem Volk – will ich ein Geständnis ablegen. Bin ich schuldig im Sinne der Anklage? Ja! Schuldig, weil ich Akora liebe, weil ich Akora diente und bereit war, mein Blut zu vergießen, um Akora zu retten!«

Nun ertönten nur Jubelrufe, nicht viele, aber etwas mehr als zuvor.

»Nahm ich den *Xenos*-Lord gefangen? Ja! Wer ist dieser Mann, der inzwischen in die Atreiden-Familie eingeheiratet hat? In seinem eigenen Land ist er ein hoch geschätzter Berater des Königs. Von diesem Regenten erhielt Lord Hawk den Auftrag, Missionen zu erfüllen, die Großbritanniens Macht stärken sollten. Heute sitzt er hier, nahe dem Ohr seines Schwagers. Zweifellos wird er seinen beträchtlichen Einfluss auf den Vanax nutzen, um Akora zu schaden!«

Kassandra sprang auf und hob die Hände, als wollte sie Deilos erwürgen. Aber Royce drückte sie mit sanfter Gewalt auf ihren Sitz zurück und hielt sie fest.

»Warum übergab ich ihn nicht sofort unseren Behörden?«, lautete die nächste rhetorische Frage des Gefangenen. »Sosehr es mich auch betrübt, das zu sagen – ich traute ihnen nicht mehr zu, richtig zu handeln. Der Xenos hätte mir einfach erklären können, warum er nach Akora gekommen war. Doch er weigerte sich.«

»Deilos lügt!«, stieß Brianna hervor. »Niemals wollte Royce den Akoranern Schaden zufügen.«

»Das haben dir die Atreiden eingeredet«, entgegnete Polonus.

Voller Zorn starrte sie ihn an, während Deilos weitersprach.

»Angeblich wollte ich eine ausländische Macht zum Einmarsch in unsere Heimat provozieren. Ich sage euch – die Atreiden wussten Bescheid über die Angriffspläne der Engländer. Trotzdem taten sie nichts, um eine Invasion zu verhindern. Aber ich fuhr nach Großbritannien, und die Wahrheit, die ich dort herausfand, erschütterte mich. Als ich hierher zurückkehrte, musste ich drastische Maßnahmen ergreifen. Sonst wäre Akora in die Hände der Xenos-Eindringlinge gefallen.«

»Lauter Lügen«, wisperte Brianna. Diesmal beachtete Polonus ihren Einwand nicht.

»Denkt nach, meine akoranischen Mitbürger!«, verlangte Deilos. »Jetzt, an diesem Tag, könnten wir bereits in einem Akora leben, das unter der Stiefelsohle einer fremden Nation leidet. Zumindest jene von uns, die nicht den Tod gefunden hätten... Wie viele würden das sein? Wäre nicht jeder aufrechte Akoraner im Kampf um die Freiheit unseres Landes gefallen? Und unsere Kinder? Wie viele wären gestorben? Wie viele müssten ein Sklavendasein führen, zwischen niedergebrannten Tempeln und zerstörten Häusern? Unser ehrwürdiges Erbe wäre vernichtet worden, ohne die leiseste Hoffnung, jemals wieder seine einstige Geltung zu erreichen!«

Eine Zeit lang schwieg er und schaute in alle Richtungen. Ein hervorragender Redner, verstand er es, die Leute mitzureißen. Unwillkürlich ließen sie sich von dem Bild des Grauens beeindrucken, das er so meisterhaft gezeichnet hatte.

»Nun könnte ich euch erzählen, wie redlich ich mich bemühte, auf den Vanax einzuwirken und ihm klar zu machen, welch schrecklich falschen Weg er eingeschlagen hatte. Doch das würde euch nur erzürnen und bekümmern. Immer wieder wurde ich zurückgewiesen. Ich erhielt nicht einmal eine Gelegenheit, mit dem Vanax persönlich zu sprechen. Stattdessen beriet er sich lieber mit seinem Halbbruder, dem Kyril Alexandros, der – wie ihr alle wisst – mit einer Engländerin verheiratet ist. Und diese Frau entstammt derselben Familie wie Lord Hawk – jener Dynastie, die den britischen Interessen so übereifrig dient.«

Nach einer kurzen Pause seufzte Deilos tief auf.

»Glaubt mir, Akoraner und Akoranerinnen, ich war verzweifelt. Darauf bin ich wahrlich nicht stolz. Aber es ist die reine Wahrheit. Und in meiner Verzweiflung schmiedete ich einen kühnen Plan. Ich hoffte dem Vanax Angst einzujagen und vor Augen zu führen, welch unermessliches Leid die drohende Invasion über Akora bringen würde. Niemals wollte ich ihn töten. Aber auch ich bin nur ein Mensch, der Irrtümern unterliegen kann, so wie jeder andere. Was als geringfügiger

Krach gedacht war, steigerte sich bedauerlicherweise zu einer gewaltigen Explosion, bei der unschuldige Bürger starben. Vielleicht sollte man den Standpunkt vertreten, sie wären die Opfer eines Krieges, der Akora vor einer schlimmeren Katastrophe bewahrt hat.«

»Oh, wie niederträchtig!«, beschwerte sich Brianna. »Wie kann er es wagen, den Tod dieser armen Menschen für seine Zwecke zu missbrauchen?«

»Sei still!«, befahl Polonus. In wachsendem Enthusiasmus hörte er dem weiteren Redeschwall des Angeklagten zu.

Das ertrug sie nicht länger. Wütend über die schreckliche Verblendung ihres Bruders, sprang sie auf und eilte davon. Hinter ihr blieb das Schweigen der Menschenmenge zurück – und Deilos' durchdringende Stimme, in der immer stärkeres Selbstvertrauen mitschwang.

Atreus beobachtete ihre Flucht und spürte ihr Entsetzen. Hätten es die Umstände gestattet, wäre er ihr ohne Zögern gefolgt. Trotz des schmerzlichen Zerwürfnisses beanspruchte er immer noch das Recht, Brianna zu trösten und zu schützen.

Aber diese Freiheit durfte er sich nicht nehmen. Niemals würde er wirklich frei sein. Die Pflicht des Vanax verlangte seine Anwesenheit im Palasthof, wo er gezwungen wurde, Deilos' abscheulicher Tirade zu lauschen.

Der Mann besaß eine ungeheure Überzeugungskraft. Das musste Atreus ihm wohl oder übel zugestehen. Deilos war ein ausgezeichneter Redner. Doch in dieser Situation setzte er nicht nur dieses Naturtalent, sondern auch seine schauspielerische Begabung ein.

Bei den Ratssitzungen hatte er sehr oft und stets wortgewandt gesprochen. Jetzt behauptete er steif und fest, er sei ignoriert worden. Das stimmte ebenso wenig wie seine anderen Aussagen. Doch er verlieh seinen Lügen den Anschein der Wahrheit. Und so beschwor er für jeden, der in die Ereignisse des Vorjahrs nicht direkt verwickelt gewesen war, eine glaubhafte Vision herauf.

Und die Leute hörten ihm zu. Viele runzelten die Stirn und schüttelten skeptisch die Köpfe. Trotzdem hingen sie an seinen Lippen.

»Für meine Taten habe ich gebüßt«, tönte er und hielt wieder seinen rechten Armstumpf hoch. »Grausam wurde ich verstümmelt. So sieht die Gerechtigkeit der Atreiden aus. Sei's drum... Den Preis, den ich zahlen musste, nehme ich hin. Und ich versichere euch – ich würde einen viel höheren akzeptieren. Sogar mein Leben würde ich opfern. Und ich verlange nur eine einzige Gegenleistung – Akoras Rettung!« Die Schultern gebeugt, ließ er den verkrüppelten Arm sinken – das ausdrucksvolle Bild eines Mannes, der tapfer für seine Überzeugungen eintrat und allen Anfeindungen unerschütterlich standhielt.

Angespannte Stille erfüllte den Hof, niemand klatschte Beifall. Aber Atreus glaubte, in den Gesichtern einiger Zuhörer zu lesen, wie gern sie Deilos zugestimmt hätten. Die meisten erschienen ihm einfach nur verwirrt und besorgt.

Schließlich stand er auf, und sie schauten ihn sichtlich erleichtert an. Zweifellos erwarteten sie, er würde dem Angeklagten widersprechen. Doch da wurden sie enttäuscht. Diskussionen behielt er sich für ehrenwerte Gegner vor. Außerdem musste er über den Mann zu Gericht sitzen.

»Die Verhandlung wird auf morgen vertagt«, verkündete er und ging davon.

Im Palast blieb er kurz stehen und zwang sich, tief durchzuatmen. Auf dem Podium zu sitzen und Deilos anzuhören, diese Anstrengung hatte ihn an den Rand seiner Selbstbeherrschung getrieben. Mochte er ein Künstler und der Vanax sein, er war auch ein Krieger, und dieser Teil seines Wesens hatte ihn gedrängt, Deilos vor aller Augen zu einem Kampf herauszufordern. Fast war die Versuchung, das Herz des Schurken mit einer Klinge zu durchbohren und sein Blut in die Erde sickern zu sehen, unwiderstehlich gewesen. Royce hatte erklärt, Deilos sollte getötet werden. Und es gab nur einen einzigen Grund, das zu verhindern – zum Wohle Akoras musste der Mann am Leben gelassen und vor Gericht gestellt werden. Dann würde das Volk den notwendigen Sieg der Gerechtigkeit mit ansehen.

Das Volk, das dem infamen Verbrecher so fasziniert gelauscht hatte …

Grimmig schüttelte Atreus den Kopf. Solchen Gedanken durfte er nicht nachhängen, durfte keine Enttäuschung über die breite Masse empfinden, die einfach nur ihren Instinkten folgte.

Und er musste seinen Glauben bewahren. Manchmal erfüllte ihn der Glaube wie das Geschenk einer kühlen Gebirgsquelle, die eine dürstende Kehle erfrischte – ein willkommener Segen. Den empfing man, ohne nach dem Wie und Warum zu fragen. Doch es gab andere Zeiten, wo die Klarheit des Glaubens verschwamm, wo seine ständige, unanfechtbare Existenz sogar abgelehnt wurde.

Diese Ablehnung schürte Deilos. Mit voller Absicht? Ja, gewiss, denn er besaß ein bösartiges Genie. Raffiniert erzeugte er Zweifel und Furcht, um beides für seine Zwecke zu nutzen.

Aber trotz all seiner Intrigen, wahnwitzigen Machenschaften und mörderischen Komplotte war er nicht an die Macht gelangt, hatte den ersehnten Ruhm nicht gewonnen. Stattdessen stand er auf der Schwelle einer vernichtenden Niederlage. Diese Tatsache werde ich nicht aus den Augen verlieren, entschied Atreus.

Seine Verwandten würden ihn bald aufsuchen. Natürlich wollten sie Deilos' Aussage mit ihm besprechen. Dafür hatte er Verständnis, aber keine Geduld. Und so folgte er den schattigen Korridoren und genoss die beruhigende, kühle Stille des Palastes.

Niemals würde er frei sein. Diese Erkenntnis hatte ihn schon oft bewegt – aber noch nie so tief erschüttert. Wie ein glühendes Messer schnitt sie in seine Seele, und es gab kein Entrinnen.

Niemals… Zumindest nicht Zeit seines Lebens. Und danach? Vielleicht nicht einmal dann. Früher hatte er, was seine Zukunft betraf, nur selten an die Freiheit gedacht. Stets hatte die Pflicht im Vordergrund gestanden. Und jetzt schien sein ganzes Sinnen und Trachten nur noch Brianna zu gelten.

Er musste sie sehen. Nicht nur das – verdammt, er wünschte sich viel mehr. Doch er würde sich mit allem begnügen, was ihm gewährt wurde. Erst einmal musste er sie finden. In ihrem Zimmer traf er sie nicht an. War sie in die Höhlen zurückgekehrt? Diese Möglichkeit verwarf er sofort. Nein, den Ort, an dem sie eine so tragische Wahrheit erfahren hatte, würde sie meiden.

Wohin war sie geflohen? Wie er sich entsann, hatte sie in England die Vögel gern gefüttert, die in Alex' und Joannas Londoner Garten geflattert waren. Über ganz Akora flogen Vögel hinweg. Aber auf dem Gelände des Palastes tummelten sie sich nur an einer einzigen Stelle.

Deshalb ging er in einen kleinen Garten an der Außenmauer, der einen schönen Ausblick zum Hafen bot. Allen Stadtbewohnern, die ihn betreten wollten, stand er offen. Trotzdem besuchten ihn nur wenige, obwohl er schon seit über tausend Jahren existierte.

Brianna saß auf einer steinernen Bank neben einem Brunnen, der sein Wasser in einen Teich voller Goldfische ergoss. Lächelnd sah Atreus seine Vermutung bestätigt – sie warf den Vögeln Brotkrumen zu.

Sogar die scheuen Trauertauben mit ihrem leisen Klageruf wurden herbeigelockt und gesellten sich zu lebhaften Amseln, Rotkehlchen und bunt gefiederten Wüstenläufern, die nur Akora und sonst keinen anderen Teil der Erde bevölkerten.

Als Brianna ihn entdeckte, zuckte sie merklich zusammen. Im ersten Moment dachte er, sie würde aufstehen und davonlaufen. Aber sie blieb sitzen.

Nach einer kleinen Weile begann sie die Vögel wieder zu füttern. Atreus nahm neben ihr Platz – nicht nahe genug, um sie zu berühren. Jetzt, wo er sie endlich gefunden hatte, wusste er nichts zu sagen – obwohl tausend Möglichkeiten in seinem Gehirn wetteiferten.

Da er den Bann langsam und vorsichtig brechen wollte, schnitt er ein unpersönliches Thema an. »Was hältst du vom Prozess?«

Brianna blickte auf und schien zu überlegen, was sie ihm mitteilen sollte – oder auch nicht. Zögernd erwiderte sie: »Nun, ich finde die Verhandlung gerecht – so, wie du es versprochen hast.«

Dass sie ihm überhaupt antwortete und ihm gewissermaßen den Olivenzweig einer Zustimmung überreichte, war ein Triumph, den er nicht zu erhoffen gewagt hatte. Darauf konnte er aufbauen. »Und wie beurteilst du Deilos?«

»Ich verließ den Hof schon vor dem Ende seiner Rede. Aber ich hatte genug gehört. Er ist eine Schlange – listig, verführerisch, gefährlich.«

»Zweifellos hat er gut gesprochen.«

»Gut gelogen!«, konterte sie und runzelte die Stirn. »Und wie fasziniert die Leute ihm zuhörten! Das hat mich am meisten gestört.«

»Natürlich mussten sie erfahren, was er zu sagen hat. Das ist wichtig.«

»Selbst wenn er sie überzeugt?«

»Sogar dann. Aber das müssen wir nicht befürchten.«

Über Briannas Gesicht glitt ein Schatten. »Wie kannst du da sicher sein?«

»Ein so großartiger Redner übt eine magische Wirkung auf die Menschen aus, und sie sind ihm restlos verfallen. Aber sobald sie in ihr normales Leben zurückkehren, sehen sie ihn in anderem Licht. Deilos beschuldigte meine Familie und insbesondere *mich*, Akora zu verraten. Mit melodramatischen Worten versuchte er, den Eindruck zu erwecken, wir stünden unter dem Einfluss der Engländer und hätten sie zu einem Angriff auf Akora gedrängt. Das ist absurd. Außerdem deutete er an, weil wir nicht auf ihn gehört hätten, sei die Ermordung von acht Menschen verzeihlich. Er behauptete, es wäre ihm nur um Akoras Sicherheit gegangen. In Wirklichkeit hat *er* gegen die Gesetze verstoßen, die Stabilität bedroht und uns alle in Gefahr gebracht.«

»Glaubst du, die Leute werden das merken?«

»Damit rechne ich.«

»Also setzt du großes Vertrauen in die Durchschnittsbürger und -bürgerinnen.«

»Das muss ich«, erwiderte er schlicht. »Anders kann ich nicht handeln. Ohne den festen Glauben an den inneren Anstand gewöhnlicher Menschen gibt es nur einen einzigen Weg, ihre Denkweise in die richtigen Bahnen zu lenken – die Tyrannei. Diese Methode haben die Atreiden niemals angewandt.«

Brianna warf den Vögeln die letzten Krümel hin und wischte ihre Hände ab. »Heute wurde Deilos von mehreren Anhängern bejubelt.«

»Ja, ich weiß. Vielleicht hat er inzwischen noch einige Bewunderer hinzugewonnen, die das Trugbild seiner Worte nicht durchschauen.«

»Sie könnten gefährlich werden.«

»Sorgst du dich um mich, Brianna?«

»Nun, ich...« Durch gesenkte Wimpern schaute sie ihn an. »Natürlich sorge ich mich. In einer solchen Situation hätte ich um *jeden* Angst. Eins musst du verstehen, Atreus – ich ging nach England, um das Kind zu finden, das ich einmal war. Deshalb verleugne ich keineswegs, was seither aus mir geworden ist. Hier bin ich glücklich – und stolz, weil ich eine Akoranerin bin. Daran hat mein Name ›Lady Brianna Wilcox‹ nichts geändert. Nur die Wahrheit über den Tod meiner Eltern gibt mir zu denken.«

»Davon habe ich dir nur erzählt, weil ich dachte, es würde dich von deinen Gewissensqualen befreien.«

»Vermutlich werde ich mich eines Tages erleichtert fühlen. Aber jetzt sehe ich nur die sechzehn Jahre, die ich in einer Lügenwelt verbracht habe. Die Menschen, die ich so vertrauensvoll liebte, erscheinen mir fremd – so als hätte ich sie gar nicht gekannt.«

»Verstehst du nicht, dass sie schwiegen, weil sie es gut mit dir meinten?«

»Gibt es denn *gute* Lügen? Vielleicht fügen sie einem Herzen tiefe Wunden zu, die niemals heilen.«

Die Sonne neigte sich nach Westen. In ihrem Widerschein glühten die feurigen Lichter in Briannas Haar. Atreus stand auf und betrachtete das schöne Gesicht, das er aus Marmor gemeißelt hatte, als diese Frau noch eine Vision gewesen war –

keine Realität. So inbrünstig er sich auch wünschte, sie zu umarmen – er versuchte sie nur mit seiner Stimme zu erreichen.

»Nicht die Lüge bereitet dir Kummer, Brianna, sondern die Wahrheit. Damit meine ich die Macht Akoras, die tatsächlich existiert, die geschützt werden muss, weil sie *uns* schützt. Die Wahrheit, dass wir beide zusammengehören, als Mann und Frau. Und die Wahrheit, dass in dir kein Schatten lauert, kein Albtraum einer Schuld, der dich mit der unseligen Angst verfolgt, du wärst wertlos.«

Auch Brianna erhob sich. Herausfordernd warf sie den Kopf in den Nacken. »Da wir gerade von Wahrheiten sprechen … Erwartest du von mir zu vergessen, wie und warum meine Eltern starben? Soll ich das verdrängen und dem Land dienen, das die beiden in den Tod trieb? Wärst *du* dazu fähig, Atreus? Würdest du an meine Stelle treten, hätten die Briten zwei Menschen getötet, die du liebtest – könntest du darüber hinwegsehen und England dienen?«

Er zögerte, und seinem Schweigen entnahm sie, was er nicht verhehlen konnte.

»Nein, das kannst du dir nicht vorstellen, Atreus. Dazu wärst du niemals imstande. Trotzdem erwartest du es von *mir.*«

»Darum *bitte* ich dich«, verbesserte er sie in sanftem Ton und berührte ihre Wange. »Vielleicht ist es zu viel verlangt …«

Von *jeder* Frau mochte es zu viel verlangt sein, ein Leben zu teilen, das er nicht selbst gewählt hatte … Und ganz besonders von Brianna, mit der ihn immer noch unausgesprochene Wahrheiten verbanden …

Er senkte seine Hand und verließ den Garten, den die untergehende Sonne füllte, kehrte zurück in den labyrinthischen Palast, in die gnadenlose Umarmung der uralten Mauern.

17

Wie lange sie noch in dem kleinen Garten blieb, nachdem Atreus sie allein gelassen hatte, wusste Brianna später nicht. Kraftlos war sie auf die steinerne Bank gesunken, die bebenden Hände geballt. Wie aus weiter Ferne hörte sie den Brunnen plätschern, das leise Abendlied der Vögel. Diese Geräusche nahm sie kaum wahr.

Einen umso nachhaltigeren Eindruck hatte Atreus auf Brianna gemacht. Das gelang ihm immer wieder, seit er im Londoner Hafen von Bord gegangen war, seit sie bei seinem Anblick heiße Freude empfunden hatte – unfähig, dieses Gefühl zu bekämpfen.

Von Wahrheiten hatte er gesprochen und erklärt, die sollte sie akzeptieren. Und dann war er davongegangen, als würde er ihr die Freiheit schenken.

Wollte sie frei sein? Wenn es um die Liebe ging – war die Freiheit überhaupt möglich?

Sie liebte ihn. Daran bestand kein Zweifel. Und nachdem sie herausgefunden hatte, welch ungeheure Lasten der Erwählte auf sich nehmen musste, liebte sie ihn sogar noch inniger. Sein Dasein und sein ganzes Wesen waren unauflöslich mit dem Land verbunden, dem er diente. Niemals würde dieses Band zerreißen.

Konnte sie Akora immer noch so lieben, wie sie es früher geglaubt hatte? Konnte sie an dieser Liebe festhalten, jeden Tag ihres restlichen Lebens? Trotz des schrecklichen Todes, den ihre Eltern erlitten hatten, trotz der Lügen, trotz ihrer wehmutsvollen Trauer?

Solange sie sich die Schuld am Tod der Eltern gegeben hatte, war es ihr nicht gelungen, richtig zu trauern. Jetzt erschien ihr der Verlust umso schmerzlicher, so als hätte das Meer die beiden eben erst verschlungen.

Den Kopf gesenkt, sah sie Tränen auf ihre Hände fallen. Am nächsten Morgen würde Atreus sein Urteil verkünden. Würde er die Todesstrafe über Deilos verhängen? Der Vanax war ein hervorragender Krieger. Auf jedem Schlachtfeld würde er einen Feind töten, wenn er es für nötig hielt. Aber einen Menschen hinrichten zu lassen – das stand auf einem anderen Blatt. Wäre er dazu fähig?

Der Tod überschattete ihn ebenso wie Brianna. Todesfälle, die bereits geschehen waren, und Todesfälle, die noch bevorstanden ... Die Vergangenheit ließ sich nicht ändern. Aber der Zukunft sollte man nicht allein entgegenblicken.

Sie stand auf und wischte die Tränen von ihren Wangen. Während das letzte Tageslicht erlosch und die Sterne ihre Herrschaft am Himmel antraten, verließ sie den Garten.

Sicher würde Atreus die Einsamkeit suchen. Sosehr er seine Verwandten auch liebte, an diesem Abend würde er ihre Gesellschaft nicht wünschen. Vielleicht suchte er seine Suite auf. Doch sie vermutete, er würde sich eher in sein Studio zurückziehen.

Sie trödelte ein wenig, schlenderte erst einmal in ihr Zimmer, wo sie eine frisch gewaschene Tunika anzog und ihr Haar bürstete. Bevor sie den Raum verließ, ergriff sie eine seidene Stola, die über einer Sessellehne hing, und legte sie um ihren Kopf.

Immer noch zögernd, wanderte sie den Flur entlang, vorbei an den hohen Bogenfenstern, die zum Hof hinausgingen. Für ein paar Minuten blieb sie stehen und atmete die

Abendluft ein, die verschiedene Düfte herantrug – von den Holzfeuern tief unten in der Stadt, vom nachtblütigen Jasmin, der in dichten Büschen an den Palastmauern wucherte. Aus der Richtung des Binnenmeers wehte der Wind einen intensiven Salzgeruch zu den Bergen.

Ein sanfter Wind. Kein bisschen bedrohlich. Eine angenehme Liebkosung.

Brianna wich den offiziellen Gemächern aus und stieg eine schmale Treppe hinab, die nur Palastbewohner kannten – Dienstboten, Beamte und die Atreiden. Auf diesem Weg erreichte sie die Säulenhalle im Hof, nahe den Stufen, die zum Dach emporführten.

Kurz nach ihrer Ankunft im Palast hatte sie die Dachterrassen entdeckt. Sie waren eine Welt für sich, erstreckten sich über alle Trakte, mit einem Garten bepflanzt, von mehreren Pfaden durchkreuzt. Manchmal boten sie die einfachste Möglichkeit, von einem Teil des Gebäudes zum anderen zu gelangen. Hier oben gab es sogar ein Observatorium, in dem man seit Jahrhunderten die Sterne studierte.

Brianna wollte das Dach nutzen, um noch etwas länger allein zu bleiben, ihre Gedanken zu ordnen, den Mut aufzubringen, den sie brauchte.

Plötzlich bemerkte sie einen Mann, der den Hof überquerte. Er schien es eilig zu haben – und irgendwelche Heimlichkeiten zu planen. Als er aus den Schatten ins Mondlicht trat, erkannte sie ihn.

Polonus.

Zuletzt hatte sie ihn bei der Gerichtsverhandlung gesehen und seine Begeisterung für Deilos' Redeschwall beobachtet. Was machte er hier, zu so später Stunde?

Halb neugierig, halb besorgt, wandte sie sich von den Stufen ab, die auf das Dach führten, und folgte ihrem Bruder.

Mit schnellen Schritten ging er dahin. Sie musste beinahe laufen, um ihn nicht aus den Augen zu verlieren. Hinter einer Ecke des Palastes öffnete er eine kleine Tür und huschte hindurch. Brianna rannte ihm nach – und da sah sie ihn nicht mehr. Nun befand sie sich in einem Teil des Gebäudes, den sie nicht kannte. In der Ferne verlor sich ein langer Korridor, von dem mehrere Gänge abzweigten.

Reglos stand sie da und lauschte angespannt. Doch sie hörte nichts, das ihr verraten würde, welche Richtung Polonus eingeschlagen hatte. Trotzdem musste sie ihn suchen. Er war ihr Bruder, sie liebte ihn. Und weil sie fürchtete, er könnte einen folgenschweren Fehler begehen, durfte sie ihm nicht den Rücken kehren.

Während sie sich auf den Weg machte, schaute sie in jeden Seitenflur, ohne Polonus zu entdecken. Allmählich verbreiterte sich der Hauptkorridor, und Brianna betrat einen großen Raum mit einem hohen steinernen Gewölbe. In der Mitte sah sie eine Vertiefung, von Steinbänken umgeben, aus denen seltsamerweise in regelmäßigen Abständen Metallringe ragten. Welchen Zweck mochten sie erfüllen? Sollte irgendetwas daran festgebunden werden?

Etwas – oder jemand. Abrupt hielt sie inne und spitzte wieder die Ohren. In der Ferne, außerhalb des Raums, erklangen leise Stimmen.

Als sie weiterging, wurde das Gemurmel lauter. Mehrere Männer redeten. Doch sie hörte auch andere Geräusche, die den Eindruck erweckten, ein paar Leute würden qualvoll erbrechen. Verwirrt schlich sie zum Ende des Gemachs und spähte um eine Ecke. In eine Mauer waren Zellen eingelassen, mit Eisengittern gesichert. Wachtposten standen dazwischen, drei akoranische Krieger, die miteinander sprachen.

Dann lief ein Wächter in die entgegengesetzte Richtung, und

die beiden anderen beobachteten, was in den Zellen geschah. Verstohlen folgte Brianna diesem Beispiel – und wünschte sofort, sie hätte darauf verzichtet. In jedem Verlies wurde nur ein Gefangener festgehalten. Sie erkannte die Männer, die am vergangenen Tag vor Gericht gestanden hatten. Und in der letzten Zelle erblickte sie Deilos. Alle fünf wanden sich am Boden, stöhnten vor Schmerzen und erbrachen krampfhaft.

Ohne zu bedenken, welche Gefahr ihr womöglich drohen würde, trat sie vor. Wenn sie auch keine besondere Begabung für die Heilkunst besaß, hatte sie einiges von ihrer Tante Elena gelernt und wusste genug, um den Kranken zu helfen. Offensichtlich litten sie an einer Vergiftung.

Dass sie in Haft saßen, spielte für Brianna keine Rolle. Sogar Deilos, den der Vanax vielleicht schon bald zum Tod verurteilen würde, hatte ein Recht auf ärztlichen Beistand.

Einer der Wachtposten entdeckte sie. »Hier sollten Sie sich nicht aufhalten.«

»Haben Sie Ihren Kameraden nicht gebeten, Hilfe zu holen?«

»Ja, aber ...« Als sie ihre Stola vom Kopf streifte, erkannte er sie. Verlegen unterbrach er sich und nickte ihr zu. Sie gehörte zu den Frauen, die damals den schwer verletzten Vanax gepflegt hatten. Außerdem stand sie der Atreiden-Familie nahe, und deshalb durfte er nicht gegen ihre Anwesenheit protestieren. »Natürlich ist Ihre Hilfe willkommen, Lady Brianna.«

»Bitte, öffnen Sie die Zellentüren.« Da er zögerte, fügte sie hinzu: »Fürchten Sie etwa, die Gefangenen könnten Ihnen in diesem Zustand Schwierigkeiten bereiten?«

Dies war unvorstellbar, was beide Wächter einsahen. Und so beeilten sie sich, Briannas Wunsch zu erfüllen.

»Wann haben die Anfälle begonnen?«, fragte sie und kniete

neben einem der Erkrankten nieder. Trotz seiner Ekel erregenden Verfassung berührte sie seine Stirn. Er fieberte nicht, verdrehte aber die Augen und ächzte schmerzlich.

»Vor ein paar Minuten, Lady«, antwortete einer der Krieger.

»Und wann haben die Gefangenen zum letzten Mal etwas gegessen?« Soweit sie es feststellen konnte, war seither nicht allzu viel Zeit verstrichen.«

»Das Abendessen wurde vor einer halben Stunde aufgetischt.«

»Haben alle fünf die gleichen Speisen bekommen?«

»Ja, ich glaube schon – einen Eintopf mit Lammfleisch, Käse, Brot und Wein.«

Brianna stand auf und wandte sich zu den Wachtposten. »Haben Sie beide das auch gegessen?«

»Nein, wir nehmen unsere Mahlzeit erst nach Dienstschluss ein.«

»Zweifellos war das Essen der Gefangenen nicht in Ordnung.«

Noch während sie sprach, kehrte der dritte Krieger zurück. Ihre Tante Elena begleitete ihn, eine hoch gewachsene Frau in mittleren Jahren mit markanten, aber liebenswürdigen Gesichtszügen und schlohweißem Haar.

Freundlich nickte sie ihrer Nichte zu »Ah, Brianna – gut, dass du hier bist. Ich werde deine Hilfe brauchen.« Dann schaute sie die Wächter an. »Diese Männer müssen ins Hospital gebracht werden.«

Der älteste Krieger, der mit Brianna gesprochen hatte, erwiderte vorsichtig: »Mit Verlaub, Elena, das sind Gefangene.«

»*Schwer kranke* Gefangene«, verbesserte sie ihn energisch. »Wie Sie sicher wissen, steht ihnen nach unseren Gesetzen und Gebräuchen die bestmögliche ärztliche Behandlung zu. Die kann ich ihnen hier nicht bieten.« Sie sah sich in den Zellen um. »Außerdem müssen diese Räume gründlich gereinigt werden, bevor Sie die Männer wieder darin einsperren dürfen. Und jetzt besorgen Sie mir Bahren!«

Weitere Einwände wurden nicht erhoben, und ein Wachtposten entfernte sich, um den Wunsch der Heilkundigen zu erfüllen. Ein paar Minuten später erschienen einige ihrer Assistenten mit fünf Bahren, legten die Patienten darauf und trugen sie aus dem Gefängnistrakt, von den Wächtern eskortiert.

»Kurz nach dem Abendessen wurde ihnen übel«, erklärte Brianna, die ihnen neben ihrer Tante nacheilte.

»Nun, dann muss ihr Zustand mit dieser Mahlzeit zusammenhängen. Allerdings entsinne ich mich nicht, wann hier zum letzten Mal jemand infolge verdorbener Speisen erkrankt ist.«

Daran erinnerte sich Brianna ebenso wenig. Von ihrer akoranischen Mutter hatte sie gelernt, wie man Lebensmittel aufbewahrte und zubereitete, um Vergiftungen zu vermeiden. Diesen Unterricht hatte Leoni auch ihren Söhnen erteilt.

In London war Brianna von Joanna und Kassandra ermahnt worden, sorgsam auf alles zu achten, was sie außerhalb des Hauses essen würde, und sie hatte die Warnung beherzigt. Auf Akora erschienen ihr solche Vorsichtsmaßnahmen überflüssig.

Trotzdem waren die Gefangenen unleugbar krank. Auf dem Weg zum Hospital erbrachen sie unentwegt und krümmten sich zusammen. Der Heilkundigen standen ein paar Räume zur Verfügung. In der Nähe lag ihre Privatsuite. Aber Brianna wusste, dass die Tante mehr Zeit bei ihren Schützlingen verbrachte als in ihren eigenen vier Wänden. Ansonsten beschäftigte sie sich vorzugsweise mit ihrer Forschungsarbeit, oder sie gab ihr Wissen an ihre Schüler und Schülerinnen weiter.

Im Augenblick waren die Krankenbetten leer. Das würde sich jetzt ändern. Da Brianna überlegte, was zuerst für die Patienten getan werden müsste, entging ihr, was hier nicht stimmte. Das erkannte sie erst, als sie einen dumpfen Aufprall hörte, herumfuhr und einen Wachtposten zusammenbrechen sah.

Auch die beiden anderen Krieger wurden von hinten niedergeschlagen.

Erstaunlich geistesgegenwärtig, rannte Elena zu dem Schrank, in dem sie chirurgische Instrumente verwahrte, darunter scharf geschliffene Messer. Bevor sie ihn erreichte, sprang Polonus aus den Schatten und hielt sie fest.

»Du …?«, brachte sie mühsam hervor, ebenso fassungslos wie seine Schwester.

Obwohl Brianna geahnt hatte, dass er nichts Gutes im Schilde führte, war sie völlig verblüfft. »Polonus – was …«, begann sie zu stammeln.

Darauf gab er ihr keine Antwort. Das war auch gar nicht nötig, denn jetzt bemerkte sie die Anwesenheit mehrerer Männer. Etwa ein Dutzend hatte in dem dunklen Raum gelauert. Hastig fesselte ein Teil der unbefugten Eindringlinge die bewusstlosen Krieger. Andere kümmerten sich um Deilos und die vier Helios-Mitglieder.

»Schnell!«, keuchte Deilos. Mühsam erhob er sich und ergriff einen Wasserkrug, den ihm einer der Männer reichte.

Während er durstig trank, starrte Elena ihn an. »Was haben Sie geschluckt?«

»Emetin – aus Ihrem Vorrat.«

»Wie leichtfertig …«, tadelte Elena in ruhigem Ton. »Damit sind Sie ein kühnes Wagnis eingegangen. Ein paar Tropfen dieses Brechmittels können den Körper von Gift befreien. Wenn man eine zu hohe Dosis nimmt, riskiert man eine tödliche Wirkung.«

»Da mein Leben ohnehin an einem seidenen Faden hängt, hat mich das nicht sonderlich bekümmert«, entgegnete Deilos sarkastisch.

Sein eigenes Leben mag er aufs Spiel setzen, dachte Brianna. Und die anderen, die das gefährliche Medikament ebenfalls geschluckt hatten? Seit sie die Indizien kannte, die gegen die vier Männer sprachen, glaubte sie an deren Schuld. Nun beseitigte ihre Bereitschaft, Deilos' Beispiel zu folgen, die letzten Zweifel. Aber sie wusste, dass Atreus sie niemals zum Tod verurteilen würde, nur zu einer Gefängnisstrafe, mit der Hoffnung auf ihre Läuterung. Nach ein paar Jahren würde man sie aus der Haft entlassen.

»Dieses Mittel hat tatsächlich seinen Zweck erfüllt.« Freudestrahlend hob Polonus die Brauen. »Du bist frei, mein Herr!«

»Noch nicht ganz.« Deilos legte den Schwertgurt an, den ihm einer seiner Getreuen gebracht hatte. Dann zeigte er auf Brianna. »Nehmt sie mit«, befahl er seinen Leuten, ging zur Tür und fügte über die Schulter hinzu: »Die anderen musst du töten, Polonus.«

»Töten ...?« Der junge Mann zuckte zusammen, und seine Begeisterung ließ sichtlich nach. »Um Himmels willen, diese Krieger sind ohnmächtig. Und meine Tante ...«

Deilos blieb stehen und drehte sich um. Gebieterisch schaute er ihm in die Augen. »Deine Tante würde sofort Alarm schlagen. Also haben wir keine Verwendung für sie. Aber diese da ...« Sein Kinn wies auf Brianna. »Vielleicht kann sie uns nützen.«

Immer noch unschlüssig, runzelte ihr Bruder die Stirn.

»Entweder bist du für oder gegen mich, Polonus«, fuhr Deilos fort. »Jetzt musst du dich entscheiden.«

»Nein!«, schrie Brianna. Einer der Männer zog sie bereits zur Tür. Verzweifelt wehrte sie sich, aber sie war seiner Kraft nicht gewachsen. Das Letzte, was sie von ihrem Bruder sah, war seine Hand, die den Griff seines Schwertes umfasste. Und dann ging er zu Elena.

Unmöglich... Das würde nicht geschehen. Oder doch? Würde Polonus ihre Tante und die drei bewusstlosen Wachtposten ermorden? *Nein, bei allem was heilig ist...*

Verbissen, aber erfolglos wehrte sie sich gegen den Mann, der sie den Hauptkorridor entlangzerrte, durch eine Tür, eine Treppenflucht hinab. Als sie ihren Widerstand nicht aufgab, umklammerte er ihre Schultern noch schmerzhafter. Trotzdem gelang es ihr, einen Arm zu befreien. Ohne Zögern schlug sie ihre Faust gegen sein Kinn.

Da fluchte er wütend und rammte ihren Kopf gegen die Wand.

Vor ihren Augen kreisten grelle Lichter. Und dann sah sie nichts mehr.

»Atreus?«

Er wandte sich von dem massiven Rosenquarzblock ab, den Brianna ihm geschenkt und den er in der letzten Stunde forschend betrachtet hatte, um eine Skulptur zu planen. Auf der Schwelle seines Studios standen Alex und Royce.

Bevor sie sprachen, wusste er Bescheid.

»Wo?«, fragte er und ging zu ihnen. Beide trugen ihre Schwerter, und Alex reichte ihm sein eigenes. Während er den Gurt um seine Taille schnallte, hörte er ihnen zu.

»Was geschehen ist, wissen wir nicht genau«, erklärte Alex. »Jedenfalls sind alle fünf Gefangenen verschwunden. Deutliche Spuren weisen darauf hin, dass sie sich in ihren Zellen übergeben haben. Offenbar wurden sie in den Hospitaltrakt gebracht. Elena, ihre Assistenten und die Wachtposten…«

Schweigend lauschte Atreus, in der beklemmenden Gewissheit, er würde noch mehr erfahren.

»Brianna ist nicht in ihrem Zimmer«, sagte Royce. »Natürlich muss das nichts bedeuten – oder vielleicht doch…«

»Was habt ihr sonst noch herausgefunden?«

Nachdem die beiden Männer einen Blick gewechselt hatten, ergriff Alex wieder das Wort. »Vor kurzem wurde Briannas Bruder Polonus im Korridor bei den Gefängniszellen gesehen. Auch das muss nichts bedeuten.«

»Was glaubt ihr, wohin er sich wenden wird?«, fragte der Vanax.

In aller Eile verließen sie das Studio.

Wen Atreus meinte, errieten die zwei Männer mühelos.

»Nach Deimatos«, vermutete Royce. »Von Anfang an hat diese Insel Deilos' Familie gehört. Und er ist schon oft dort gewesen, um sie für seine dunklen Machenschaften zu benutzen.«

»Ohne Erfolg«, betonte Atreus. »Zweimal hat er auf Deimatos Fehlschläge erlitten. Und er weiß, dass wir dort zuerst nach ihm suchen würden. Also wird er an einen anderen Ort fliehen.«

Alex nickte. »Aber wohin?«

»In den Höhlen unter Ilius kennt er sich aus«, bemerkte Royce. »Auch die hat er schon benutzt.«

Nachdenklich runzelte Atreus die Stirn. »Was hat er vor? Will er einfach nur flüchten, um den Kampf später wieder aufzunehmen? Auch dieses Ziel hat er bereits vergeblich angestrebt.«

»Er ist verrückt«, warf Alex ein. »Hinter seinen Machenschaften steckt kein Sinn.«

»Einen Sinn gibt es immer«, entgegnete Atreus. »Sogar in den schwarzen Tiefen des Wahnsinns.«

»Dann musst du dich in Deilos' wirres Gehirn versetzen«, schlug Royce leise vor, »um festzustellen, was er beabsichtigt.«

Nun traten sie durch eine Tür in den Hof hinaus. Bevor Alex und Royce zum Vanax gegangen waren, hatten sie bereits die nötigen Befehle erteilt. Was getan werden musste, wussten sie ebenso gut wie er selbst. Ein Trupp stand bereit – die besten Krieger Akoras, die stärksten, die tapfersten, die getreuesten. Gemeinsam mit diesen Männern war Atreus ausgebildet worden. Die qualvollsten Entbehrungen hatte er mit ihnen geteilt. Jederzeit würde er ihnen bedenkenlos sein Leben anvertrauen. Für ihn würden sie sterben.

Vom Mondlicht übergossen, standen sie in Reih und Glied, bis an die Zähne bewaffnet, die Helme unter den Armen.

Bei seinem Anblick jubelten sie ihm zu.

Machtvoll erhoben sich ihre Stimmen zum Himmel, emporgetragen von einem Wind, der plötzlich zu gewaltiger, schrecklicher Stärke anschwoll.

An ihrer Wange spürte sie feuchte Kälte. Als sie sich ein wenig bewegte, dröhnten heftige Schmerzen in ihren Schläfen, und sie stöhnte leise.

»Jetzt ist sie zu sich gekommen«, verkündete eine Stimme. Eine harte Hand drehte sie auf den Rücken. Verwirrt blickte sie auf und sah Gesichter, die sie nicht erkannte.

»Sie ist immer noch halb bewusstlos«, bemerkte ein Mann – jemand, den sie fürchten musste. Daran erinnerte sie sich vage.

Aber diese Angst war belanglos, verglichen mit dem Entsetzen, das nun in ihr wuchs.

Etwas Schreckliches war geschehen.

»Setz dich auf.« Noch eine Stimme, die sie sehr gut kannte... Polonus. Erleichtert seufzte sie. Ihr Bruder. Wenn er hier war, konnte es nicht so schlimm sein.

Doch – sogar sehr schlimm. »Polonus...«

»Sei still, sprich nicht. Setz dich einfach nur auf.« Ein starker Arm umfasste ihre Schultern und half ihr, sich aufzurichten. »Trink das.«

Das Wasser war kühl. Durstig trank sie. Und da kehrte die Erinnerung zurück. Deilos, der einen Wasserkrug an die Lippen hielt. Deilos, der erbrochen hatte... Deilos...

»Warum, Polonus?« Von Schmerzen gepeinigt, konnte sie nur flüstern. Trotzdem schwang ihre ganze Wut und Trauer in diesen beiden Worten mit.

»Ich tat, was ich tun musste.« So jungenhaft klang seine Stimme, wie eh und je. Würde sie immer so klingen?

Hilflos begann sie zu schluchzen, verachtete ihre Tränen, konnte sie aber nicht unterdrücken. Sie weinte um die Menschen, die bereits gestorben waren, um andere, die den Tod finden würden. Da Deilos auf freiem Fuß war, drohte Akora ein grauenhaftes Unheil.

Polonus hielt sie fest, sprach leise auf sie ein, erstickte ihr Schluchzen an seiner Brust. »Bald kommen sie zurück. Fürchte dich nicht.«

Im schwachen Licht sah sie ihn nur verschwommen. Was er sagte, verstand sie nicht. »Wovor...?«

»Hab keine Angst, ich werde ihm nicht erlauben, dir irgendwas anzutun.«

»Aber du...« An das Vergehen ihres Bruders wollte sie nicht denken, sie ertrug es nicht. »Du gehorchst ihm.«

»Weil ich an ihn glaube, an alles, was ihm für Akora vorschwebt.«

»Und was will er, Polonus? Was versucht Deilos nach deiner Ansicht zu bewirken?«

»Er möchte für Akoras Sicherheit sorgen und uns vom Rest der Welt fern halten, die uns gefährden würde.«

Natürlich täuschte er sich, denn Deilos verfolgte nur ein einziges Ziel – an die Macht zu gelangen.

»Und warum willst du die Welt fern halten?«

»Weil sie grausam ist. Deshalb haben wir zu kämpfen gelernt, nicht wahr? Aber die Atreiden interessieren sich zu sehr für die Welt da draußen. Allmählich werden sie ein Teil von ihr. Was hier so wundervoll und kostbar ist, würde das nicht überleben.«

Sie dachte an den Tempel, an die Gefühle, die sie dort empfunden hatte. »Doch, denn Akora ist stärker, als du ahnst. Und die Atreiden, allen voran Atreus, würden unserem Land niemals schaden.«

»Wenn du nur Recht hättest! Aber er hat uns bereits geschadet. Akora ist zornig.«

»Was behauptest du da? Wer hat dir das eingeredet?« Zweifellos Deilos, der in seinem Wahn die Gehirne aller vergiftete, die schwach genug waren, um ihm zu vertrauen…

»Das habe ich selbst gesehen.« Plötzlich zuckte er zusammen und legte Brianna wieder auf den Rücken.

»Wie geht es deiner Schwester?«, fragte Deilos und trat näher.

»Etwas besser. Sie ist immer noch benommen. Dass ihr etwas zustoßen würde, hatte ich nicht erwartet.«

»Es wäre vernünftiger gewesen, sie hätte sich nicht gewehrt. Da siehst du, was mit einer Frau geschieht, die sich vergisst.«

»Gewiss, mein Herr. Trotzdem frage ich mich, warum es nötig war, sie hierher zu bringen.«

»Hättest du sie lieber getötet, so wie die anderen?«

Schweigend umklammerte Polonus die Hand seiner Schwester.

»Nachdem sie mitgeholfen hat, Atreus von der Schwelle des Todes zurückzuholen, wird er sich ihr verpflichtet fühlen«, erklärte Deilos, »und sie suchen.«

»*Jedes* Leben würde er retten«, brachte Brianna mühsam hervor, immer noch von ihren Kopfschmerzen geschwächt. Trotzdem verlieh sie ihrer Stimme einen entschiedenen Klang.

»Still!«, befahl Deilos. »Nimm sie mit, Polonus. Und sieh zu, dass sie unseren Fußmarsch nicht verzögert.«

Ihr Bruder hob sie hoch und schlang einen Arm um ihre Taille. Jetzt nahm sie ihre Umgebung wahr – eine unterirdische Höhle. »Kannst du gehen?«, flüsterte Polonus, nachdem Deilos den Felsenraum verlassen hatte.

»Wohl oder übel …«

»Hättest du dich bloß nicht eingemischt!«, seufzte Polonus. »Warum warst du überhaupt im Gefängnis?«

»Weil ich dich gesucht habe.«

»Mich?« Entgeistert runzelte er die Stirn. »Warum?«

»Ich sah dich über den Hof gehen und hatte Angst, du würdest irgendwas im Schilde führen.« Bitter lachte sie auf. »Dass es so schrecklich war, konnte ich mir nicht vorstellen.«

»Das verstehst du nicht. Von dir erwarte ich das auch gar nicht. Jedenfalls ist Deilos unsere einzige Hoffnung, und deshalb durften wir nicht untätig mit ansehen, wie der Vanax ihn zum Tod verurteilen würde.«

»Oh, natürlich!«, spottete sie. »Einen verrückten Mörder muss man am Leben erhalten – um jeden Preis. Und die anderen…« Nein, sie ertrug es nicht, an Elena, ihre Assistenten und die drei Krieger zu denken. Oder an die verdammte Seele ihres Bruders…

Während sie die Höhlen durchquerten, überlegte sie, ob sie in die Nähe des Tempels geraten würden. Aber im schwachen Fackellicht und wegen der qualvollen Kopfschmerzen versagte ihr Orientierungssinn. Nur eins stand fest – sie gingen bergab.

Und es wurde immer wärmer.

In den Höhlen war es kühl. An heißen Sommertagen hatte sie zusammen mit Polonus manchmal Linderung in den Höhlen auf Leios gesucht, die unter dem Elternhaus lagen. Da war es immer kühl – und in den Höhlen unterhalb des Palastes noch kälter.

Aber hier nicht… Die Wärme steigerte sich zur Hitze, und Brianna konnte kaum noch atmen. In der Luft lag ein beißender Geruch, so wie ihn der Schwefel verströmte, den Elena benutzt hatte, um ihren Operationsraum zu säubern.

»Was geschieht hier, Polonus? Warum ist es so heiß?«

»Das habe ich dir gesagt. Doch du wolltest mir nicht glauben.«

»Ich verstehe nicht…« Nie zuvor hatte sie eine so übermächtige Hitze gespürt, die aus der Erde kroch und sich dampfend durch die Felsenspalten unter ihren Füßen wand.

Weiter vorn erschien ein seltsames rotes Licht, das immer feuriger brannte, während sie darauf zugingen. Und dann hörte sie ein Zischen – zuerst ganz leise, dann immer lauter, so als würden sie die Behausung eines wilden Ungeheuers betreten, vielleicht eines Drachen. Denn was sonst konnte an so einem Ort leben?

»Akora ist wütend«, verkündete ihr Bruder erneut und

zog sie zum Ende des Höhlengangs, zu einem Felsvorsprung oberhalb einer riesigen Senke.

Angstvoll schaute Brianna hinab – und starrte in einen Höllenschlund.

18

Die Krieger wurden aufgeteilt. Unter Alex' Kommando sollte eine Einheit die Insel Deimatos bewachen, falls Deilos wider Erwarten dorthin segelte. Mit einer weiteren Einheit würde Royce die nördlichen und die südlichen Seewege abschneiden, die aus dem Binnenmeer zum Atlantik führten.

Für Deilos gab es kein Entrinnen – vorausgesetzt, er wollte fliehen.

»Wie gern würde ich helfen...« Joanna stand im Hof. Soeben hatte sie sich von ihrem Ehemann verabschiedet. Amelia lag in ihren Armen. »Wenn ich Brianna bloß fände...«

»Das verlange ich nicht von dir«, erwiderte Atreus sanft. Er wusste, dass seine Schwägerin ein eigenwilliges Talent besaß, was für all diese besonderen Fähigkeiten der Atreiden- und Hawkforte-Frauen galt. Um Royce aufzuspüren, während er von Deilos gefangen gehalten worden war, hatte sie ihre ganze Kraft und Geschicklichkeit gebraucht. Seither könne sie nicht einmal eine Haarnadel finden, klagte sie.

»Eigentlich nahm ich an, ich würde mir nie mehr wünschen, in die Zukunft zu schauen«, seufzte Kassandra an ihrer Seite. »Aber wenn mir jetzt ein ganz kurzer Blick vergönnt wäre...«

»Es würde keinen Unterschied machen«, versicherte Atreus. »Wie du sagtest, gibt es mehrere Wege in die Zukunft, und wir alle wählen unser Schicksal selbst.«

So wie auch er seine Entscheidung treffen musste – hier zu bleiben und auszuharren, bis er einen Hinweis auf Deilos' Ziel erhalten würde, oder den Feind zu jagen.

Wenn er den falschen Entschluss fasste, würden sie alle kostbare Zeit verlieren und vielleicht jede Hoffnung auf einen Erfolg.

Der Palast wurde bewacht, nicht wegen der Wahrscheinlichkeit eines Angriffs, sondern weil die Akoraner ihn seit Jahrtausenden auf die gleiche Weise schützten. Kein Vanax hatte jemals erwogen, irgendetwas an dieser Tradition zu ändern.

Auf den Mauern und in den hohen Türmen waren Krieger postiert, die regelmäßig meldeten, niemand sei beobachtet worden, der das Gelände des Palastes verlassen habe.

Die Stadtbewohner waren verständigt worden. Um diese Stunde saßen die meisten Leute beim Abendessen, das sie am liebsten in den Gärten vor ihren Häusern einnahmen. Die Fahndung hatte eben erst begonnen, und Deilos hielt sich möglicherweise immer noch in Ilius auf. Deshalb würden die Bürger Augen und Ohren offen halten. Bis jetzt hatte er sich nirgends blicken lassen. Aber sobald ihn jemand sah, würde es der Vanax unverzüglich erfahren.

Seit die Gefangenen verschwunden waren, hatte kein Schiff den Hafen verlassen. Da war sich der älteste Sohn des Hafenmeisters völlig sicher. Während sein Vater zu Abend aß, versah der junge Mann den Dienst. Allerdings hatte er auch gemeldet, vor kurzem sei ein so starker Wind aufgekommen, dass kaum ein Schiff auslaufen könne. Das würde Royces und Alex' Segelfahrten erheblich erschweren.

Der Wind …

Über dem Hof wirbelten Staubwolken, und Atreus sah im Mondschein den weißen Schaum hoher Wellen, die gegen die Kaimauer schlugen.

Schützend legte Joanna eine Hand über das Gesicht ihrer kleinen Tochter und zog den Kopf zwischen die Schultern.

»Nun solltet ihr hineingehen«, wandte sich Atreus an seine Schwägerin und seine Schwester. Dann gab er seiner Leibwache einen Wink. Mehrere Männer postierten sich zu beiden Seiten der Frauen.

»Ist das wirklich nötig?«, fragte Kassandra.

»Ich glaube, Deilos ist immer noch im Palast«, antwortete ihr Bruder und berührte den Griff seines Schwerts. »Wenn ich auch bezweifle, dass er euch etwas antun wird – ich möchte trotzdem für eure Sicherheit sorgen.«

Beunruhigt sah sich Joanna um. »Meinst du wirklich, er treibt sich in unserer Nähe herum?«

»Ja, das fürchte ich.«

Während die Frauen mit ihrer Eskorte in den Privatflügel zurückkehrten, teilte Atreus den restlichen Trupp in drei Gruppen. Einige Krieger sollten die Höhlen sichern, andere die unterirdischen Gänge absuchen, die zu den Stränden unterhalb des Palastes führten. Für sich selbst reservierte er den Ort, von dem er vermutete, dorthin hätte sich Deilos am ehesten zurückgezogen.

Auf dieser Exkursion sollten ihn sechs Männer begleiten, und er wählte die besten aus, auf die er sich rückhaltlos verlassen konnte. Was immer ihnen auch widerfahren mochte – ihre Lippen würden stets versiegelt bleiben.

Schweigend, mit langen Schritten, folgten sie ihm in den Palast, durch das Gewirr der Korridore zu einer Tür in der Nähe des Hospitals, hinter der eine Treppe hinabführte. Für einen ahnungslosen Betrachter mochten die Stufen in einem alten, seit langer Zeit unbenutzten Lagerraum enden. Die Eingeweihten wussten es besser. Was wie ein unbedeutendes, leeres hölzernes Gestell aussah, das vom Boden bis zur Decke reichte, verdeckte den Zugang zu einer unterirdischen Passage.

Unter normalen Umständen würde das Regal gerade vor der Wand stehen. Wie ein kurzer, prüfender Blick verriet, traf das nicht zu. Man hatte zwar versucht, es wieder zurechtzurücken, doch es ragte an einer Seite ein wenig nach vorn. Und das bestätigte Atreus' Ahnung. Sein Instinkt würde ihn nicht trügen.

»Gewiss hat er einige Männer bei sich«, erklärte er. »Lasst sie am Leben, wenn es möglich ist. Aber ihr dürft euch selbst nicht unnötig gefährden.«

»Und Deilos, Vanax?«, fragte einer der Krieger.

»Den übernehme ich.« Mochte Deilos auch verkrüppelt sein, da Royce ihm im Kampf die Schwerthand abgehackt hatte – er war immer noch ein formidabler Gegner. Nur ein Narr würde daran zweifeln.

Schweigend schob Atreus das Gestell beiseite und betrat den Gang, den er gut kannte. Kurz nach seiner Wahl zum Vanax hatte er ihn zum ersten Mal aufgesucht und dann in regelmäßigen Abständen. Dabei hatte er kein einziges Mal irgendwelche Anzeichen entdeckt, die darauf hinweisen würden, jemand anderer wäre über die Existenz der Passage informiert. Und er hatte auch mit niemandem darüber gesprochen.

Trotzdem wusste Deilos Bescheid. Weil er alte Berichte studiert hatte? Oder weil in seiner Familie gewisse Kenntnisse seit Jahrtausenden weitervererbt wurden? Das spielte keine Rolle. Nur eins zählte. Atreus musste ihn – und Brianna – finden, bevor es zu spät war.

Hinter sich hörte er seine Männer nach Luft schnappen. Um ihre Überraschung auf andere Weise zu bekunden, waren sie viel zu gut ausgebildet und diszipliniert.

Was in ihnen vorging, konnte er nachempfinden. Aber

seine Worte klangen unerbittlich. »Über diesen Gang werdet ihr mit niemandem sprechen.«

Flüsternd stimmten sie zu, und er wusste, dass sie ihr Wort halten würden. Was sie sahen, würden sie in ihrem Innern vergraben und keiner Menschenseele erzählen. Fraglos und unerschrocken akzeptierten sie ihre Pflicht, den Vanax zu schützen, alle seine Wünsche zu respektieren.

Am Ende der Passage erreichten sie den Rand einer gigantischen Senke. Atreus spürte die Hitze, die ihm entgegendrang. Tief unten erblickte er den wogenden feurigen See.

»Hier hinab«, sagte er und folgte dem schmalen Weg, der in die Höllenlandschaft führte.

Brianna strauchelte. Beinahe stürzte sie. Ihr Bein stieß gegen einen der scharfkantigen Felsbrocken, die den Pfad säumten. Als sie nach unten schaute, sah sie Blut durch ihre weiße Tunika sickern. In ihrem Entsetzen halb betäubt, immer noch leicht benommen von dem Schlag gegen ihren Kopf, fühlte sie keinen zusätzlichen Schmerz. Genauso gut könnte dies alles in einem Albtraum geschehen.

Inständig hoffte ein Teil ihres Ichs, jeden Moment zu erwachen. Doch sie wusste es besser.

Obwohl dieser gespenstische Ort allem widersprach, was sie jemals von der Welt erfahren hatte, erkannte sie ihn auf irgendeine tiefe, verborgene, geheimnisvolle Weise. Hier befand sich die grausige Vision, die hinter der Schönheit des befestigten Königreichs lauerte. Diese Erinnerung teilten alle Akoraner, reichten sie von Generation zu Generation weiter, erzählten in Legenden davon, besangen den glorreich besiegten Schrecken, der längst der Vergangenheit angehörte. Aber das stimmte nicht, denn im Schoß der Erde existierte er nach wie vor.

»Jetzt siehst du, warum Deilos handeln musste«, sagte Polonus an ihrer Seite.

»Nein, das sehe ich nicht«, keuchte sie. Nur mühsam hielt sie sich auf den Beinen. »Was hat er mit diesem Inferno zu tun?«

»Er fand heraus, dass der Vulkan wieder erwacht ist. Zu diesem Ort führt noch ein anderer Weg, den die Atreiden niemals fanden. Nur Deilos entdeckte ihn. Sobald er feststellte, was hier geschieht, sah er seine schlimmste Furcht bestätigt. Atreus und alle Atreiden wollen uns mit der Außenwelt verbinden. Und das ist ein verhängnisvoller Fehler, denn damit erzürnen sie Akora. Um seine Wut zu bezeugen, speit unser Land Feuer.«

»Bist du nicht ein Helios-Mitglied, Polonus? Du hast geglaubt, wir müssten uns öffnen …«

»Niemals dachte ich, wir sollten uns dem Rest der Welt anpassen. Ich strebte unsere Selbstbestimmung an. Nicht der Vanax dürfte über unser Schicksal entscheiden, sondern wir. Wie ich jetzt erkenne, war mein Wunsch falsch. Uns bleibt nichts anderes übrig, als zu den alten Traditionen zurückzukehren, sie getreulich zu ehren und zu beten, Akora möge sich barmherzig zeigen.«

Vor wenigen Tagen hätte Brianna erklärt, was sie beobachtete, sei ein Phänomen der Natur. Mit der Wut irgendeines Wesens könne es nicht zusammenhängen. Aber dann hatte sie jene überwältigende Macht im Tempel gespürt. Akora lebte – in einem gewaltigen, ewigen Sinn. Und deshalb war nichts unmöglich.

»Hat Deilos dir das Feuer gezeigt?«, fragte sie.

Polonus nickte. Mit der Selbstsicherheit eines jungen Fanatikers verkündete er: »Er zog alle Helios-Anhänger ins Vertrauen, die er für fähig hielt, die Krise zu meistern.«

»Mit dieser Krise oder jeder anderen wird Atreus am ehesten fertig. Merkst du es denn nicht? Nur Deilos' maßlose Eitelkeit, sein Neid auf die Atreiden und sein Wahnsinn verleiten ihn zu der Überzeugung, er wäre der bessere Vanax.«

»Da kann ich dir nicht zustimmen. Was Atreus tut, ist grundfalsch. Damit wird er Akora zerstören und uns alle ins Verderben stürzen.«

Verzweifelt schüttelte Brianna den Kopf. Ihr Bruder klammerte sich beharrlich an Deilos' Lügen, um seine eigenen verwerflichen Taten zu rechtfertigen. Dagegen war sie offenbar machtlos. Aber sie würde sich, so gut sie es vermochte, auf das drohende Unheil vorbereiten.

Deilos eilte voran, als würden ihn Hitze und Feuer nicht im Mindesten anfechten. Obwohl seine Männer ihr Unbehagen nicht verhehlten, folgten sie ihm.

Wie Polonus erwähnt hatte, gab es einen zweiten Weg hierher, also auch einen Weg hinaus. Die Richtung, in die Deilos fliehen wollte?

»Nirgendwo kann er sich verstecken«, betonte sie.

»Er wird beschützt. Hast du nicht mit angesehen, wie bedingungslos ihm seine Leute gehorchen?«

»Nur sehr wenige.«

»Darauf kommt es nicht an. Alle Reinen und Starken werden sich ihm anschließen, die Schar seiner Anhänger wird wachsen. Und es dürfte Atreus wohl kaum gelingen, die Gefahr des unterirdischen Feuers für alle Zeiten zu verheimlichen. Sobald die Akoraner die Wahrheit erkennen, werden sie sich auf Deilos' Seite stellen.«

Was ihr Bruder behauptete, ergab keinen Sinn. Das verstand Brianna trotz ihrer Kopfschmerzen. »Warum hat er die Leute nicht einfach informiert?«

Polonus runzelte die Stirn. »Wovon redest du?«

»Bei der Gerichtsverhandlung hörten ihm so viele zu. Warum erzählte er ihnen nicht von diesem Ort? Wenn er glaubt, mit dem Hinweis auf das zornige Akora wird er sie für sich gewinnen – wieso hat er darauf verzichtet und nicht geschildert, was hier unten passiert?«

»Das hätte er tun können«, gab Polonus zu. Zum ersten Mal klang seine Stimme unsicher. Doch er ließ sich nicht beirren. »Gewiss hat Deilos seine Gründe …«

»Keine *guten*! Begreifst du denn nicht …«

»Brianna, du bist meine Schwester, und ich möchte verhindern, dass dir ein Leid geschieht. Aber halt bitte den Mund!«

»*Mich* willst du retten? Und die anderen …?« Doch sie wollte nicht an seine Verbrechen denken. Selbst wenn Deilos nichts anderes anzulasten wäre – er hatte ihren Bruder auf den Pfad des Bösen gelockt. Allein schon deshalb verdiente er die schlimmste aller Strafen.

»Still!«, befahl Polonus.

Nur weil sie – von schwerem Kummer überwältigt – nichts mehr zu sagen wusste, gehorchte sie.

Sie gingen weiter. Immer tiefer folgten sie Deilos in die Senke hinab. Wohin Brianna auch schaute, überall sah sie rot glühende Lava an die Oberfläche quellen. Der Boden, über den sie ging, war halbwegs kühl, gerade noch erträglich. Aber in den Felsenritzen leuchteten Feuerströme. Und in den dichten Dampfwolken, die unentwegt emporstiegen, lag beißender Schwefelgeruch.

Briannas Augen brannten. Als sie die schmerzenden Lider berührte, streifte ihr Arm die Seidenstola, die ihre Schultern immer noch umhüllte.

Obwohl Polonus ihre Hand festhielt, beachtete er seine Schwester nicht mehr. Stattdessen konzentrierte er sich auf Deilos und die Männer, die ihren Weg zielstrebig fortsetzten.

Dass jemand hierher kommen würde, wagte sie kaum zu hoffen. Aber eine geringe Hoffnung war besser als gar keine. Nach einem forschenden Blick auf ihren Bruder zuckte sie die Achseln, und die Stola glitt hinab. Mit ihrer freien Hand erfasste sie den Rand des dünnen Stoffs. Langsam und vorsichtig zerrte sie daran, bis er vollends an ihrem Rücken herabrutschte. Dann raffte sie ihn unauffällig an ihrer Seite zusammen. Während sie ein stummes Gebet zum Himmel schickte, ermutigte sie sich mit einem tiefen Atemzug und ließ die Stola fallen.

»Komm, wir müssen schneller gehen!«, drängte Polonus und zog sie mit sich.

Dicht gefolgt von den Kriegern, eilte Atreus durch die versengte Landschaft. Nur einmal blieb er stehen, um eine Feuerfontäne zu beobachten, die aus der Lava emporsprang und beinahe das Höhlendach erreichte. Innerhalb weniger Sekunden sank sie in sich zusammen, und obwohl ihr keine weitere folgte, spürte er die Bedenken seiner Männer und versuchte sie zu beruhigen.

»Schaut euch um! Seht ihr die geschwärzten Felsen? Immer wieder steigen solche Flammen hoch und hinterlassen ihre Spuren. Aber sie richten keinen Schaden an.«

Sie nickten und ließen sich widerstandslos noch tiefer in die Senke hinabführen. Bei jedem Schritt hielten sie nach neuen Flammenexplosionen Ausschau.

Wenn man eine so bedrohliche Hölle lebend durchqueren wollte, musste man sich in Acht nehmen. Doch die erforderliche Vorsicht würde Zeit kosten, und die fehlte ihm. Der Pfad wand sich am Höhlenrand abwärts. Außerdem gab es eine Abkürzung, die steil und geradewegs nach unten verlief – durch die Mitte der Senke, über vermeintlich festen Boden, in Wirklichkeit eine wogende Kruste.

»Geht hier weiter!«, wies er seine Krieger an und zeigte auf den Weg, der ein geringeres Risiko darstellte. »Am anderen Ende treffen wir uns.«

»Vanax…«

Nie zuvor hatte er einen Befehl wiederholen müssen. Aber unter diesen Umständen durfte er den Männern ihr Zaudern nicht vorwerfen. »Geht!«, rief er gebieterisch. Ohne abzuwarten, ob sie gehorchen würden – woran er nicht zweifelte –, sprang er über eine breite Kluft und kletterte in die Tiefe.

Schon nach wenigen Schritten leistete er sich einen Fehltritt, und sein Fuß durchbrach eine Stelle, die wie fester Grund aussah. Stattdessen züngelten Flammen an den Sohlen seiner Sandalen. Er befreite sich und trat hastig das Feuer aus, dann stürmte er weiter. Sekunden später versengte ein Feuerstrahl seinen linken Arm, was er kaum wahrnahm. Auf halber Strecke, seiner Eskorte weit voraus, sah er etwas Weißes im schwarz-roten Inferno schimmern.

Diesen hellen Fleck erreichte er erst, nachdem er noch zweimal durchs Feuer gegangen war. Er hob die Stola auf, presste die Seide an sein Gesicht und atmete den beglückenden Duft ein.

Allen Göttern sei Dank… Brianna. Sie lebte. Doch die heiße Freude, die ihn erfüllte, währte nicht lange, denn die geliebte Frau befand sich in Deilos' Gewalt. Mit einem leisen Fluch lief er weiter.

Wenige Minuten später entdeckte er seinen Feind, den etwa ein Dutzend Männer begleitete – und Polonus, an Briannas Seite. Sie sah bleich und leicht benommen aus, aber unverletzt. Während Atreus die kleine Schar beobachtete, stieß Deilos einen Ruf hervor. Sekundenlang zögerte Polonus, bevor er seine Schwester zu ihm führte.

»Dummkopf«, flüsterte Atreus. Was den jungen Mann in

die Irre gelockt hatte, wusste er nicht, und es interessierte ihn auch gar nicht. In diesem Moment war nur Brianna wichtig.

Und Deilos, der ihren Arm ergriff und in die kochende Tiefe zeigte...

»Da der Vulkan den Boden bewegt, hat sich der Weg geändert«, erklärte Deilos. »Zuvor war er ungefährlich, das ist er jetzt nicht mehr.« Zu Brianna gewandt, fügte er hinzu: »Gehen Sie voraus, wir folgen Ihnen.«

»Herr...«, begann Polonus.

»Widersprich mir nicht, Junge! Dein Zartgefühl verrät eine Schwäche, die kein richtiger Mann duldet.«

Krampfhaft schluckte Brianna und klammerte sich an eine Hoffnung, die bald entschwand. Viel zu deutlich sah sie die Glut unter der dünnen Erdkruste schwelen. In diese Richtung weiterzugehen, war heller Wahnsinn. Aber wenn sie sich weigerte...

Polonus trat zwischen seine Schwester und Deilos. »Erlaube mir, voranzugehen, mein Herr.«

»Was, du? Wie ich annehme, kannst du kämpfen, und ich will dich nicht verlieren.«

»Bitte, sie ist meine Schwester...«

»Habe ich mich nicht deutlich genug ausgedrückt? Bist du wirklich töricht genug, um mit mir zu streiten?«

»Aber sie ist eine Frau, die beschützt werden muss«, gab Polonus zu bedenken, »und...«

»Sie ist eine Frau, die *dienen* muss«, fiel Deilos ihm erbost ins Wort. »Und das wird sie verdammt noch mal tun!«

Entschlossen schob er Brianna vor sich her. Als Flammen am Saum ihrer Tunika leckten, schrie sie auf und raffte den Rock hoch. Aber die Seide war versengt worden.

»Gehen Sie!«, forderte Deilos. »Oder Sie sterben hier und jetzt.«

Polonus' Hand zuckte zum Griff seines Schwerts. »Mein Herr, ich flehe dich an …«

»Deilos!«

Nur wenige Schritte entfernt stand Atreus, sein Schwert in der erhobenen Hand. Er war allein, umgeben von Feuer und Rauch, als wäre er soeben dem brodelnden Vulkan entstiegen. Bei seinem Anblick jubelte Briannas Herz. Und dann verdrängte qualvolle Angst ihre Freude.

Allein. Um Himmels willen – er war allein.

»Nein, Atreus!«

Ohne ihren Ruf zu beachten, kam er durch den wirbelnden Qualm näher. »Lass sie frei, Deilos.«

»Ach, wie rührend!«, spottete Deilos. »Soeben sprach ich mit dir über unangemessenes Zartgefühl, Polonus. Und jetzt wirst du einen Mann für diese Schwäche sterben sehen.«

»Zurück, Atreus!«, schrie Brianna. Niemals würde sie ihm gestatten, sein Leben aufs Spiel zu setzen. Akora brauchte ihn, hing von ihm ab. Nur zu gut erinnerte sie sich an die Trauer, die sein Volk in den Tagen und Nächten nach dem Mordanschlag auf ihren Vanax gelähmt hatte. Aber diese Qual sollten die Akoraner und Akoranerinnen nicht noch einmal erleiden. Und sie selbst würde es nicht überleben.

Instinktiv ging sie auf ihn zu. Aber Deilos hielt sie blitzschnell fest. Schmerzhaft drückte er seinen verstümmelten rechten Arm an ihren Hals. In seiner linken Hand hielt er ein Messer.

»Lass dein Schwert fallen, Atreus, oder sie stirbt!«

»Tu es nicht!«, klagte Brianna.

Zu spät. Ohne Zögern, ohne den geringsten Zweifel öffnete Atreus seine Hand, und die Klinge landete klirrend auf dem Boden. Unbewaffnet stand er vor Deilos, nicht einmal von einer Rüstung geschützt.

Deilos lachte triumphierend. »Ergreift ihn!«, befahl er seinen Männern.

In ihrem blinden Gehorsam wollten sie sich auf den Vanax stürzen. Aber bevor sie ihn erreichten, tauchten seine eigenen Krieger mit gezückten Schwertern aus dem Dunkel auf. Wenn sich Deilos' Leute auch in der Überzahl befanden – an Geschicklichkeit und Kampfkraft waren sie Atreus' Truppe weit unterlegen. Schon bald gerieten sie in arge Bedrängnis.

Von heißem Zorn erfüllt, heulte Deilos auf, wich zurück und zog Brianna mit sich. Es gab nur einen einzigen Weg. Und der führte direkt ins Feuer. Notgedrungen blieb er stehen und schrie: »Ruf deine Männer zurück, Atreus!«

»Damit sie sehen, wie du dich hinter einer Frau verschanzt?« Atreus näherte sich – waffenlos, scheinbar unbesorgt, ohne zu beachten, wohin er trat. Doch der Boden hielt seinen Schritten stand, das Feuer verschonte ihn. »Lass sie los, Deilos!«

»Um ihr das Leben zu schenken, während ich sterbe? Ganz sicher nicht!«

Das Messer berührte Briannas Hals. Die Augen geschlossen, begann sie lautlos zu beten.

»Nein!«

Eine andere Stimme, die nicht Atreus gehörte... Plötzlich war sie frei, Deilos entrissen. Sie verlor ihr Gleichgewicht und stürzte, rutschte in die Richtung des Feuers. In letzter Sekunde krallte sie ihre Finger ins Erdreich und hielt sich fest.

Aus Deilos' Kehle rang sich ein heiserer Schrei, und Brianna sah ihn auf dem Rücken liegen, unter dem Gewicht ihres Bruders. Obwohl Polonus sein Schwert verloren hatte, wirkte er fest entschlossen, den Mann zu töten, dem er so bereitwillig in die Hölle gefolgt war.

»Nein, du wirst meine Schwester nicht ermorden!« Bei jedem Wort rammte er Deilos' Kopf gegen den steinigen Boden.

Als Brianna aufstand, stürmte Atreus zu den Männern. Doch er erreichte sie nicht rechtzeitig. Kraftvoll bäumte sich Deilos auf, schleuderte Polonus von seinem Körper und stieß ihm das Messer in die Brust.

»Oh Polonus!« In Briannas halb ersticktem Ruf lag die ganze Liebe, die sie für ihren armen, irregeführten Bruder empfand. Sie lief zu ihm, ignorierte Deilos' gefährliche Nähe, nur von einem einzigen Gedanken beseelt – dem Blut Einhalt zu gebieten, das in die Erde floss.

Aus Polonus' Brust ragte der Messergriff. Ungläubig starrte er das glänzende Holz an, den dunklen Fleck, der seine Tunika färbte.

»Brianna …«, hauchte er.

Alles wollte sie tun, um ihm zu helfen – trotz seiner Verbrechen. Aber in ihrer Verzweiflung beging sie den folgenschweren Fehler, Deilos zu vergessen. Er bewegte sich so schnell, dass es fast übermenschlich erschien. Ehe sie wusste, wie ihr geschah, hatte er sie wieder gepackt.

»Zurück, Atreus!«, forderte er. »Um sie zu töten, brauche ich kein Messer. Bevor du hoffen darfst, sie zu erreichen, wird sie im Flammenmeer versinken.«

Atreus hielt inne. Unverwandt schaute er in Briannas Augen. Seine Krieger bekämpften Deilos' Männer, die immer noch lebten.

Zu Briannas Füßen krümmte sich Polonus. Ein Feuerstrahl stieg auf …

… und beugte sich wie ein Weizenhalm im Wind.

In ihrer Brust stieg es empor. Und zum ersten Mal in ihrem Dasein hieß sie die Gabe willkommen, den Fluch ihrer Kindheit. Das Grauen, das sie gnadenlos verfolgt hatte... Glorreich und triumphierend kehrte es zurück aus einer unsichtbaren Welt, herbeigerufen in der Stunde ihrer schlimmsten Not.

»Der Wind...«, wisperte Brianna. Heulend wehte er durch die langen Höhlengänge, aus den Ritzen des schwelenden Vulkans.

Vor dem Wind, dem Atem der Erde, neigten sich die Flammen, Funken bildeten Wirbelstürme, die wie Engelsflügel über der riesigen Senke kreisten.

Brianna...

Sie sah, wie Atreus ihren Namen rief. Doch sie vernahm seine Stimme nicht, hörte nur den Wind – ringsum und in ihrem Innern. Ihr Haar, das hinter ihr flatterte, verwandelte sich in loderndes Feuer, die Tunika wurde an ihren Körper gepresst, und sie konnte kaum atmen.

Nur noch wenige Sekunden – und der Wind würde sie erfassen.

Lass dich fallen, Brianna! Der Mann, den sie über alles liebte, sprach in ihrem Geist und in ihrem Herzen.

Sehnsüchtig streckte sie eine Hand aus, um ihn zu berühren, nur noch ein einziges Mal, ein letztes Mal...

Lass dich fallen!

Der Befehl, reiner Liebe entsprungen, erreichte Brianna über die tosende Barriere des Windes hinweg und drang in die Tiefe ihrer Seele.

Und so fiel sie hinab, entglitt ihrem Feind Deilos und landete auf dem Boden, der sie mit der Wärme einer liebenden Mutter empfing.

Schnell wie der rauschende Wind stürzte sich Atreus auf Deilos, der ihn erbittert angriff und das Geschrei des Wahnsinns ausstieß.

Da Atreus größer und stärker war, schien er den Sieg zu erringen. Aber dann griff Deilos – stets tückisch, stets der Überlebende – unter seine Tunika und zog einen schmalen Dolch hervor.

»Stirb!«, rief er grinsend.

Die Schneide raste heran und hätte Atreus mitten ins Herz getroffen, wäre Deilos nicht von einem plötzlichen heftigen Windstoß aus dem Gleichgewicht geworfen worden. Deshalb verfehlte er sein Ziel, der Dolch schürfte nur den Arm seines Gegners auf.

Fluchend sprang Deilos zurück. »Verdammt!«

»Du kannst nicht gewinnen«, erklärte Atreus in sanftem Ton. »Damit musst du dich abfinden.«

»Soll ich dir erlauben, mein Schicksal zu bestimmen? Niemals.«

Deilos spähte über die Schulter, ins flackernde Feuer, wandte sich wieder nach vorn und sah seine Männer, tot oder gefesselt. In seinen Augen glühte wilder Hass.

Dann musterte er Brianna. »Wie rührend, dass er um Ihretwillen hierher kam! Und doch – auf seltsame Weise folgerichtig.«

Sinnloses Gefasel... Der endgültigen Niederlage nahe, schien er in wachsendem Wahn zu stammeln. Trotzdem konnte sie ihren Blick nicht von ihm losreißen, seine Worte nicht ignorieren.

»Was hat Atreus Ihnen erzählt?«, zischte er. »Was wissen Sie über Ihre Ankunft auf Akora, *Xenos*-Frau?«

Dieser abscheuliche, böse Mann wollte alles zerstören, was gut und gerecht war. Was er behaupten würde, durfte sie nicht ernst nehmen. Instinktiv schaute sie Atreus an, der sie voller Sorge beobachtete.

Inmitten der Hitze begann sie zu frieren.

»Der französische Admiral war ein Narr«, fuhr Deilos fort. »Er suchte die Lorbeeren des Ruhms, aber die nötige Kampfkraft fehlte ihm. Gleichwohl lieferte er uns eine ehrenwerte Schlacht und stellte uns auf eine harte Probe.«

Obwohl sie ihn mit Nichtachtung strafen wollte, konnte sie nicht länger schweigen. »Was reden Sie da?«

»Atreus und ich wurden gemeinsam zu Kriegern ausgebildet, und wir gehörten derselben Kompanie an. Hat er das nicht erwähnt? Welch ein beklagenswertes Versäumnis, Atreus! Aber vielleicht erweise ich dir einen schlechten Dienst, und du hast aus reiner Bescheidenheit nichts verlauten lassen.« Wieder zu Brianna gewandt, fügte Deilos hinzu: »Er war der Held des Tages, von ganz Akora bejubelt. Hatte je zuvor ein junger Mann, noch in der kriegerischen Ausbildung, eine so grandiose Tat vollbracht und eine Kanone so zielsicher abgefeuert? Gewiss, er war der Enkel des Vanax, und möglicherweise wollten einige Leute nur deshalb das Beste in ihm sehen. Aber um bei der Wahrheit zu bleiben – er hat die Lobeshymnen verdient. Während der Schlacht frischte der Wind auf, und der französische Admiral hätte eine Gelegenheit zum Rückzug gefunden, wäre Atreus nicht so fest entschlossen gewesen, zum tödlichen Schlag auszuholen.«

Entzückt über ihr sichtliches Entsetzen, lächelte Deilos.

»Er brachte Ihre Eltern um, süße Brianna, seine Hand schickte die beiden in den Tod. Hören Sie ihre Schreie bis zu dieser Stunde?«

Oh ja, möge der Himmel mir helfen…

Als er die Antwort in ihrem Gesicht las, warf er seinen Kopf zurück und brach in schrilles Gelächter aus.

Immer noch lachend, sprang er in die Flammen.

19

Es war eine Zeit der Träume. Undeutlich fühlte sie kühles Leinen unter ihren Gliedern, kaltes Wasser zwischen ihren Lippen, eine milde Brise. Und sie hörte leise Stimmen.

Irgendwann erwachte sie im Schatten der Nacht und roch Jasmin. Durch das hohe Bogenfenster gegenüber ihrem Bett sah sie eine silberne Mondsichel.

Eine Hand berührte ihre Stirn, Brianna wandte den Kopf zur Seite und sah … Elena?

Träume.

»So inständig habe ich mich nach einer Tochter gesehnt und um diese Gnade gebetet. Natürlich sind mir meine Söhne lieb und teuer. Aber eine Tochter …«

Leonis Stimme. Sanft und vertraut.

»Als sie zu uns kam, war sie sehr schwach und ganz verloren. Wochenlang schlief ich neben ihr. Zu ihrem Wohl und zu meinem eigenen. Wenn ich nachts erwachte, musste ich sie sehen und mich vergewissern, dass sie noch atmete.«

All das hörte Brianna in Träumen – Fragmente, die wie Blütenblätter auf das Meer ihrer Ohnmacht herabfielen, umherschwammen und versanken. Das und noch mehr.

»Sie wird genesen.«

»Glaubst du das wirklich? Jetzt – wo sie weiß, was ihr so viele Jahre lang verheimlicht wurde?«

Während sie dahinschwebte, suchte sie Vergessen. Die Nacht verging, und Brianna weinte. Wie aus weiter Ferne hörte sie ihr eigenes Schluchzen.

Jemand wischte ihr die Tränen von den Wangen und hielt sie in den Armen.

»Ganz ruhig, Brianna.«

Nicht Leoni... Eine andere Stimme. Delphine?

Leise sang eine Frau. *»Schlafe, mein Kind, lass dich von Frieden einhüllen, die ganze Nacht...«*

Nun gab sie Tante Constance Recht – Delphine, ihre Mutter, hatte eine ungewöhnlich süße Stimme besessen, die mit ihr gestorben war. Nur in der Erinnerung lebte der schöne Klang weiter.

Ein Strand... Irgendwo in Frankreich. In der Nähe des Hauses, wo sie wohnten. Der Vater hatte ein Feuer entzündet, und sie saßen daneben – Brianna auf dem Schoß ihrer Mutter. Trotz der kühlen Nachtluft war ihr warm. Wohlig kuschelte sie sich in eine Decke. Über ihrem Kopf funkelten Sterne.

Herzhaft begann ihr Vater zu lachen. Allein schon dieses Gelächter genügte, um sie mit reinem Glück zu erfüllen.

»... die ganze Nacht...«

In ihrer Seele – dunkle Nacht. Sie befand sich jenseits des Schreckens, jenseits der Trauer. Sogar der Schmerz erschien ihr gedämpft. Aus diesem Stoff bestand das Leben – Momente heller Freude, verschmolzen mit leidvollen Verlusten. Noch einmal sah sie Deilos ins Feuer springen und versank noch tiefer im willkommenen Vergessen.

Als sie die Augen wieder öffnete, blinzelte sie ins Tageslicht. Joanna saß neben dem Bett und las ein Buch, blickte aber auf, sobald Brianna sich bewegte.

»Was …« War das ihre Stimme? Dieses schwache Krächzen?

»Sei ganz ruhig.« Joanna legte das Buch beiseite, schlang einen Arm um Briannas Schultern und half ihr, sich aufzurichten.

Aber sie wollte keine Hilfe. Nicht von diesen Menschen.

»Du hast viel durchgemacht.« Verwundert runzelte Joanna die Stirn, weil die Freundin sich versteifte und von ihr wegrückte.

»Und – Atreus …?« Brianna musste sich zwingen zu sprechen.

»Im Augenblick hält er eine Sitzung mit den Ratsherren ab. Wie fühlst du dich?«

Wie fühle ich mich? »Als wäre ich von mir selbst losgelöst.« Das war Brianna sogar lieber, denn diese Trennung von ihrem Ich schützte sie wenigstens ein bisschen. »Polonus …« Sekundenlang sah sie ihn vor ihrem geistigen Auge, ein Messer in der Brust, und biss auf ihre Lippen.

»Reg dich nicht auf«, bat Joanna und rückte die Kissen hinter ihr zurecht. »Er ist schwer verletzt, da will ich dich nicht belügen. Aber Elena glaubt, er wird wieder gesund.«

»Elena?« Dieser Name durchbrach die barmherzige dumpfe Gleichgültigkeit.

»Sie hat uns erklärt, vielleicht würdest du nicht wissen, dass sie noch lebt, ebenso wie die anderen. Polonus hat ihnen nichts angetan.«

»Und ich dachte, er hätte sie alle getötet – ich hielt ihn für fähig, Deilos' grausamen Befehl zu befolgen.«

»Nach allem, was ich gehört habe, musstest du das befürchten. Aber er tat es nicht. Und er hat dich beschützt.« Als Brianna schwieg, hob Joanna die Brauen. »Sida war schon ein Dutzend Mal hier, um zu sehen, ob du wach bist und ob sie deinen Appetit anregen könnte.«

»Ich habe keinen Hunger«, erwiderte Brianna. Doch das stimmte nicht, zu ihrer eigenen Überraschung. Langsam und unausweichlich kehrte sie zu sich selbst zurück. »Wie lange habe ich geschlafen?«, fragte sie.

Auf dem Weg zur Tür drehte sich Joanna um. »Beinahe einen ganzen Tag. Aber diese Erholung hast du dringend gebraucht.«

Seltsam … Verwirrt starrte Brianna vor sich hin. Ein Tag ihres Lebens war verstrichen, und sie wusste fast nichts davon. Unruhig bewegte sie sich in ihrem Bett und stöhnte.

»Sicher schmerzt die Schnittwunde an deinem Bein«, meinte Joanna und kam zu ihr zurück. »Elena hat sie verbunden, und sie glaubt, es wird keine Narbe zurückbleiben. Außerdem hast du ein paar Brandwunden an Füßen und Fußknöcheln. Auch die werden verheilen.«

»Brandwunden …« In Briannas Fantasie reihten sich Bilder aneinander. Sekundenlang spürte sie sengende Hitze und glaubte, Schwefel zu riechen. »Weißt du, wo ich war? Wo wir waren?«

»Atreus trug dich aus den Höhlen herauf. Also nahm ich an, ihr wärt dort gewesen.« Joanna schaute Brianna nachdenklich an. Doch sie fragte nicht, wieso sich die Freundin verbrannt hatte.

»Ja, natürlich, die Höhlen …« Atreus verstand es, Geheimnisse zu hüten. Kein Wunder, dass er auch *dieses* für sich behielt … Wie lange konnte er hoffen, die Wahrheit zu verhehlen? Welchen Sinn hätte sein Schweigen? Vielleicht wäre es an der Zeit, etwas zu unternehmen, zu flüchten. Aber wohin? Durfte sie Akora verlassen, nachdem sie die außergewöhnliche Macht kannte, die in der Erdentiefe hauste?

»Komm zurück!«, bat Joanna leise. »In Gedanken hast du dich meilenweit entfernt.«

»Jetzt würde ich gern baden.« Brianna schlug die Decke zurück und schwang ihre Beine über den Bettrand. Im ersten Moment fürchtete sie, ihr würde die Kraft fehlen, um aufrecht stehen zu bleiben. Aber ein tiefer Atemzug und gestraffte Schultern belehrten sie eines Besseren.

»Soll ich dir helfen?«, fragte Joanna.

»Nein«, entgegnete Brianna und schloss die Tür des Bads hinter sich.

Als sie in ihr Zimmer zurückkehrte, war Joanna verschwunden. Leoni nahm gerade gefüllte Teller von einem Tablett und stellte sie auf einen Tisch neben dem Bett. Beim Anblick ihrer Tochter lächelte sie. Zumindest lächelten ihre Lippen. In ihren Augen las Brianna ernste Sorgen.

»War es klug von dir, allein zu baden, Liebes? Joanna hat mir erzählt, du wärst noch ziemlich schwach.«

»Nein, ich fühle mich sehr gut. Wie geht es Polonus?«

Bevor Leoni antwortete, presste sie die vollen Lippen zusammen. »Ein Glück, dass er noch lebt... Marcus war bei ihm. Und deine anderen Brüder kommen von Leios herüber. Allzu viel hat Polonus nicht verraten. Und was er sagt, ergibt keinen rechten Sinn.«

»Er hat an Deilos geglaubt.«

»Also hat er einem Wahnsinnigen vertraut. Mein Sohn... Und ich dachte, ich würde ihn kennen.«

»Wir alle sind einander rätselhaft.« Auf dem kleinen Tisch waren Brot und Honig angerichtet, ein milder Käse, Hühnerbrustscheiben und eine Apfeltorte. Lauter köstliche Speisen, die Trost und Kraft spenden würden... Brianna brach ein Stück Brot ab. Wie trocken ihr Mund war...

»Warum hat er sich mit Deilos eingelassen, Brianna? Dir stand Polonus am nächsten. Hat er dir irgendetwas erklärt?«

Warum? Weil ihn die Verwirrung und die Unsicherheit der Jugend überwältigt hatten? Weil er keinen klaren Weg für sich selbst sah? Weil ihn die Erkenntnis der Gefahr, in der Akora schwebte, aus dem Gleichgewicht gebracht hatte?

»Danach solltest du den Vanax fragen, Mutter, er weiß alles.«

»Bald wird der Vanax entscheiden müssen, was mit Polonus und den anderen Helios-Anhängern geschehen soll.«

Diese Gefangenen hatte Brianna beinahe vergessen. Die Gerichtsverhandlung schien schon so lange zurückzuliegen.

»Warst du auch ein Mitglied von Helios?«, fragte Leoni unvermittelt.

»Wie kommst du darauf?«

»Ich bin nicht blind. Wie unzufrieden du warst, sah ich dir deutlich an. Manchmal bist du davongeschlichen, wenn du geglaubt hast, niemand würde es bemerken. Wie ich von Elena erfuhr, hast du diese Gewohnheit auch nach deiner Ankunft in Ilius beibehalten.«

»Warum hast du mich nicht daran gehindert?«

Leoni füllte einen Kelch mit Wasser und reichte ihn ihrer Tochter. »Weil ich dachte, ich dürfte deine Flügel nicht stutzen.«

Brianna aß das Stück Brot, spülte es mit Wasser hinunter und fühlte sich etwas kräftiger. »Hätte ich doch Flügel, um von hier wegzufliegen...«

Das war grausam, und sie wusste es. Bestürzt zuckte Leoni zusammen. Aber dann lächelte sie sanft. »Du bist uns böse, weil wir dir die Wahrheit verheimlicht haben.«

Obwohl es keine Frage war, fühlte sich Brianna zu einer Antwort bemüßigt. »Nein, böse bin ich euch nicht – nicht wirklich. Eher verwirrt. In all den Jahren habe ich euch vertraut und nie an euch gezweifelt.«

»Und du glaubst, Marcus und ich hätten dich mit unserem Schweigen hintergangen. Nun, vielleicht muss ich dir Recht geben.« Als Brianna verblüfft die Stirn runzelte, seufzte Leoni. »Wir könnten beteuern, wir hätten dir zuliebe so gehandelt – damit du dich besser in deinem neuen Leben zurechtfinden würdest. Und das stimmt sogar. Aber es ist nicht die ganze Wahrheit. So sehr haben wir uns gewünscht, du würdest uns akzeptieren und lieben. Zwischen uns sollte kein Schatten stehen. Vor allem *mir* war das wichtig. Allein schon der Gedanke, dir vom Tod deiner Eltern zu erzählen, jagte mir kalte Angst ein. Als wir hörten, man habe in England keine deiner Verwandten gefunden, hielt ich es für einen Wink des Schicksals. Ich bildete mir ein, es sei richtig, dich im Ungewissen zu lassen.« Kraftlos sank sie in einen Sessel, die Augen von wehmütiger Trauer erfüllt. »Es war ein schrecklicher Fehler. Das sehe ich jetzt ein, und es tut mir unendlich Leid.«

Brianna setzte sich ihrer Mutter gegenüber, starrte Leoni an, sah nicht nur, was ihr lieb und vertraut war, sondern viel mehr – die Frau in ihrer Mutter. Im Herzen dieser Frau verbargen sich Hoffnungen und Träume, Sehnsüchte und Schwächen – wie in ihrem eigenen. »Du hast dir eine Tochter gewünscht.«

»Oh ja. Nachdem die Jungen zur Welt gekommen waren, versuchten es Marcus und ich dreimal. Zweimal erlitt ich Fehlgeburten, das dritte Baby trug ich fünf Monate lang in mir. Doch das genügte nicht, und es starb ebenfalls.«

»Davon wusste ich nichts.«

»Warum sollte ich darüber sprechen? Aber jetzt bleibt mir wohl nichts anderes übrig. Elena erklärte mir, eine weitere Mutterschaft würde mein Leben gefährden. Eindringlich erinnerte sie mich an meine Verantwortung für die Kinder und meinen Ehemann. Marcus schwor mir, er würde mich nur noch anrühren, wenn ich eine neue Empfängnis verhüten würde. Es fiel mir sehr schwer, die Hoffnung auf eine Tochter aufzugeben. Schließlich dachte ich, das hätte ich geschafft. Und plötzlich warst *du* da.«

Um Leonis Lippen spielte ein zärtliches Lächeln.

»*Du*, Brianna. Nicht nur irgendeine Tochter, sondern du. So tapfer bist du gewesen. Das wusste ich von dir, bevor ich irgendetwas anderes herausfand, und es gab niemals einen Grund, dich anders einzuschätzen. Monatelang musstest du um deine Kräfte ringen, wieder gehen lernen und dich an ein neues Heim gewöhnen. Du hast nie geklagt oder den Mut verloren. Jeden Morgen bist du einfach aufgestanden, um dich den Forderungen des Tages zu stellen.«

»Weil ich keine Wahl hatte.«

»Oh, doch – du warst ein Kind. Niemand hat von dir erwartet, so viel innere Kraft zu zeigen. Und es ist dir trotzdem gelungen.«

Unwillkürlich lächelte Brianna. »Ich glaube, du siehst mich mit den Augen einer Mutter.«

»Allerdings. Und wenn schon? Ich finde, die weit verbreitete Meinung, Mütter würden immer nur das Beste in ihren Kindern sehen, ist reiner Unsinn. Glaub mir, niemand sieht so klar wie eine Mutter. Unsereins kennt alle kleinen Schrammen und Narben, innen und außen. Die Stärken erforschen wir ebenso wie die Schwächen.« Leoni seufzte. »Leider lernte ich Polonus nicht so gut kennen.«

»Deshalb darfst du dir keine Vorwürfe machen. Du hast ihm die gleiche Gelegenheit gegeben wie mir und deinen anderen Söhnen – unsere Flügel zu erproben.«

»Aber er konnte nicht fliegen …«

»Immerhin lebt er noch, dem Himmel und Tante Elena sei Dank. Freuen wir uns darüber.«

Leoni nickte, wischte eine Träne von ihren Wimpern und umfasste die Hand ihrer Tochter. »Lass dir noch einmal versichern, meine Mitschuld an dem Leid, das du erfahren musstest, bedauere ich zutiefst. Wäre es möglich, würde ich dir den Kummer abnehmen und selber tragen.«

Vor lauter Rührung konnte Brianna kaum sprechen. »Das würde ich dir nicht zumuten. Ich möchte dich nicht unglücklich sehen.«

Eine Zeit lang saßen sie noch beisammen, dann gingen sie zu Polonus.

Ein bleicher Schatten seiner selbst, lag er in seinem Bett. Das jugendliche Selbstvertrauen war entschwunden. Verdrängt von dem Zwang, lebensnotwendige Kräfte zu sammeln.

»Brianna...«, flüsterte er und lächelte mühsam.

Angesichts seines Elends musste sie ihre ganze Selbstbeherrschung aufbieten, um ihre Erschütterung zu verbergen. »Gar nicht so übel, wie du aussiehst«, meinte sie in munterem Ton. »Wenn man bedenkt, dass du beinahe in zwei Stücke geschnitten wurdest...«

»Eigentlich dürfte ich gar nicht mehr da sein...«

»Red kein dummes Zeug!«, schimpfte seine Mutter, um ihre Sorge zu überspielen. »Streng dich gefälligst ein bisschen an! Sieh zu, dass du bald gesund wirst! Das bist du deiner Tante schuldig. Du verdankst ihr sehr viel.«

»Gewiss, meine ärztliche Kunst hat einiges bewirkt«, gab Elena zu. »Aber er hatte auch Glück. Wäre das Messer ein bisschen weiter links eingedrungen, hätten wir ihn verloren.«

»Zum Teufel mit Deilos!« Leonis Augen funkelten vor Zorn. »Möge er in der Hölle seine gerechte Strafe finden!«

Brianna begegnete dem Blick ihres Bruders. Schweigend schüttelte sie den Kopf, er nickte verständnisvoll. Beide wussten, dass Deilos der Hölle so nahe gekommen war wie kaum ein anderer Sterblicher – wo immer er jetzt sein mochte. Darüber würden sie nicht sprechen.

Etwas später kam Marcus ins Krankenzimmer. Bedrückt musterte er seinen jüngsten Sohn. »So viel hätte ich dir zu sagen, Polonus. Aber mir fehlen die Worte.«

»Tut mir Leid, Vater…«

»Wenigstens ein Anfang. Brianna, wie mir deine Tante Elena erklärt hat, brauchst du viel Ruhe.«

»Keine Bange, ich habe lange genug geschlafen. Jetzt muss ich etwas anderes tun.« Wenn sie auch nicht wusste, was…

»Die Ratssitzung dauert immer noch an«, berichtete Marcus. »Dabei geht es um das Strafmaß, das der Vanax verhängen wird. Es gibt gewisse Spekulationen. Aber bis jetzt konnten wir nichts Genaueres erfahren.«

»Was immer der Vanax entscheiden mag – er wird ein gerechtes Urteil fällen.« In Polonus' Stimme schwang keine Angst mit. Offensichtlich würde er sein Schicksal klaglos hinnehmen.

»Jetzt müsste er schlafen«, mahnte Elena, doch sie scheuchte die Besucher nicht aus dem Zimmer.

Während Marcus und Leoni bei ihrem Sohn blieben, bis er einschlief, wanderte Brianna in den Garten, wo Atreus sie an jenem frühen Abend gefunden hatte. Waren seither erst zwei Tage verstrichen? Wie eine halbe Ewigkeit kam es ihr vor.

Trotz des Sonnenscheins und des fröhlichen Vogelgezwitschers hielt sie sich nur ein paar Minuten in der idyllischen Umgebung auf. Die friedliche Schönheit des kleinen Gartens zerrte an ihren Nerven. Und so folgte sie der gewundenen Straße, die vom Palast nach unten führte. Ringsum gingen die Leute ihren normalen Geschäften nach. Hausfrauen pflegten ihre Gärten, den Stolz ihres Heims, fegten Gehsteige, klopften Teppiche, betreuten die Kinder, die noch klein genug waren, um an ihren Rockzipfeln zu hängen, und plauderten miteinander. Neben der Hausarbeit boten manche Frauen auch verschiedene Waren auf Marktständen feil. Einige erkannten in Brianna eine Bewohnerin des Palastes und nickten ihr freundlich zu. Lächelnd erwiderte sie die Grüße, doch sie hielt nirgendwo inne. In ihrer gegenwärtigen Verfassung wäre sie keine gute Gesellschafterin.

Als sie den Hafen erreichte, schlenderte sie eine leere steinerne Landebrücke entlang, die Flechten und Rankenfußkrebse überwucherten. Am Ende, das weit ins Wasser hinausragte, setzte sie sich, ließ die Beine hinabbaumeln und starrte über das Binnenmeer hinweg.

In ihrer Fantasie sah sie Leios, die Insel der grünen Ebenen, sechzehn Jahre lang ihre Heimat – immer noch?

Darüber dachte sie nach und fand die Antwort schon nach kurzer Zeit. Nur in der Erinnerung eine Heimat... Dort würde sie keinen inneren Frieden mehr finden. Und doch – Leios war ihr teuer, so wie ganz Akora. Trotz allem, was sich ereignet hatte, liebte sie dieses Land.

Und Atreus?

Vor dieser Frage schreckte sie zurück. Damit wollte sie sich jetzt nicht befassen. Sonst würde immer wieder Deilos' höhnische Stimme in ihren Ohren dröhnen.

Er brachte Ihre Eltern um, süße Brianna...

Süß war sie gewiss nicht, sondern tapfer und stark. Das hatte ihr die akoranische Mutter versichert. Hoffentlich würde Leoni Recht behalten, denn gerade jetzt brauchte Brianna beides so dringend – Mut und Kraft.

In der Ferne sah sie den Mast eines Schiffes mit vergoldeten Stierhörnern, dessen Bug das Binnenmeer durchpflügte. Es war zu weit entfernt, und so konnte sie es nicht genau feststellen – aber sie glaubte, es würde die südliche Meeresstraße ansteuern. In welcher Mission? Akora verfolgte, wenn auch möglichst unauffällig, weit verzweigte Interessen. Nahm das Schiff Kurs auf Europa oder Amerika? Asien oder Afrika? Oder gehörte es einfach nur zu den zahlreichen Patrouillenschiffen, die das befestigte Königreich schützten?

Vor eitlen französischen Admiralen, die nach Ruhmeslorbeeren strebten …

Zum Zeitpunkt der Tragödie war Atreus fünfzehn Jahre alt gewesen. Das hatte sie schon zuvor errechnet, aber bis jetzt nicht gründlich genug überdacht.

Fünfzehn.

Mit fünfzehn hatte sie Leoni bei der Hausarbeit und Marcus im Stall geholfen. Im Sommer jenes Jahres war das Fohlen ihrer Lieblingsstute zur Welt gekommen. Jedes Rennen auf Leios hatte es gewonnen – und einmal den goldenen Pokal bei dem Wettkampf, der jeden Herbst in Ilius stattfand. An diesem Ereignis hatte Brianna nicht teilgenommen, obwohl es ein sehnlicher Wunsch gewesen war. Der Meeressturm, an den sie sich zu erinnern glaubte, und ihre damit verbundenen Schuldgefühle hatten sie an einer Schiffsreise gehindert.

Fünfzehn … Langwierige Kämpfe mit der Geometrie, philosophische Diskussionen mit Polonus, Missachtung der anerkennenden Blicke, die ihr einheimische Jungen zugeworfen hatten … Plötzlich waren sie in die Höhe geschossen, hatten scheinbar über Nacht sehnige Muskeln entwickelt.

Und Atreus? Nach seinem fünfzehnten Geburtstag gezwungen, ein Mann zu werden … Als Enkel des Vanax musste er gewusst haben, welch große Dinge das Volk von ihm erwartete. Bei jener Seeschlacht, in eine unvorhersehbare Situation geraten, hatte er seine Pflicht erfüllt und den Akoranern bewiesen, die Atreiden-Dynastie würde stets für ihre Sicherheit sorgen.

Was hatte er nach dem Kampf getan? Was für ein seltsamer Gedanke... Während sie an die Küste gespült worden war, mit zerbrochenen Knochen, dem Tode nah – wie mochte Atreus' restlicher Tag verlaufen sein?

Hatte er den Sieg gefeiert? Soviel Brianna wusste, fanden auf Akora niemals Feste statt, wenn das Heer einen Feind bezwungen hatte. Allzu oft geschah es nicht. Aber erst vor wenigen Jahren war es zu einem Zwischenfall gekommen. Wieder einmal hatten Franzosen versucht, das mysteriöse Königreich zu erobern. Nun erinnerte sie sich an die Berichte über ihre Niederlage. Die Überlebenden hatten sich auf Akora niedergelassen, froh und dankbar, dem geschundenen, vom Krieg zerrissenen Europa zu entrinnen. Aber der Triumph war weder bejubelt oder glorifiziert, die Schlacht einfach nur als der Preis hingenommen worden, den die Truppen für die Freiheit ihres Landes zahlen mussten.

In der Sicherheit ihres Heims auf Leios, glücklich im Bewusstsein, dem akoranischen Volk anzugehören, hatte Brianna nie über jenen Preis nachgedacht. Und jetzt betraf er sie persönlich, auf schmerzhafte Weise.

Er brachte Ihre Eltern um...

Atreus' Hand an der Zündschnur der Kanone, sein Blick klar und zielsicher, sein Wille unerschütterlich... Vielleicht der künftige Vanax, der Erwählte einer neuen Generation... Hatte er öfter gefeuert, nicht nur einmal? Ein Schiff, mit einem einzigen Schuss zerstört? Vorstellbar, aber unwahrscheinlich... Er musste den Befehl erteilt haben, das Geschütz nachzuladen, die Beute stets im Visier.

Eine kleine Weile hatte er gewartet, die Kanone gerichtet, ein weiteres Mal gefeuert.

Mit fünfzehn.

Genauso viele Jahre waren verstrichen, bevor er sie gefunden hatte – seine Braut, vom Schicksal für ihn bestimmt. Zumindest glaubte er das. Lady Brianna Wilcox – seit seiner martialischen Tat eine Vollwaise.

Hatte er jemals erwogen, er müsste sie in Ruhe lassen, dürfte sie *nicht* für sich beanspruchen? Aus schlichtem Anstand, zum Gedenken an ihre Eltern, die er getötet hatte?

Auf diese Frage gaben ihr das Meer und die kreischenden Möwen, die über ihrem Kopf kreisten, keine Antwort. Sie blieb am Ende der Landebrücke sitzen, bis sie in der kühlen Abenddämmerung erschauerte, bis der Wind sie die gewundene Straße zum Palast hinaufjagte.

»Wenn du mir hilfst und deine Erholung verzögerst, wird mir deine Mutter nicht danken«, mahnte Elena.

»Im Bett werde ich keine Kräfte sammeln«, entgegnete Brianna. »Bevor ich nach England fuhr, half ich dir oft genug. Warum willst du mich jetzt davon abhalten?«

»Nun, Polonus braucht liebevolle Pflege«, gab ihre Tante widerstrebend zu, »und deine Anwesenheit scheint ihn zu ermuntern.«

Trotz der Medikamente, die Elena ihrem jungen Neffen gegeben hatte, litt er an starken Schmerzen. Noch mehr Drogen würden ihm schaden. Damit fand er sich ab. »Die Qualen bedeuten, dass ich noch lebe«, erklärte er und zwang sich zu einem Lächeln. »Das sage ich mir immer wieder. Und dann ist es nicht mehr so schlimm.«

Mit Briannas Hilfe aß er eine Suppe. Um die nahrhafte Brühe abzukühlen, rührte sie darin. »Wie tapfer du bist…«

Darüber musste er lachen, hörte aber sofort auf, weil sich die Schmerzen dadurch verstärkten, und schüttelte langsam den Kopf. »Nein, unglaublich dumm, denn ich nahm Deilos' unsinniges Gerede für bare Münze ... Aber ich sage dir ... Das soll keine Entschuldigung sein, in meinem Fall gibt es keine. Dieser Mann besaß eine ungeheure Überzeugungskraft. Auf sämtliche Fragen fiel ihm eine Antwort ein, alles schien er zu verstehen.«

Brianna schob ihm einen gefüllten Löffel in den Mund. »Und ganz offensichtlich liebte er Akora.«

Mühsam schluckte Polonus und nickte. »Das dachte ich auch. Bis er uns in diese Hölle hinabführte und uns das Feuer zeigte, erkannte ich zum ersten Mal, wie viel mir Akora bedeutet. Früher hatte ich stets das Gefühl, zu diesem Volk würde ich nicht passen, ich wäre nicht gut genug. Und plötzlich spielte das keine Rolle mehr.« Er aß noch ein wenig Suppe und schaute seine Schwester an. »Was meinst du, wie viele Leute Bescheid wissen?«

Diese Frage hatte sie sich bereits gestellt. »Nicht viele. Sonst hätten wir davon erfahren.«

»Warum oder wie der Vanax das geheim halten konnte, ist mir rätselhaft.«

»Vielleicht hat er festgestellt, dass wir gegen diesen Vulkan machtlos sind.«

»Unmöglich ... Wir sind ein Seefahrervolk, und wir besitzen genug Schiffe, um alle Akoraner zu evakuieren.«

»Und wohin sollen wir uns wenden? In aller Welt treibt die Geißel des Krieges ihr Unwesen ... Europa, Amerika – so viele blutige Konflikte! Nur hier leben wir in Frieden.«

Seufzend lehnte er sich in die Kissen zurück. Brianna stellte die Suppenschüssel beiseite und deckte ihn zu. Nun sieht er älter aus, dachte sie, nicht nur wegen seiner Wunde. In den letzten Tagen hatte er sich gegen das Böse behauptet und dem Tod die Stirn geboten. Bei diesen Erlebnissen war die Naivität der Kindheit entschwunden, die ihm bis dahin noch angehaftet hatte. »Jetzt solltest du schlafen, Polonus.«

»Wie lieb von dir, bei mir zu bleiben…«

Nein, hätte sie widersprechen können, eher selbstsüchtig. Das lenkt mich von anderen Dingen ab…

Doch er war bereits eingeschlafen, und sie wollte ihn ohnehin nicht mit ihren eigenen Sorgen belasten.

Die ließen sich nicht verdrängen, während sie neben ihm saß und seine Hand hielt, damit er mit der Welt jenseits von Schmerzen und Tod verbunden blieb.

Später kam der Vater ins Krankenzimmer. Marcus' strenge Züge milderten sich, als er seinen jüngsten Sohn betrachtete. »Wie geht es ihm?«

»Besser«, erwiderte Brianna. »Zumindest glaube ich das. Natürlich macht ihm die Verletzung nach wie vor zu schaffen. Aber noch mehr können wir nicht für ihn tun, und er trägt es mit Fassung.«

»Inzwischen hat der Vanax ein Urteil über die vier Helios-Anhänger gesprochen, die am Mordanschlag auf ihn beteiligt waren.«

»Welches Schicksal müssen sie auf sich nehmen?«

»Vorerst bleiben sie in Haft, bis ein Gremium aus Friedensrichtern, Ratsherren und Mitgliedern ihrer eigenen Familien übereinstimmend feststellt, sie wären hinreichend geläutert, um wieder unter uns zu leben.«

Brianna nickte. Sicher war es gut und richtig, den Verwandten der Gefangenen ein Mitspracherecht in der Frage zuzubilligen, ob und wann sie entlassen werden sollten. In diese Familien würden sie zurückkehren. Und ihnen Schwierigkeiten bereiten, falls sie keine deutlich erkennbare Besserung zeigten. »Und Polonus?«, fragte sie leise.

»Dazu hat der Vanax noch keine offizielle Erklärung abgegeben. Aber ich sprach mit ihm unter vier Augen, und er versicherte mir, er würde berücksichtigen, dass Polonus dein Leben gerettet hat.« Marcus unterbrach sich, rückte einen Stuhl heran und setzte sich neben seine Tochter. »Sag mir doch, Brianna – in welcher Beziehung stehst du zu Atreus?«

Erschrocken über die Frage, schaute sie rasch weg, bevor er zu viel in ihren Augen lesen würde. »Vater…«

»Schon gut, ich weiß«, fiel er ihr hastig ins Wort. Offenbar hatte er zwei und zwei zusammengezählt. Seine gebräunten Wangen röteten sich. Unbehaglich zuckte er die Achseln. »Darüber willst du lieber mit deiner Mutter reden, nicht wahr? Ehrlich gesagt, auch ich würde das vorziehen. Aber da wir gerade beisammensitzen, halte ich's für meine Pflicht, die Frage zu wiederholen. Also?«

»Wieso glaubst du…?«

»Brianna, ich bin ein Mann. Und ich sah das Gesicht des Vanax, als er von dir sprach.«

»Von mir?«

»Du weißt es doch schon – er erwähnte, Polonus habe dein Leben gerettet.«

»Auch Atreus hat mich gerettet. Aber das würde er dir niemals erzählen. Er warf sein Schwert beiseite, nachdem Deilos gedroht hatte, sonst würde er mich töten.«

Marcus hob die Brauen. »Sein Schwert? Nun, das überrascht mich nicht. Wurde er deshalb verletzt?«

»Ja…«, wisperte sie und erinnerte sich an den Dolch in Deilos' Hand, auf Atreus' Herz gezielt. Einfühlsam wie eh und je, hatte Elena ihr verraten, die Wunde sei nur geringfügig, und Atreus würde sie kaum bemerken. Brianna malte sich trotzdem immer wieder aus, was womöglich geschehen wäre.

Aufmerksam beobachtete Marcus ihr Mienenspiel. Dann legte er seine große, harte Hand über ihre. »Was in dir vorgeht, verstehe ich. Das Leben ist kostbar, die Liebe ebenso. Und damit bin ich am Ende meiner Weisheit.«

Unter Tränen lächelte sie. Warum brannten sie neuerdings so oft in ihren Augen? »Dann muss ich dir versichern, du bist *sehr* weise.«

Gerührt murmelte er etwas Unverständliches und umarmte sie.

Danach musste sie sich in Geduld fassen. Der Vanax hielt Besprechungen mit seinen Ratsherren ab. Der Vanax traf Helios-Mitglieder. Und Helios-Mitglieder trafen sich mit Ratsherren.

Offensichtlich wurden durchgreifende Reformen eingeleitet. Es lag in der Luft. Rings um den Palast und in der Stadt bildeten sich kleine Gruppen. Lebhaft diskutierten die Leute, und manchmal kam es sogar zu hitzigen Debatten. Aber Ruhe und Ordnung herrschten vor, denn in den Herzen der Akoraner war die Überzeugung, der Vanax würde die richtigen Entschlüsse fassen, tief verwurzelt.

Inständig hoffte Brianna, auch sie würde sich richtig entscheiden.

Am Abend des dritten Tages, nachdem sie dem Höllenfeuer entronnen war, ging sie auf die Suche nach Atreus. In seinem Studio, wo sie ihn zu sehen erwartet hatte, fand sie ihn nicht, ebenso wenig in den Höhlen unter dem Palast. Nirgends ließ er sich blicken.

Schweren Herzens kehrte sie in den unterirdischen Tempel zurück. Nach kurzem Zögern berührte sie das steinerne, von Moos überwachsene Gesicht. Dass sie nur feuchte Kälte spürte, überraschte sie nicht. Doch sie erinnerte sich deutlich genug an die Wärme, die sie mit Atreus' Hilfe gefühlt hatte.

Und an die geteilten Freuden an diesem Ort…

Leise flüsternd wehte ein Luftzug durch den Tempel und streifte den Rock ihrer Tunika. Eine Zeit lang blieb sie noch hier und staunte über die Zufriedenheit, die allmählich in ihre Seele einkehrte. Dieser Zustand erschien ihr so angenehm, dass sie beinahe die Augen geschlossen hätte, um einzuschlummern, wäre die Suche nach Atreus nicht wichtiger gewesen. Und so verließ sie die Höhlenwelt.

Würde sie den Mut aufbringen, in seine Privatsuite zu gehen, wie sie es schon einmal gewagt hatte? Statt darüber nachzudenken, betrachtete sie den Glanz des Sternenhimmels. Der Mond, zu einer dünnen Sichel verkleinert, konnte nicht mit den Sternbildern wetteifern. Während sie nach oben schaute, zog ein Meteorit einen weiten Bogen über den Himmel und verschwand aus Briannas Blickfeld.

Genau die richtige Nacht für Sterngucker, dachte sie. Nun würden sich die akoranischen Astronomen im Observatorium aufhalten – hingebungsvolle Wissenschaftler und Wissenschaftlerinnen, die tagsüber schliefen und nach Einbruch der Dunkelheit zu arbeiten begannen. Aber sie würde über das restliche Dach des Palastes wandern können, ohne jemanden zu stören.

Mit flinken Schritten stieg sie die Stufen hinauf. Am Treppenabsatz blieb sie stehen. Kein einziges Licht brannte hier oben, denn das würde die Sicht der Astronomen beeinträchtigen. Nun wartete sie, bis sich ihre Augen an den Sternenschein gewöhnten. Allzu lange dauerte es nicht. Sie fand ihren Weg zu der Seite des Dachs, die einen Ausblick über Ilius bot, und setzte sich. Nach einer Weile merkte sie, dass sie nicht mehr allein war.

»Ich habe dich gesucht«, sagte Atreus. Im Silberglanz betrachtete sie voller Sehnsucht sein markantes Gesicht, die breiten Schultern, beobachtete seine geschmeidigen Bewegungen. Um den Kampf um ihre Selbstbeherrschung nicht zu verlieren, schaute sie wohlweislich wieder zu den Sternen hinauf. »Und ich habe *dich* gesucht. Wie sind die Besprechungen verlaufen?«

Er lachte trocken, nahm neben ihr Platz und streckte die langen Beine aus. »Noch sind sie nicht beendet. Und das ist so ungefähr das Beste, was ich darüber berichten kann.«

Besorgt musterte sie ihn. »Können sich die Helios-Mitglieder und die Ratsherren nicht einigen?«

»Oh, doch – jede Partei behauptet, die andere sei arrogant, anmaßend und starrsinnig.«

»Also wurden keine Fortschritte erzielt?«

Bevor er antwortete, dachte er kurz nach. »Wenigstens schreien sie nicht mehr so laut. Aber das liegt vielleicht an ihren wunden Kehlen.«

»Atreus…« Zaudernd hielt sie inne. Aber sie musste die Frage stellen. »Wozu all die Mühe um Reformen auf Akora – wenn die Situation unabänderlich ist?«

»Welche Situation meinst du?« Seine Überraschung wirkte echt.

»Nun, der Vulkan…«

Schweigend und abwartend erwiderte er ihren Blick.

»Ich weiß, was ich gesehen habe, Atreus.«

Unfassbarerweise lächelte er. »Und deshalb glaubst du, Akora wäre in Gefahr?«

»Stimmt es etwa nicht?«

»Diese feurige Lava fließt schon seit Jahrtausenden unter der Erde dahin. Ein paar Jahrzehnte nach der Katastrophe tauchte sie auf. Darüber wird nicht gesprochen, sonst würde das Volk die gleiche unnötige Angst empfinden, die dich jetzt bewegt. Jeder Vanax – seit meinem Ahnherrn, der sie damals entdeckt hat – behält den Lavastrom gewissenhaft im

Auge. Diese Pflicht erfülle auch ich. Das Feuer schwillt an und verebbt. Manchmal lodern Flammenstrahlen höher empor als jene, die du beobachtet hast, oder sie flackern nur kurz auf. Jedenfalls bleibt alles im Gleichgewicht. So wie ganz Akora.«

Maßlos erleichtert seufzte sie. »Das hätte ich mir denken können«, gestand sie leise.

»Was denn? Dass ich eine so gewaltige Bedrohung unseres Landes nicht verheimlichen würde? Dass ich alles tun würde, um unser Volk zu schützen? Ja, das hättest du wissen müssen.«

»Tut mir so Leid, Atreus...« Nun kam sie sich wie eine Närrin vor. Deilos hatte die Lava benutzt, um leichtgläubigen Menschen wie ihrem Bruder einzureden, Akora würde über Atreus' Politik zürnen. Natürlich hätte sie das nie geglaubt, aber angenommen, die Gefahr wäre real.

»Deshalb musst du dich nicht entschuldigen, Brianna.« Großzügig ging Atreus über ihre Zerknirschung hinweg. »Und nun will ich dir erklären, warum ich dich gesucht habe – weil ich mich bei dir entschuldigen will.« Nach einem tiefen Atemzug fuhr er fort: »Was deinen Eltern zugestoßen ist, bedauere ich von ganzem Herzen.«

»Du hast nur deine Pflicht getan. Das weiß ich inzwischen.« Zu dieser Erkenntnis war sie tatsächlich gelangt. So grausam konnte das Leben sein. Manchmal verursachten die ehrenwertesten Menschen Tragödien, obwohl sie nur das Gute anstrebten.

»Ja«, bestätigte er. »Aber das spricht mich nicht von jeder Schuld frei. Oder von meinem Versäumnis, dir die ganze Wahrheit zu gestehen. Dass *ich* die Kanone abfeuerte, die das französische Schiff zerstörte...«

Die schreckliche Tatsache, von Atreus in Worte gefasst –

das peinigte Brianna viel schmerzlicher, als jene Ereignisse allein zu verarbeiten.

»Auch das war deine Pflicht«, flüsterte sie.

»Gewiss, die Pflicht, die mir Akora auferlegte – an die ich unentwegt denke, seit ich zum Vanax erwählt wurde. Weil sich meine Seele so sehr gegen das Amt sträubte, muss ich mich ganz besonders bemühen, um ihm zu genügen.«

»Du bist ein guter Regent, Atreus.«

»Vielleicht. Aber ich möchte auch ein guter Mann sein. Das finde ich genauso wichtig.« Eine Zeit lang schwieg er. Als er wieder sprach, klang seine Stimme tief und sanft, und eine seltsame Sorge schwang darin mit, die Brianna nicht verstand. »Ohne deine Hilfe hätte ich Deilos nicht besiegt.«

»Das ist nicht wahr. Sicher hättest du Mittel und Wege gefunden.« *Immer* würde er wissen, was er tun musste, um Akora zu schützen, *immer* die richtige Entscheidung treffen. Darauf vertraute das ganze Volk. Niemals würde er irgendjemanden im Stich lassen. Das wäre unvorstellbar.

Anscheinend sah er das anders. »Wohl kaum. Die Vision, in der ich dich beim Ritus meiner Wahl sah, diente einem ganz bestimmten Zweck. Um Deilos zu besiegen, mussten wir beide unsere Kräfte vereinen. Obwohl wir nicht geheiratet hatten, taten wir, was nötig war.«

Wie meinte er das? Um solche Worte zu hören, hatte sie ihn nicht gesucht – eindeutig *nicht*. »Was *nötig* war?«

Schweigend nickte er. Im Sternenlicht sah sie seinen stolzen Kopf zustimmend geneigt. Trotzdem musste er es aussprechen.

»Heißt das – unsere Heirat ist überflüssig geworden?«

Wieder einmal stärkte er sich mit einem tiefen Atemzug. »Es sei denn, du erwartest ein Kind.«

»Nein«, entgegnete sie und bekämpfte ein verräterisches Bedauern.

»Dann bist du frei. Wenn Polonus genesen ist, soll er dich in England besuchen. Es wird ihm gut tun, einige Zeit fern von Akora zu verbringen, mehr von der Welt zu sehen. Und du könntest seine Gesellschaft genießen.«

»Also verbannst du ihn.«

»Sonst müsste ich ihn ins Gefängnis schicken. Und ich denke, ein Exil wäre vorzuziehen.«

»Vielleicht für ihn. Und was wird aus mir?«

Mit dieser Frage überraschte sie ihn. »Wann immer du willst, kannst du nach Akora zurückkehren. Doch das musst du selbst entscheiden – falls du die Schatten der Vergangenheit jemals bezwingen wirst.«

Er stand auf und berührte ihre Schulter, nur ganz leicht.

»In England kam ich gar nicht auf den Gedanken, deine Wünsche zu berücksichtigen – obwohl ich wusste, dass ich teilweise für den Tod deiner Eltern verantwortlich bin. Wegen meines Amtes hast du an meiner Menschlichkeit gezweifelt. In gewisser Weise muss ich dir Recht geben.«

»Damals sprach ich unüberlegt.« *Dumm und vorschnell…*

»Oh nein, du hast die Wahrheit gesagt – und außerdem gegen die Lüge des Schweigens protestiert. Was verheimlicht oder unterlassen wird, kann genauso schmerzhaft sein wie Worte oder Taten. Zwischen uns beiden soll nichts mehr im Unklaren bleiben. Du bist frei, und du wirst dein Schicksal selbst bestimmen.«

Wie edel von ihm… Brianna schüttelte seine Hand von ihrer Schulter. Dann erhob sie sich im kalten Sternenlicht. »Und du, Atreus? Die freie Entscheidung, die du mir zubilligst – befreit sie nicht auch dich?«

»Ich bin der Vanax. Für mich gibt es keine Freiheit.«

Ein paar Sekunden lang schaute er sie noch an, bevor er in den Schatten verschwand. Allein und reglos stand sie unter dem Sternenmeer.

Hatte sie sich nicht Flügel gewünscht, um Akora zu verlassen? Atreus hatte sie ihr geschenkt.

20

Nun war es vollbracht. Brianna freizugeben, hatte ihn größere seelische Kräfte gekostet als alles andere in seinem bisherigen Leben. Das verdiente sie, und mehr konnte er ihr nicht bieten. Durch seine Mitschuld hatten ihre Eltern das Leben verloren. Ihr eigenes sollte sie selbst gestalten.

Doch der Preis, den er dafür zahlte… Verdammt, es tat so weh. Natürlich würden Herzen niemals brechen, nicht buchstäblich.

Trotzdem fühlte sich sein Herz so an.

Mit möglichst schnellen Schritten ging er davon. Wenn er auch nur sekundenlang zögerte, würde sein Entschluss ins Wanken geraten. Und er warf keinen Blick zurück. Er hatte schon zu viele Fehler begangen. Noch einen würde er nicht hinzufügen.

Wohin sollte er sich wenden? Kein Ort lag weit genug von Brianna entfernt, selbst wenn sie sich in der entlegensten Region der Schöpfung befände. Diese Nacht würden sie nicht unter einem Dach verbringen, mochte der Palast auch noch so groß sein.

Nur selten nahm er sich Zeit für seine persönlichen Bedürfnisse. Aber unter diesen Umständen hielt er das für sein gutes Recht, und er fand es am vernünftigsten. Die Ratsherren und die Helios-Leute konnten einander auch in seiner Abwesenheit anschreien, die sie vermutlich gar nicht bemerken würden.

Irgendwann wollte er in den Sitzungssaal zurückkehren und versuchen, einen Kompromiss auszuhandeln. Obwohl keine Partei *alle* ihre Wünsche erfüllt sehen würde, wäre jeder immerhin ein teilweiser Erfolg beschieden. Und für Akora würde das einen wichtigen Fortschritt bedeuten.

Wie er Brianna erklärt hatte, waren sie dank seiner Vision zusammengeführt worden, um Deilos zu besiegen. Daran zweifelte er nicht. Und genauso stimmte es, dass sie ihm die Augen für die Dringlichkeit einschneidender Reformen geöffnet hatte – in einem größeren Ausmaß, als es ihm zuvor nötig erschienen war. Helios oder »Sonnenschein« propagierte gar keine so schlechten Ideen – vorausgesetzt, die Bewegung gestand ihren Gegnern einen gewissen Spielraum zu.

Doch das alles hatte Zeit bis später. Er ging in seine Suite, hinterlegte eine kurze schriftliche Nachricht, ergriff seinen Lieblingsbogen und einen Köcher mit Pfeilen. Dann verließ er den Palast.

Blicklos starrte Brianna den Sternenhimmel an. Sie blieb noch sehr lange auf dem Dach, weil sie hoffte, das würde ihr helfen, klar zu denken. Bedauerlicherweise irrte sie sich. *Das Leben ist kostbar, die Liebe ebenso,* hatte ihr Vater betont. Diese Worte nahm sie sich zu Herzen. Um Delphine und Edward würde sie immer trauern. Aber sie durfte Atreus den Tod ihrer leiblichen Eltern ebenso wenig anlasten, wie sie ihre Liebe zu ihm verleugnen konnte.

Also war alles schön und gut gewesen. Und jetzt *das*…

Er *musste* sie nicht mehr heiraten. Mochten sich seine Worte auch verschieden deuten lassen – ihr vordergründiger Sinn stand an erster Stelle. Atreus war nach England gereist, hatte Brianna für sich beansprucht und zur Rückkehr nach Akora bewogen – in der festen Überzeugung, sie sollten eine schicksalhafte Ehe eingehen. Von diesem Standpunkt brachte ihn nicht einmal die Rolle ab, die er beim Tod ihrer Eltern gespielt hatte.

Und doch – er hätte ihr die Wahrheit bis nach der Hochzeit verschweigen können …

… um sich eine Ehefrau aufzuhalsen, die ihn womöglich verabscheuen würde?

Stattdessen hatte er ihr die Freiheit geschenkt. Zu ihrem Wohl. Und zu seinem eigenen?

Wie konnte sie diese Fragen beantworten, ohne die Blütenblätter eines Gänseblümchens abzuzupfen?

Plötzlich stieg ein seltsamer Laut aus ihrer Kehle – ein halbes Seufzen, ein halbes Kichern. Auf diesem Dach, in dunkler Nacht, würde sie kein Gänseblümchen finden. Aber sie besaß Flügel. Und die wollte sie verdammt noch mal nutzen.

Brianna traf Atreus nicht in seiner Privatsuite an. Kein Wunder, hier hielt er sich fast niemals auf. Nun, sie würde auf ihn warten. Früher oder später musste er zurückkommen. Wenn auch nur, um frische Kleidung anzuziehen …

Mittlerweile war es spät geworden, und sie fühlte sich erschöpft. Deshalb brauchte sie nicht lange für die Erkenntnis, es wäre am besten, in Atreus' Bett zu warten.

Sie erwachte am nächsten Morgen. Oder eher, sie wurde geweckt. Eine schlanke, dunkelhaarige Frau betrat das Zimmer. Verblüfft hielt sie inne. Dann erhellte ein Lächeln ihr schönes Gesicht.

Noch bizarrer konnte es wohl kaum laufen, oder?

»Oh – Lady Phaedra …« Ein Laken an den Busen gepresst, richtete sich Brianna auf und starrte die Mutter des Vanax an.

Mit freundlichem Interesse erwiderte Phaedra ihren Blick. »Ich wollte meinen Sohn sprechen. Ist er hier?«

»Nein! Zumindest glaube ich es nicht.«

»Wie rücksichtslos von ihm...«

Immer noch lächelnd, schloss Phaedra die Tür hinter sich und sank auf ein komfortables Sofa neben dem Bett.

»Nach seiner Rückkehr aus England war er so beschäftigt, dass wir nur selten eine Gelegenheit fanden, uns zu unterhalten. Deshalb dachte ich, vielleicht könnte ich ihm frühmorgens ein paar Minuten abringen, bevor ihn die Pflichten des Tages wieder beanspruchen. Offensichtlich ist das bereits geschehen.«

»Lady Phaedra – ich weiß, wie die Situation auf Sie wirken muss...«

»Wirklich? Meine Liebe, Atreus ist ein erwachsener Mann. Niemals würde ich mich in sein Privatleben einmischen. Allerdings, um die Wahrheit zu gestehen – ich bin froh, dass er eins hat.«

»Tatsächlich?«

»Oh ja. Nach der schweren Verletzung ist mir nicht entgangen, wie aufopfernd Sie ihn gepflegt haben. Auch Ihre Intelligenz, Vernunft und Schönheit fielen mir auf. Sagen Sie doch, mögen Sie Kinder?«

»Ich – ich denke schon. Jetzt sollte ich endlich aufstehen.«

»Gut, dann können wir zusammen frühstücken... Was ist denn das?«

Phaedra nahm ein Blatt Papier vom Nachttisch und las die wenigen Zeilen, die ihr Sohn geschrieben hatte. Erstaunt runzelte sie die Stirn.

»Atreus hat Ilius für ein paar Tage verlassen.«

»Und wo ist er?« Welche Pflicht mochte ihn zu einer Reise bewogen haben? Was war so dringlich, dass er dem Palast gerade jetzt, während so wichtige Entscheidungen getroffen wurden, den Rücken kehrte?

»Auf der Jagd.« Seine Mutter legte die Nachricht auf den kleinen Tisch zurück. Offenbar fiel es ihr schwer, ein Lächeln zu unterdrücken. »Sehr merkwürdig… Soviel ich weiß, ist Atreus kein besonders begeisterter Jäger.«

In ein Laken gehüllt, stieg Brianna aus dem Bett. Sie schaute sich nach dem Kleid um, das sie kurz vor Mitternacht ausgezogen hatte, fand es und versuchte, die schlimmsten Knitterfalten herauszuschütteln. »Und wo könnte er zur Jagd gehen?«

Ohne Zaudern beantwortete Phaedra die Frage. Dann beschrieb sie in allen Einzelheiten den Weg, der zu diesem Ort führte. »Leider müssen Sie zu Fuß gehen, meine Liebe, denn ein Pferd würde die beschwerliche Bergtour nicht schaffen.«

Brianna sagte sich, sie sei genauso vernünftig, wie es Lady Phaedra festgestellt hatte. Und so vergaß sie ihre hübschen femininen Gewänder, wählte eine schlichte Tunika aus unempfindlichem Stoff und derbe Schuhe, und dann brach sie auf. Atreus hielt sich in den Bergen hinter Ilius auf, an einem Ort, den er als Junge entdeckt hatte und seither liebte. Dort hatte er sogar eine kleine Hütte gebaut.

Das hatte Brianna von seiner Mutter erfahren. Bald würde sie diese Hütte sehen.

Vorausgesetzt, sie würde ihr Ziel jemals erreichen… Höher und höher wanderte die Sonne am Himmel empor, und es wurde unerträglich heiß. Schweiß rann in Briannas Augen. Ihre Haare hatte sie am Hinterkopf zusammengebunden, damit sie ihr nicht ins Gesicht wehten. Trotzdem musste sie immer wieder ein paar Strähnen aus ihrer Stirn streichen. Aber sie setzte ihren Weg unbeirrt fort.

Konnte Atreus, um ein wenig zu entspannen, nicht einfach ein Boot nehmen und auf dem Binnenmeer treiben lassen, vielleicht eine Angelschnur ins Wasser hängen lassen, ein paar Marinos fangen und braten, die Seevögel beobachten? Oh nein, er musste durch steinige Schluchten emporsteigen, über Felsenspalten springen und zerklüftete, mit Heidekraut bewachsene Steilhänge erklimmen, die nicht einmal eine erfahrene Ziege bewältigen würde.

Als Brianna stehen blieb, um Atem zu schöpfen, gab sie zu, wie traumhaft schön die Aussicht war. Am Fuß des Berges erstreckte sich Ilius, dahinter das Binnenmeer. Deutlich sah Brianna die drei kleinen Inseln. Wenn sie noch höher hinaufgelangte, würde sie sogar den Atlantik im Norden und Osten sehen.

In der Ferne, über einer Anhöhe, ragte ein Wachturm auf. Sicher gab es da oder dort noch einen, aber keinen in ihrer näheren Umgebung. Sie fühlte sich ganz allein mit den Falken, die über ihr kreisten, von heißen Luftströmen getragen.

Stöhnend ging sie weiter. Phaedras Wegbeschreibung erwies sich als verlässlich. So wie sie es angekündigt hatte, durchquerte Brianna eine Senke, in der sich schwarz-orangegelbe Schmetterlinge auf allen Büschen und Felsblöcken tummelten. Dann stieg sie wieder bergauf, immer höher, und rang mühsam nach Luft. Die Wasserflasche, die sie mitgenommen hatte, war bereits leer. Aber sie entdeckte eine sprudelnde Quelle und trank durstig.

Immer schwerer wurden ihre Schritte. Und die ganze Zeit wurde sie von der bangen Frage verfolgt, was sie bei ihrer Begegnung mit Atreus sagen sollte. Immer noch unschlüssig, kletterte sie über einen weißen Kalkgrat – und hielt plötzlich inne.

Eine farbenfrohe Blumenwiese lag vor ihr. Mitten darin erhob sich eine kleine Hütte. Ein Bär bewachte den Eingang – ein sehr großer Bär, der auf den Hinterpfoten stand, so lebensnah aus Holz geschnitzt, dass Brianna beinahe seine Atemzüge zu beobachten glaubte.

In Akora lebten keine Bären. Das wusste Brianna. So wie die steinernen Löwinnen zu beiden Seiten des Palasttores, war auch diese Tiergestalt eine Erinnerung an einen anderen Ort, eine andere Zeit.

Kein Bär, aus Holz oder aus Fleisch und Blut, würde sie aufhalten. Keuchend setzte sie einen Fuß vor den anderen, bis sie die Hütte erreichte. Die Augen geschlossen, sank sie gegen die Wand.

Als sie das Geräusch eines Pfeils hörte, der von einer Sehne schnellte, hob sie die Lider, bog um eine Ecke der Hütte, und da sah sie Atreus. Mit leicht gespreizten Beinen stand er auf der Wiese. Die Muskeln seiner nackten Brust vibrierten, als er einen Bogen spannte, der fast so hoch war wie er selbst, sorgfältig zielte und schoss.

Auf eine Zielscheibe an einem Baumstamm.

Der Pfeil traf das Zentrum, direkt neben seinen Gefährten, der sich Sekunden zuvor ins Schwarze gebohrt hatte. Gleich darauf folgte ihm noch einer – und noch einer. Aus Gründen, die ihr nicht ganz klar waren, fand sie, es wäre eine gute Idee, wenn sie sich einfach setzen und zuschauen würde.

Nach einer Weile ging Atreus zu dem Baumstamm. Als er sich umdrehte, die Pfeile in der Hand, sah er Brianna mit gekreuzten Beinen im Gras sitzen. Inzwischen hatte sie ihr Haarband verloren, und die roten Locken hingen zerzaust herab. Aber es gelang ihr wenigstens, einen Teil der Strähnen aus dem Gesicht zu blasen. Die Tunika klebte an ihrem Körper. Über den Zustand ihrer Füße wollte sie nicht nachdenken.

»Brianna?«

»Von dieser Hütte hat mir deine Mutter erzählt«, begann

sie und beschloss, ihre ganze Munition sofort abzufeuern. »Ich glaube, sie mag mich.«

»Ach – wirklich?« Er trat näher und starrte sie immer noch an, als wäre sie eine überirdische Erscheinung. »Wie bist du hierher gekommen?«

»Zu Fuß.« *Wie denn sonst?*

»Auf diesem gefährlichen Weg hättest du dich verletzen können.«

»Die ganze Quälerei wäre überflüssig gewesen, wenn ich ein Gänseblümchen gefunden hätte.«

Sichtlich besorgt, setzte er sich zu ihr. »Ein Gänseblümchen? Warum?«

»Er liebt mich, er liebt mich nicht. Was glaubst du, wie lange die Frauen das schon machen?«

Da verstand er, was sie meinte, und sein Lächeln nahm ihr den letzten Rest ihres Atems. »So lange, wie es Frauen und Gänseblümchen gibt?«

»Liebst du mich, Atreus?« Sicher durfte eine Frau, die auf einen so hohen Berg gestiegen war, eine solche Frage stellen.

»Oh ja, von ganzem Herzen.« Kein Zögern, keine Pause, um zu überlegen, sondern eine ehrliche, eindeutige Antwort, die Briannas Seele mit reinem Glück erfüllte.

»Sehr gut, ich liebe dich nämlich auch.«

Verwundert hob er die Brauen, dann schaute er kurz weg. »Du beschämst mich.«

»Unsinn, Liebster. Sagtest du nicht, ich müsste meine eigenen Entscheidungen treffen? Nun, genau das habe ich getan.« Sie stand auf, wischte Staub von ihren Händen und schwankte ein wenig. Damit verdarb sie den erhabenen Augenblick. Sie hatte geplant, unbesiegbar und unerschütterlich zu wirken. Stattdessen lag sie auf Atreus' Armen, und er trug sie zur Hütte.

»Keine Ahnung, was Phaedra sich dabei gedacht hat«, murmelte er. »Hätte sie doch einen Boten heraufgeschickt!«

»Enkelkinder.«

Die Stirn gefurcht, starrte er Brianna an. »Was?«

»Deine Mutter denkt an Enkelkinder. Die wünscht sie sich geradezu inbrünstig.«

Welch ein umwerfendes Lächeln – besonders, wenn es *ihr* galt... »Diesen Gefallen würde ich ihr gern erweisen, Liebste. Falls du nichts dagegen hast.«

»Vorher würde ich gern baden. Aber hier oben werde ich mich mit einem Wassereimer begnügen.«

Seufzend schüttelte Atreus den Kopf, als wollte er ihre Skepsis verspotten. Mit einem Fußtritt stieß er die Tür zur Hütte auf, die er – vielleicht in weiser Voraussicht – über einer heißen Quelle erbaut hatte.

Bald ließ sich Brianna von sanften Wellen umspielen, so zufrieden wie nie zuvor. Und dann schwebte etwas Weißes an ihr vorbei. Gefolgt von einem ähnlichen Gebilde. Ein drittes landete auf ihrer Nasenspitze.

Unglaublich – Gänseblümchen rieselten auf sie hinab, begleitet von Krokussen, winziger wilder Iris, scheuen blauen Veilchen – der ganzen Vielfalt, die Atreus' paradiesische Blumenwiese zu bieten hatte. Sie hefteten sich an ihre nackten Schultern und Brüste und entlockten ihr helles Gelächter und schenkten ihr ungetrübte...

...Freude an einem strahlenden Sonnentag.

»Oh, meine Liebe!«, rief Lady Constance. Mit geschmeidigen Schritten, die einer Frau ihres Alters alle Ehre machte, eilte sie die Laufplanke hinab und nahm Brianna zärtlich in die Arme.

William, Earl of Hollister, folgte ihr etwas langsamer. Fest entschlossen, sich nichts entgehen zu lassen, drehte er den Kopf dahin und dorthin.

»Was für eine wundervolle Reise!«, jubelte die warmherzige Countess. »Als wir deinen Brief bekamen, waren wir ganz aus dem Häuschen – nicht wahr, William …?«

Ungeduldig wandte sie sich zu ihrem Mann. Die Augen weit aufgerissen, starrte er die gewundene Straße an, die zum Palast hinaufführte. Um seine Aufmerksamkeit zu erregen, packte Lady Constance seine Hand.

Dann beantwortete sie ihre Frage selbst. »Natürlich waren wir furchtbar aufgeregt. Und jetzt, wo wir am Ziel unserer Fahrt sind …«

»Ich bin so froh, dass ihr hier seid«, beteuerte Brianna. Und das war die reine Wahrheit. Delphines alte Freunde willkommen zu heißen – das hatte ihr zu ihrem Glück noch gefehlt. Zudem waren diese beiden wundervollen Menschen die ersten *Xenos*, die einer *Einladung* nach Akora folgten. Und darüber freute sie sich ganz besonders. Diesen verblüffenden Bruch mit der Tradition und der Vergangenheit hatte Atreus veranlasst. Deshalb stritten die Helios-Anhänger und die Ratsherren immer noch, hatten aber einen Waffenstillstand geschlossen, um die Festivitäten nicht zu stören.

»Vor unserer Abreise haben wir die Londoner Gesellschaft ziemlich durcheinander gebracht«, bemerkte Lord William und lachte voller Genugtuung.

»Prinny höchstselbst bat uns zu sich«, ergänzte Lady Constance, von diesem Erlebnis eher unbeeindruckt. »Lang und breit faselte er von der Verantwortung, die wir übernehmen, wenn wir Großbritannien repräsentieren, von der ungeheuren Bedeutung dieses Ereignisses, et cetera, et cetera. Schließlich erklärte ich ihm, wir würden uns einfach nur bei einer Hochzeitsfeier amüsieren.«

»Genau das hat sie gesagt«, bestätigte William mit sichtlichem Vergnügen. »Damit nahm sie ihm den Wind aus den Segeln.«

Brianna lächelte belustigt und trat zwischen die beiden, umfasste ihre Arme und führte sie zum Palast hinauf. Unterwegs erwiderte sie die freundlichen Grüße aller Männer, Frauen und Kinder, die ihr zuwinkten.

»Erstaunlich«, konstatierte William. Dieses Wort würde er noch mehrmals wiederholen. »Absolut erstaunlich. Nicht einmal in meinen kühnsten Träumen habe ich mir so etwas Grandioses vorgestellt.«

»Kein Wunder, dass du hierher zurückkehren wolltest, Brianna«, meinte die Countess. »Oh, meine Liebe, wir freuen uns so für dich! Offen gestanden – als du damals in Holyhood übernachtet hattest, erschien mir Seine Hoheit, der Vanax, ungewöhnlich besorgt um dich. Constance, sagte ich mir, zwischen den beiden bahnt sich was an. Habe ich's nicht erwähnt, William?«

Aber ihr Ehemann beachtete sie nicht, viel zu fasziniert vom Anblick der steinernen Löwinnen und des imposanten Tors, das sie bewachten. »So etwas habe ich noch nie gesehen. Wenn man es mit Holyhood vergleicht, wohnen wir in einer bescheidenen Hütte.«

»Davon dürfen wir Prinny nichts erzählen«, entschied Lady Constance. »Wo er doch ohnehin schon viel zu viel Geld in seine Bauprojekte steckt!«

»Der Palast wurde vor etwa dreitausend Jahren errichtet«, verkündete Brianna stolz. »Seither blieben sämtliche Teile erhalten, die ursprünglichen Räume werden immer noch benutzt. Aber im Lauf der Zeit sind mehrere weitere Trakte entstanden.«

»In der Tat, erstaunlich«, murmelte Lord William, während sie die breiten Stufen zum geöffneten Doppeltor hinaufstiegen. Dort wurden sie von Atreus erwartet, der sie liebenswürdig begrüßte.

Falls Lady Constance schockiert war, weil er nur den kurzen Faltenrock eines akoranischen Kriegers trug, ließ sie sich nichts anmerken. Formvollendet knickste sie. »Hoheit, es ist uns eine große Ehre, Ihre Einladung anzunehmen.« Höflich half er ihr, sich aufzurichten.

»Meine liebe Lady Constance, Ihr Besuch bereitet mir große Freude.« Leicht verlegen lächelte sie, dann strahlte sie über das ganze Gesicht, als er hinzufügte: »Bitte, nennen Sie mich Atreus.«

»Darf ich Ihnen den Brief überreichen, den der Prinzregent mir für Sie mitgegeben hat, Hoheit?« William Hollister legte eine umfangreiche, mit protzigen Siegeln und Bändern verzierte Depesche in Atreus' Hände. Entschuldigend fuhr er fort: »Eine ziemlich lange Epistel.«

Atreus nickte und steckte den Brief in den Bund seines Faltenrocks. »Damit werde ich mich zu gegebener Zeit befassen. Nun will ich Sie erst einmal zu Ihrer Gästesuite begleiten.«

Nachdem das erledigt war, seufzte Brianna erleichtert und eilte zu Phaedra und Leoni. Glücklicherweise kümmerten sich die beiden tüchtigen Frauen um die Vorbereitungen für das Fest. Seit einem halben Jahrhundert hatte kein Vanax mehr geheiratet, und nun wollte anscheinend das gesamte akoranische Volk an dem großen Ereignis teilnehmen. Der Hochzeitstag war zum Feiertag ausgerufen worden, und ganze Heerscharen strömten nach Ilius. In der ganzen Stadt erklangen Musik, Gelächter und Lieder, über offenen Feuerstellen wurden Lieblingsspeisen gekocht, lockten hungrige Reisende an, die gastfreundlich bewirtet wurden.

»Alles in bester Ordnung, Brianna«, versicherte Leoni. »Am besten ruhst du dich jetzt aus.«

»Ja, das solltest du wirklich tun«, stimmte Phaedra zu. »Gönn dir eine Atempause.«

Dankbar befolgte Brianna den Rat, sank in ihr Bett, obwohl sie nicht erwartete, tatsächlich einzuschlafen.

Als sie die Augen öffnete, war ihr Hochzeitstag angebrochen.

In ihrem Magen schienen die Schmetterlinge zu flattern, die sie auf ihrer Bergtour gesehen hatte. Kaum war sie erwacht, geriet sie auch schon in eine unaufhaltbare Folge nervenaufreibender Momente.

Sida brachte ihr das Frühstück und wartete wie ein Mahnmal neben dem Bett. Aber die Schmetterlinge waren nicht hungrig. Dann kam Leoni ins Zimmer, Briannas geliebte Mutter, und beanspruchte ein paar stille Minuten zu zweit, um ihr das Armband aus Silber und Lapislazuli zu schenken, das sie bei ihrer eigenen Hochzeit getragen hatte.

»Jahrelang hoffte ich, diesen Schmuck einer Tochter zu überreichen«, gestand Leoni leise. »Doch ich hätte nie gedacht, dass ich eine so wunderbare Tochter wie dich bekommen würde. Ich bin stolz auf dich, Brianna, und ich liebe dich sehr.« Natürlich flossen Tränen.

Und wenig später wurden neue Tränen vergossen – diesmal Lachtränen, denn Phaedra gesellte sich hinzu und schilderte Atreus' Dummejungenstreiche, während Brianna angekleidet wurde.

Nach akoranischer Tradition trug sie eine schlichte Brautrobe aus feinster Seide, am Saum und am Oberteil mit winzigen Perlen bestickt. Ihr Haar fiel offen auf die Schultern, von einer Blumengirlande umwunden, die Atreus ihr geschickt hatte. Da diese Blumen von der idyllischen Bergwiese stammten, musste Brianna schon wieder weinen. Schließlich nahm sie die Träne des Himmels aus dem Etui, in dem sie den kostbaren Saphir so sorgsam verwahrt hatte, und legte die Kette um ihren Hals.

Und letzten Endes war es – wirklich und wahrhaftig – an der Zeit, das Zimmer zu verlassen, das sie nie mehr bewohnen würde. Von ihrer Mutter und der künftigen Schwiegermutter begleitet, stieg sie die breite Treppe hinab. Als sie aus dem Tor trat, jubelte ihr eine unübersehbare Menschenmenge zu.

Nicht nur im Hof drängten sich unzählige Leute, auch auf dem Dach und den Stufen, wo sie nur den Platz frei ließen, den die Braut und ihre Eskorte brauchten, um hinunterzugehen. Sogar in den Wipfeln der Bäume an den Außenmauern saßen mehrere Hochzeitsgäste.

Die schrankenlose Liebe, mit der die Braut des Vanax aufgenommen wurde, rührte sie zutiefst. Von dieser Zuneigung ermutigt, stieg sie die Stufen zu dem Podest hinauf, wo Atreus wartete.

So großartig sah er aus – stark und stolz und lebensfroh. Viel jünger, als er stets erschienen war, erweckte er den Eindruck, er hätte alle Sorgen aus seinen Gedanken verbannt. Andererseits wirkte er auch ernst und feierlich, wie es dem Anlass geziemte.

Er umfasste ihre Hand, zog sie an die Lippen, und neuer Jubel erhob sich zum Himmel.

Dann wurden die traditionellen Worte gesprochen, die Gelübde abgelegt. Aber Brianna wusste, dass sie beide das wahre, echte Versprechen schon längst in ihren Herzen hüteten. Darin würde es bis zum Ende ihres Daseins fortbestehen und darüber hinaus.

Hand in Hand mischten sie sich unter ihr Volk, nahmen Glückwünsche entgegen und teilten die Heiterkeit der Menschen. Lachend ließ sich Brianna von einer freudestrahlenden alten Frau mit Honigkuchen beschenken, den sie sofort verspeiste. Und sie lachte auch, bevor sie zusammen mit Atreus an einem Becher Wein nippte, den der Spender, ein bekannter Winzer, seinen besten Tropfen seit vierzig Jahren nannte. Genauso fröhlich lachte sie, als Atreus sie zum Tanz aufforderte. Umringt von jungen und alten Paaren drehten sie sich übermütig im Kreis.

Während ihnen unaufhörlicher Jubel folgte, zogen sie sich in den Palast und den liebevollen Familienkreis zurück. Alle hatten sich versammelt – Joanna und Alex mit der kleinen Amelia, Kassandra und Royce, Leoni und Marcus, Phaedra und ihr Ehemann Andrew, Elena und sogar Polonus, den die Heilkundige für hinreichend genesen erklärt hatte, sodass er am Hochzeitsfest teilnehmen durfte. Etwas unbehaglich zögerte er, vor allem angesichts des Vanax. Aber sein Schwager half ihm prompt aus der Verlegenheit.

»Ich weiß es zu schätzen, wie großzügig du mir die Reise nach England erlaubt hast, Atreus«, beteuerte Polonus. Dankbar zu Lady Constance und Lord William gewandt, fügte er hinzu: »Es ist sehr freundlich von Ihnen, mir Ihre Gastfreundschaft anzubieten.«

»Oh, wir nehmen Sie sehr gern in Holyhood auf«, betonte William.

Wie Brianna wusste, hatte er mit Atreus ein Gespräch unter vier Augen geführt und von den Verfehlungen ihres Bruders erfahren. Wegen seiner Bereitschaft, dem jungen Mann die dringend benötigte Gelegenheit zur Wiedergutmachung seiner Fehler zu geben, schloss sie ihren Onkel noch inniger ins Herz.

Der Wein floss in Strömen, eine erlesene Mahlzeit wurde serviert.

Als alle gesättigt waren, lehnte sich Kassandra an ihren Mann und blickte leicht verwundert in die Runde. »Kaum zu glauben, dass es erst knapp zwei Jahre her ist, seit Joanna nach Akora kam… So viel geschah in der Zwischenzeit, so viele Herausforderungen wurden gemeistert, welch ein großes Glück durften wir genießen.« Zufrieden streichelte sie ihren runden Bauch. »Und ein neues Glück erwartet uns. Wahrlich, wir sind eine gesegnete Familie.«

An der festlichen Tafel entstand ein langes Schweigen, erfüllt von Gedanken an die Generationen kühner Männer und tapferer Frauen, die Akora voller Mut und Kraft gestaltet hatten.

Dann hob Atreus seinen Weinkelch. Lächelnd prostete er seiner Frau zu. »Auf alles, was gewesen ist – und ganz besonders auf alles, was kommen wird.«

Die Nacht sank herab. Im Palasthof und in der ganzen Stadt feierten die Akoraner und Akoranerinnen immer noch unermüdlich. Fröhliches Stimmengewirr hallte auf das Binnenmeer hinaus, über die hohen Klippen hinweg. Von schäumenden Wellen umbrandet, würden die Felsen das befestigte Königreich jetzt und für alle Zeiten schützen.

Und jenseits einer unsichtbaren Grenze wartete die Zukunft.